Mortimer M. Müller

Die Herren der Wüste

Karawane

Arkeen ist Karawanenführer. Seine Berufung ist keine leichte Bürde – Banditen, Sanddrachen, Stürme und die Kadrass, eine kriegerische Insektenrasse, fordern ihren Tribut. Die erlebten Verluste haben Arkeen in einen verbitterten, hartherzigen Menschen verwandelt, der nur eine Liebe kennt: die Wüste.

Eines Tages führt Arkeen eine bunt zusammengewürfelte Truppe durch die große Sandwüste. Darunter befinden sich ein Gelehrter aus den Gelblanden, Bogenschützinnen und Krieger, ein Druide, ein Feuerkobold und selbst eine Mümmelfrau. Bald wird offensichtlich, dass nicht alle Weggefährten das sind, was sie zu sein vorgeben. Doch damit nicht genug: Düstere Zeichen kündigen das Erwachen der Wüstengötter an …

DIE HERREN DER WÜSTE – KARAWANE ist der erste Teil eines fantasiereichen Wüstenepos. Der zweite Band erscheint voraussichtlich Anfang 2020.

Mortimer M. Müller schreibt seit seiner Jugend Kurzgeschichten und Romane in den Genres Thriller, Fantastik, Unterhaltung und Satire. Daneben ist er begeisterter Sportler, Waldliebhaber, Sonnenanbeter sowie in den kreativen Bereichen Gesang, Film und Fotografie aktiv. Er arbeitet an der Universität für Bodenkultur in Wien.

Sein Kitzbühel-Thriller KABINE 14 wurde für den Friedrich-Glauser-Preis 2014, Sparte Debütroman nominiert.

Mehr Informationen finden Sie unter:
https://blog.mortimer-mueller.at

Weitere Romane des Autors sind in Vorbereitung.

MORTIMER M. MÜLLER

Die Herren der Wüste

Karawane

ROMAN

Die beschriebenen Personen, Begebenheiten, Gedanken und Dia-
loge sind frei erfunden. Ähnlichkeiten mit lebenden oder verstorbenen Personen sind zufällig und nicht beabsichtigt.

Bibliografische Information der Deutschen Nationalbibliothek:

Die Deutsche Nationalbibliothek verzeichnet diese Publikation in
der Deutschen Nationalbibliografie; detaillierte bibliografische
Daten sind im Internet über http://dnb.dnb.de abrufbar.

1. Auflage
© 2019 Mortimer M. Müller
Covergestaltung, Satz, Layout: Mortimer M. Müller
Mitwirkende: Sandra Almstädter, Wendelin Müller
Autorenfoto: Carsten Neff

Herstellung und Verlag:
BoD - Books on Demand, Norderstedt
ISBN: 9783749471447

blog.mortimer-mueller.at

Für alle träumenden Kriegerinnen

Hauptpersonen

Arkeen	*Karawanenführer in der großen Sandwüste*
Ashida	*Arkeens Schwester, entführt von Banditen*
Bogoran	*Söldner und Schwertkämpfer*
Eglan	*Gelehrter aus den Gelblanden*
Quendor	*Arkeens Bruder, Händler in Warnack*

Menschliche Reisende

Geolinsa	*Anführerin der Bogenschützinnen*
Palwin	*Reisender aus Warnack*
Sansuun	*Sohn von Scheich Thorim, Stadtbewohner*
Senashad	*Bogenschützin und Hexe*
Usgard	*Druide, ausgebildet in Nörd*

Nichtmenschliche Reisende

Bazibb	*Feuerkobold, im Dienste Quendors*
Finmedra	*Bogorans Laufechse*
Kimlin	*Mümmelfrau aus dem Mümmelhain*
Lischa	*Morganafee*
Mahishaa	*Widerschein und Konkubine*
Winshoa	*Arkeens Sonnensperber*

Sonstige Personen

Chaspa	*Druide, im Dienste Quendors*
Gelber Drache	*Berüchtigter Wüstenbandit*
Fürst Narabb	*Oberhaupt von Schaar*
Jola	*Arkeens Großmutter*

Minhara	*Arkeens Mutter*
Nana	*Konkubine aus Warnack*
Rassuf	*Arkeens Onkel, Beamter in Schaar*
Tarekk	*Arkeens Vater*

Über die Welt

Die Wüstenlande werden gemäß der alten Sprache als *Arkeen* bezeichnet. *Magie* ist weit verbreitet, *Hexen* und *Druiden* bestreiten damit ihren Lebensunterhalt. Herausragende Fähigkeiten besitzen jedoch nur manche *Widerschein*, die als *Magierinnen* tätig sind. Es gibt zwei Monde, den *Blutmond* und den größeren *Fahlmond*. Ein Fahlmond-Zyklus wird *Fahle* genannt und dauert acht Tage, eine *Periode* des Blutmonds entspricht vierzig Tagen. Über den Tag (oder die Nacht) werden ab Sonnenaufgang bzw. Sonnenuntergang zwölf Stunden gezählt, der Beginn der siebten Stunde kennzeichnet Mittag / Mitternacht, das Ende der zwölften Stunde Sonnenuntergang / Sonnenaufgang. Als Zahlungsmittel werden *Kreuzer*, *Taler* und *Gulden* verwendet. Hundert Kreuzer entsprechen einem Taler, hundert Taler einem Gulden. Gewöhnlich bestehen *Eigennamen* aus dem Vornamen, der Geburtsstadt sowie dem Namen der Mutter (bei Töchtern) oder des Vaters (bei Jungen), z. B. *Arkeen al Warnack djin Tarekk*.

Aus dem Archiv der Sandfestung Rongar
Faserschilfrolle, datiert mit 600 nach den Götterkriegen

Am Anfang war der Krieg.
Götter der Wüste, Tag und Licht.
Götter der Meere, Nacht und Finsternis.
Wo sie sich trafen, verbrannte Feuer die Welt.
Blutig rot ward der Mond.
Wasser brodelte.
Erde bebte.
Alles Leben erlosch.

Dunkelheit trog Helligkeit, stahl die Glut des Lichts.
Wüstengötter erhoben sich, schmetterten das Dunkel hernieder.
Im Schatten die Sterne zerbarsten, Scherben wie Himmelsregen.

Der Tag brach an, die Sonne glomm.
Sand zerschmolz zu Glas.
Aus den Scherben erwachte das Leben.
Seelenglut erfüllte die Welt.

Das Dunkel floh in die Nacht.
Verborgen im Elfenbein ruht es.
Wartet und lauert.

Die Wüstengötter schufen das Dreihorn.
Verborgen im Spiegel ruhen sie.
Warten und wachen.

Karte der

Wüstenlande

BANDUGAR)

Flut

teppen-   Geboohn   lande
NordRügel
Zunge   OstRühen
Steinwüste (HANDRAKEEN)   Felsengräber
Bahad   Abronn
Perlensee
Schwarzwald   Spiegelbucht   Ischter
Steinwasser   Nörd   Shotor   Schwarze Okean
Himmelszungen   Kadrothöhlen   Jordeen
Kräll
Dorn   Spalt
SALZWÜSTE (LODRAKEEN)
Mümmelhain
Harm Salzwasser
Derwisch   Madreen
Blut-   Scherbenspiegel   Marsch
zungen
Blösse

Flut   Gezeit
Mondabr   Aussteig

100 Kilometer

NDE (FANDRIN)

Prolog

Sandwüste zwischen Warnack und Gulehm

Die Kamele waren unruhig. Keines fraß oder hatte die Augen geschlossen. Das Leittier stand noch immer auf allen vieren. Schlug man gegen seine Schenkel, um es zum Niederknien zu bewegen, blökte es und hob seinen Kopf zum Himmel. Die Nüstern witterten, die Ohren zuckten, streng riechender Schweiß bedeckte das Fell, obgleich die Hitze des Tages längst verblasst war.

Tarekk berührte die Schnauze des Leittiers. Sie war kühl, zu kühl – auch dies ein Zeichen innerer Unruhe. Das Kamel war nervös und bereit zur Flucht. Aber Flucht wovor?

Eine Stunde war vergangen, seitdem sich die Sonne hinter die ockerfarbenen Dünen gesenkt hatte. Erste Sterne blitzten am schwarzblauen Himmel. Die sanfte Brise des Tages war abgeklungen, es war so windstill, wie es nur sein konnte. Noch fieberte der Sand durch den vergangenen Hitzetag, aber in drei, vier Stunden würde er kühl und schwer gegen die Wärme der Lagerstätten drängen.

Stand man auf den höchsten der sandigen Erhebungen, die das Lager Richtung Süden begrenzten, konnte man den gewundenen Lauf des Sandwassers erkennen. Nirgendwo in der Wüste war eine Bewegung auszumachen, nirgendwo zeigten sich Anzeichen von Leben.

Tarekk konnte nicht sagen, was die Kamele verunsicherte. Keine verräterische Sandschwade, kein Geräusch außerhalb des Lagers, kein verdächtig ölartiger Geruch und auch nicht die geringsten Vorboten eines Sandsturms.

Der Karawanenführer blickte sich nach den beiden Wachen um. Sie standen auf ihren Posten an der Düne, knapp außerhalb des Lichts der Lagerfeuer, aber in Rufweite und ihre Schemen vor dem funkelnden Sternenhimmel klar zu erkennen. Ein weiterer Krieger hatte sich zu ihnen gesellt. Gemeinsam sangen sie im Dreigesang, das Abendlied.

Tarekks vorheriger Rundgang hatte keine Auffälligkeiten ergeben. Ebenso war der magische Bann, den der Druide Usgard um das Lager gelegt hatte, still und unsichtbar. Es gab nichts, das eine Gefahr darstellte.

Dennoch war da etwas, das den Kamelen Angst einjagte. Es mochte sich um den verblassenden Lufthauch eines Sanddrachen handeln, konnte aber genauso gut eine unentdeckt gebliebene Saugschlinge sein.

Tarekk winkte Bogoran, einem Söldner. Der Krieger war für den Schutz des Lagers zuständig und Anführer der sechsköpfigen Truppe aus Soldaten, die sie seit Warnack begleitete. Bogoran reiste schon derart lange mit Tarekk, dass sie inzwischen mehr als nur Freunde waren. Der Karawanenführer hätte ohne zu zögern sein Leben in die Hände des Kriegers gelegt.

»Du möchtest, dass ich noch einen Rundgang mache«, stellte Bogoran fest, noch ehe Tarekk etwas sagen konnte.

»Ja. Die Kamele sind unruhig. Achte auf Bohrlöcher und Schleifspuren.«

»Vielleicht liegt es am Blutmond. Er ist voll und steht tief.«

Tarekk blickte nach Süden. Über den Dünen zeichnete sich das weinfarbene Rund gegen die Düsternis ab, wie ein funkelndes Kohlenstück in einem fast erloschenen

Schmiedefeuer. Der Himmelskörper würde heute Nacht allein bleiben. Sein Begleiter, der milchig weiße Fahlmond, war zurzeit nur über Mittag als schmale Sichel im Nordosten zu sehen.

»Möglich«, erwiderte Tarekk. »Aber mir ist es lieber, wir können die unangenehmen Alternativen ausschließen.«

Bogoran nickte und marschierte auf den Rand des Lagers zu. Die Griffe der beiden gebogenen Klingen ragten über seine Schultern. Im Gegenlicht der Lagerfeuer wirkten sie wie zusätzliche Gliedmaßen; präzise und tödliche Gliedmaßen, wie der Karawanenführer wusste.

Tarekk schritt an den schwach lodernden Kameldungfeuern vorbei und betrachtete die Menschen, die auf Fellen oder Stofftüchern saßen und letzte Bissen Fladenbrot, Brei und Datteln verzehrten. Sie hatten sich am Rand des ausgetrockneten Wadis unter dornigen, violett belaubten Wüstenakazien niedergelassen. Der aus Sandsteinblöcken zusammengesetzte Ziehbrunnen in der Mitte des Lagers war die einzige Wasserstelle. Durch die Nähe des Sandwassers gab es in der Gegend ausreichend Zisternen und unbefestigte Quellen, sodass man jeden Tag seine Wasservorräte auffrischen konnte.

Die Karawane bestand aus fast dreißig Reisenden, noch ohne die Krieger. Gewöhnlich vermied es Tarekk, Gruppen von mehr als zwanzig Personen durch die Wüste zu führen. Es war gefährlich, wenn man den Überblick verlor oder der Trupp, der überwiegend im Gänsemarsch unterwegs war, zu lang wurde. Aber die Reisenden aus den Gelblanden waren sehr in Eile gewesen und hatten Tarekk das Doppelte des üblichen Solds geboten. Auch wollten sie nur bis Gulehm in der Gruppe bleiben und von dort mit einer anderen Karawane weiter nach Rongar. Also hatte sich Tarekk zu einer Ausnahme durchgerungen. Die zusätzlichen Gulden konnte er gut gebrauchen. Vor allem, da er nicht nur für sich selbst Verpflegung kaufen musste, sondern auch für drei weitere hungrige Mäuler zu sorgen hatte.

»Papa!« Arkeen kam aus dem Zelt gestürmt. »Quendor hat das letzte Stück Spiegelkuchen gegessen!«

»Petze!«, brüllte sein Bruder aus dem Inneren.

Arkeen wandte sich um. »Vielfraß!«

»Jammerlappen!«

»Fettwanst!«

»Weichei!«

»Hört auf!« Tarekks Stimme war schneidend. Seine beiden Söhne verstummten. Der Karawanenführer gewahrte das Glitzern in Arkeens smaragdgrünen Augen. Sein jüngerer Sohn trug den Namen des Landes: *Arkeen* war eine alte Bezeichnung aus der Götterzeit. Viele Söhne der Wüste erhielten diesen Vornamen, der Glück bringen sollte und den Charakter stärkte. Was sein Wesen anging, schien es Tarekk manchmal, als wäre Arkeen die Personifizierung der rauen und wilden Eigenheiten des Landes.

»Benehmt euch gefälligst«, fuhr Tarekk mit gedämpfter Stimme fort und trat hinter Arkeen ins Zelt. »Ihr könnt euch nicht so verhalten, als wären wir unter uns. Denkt an die anderen Reisenden, denkt an die Wüste. Es kann gefährlich sein, laut herumzuschreien. Außerdem ist euer Verhalten kindisch.«

Tarekk wandte sich Quendor zu. Sein älterer Sohn war vor kurzem neunzehn geworden. Leider verhielt er sich wie fünfzehn. Außerdem stimmte es, was Arkeen behauptete – Quendor war mit einem ausgesprochen guten Appetit gesegnet. Das sah man ihm auch an. Im Gegensatz zu seinem vier Jahre jüngeren Bruder Arkeen, der schlank und sehnig wie sein Vater war, besaß Quendor die pummelig wirkende Statur eines wohlgenährten Stadtbewohners.

»Es stimmt also, was Arkeen behauptet.« Tarekk war die leere Stofftasche am Boden nicht entgangen.

Quendor senkte den Kopf. »Ich hatte großen Hunger.«

»Pah«, entfuhr es Arkeen. »Du wolltest nur nicht, dass ich den Kuchen bekomme, so wie es abgemacht war!«

»Zankt ihr euch schon wieder?« Ashida schob die Plane beiseite und lugte ins Zelt. Mit vierzehn war Tarekks Tochter die Jüngste der Familie. Der Karawanenführer fand, dass sie reifer und vernünftiger war, als seine beiden Söhne zusammen. Dazu besaß sie hervorragende Fertigkeiten in der Waffenkunst. Im Fechten war sie Quendor überlegen, Arkeen ebenbürtig, und mit Pfeil und Bogen konnte sie so gut umgehen wie ein Eliteschütze aus Warnack.

»Quendor hat den Spiegelkuchen aufgegessen«, beschwerte sich Arkeen.

»Der war sowieso ungenießbar«, entgegnete Ashida. »Habt ihr den Blutmond gesehen? So dunkel hab ich ihn noch nie erlebt.«

»Er ist schon aufgegangen?« Arkeen hatte die Untat seines Bruders augenblicklich vergessen und eilte mit Ashida nach draußen.

Tarekk wandte sich Quendor zu.

»Ja, ich weiß, was du sagen willst«, kam ihm sein Sohn zuvor. »Aber ich hatte wirklich Hunger. Zwei Mahlzeiten sind mir zu wenig. Besonders, wenn die Portionen so … dürftig sind.«

»Wir reisen durch die Sandwüste, die Shahakeen«, erwiderte Tarekk. »Wir sind nicht in Warnack. Hier muss man mit seinen Vorräten haushalten. Es kann jederzeit etwas geschehen, das uns zwingt, einen anderen, längeren Weg einzuschlagen oder für mehrere Tage zu rasten.«

»Ich mag nicht hungern.« Quendor verschränkte die Arme. »Ich wünschte, ich wäre in der Stadt geblieben.«

Tarekk seufzte leise. Mittlerweile teilte er Quendors Ansicht. Sein ältester Sohn war, im Gegensatz zu Arkeen und Ashida, nicht für das Wüstenleben geschaffen. Schon als Kleinkind hatte er übermäßig unter Sonne und Hitze gelitten, war quengelig und kränklich gewesen. Tarekk konnte nicht sagen, woher diese Empfindsamkeit kam. Er selbst lebte in der Wüste, liebte die Wüste. Wie sein Vater und Großvater hatte er den Beruf des Karawanenführers ergriffen. Seine Frau war ebenso Wüstenbewohnerin gewesen, auch wenn sie aus der Bradakeen, der Schlammwüste im Südwesten des Landes stammte.

Hab Geduld mit ihm, rief sich Tarekk die Worte seiner Frau in Erinnerung. *Quendor wird seinen Weg finden.* Minhara hatte ihren Sohn nie für sein Anderssein getadelt oder ihn deswegen weniger Liebe spüren lassen.

Deine Frau war klüger als du, dachte Tarekk und seufzte erneut. Sie war nicht nur intelligent, sondern auch stets optimistisch gewesen. Nie hatten die Beschwernisse des Wüstenlebens ihre Lebensfreude oder ihren Humor mindern können. Außerdem hatte sie ein diplomatisches Geschick besessen, das es mit jedem Fürstengesandten aufnehmen konnte. Er sollte sich ein Beispiel an ihr nehmen.

»Falls wir einer entgegenkommenden Karawane begegnen«, meinte Tarekk, »kannst du mit ihr zurück nach Warnack. Du musst uns nicht bis Schaar begleiten.«

»Ich werde es mir überlegen.«

»Tu das. Bis es so weit ist, schau nach den Kamelen. Sie müssen gefüttert werden.«

»Was?« Quendor riss empört die Augen auf. »Heute ist Arkeen dran!«

»Wer hat den Spiegelkuchen gegessen?«

»Schon gut.« Quendor ließ den Kopf hängen und schlurfte aus dem Zelt.

Tarekk ließ sich auf einem Fell nieder, zog seinen Trinkschlauch heran und gönnte sich einige Schluck Wasser. Er war nicht besonders hungrig, daher kaute er ein paar getrocknete Feigen und aß ein Stück Fladenbrot. Am Ende seiner Mahlzeit nahm er die Karte der großen Sandwüste zur Hand. Das Ziegenleder war alt und brüchig und die feinen, schwarz gezogenen Punkte, Linien und Buchstaben nur undeutlich zu erkennen. Tarekk kannte die östliche Shahakeen wie die Tragtaschen seines Kamels. Er brauchte keinen Plan, um sich zurechtzufinden. Die Karte diente ihm als gedankliche Stütze, als Hilfsmittel, um seine Eingebungen zu ordnen; und sie half ihm dabei, seine Trauer unter Kontrolle zu halten, besonders in Momenten wie jetzt, wenn seine Erinnerungen gleich dem Blutmond über die Dünen stiegen und mit frostigen Fingern nach seinem Bewusstsein tasteten.

Er hatte Fehler begangen. Tödliche Fehler. Blind war er gewesen, hatte Minharas Warnung ebenso ignoriert, wie sein mahnendes Gewissen. Als Konsequenz war sie nun tot. Er selbst hatte seine Frau getötet. Er trug die Schuld daran, dass sie nicht mehr an seiner Seite weilte. Er war kein guter Mensch. Diese Chance hatte er verspielt. Er war ein Verräter. Ein Mörder. Er verdiente den Tod.

»Papa!« Arkeen kam ins Zelt gestürmt. »Ashida hat …«

Arkeen verstummte und kniff die Augenbrauen zusammen. »Alles in Ordnung?«

Tarekk nickte eilig und wischte sich die Tränen von der Wange. Es hatte keinen Zweck, seinen Verfehlungen und seiner verstorbenen Frau nachzutrauern, schon gar nicht nach all den Jahren. Was geschehen war, war geschehen und ließ sich nicht rückgängig machen. Die Wüstengötter waren ihm nicht beigestanden, als der Tod Minhara viel zu früh aus dem Leben gerissen hatte. Aber sie hatten ihm drei Kinder geschenkt. Drei Kinder, auf die er mehr als stolz sein konnte. Welcher Karawanenführer vermochte von sich zu behaupten, drei gesunde, intelligente und wissbegierige Nachkommen aufwachsen zu sehen?

Tarekk lächelte, als er Arkeens verwirrten Gesichtsausdruck registrierte.

»Ja, es ist nichts. Was wolltest du über Ashida sagen?«

»Sie hat Bogorans Laufechse gestreichelt.«

»Finmedra hat nicht nach ihr geschnappt?«

»Nein. Erst als ich mich auch genähert habe, ist sie zurückgewichen.«

»Beeindruckend. Selbst ich darf sie nicht berühren. Dabei reisen Bogoran und ich seit zehn Jahren zusammen.«

»Seit *zwölf* Jahren«, erklang eine tiefe Stimme und Bogorans hart geschnittene Gesichtszüge erschienen in der Zeltöffnung.

»So wie du das betonst, waren es zwölf sehr lange Jahre.« Tarekk schmunzelte.

Bogoran zuckte die Schultern. »Es war eine gute Zeit.«

»Hast du den Rundgang beendet?«

»Ja. Keine Auffälligkeiten. Das Lager ist sicher.«

»Gut. Wie ich höre, sind die Wachen mit dem Abendgesang fertig. Wer übernimmt die erste Schicht?«

»Enzachiel und Maelmonn.«

»Kannst du sie noch einmal instruieren?«

»Du traust dem Frieden nicht. Oder liegt es an Usgards magischem Bann?«

»Nein. Nenne es eine Eingebung, eine innere Stimme. Wie auch immer.« Tarekk warf Arkeen einen kurzen Blick zu. »Die Nacht ist ruhig und wird es auch bleiben. Danke für deine Mithilfe.«

Bogoran verschränkte als Zeichen, dass er verstanden hatte, die Finger seiner beiden Hände und verließ das Zelt.

Tarekk betrachtete die Krummschwerter auf dem Rücken seines Freundes. Es handelte sich um Schwarzklingen, geschmiedet aus dem härtesten bekannten Metall, dem Dunkelstahl des Berges Dorn. Die Schwerter waren erstklassige, in Kröll gefertigte Qualität, die Griffe mit Drachenhaut überzogen und damit ein kleines Vermögen wert. Bogoran legte die Waffen nur beim Baden und zum Schlafen ab – doch selbst da befanden sie sich in Griffweite.

Tarekk überlegte, ob er sich eine ähnliche Vorsichtsmaßnahme angewöhnen sollte. Die Zeiten waren weder friedvoll noch sicher. Besonders das zunehmend aggressive Verhalten der Kadrass bereitete ihm Sorgen. Früher hatte es kaum Übergriffe der Insekten gegeben, schon gar nicht so weit außerhalb ihrer Höhlen im Zentrum der Steinwüste. Mittlerweile wurden alle zwei, drei Perioden Angriffe der Kadrass gemeldet, bis hinunter nach Harm und im Norden Richtung Abronn. Nicht selten ließen dabei Menschen ihr Leben.

»Was ist mit den Wachen?« Arkeens smaragdgrüne Augen leuchteten. Tarekk kam es vor, als läge über den

Pupillen seines Sohnes ein heller Schimmer. War es möglich, dass er von dem Akazienbier getrunken hatte? Nein, das konnte nicht sein, schließlich hatte es ihm Tarekk verboten.

»Nichts«, entgegnete Tarekk. »Ich möchte nur sichergehen, dass sie die Anweisungen befolgen.«

»Keine Gnome? Keine Trolle? Kein Sandsturm?«

»Nein. Kannst du nachsehen, ob Quendor die Kamele gut versorgt hat?«

Arkeen sah ein wenig enttäuscht aus. Augenscheinlich wäre es ihm nicht unrecht, wenn sich in die Eintönigkeit der Reise etwas Abwechslung gesellt hätte, selbst wenn dies Gefahr bedeuten mochte.

Tarekk lächelte erneut. *Ganz der Vater*, dachte er, als er seinem Sohn nachblickte. *Bis auf die Augen.*

Ein schmerzhafter Stich in der Brust ließ Tarekk das Gesicht verziehen. Ja, die Augen hatte Arkeen von Minhara. Weder Quendor noch Ashida hatten die faszinierende Farbe ihrer Pupillen geerbt, die bei den Bewohnern der Bradakeen, der Schlammwüste, am häufigsten zu finden war. Es ging die Legende, dass jenes strahlende Smaragdgrün das Geschenk eines wilden Bergdrachen war, der damit Kriegern aus Ombra für seine Befreiung danken wollte. Angeblich verhalfen die Augen zu einer besseren Sicht bei Nacht und ermöglichten es, Lüge von Wahrheit zu unterscheiden. Ob das den Tatsachen entsprach, wusste Tarekk nicht. Er hatte Minhara mehrmals auf die Legende angesprochen. Ihre Antwort hatte stets in einem milden Lächeln bestanden.

Tarekk erhob sich. Seine Gedanken waren schon wieder abgeschweift. In eine Richtung, die er nicht gutheißen konnte. Es war einige Perioden her, dass ihn sein Vergehen und Minharas Verlust derart belastet hatten. Weshalb die Erinnerungen erneut in seine Gedanken drängten, konnte er nicht sagen. Vielleicht lag es am Blutmond, vielleicht aber auch an seiner inneren Anspannung. Das ungewöhnliche Verhalten der Kamele wollte ihm nicht aus dem Kopf.

Tarekk trat aus dem Zelt, blickte zu den Sternen auf und atmete tief durch. Er würde noch einmal durch das Lager marschieren und auf die Dünen steigen. Womöglich war Bogoran etwas entgangen. Vielleicht blieb er ein paar Stunden bei den Wachen. Schlaf fand er in nächster Zeit ohnehin keinen. Er wollte nicht, dass die Kinder seine Unruhe und Besorgnis mitbekamen. Arkeen und Ashida würden kein Auge zudrücken und wären morgen früh müde, gereizt und unaufmerksam. Das konnte in der Wüste fatale Folgen haben. Solange es keine fassbaren Hinweise auf eine Bedrohung gab, wollte er seine Gedanken für sich behalten.

»Tarekk?«

Hinter dem Karawanenführer war einer der bunt gekleideten Reisenden aus den Gelblanden erschienen. Wenn sich Tarekk richtig erinnerte, lautete sein Name Zunkaar. Er war der Anführer der fandrinischen Gruppe, ein Goldhändler. Tarekk vermutete, dass er mit dem Fürsten von Rongar über mehr Schürfrechte verhandeln wollte. So viele Ohrringe und Ketten, wie der gelbhäutige, kräftig gebaute Glatzkopf trug, hatte er wohl sämtliches Gold für sich beansprucht.

»Wie lange wird es noch dauern, bis wir Gulehm erreichen?«

Zunkaars Stimme erinnerte an feinen Sand, den der Wind gegen die Wände eines Zeltes blies – ein lispelndes

Rauschen und Wispern, monoton und gleichförmig, aber auch von stiller Kraft durchdrungen. Die Aussprache des Gelbländers war klar, wirkte jedoch etwas gestelzt. Vermutlich hatte er die gemeine Sprache Arkeens in einem Gelehrtenhaus studiert.

»Drei Tagesmärsche, sofern es keine Verzögerungen gibt.«

»Welche Verzögerungen?«

»Ein Sturm beispielsweise.«

»Wurde hier in der Gegend ein Sanddrache gesichtet?«

»Nein. Wenn es so wäre, hätten wir andere Sicherheitsvorkehrungen getroffen. Aber die Wüste ist unberechenbar.«

Zunkaar verzog das Gesicht. »Führe uns sicher und schnell durch diese gelbe Hölle. Wenn wir wie geplant am Abend des achten Tages in Gulehm eintreffen, erhältst du zwei weitere Gulden.«

Tarekk stutzte. Hatte Zunkaar seine Aussage als Bestechungsversuch interpretiert? Das war nicht beabsichtigt. Tarekk hatte hohe moralische Ansprüche, was seine Tätigkeit als Karawanenführer anbelangte. Ein vor Beginn der Reise vereinbarter Lohn galt als besiegelt. Tarekks Ehre gebot es, den Irrtum richtigzustellen.

»Das ist nicht nötig. Du hast mich bereits bezahlt. Ich werde euch so gut und rasch durch die Wüste führen, wie alle anderen.«

Zunkaar hob die Augenbrauen. »Ich hoffe, du versuchst nicht …«

Tarekk entdeckte eine gebeugte Gestalt, die in Schlangenlinien auf sie zu eilte. Zunkaar sog empört die Luft ein, als ihn der Mann, der mit einer hellbraunen, knöchellangen Kutte bekleidet war, anrempelte und zur Seite stieß. Es war Usgard.

»Der Bann ist in Schwingung geraten«, keuchte der Druide. Seine Augen wirkten verklärt, der geflochtene Bart zitterte. »Er summt wie ein Bienenschwarm.«

»Also nähern sich Menschen.« Tarekk war nicht sonderlich überrascht. Es geschah immer wieder, dass man auf der viel begangenen Route zwischen Warnack und Gulehm auf andere Reisende oder Karawanen traf. Manche bevorzugten den nächtlichen, angenehm kühlen Marsch. Vermutlich würden die Wachen in wenigen Augenblicken Bewegungen in der Wüste und eine bläuliche Verfärbung des derzeit noch unsichtbaren Bannkreises melden.

»Ja.« Usgard nickte. »Aber ich spüre noch etwas anderes, einen mentalen Einfluss.«

»Magie?«

»Könnte sein. Allerdings …«

Usgard verdrehte die Augen und brach lautlos zusammen. Mehrere Herzschläge lang starrten Tarekk und Zunkaar auf die reglose Gestalt. Der Goldhändler war der Erste, der die Sprache wiederfand.

»Was zum Blutmond hat das zu bedeuten? Tarekk?!«

Der Karawanenführer wandte sich wortlos um, hastete in das Zelt zurück und gürtete seinen Säbel. Tarekk spürte seine bedrohliche Ahnung Gewissheit werden. Es war unwahrscheinlich, dass Usgard ausgerechnet jetzt die Kräfte verlassen hatten. Wer immer sich näherte, kam nicht in friedlicher Absicht. Es gab keinen ehrbaren Grund, einen Bannkreis zu brechen.

»Bogoran!«, brüllte Tarekk, als er aus dem Zelt stürmte, und ignorierte Zunkaar, der ihm mit weit aufgerissenen

Augen den Weg vertrat und zu einer erbosten Wortmeldung ansetzte.

»Tarekk, was ist …?!«

Der Karawanenführer schob den Goldhändler beiseite und gewahrte Bogoran, der sich im Laufschritt näherte. Dicht auf den Fersen folgte ihm ein sandgelber, eineinhalb Meter hoher und acht Meter langer Schatten – Finmedra, Bogorans Laufechse.

»Der Bann wurde gebrochen«, sagte Tarekk. »Usgard ist bewusstlos.«

Bogoran nickte stumm. Er benötigte keine weiteren Erklärungen. Der Krieger wusste, was diese Aussage bedeutete und welche Maßnahmen zu treffen waren. Er schwang sich auf den Rücken seines Reittiers, griff in eine der Ledertaschen der Echse, zog ein gewundenes Drachenhorn hervor und blies hinein. Ein lang gezogenes, dröhnendes *Brööö!* hallte durch das Wadi.

Tarekk empfand einen Anflug von Hilflosigkeit. Wie konnte das geschehen? Seit Jahrzehnten hatte es auf der Route zwischen Warnack und Gulehm keine Überfälle mehr gegeben. Banditen, Wegelagerer und nomadische Beduinen wagten sich nicht in das Gebiet, das regelmäßig von Patrouillen der Stadtfürsten durchkämmt wurde. Andernfalls hätte Tarekk auch niemals seine Kinder mitgenommen, schon gar nicht alle drei.

Tarekks Blick fiel auf die Sanddüne, über der die tiefrote Scheibe des Blutmonds schwebte. Die Wache war nicht mehr da. Tarekk wandte den Kopf, sah zu Bogorans zweitem Krieger empor – und bemerkte gerade noch, wie der Mann taumelte und zu Boden ging.

Bogoran brüllte auf und preschte in Richtung der Dünen davon. Die vier übrigen Soldaten kamen mit gezogenen Schwertern angelaufen und eilten hinter der Laufechse her. Stimmen wurden laut. Die Reisenden hatten sich von ihren Lagerfeuern erhoben. Einige näherten sich Tarekk, gestikulierten mit den Armen und redeten auf ihn ein.

Der Karawanenführer sah sich um. Wo blieben seine Kinder? Sie wussten doch, dass sie augenblicklich zu ihm kommen sollten, wenn Bogorans Horn erklang.

Zwei Atemzüge später erblickte er sie. Arkeen lief voraus, dicht gefolgt von Ashida und Quendor. Sein älterer Sohn hielt ein Schwert in der Hand und drängte sich zu Tarekk durch.

»Runter damit«, fauchte der Karawanenführer und drückte Quendors Waffe zu Boden. »Egal was passiert, lasst die Klingen stecken und bleibt dicht hinter mir.«

Quendor murmelte Unverständliches. Sein Antlitz war fahl und auf seiner Stirn glitzerten Schweißperlen. Anders Arkeen und Ashida: Mit leuchtenden Augen verfolgten sie das Geschehen und diskutierten mit den Umstehenden die Ursache des Alarmrufs.

Jemand stieß einen Schrei aus. Bebende Finger deuteten in Richtung Blutmond. Auf der rötlich schimmernden Düne waren verhüllte Gestalten erschienen, zwölf oder dreizehn dunkle, gebeugte Schemen aus Schwärze. Alle saßen sie auf Laufechsen, ebenso finster wie ihre Reiter.

Tarekks Finger verkrampften sich um den Griff seines Schwertes. Dies erklärte das Verhalten der Kamele. Laufechsen, speziell männliche Exemplare, verströmten einen strengen Geruch, den empfindliche Tiere noch Hunderte Meter entfernt wahrzunehmen vermochten. Nur weibliche Reptilien, wie es Bogorans Finmedra war, konnte man halbwegs problemlos gemeinsam mit Kamelen führen.

Normale Banditen ritten nicht auf diesen mächtigen Schuppenkreaturen. Echsen waren teuer in der Anschaffung, benötigten eine aufwendige Pflege und mussten sorgsam erzogen werden. Dafür waren sie nicht nur Reittiere, sondern auch hervorragende Kämpfer und konnten es durchaus mit zwei oder drei gerüsteten Kriegern aufnehmen. Selbst wenn alle dreißig Mitglieder der Karawane fähig und geschult gewesen wären, eine Waffe zu führen, hätten sie einen Kampf gegen die Echsen und ihre Reiter verloren.

»Hört mich an, Reisende«, erklang eine tiefe, volle Stimme von der Höhe der Düne herab, so laut, dass sie die Rufe und das Geschrei im Lager übertönte. »Mein Name ist Gelber Drache.«

Beinahe schlagartig wurde es still. Jeder der Umstehenden hatte diesen Namen bereits vernommen. Auch Tarekk war er nicht unbekannt. *Gelber Drache* war einer der berüchtigtsten – und grausamsten – Wüstenräuber in Arkeen.

»Wer ist euer Anführer?«, donnerte die Stimme.

Ich wünsche, ich wäre es nicht, dachte Tarekk. Eine der unangenehmen Aufgaben eines Karawanenführers war es, Verhandlungen zu führen, wenn dies während der Reise notwendig wurde; selbst oder gerade dann, wenn es um das Leben aller Reisenden ging.

»Ich bin Tarekk al Bahaad djin Sandigor«, rief Tarekk, straffte seinen Oberkörper und trat einige Schritte auf die Düne zu. »Ich führe diese Karawane durch die Wüste.«

Aus den Augenwinkeln registrierte er, dass ihm Arkeen folgen wollte. Der Karawanenführer schüttelte den Kopf und deutete seinem Sohn, bei den übrigen Reisenden zu bleiben. Egal was geschah, Tarekk durfte keine

Angst zeigen und sich nicht ablenken oder verunsichern lassen. Den Erzählungen nach waren es am ehesten Mut und Selbstvertrauen, mit denen man den blutlüsternen Raubmörder besänftigen konnte.

»Dann hört mein Angebot«, rief Gelber Drache. »Sorgt dafür, dass mir alle Reisenden ihre Taler und Gulden, sämtliches Geschmeide, Ringe, Edelsteine und magische Artefakte, die sie bei sich tragen, übergeben. Wenn sie dies tun und niemand Gegenwehr leistet, verspreche ich, euch allen das Leben zu schenken.«

Lüge!, drang es in Tarekks Gedanken. Jedes Kind in Arkeen wusste, dass Gelber Drache bei seinen Überfällen niemals ein Menschenleben schonte. Aber hatte er eine andere Wahl, als auf das Angebot einzugehen?

Er warf einen Blick zu Bogoran, der einige Schritte entfernt auf dem Rücken von Finmedra saß und seine Krieger um sich versammelt hatte. Der Söldner nickte und führte eine Hand zum Ohr. Dies war das Zeichen dafür, dass Tarekk das Angebot annehmen sollte, ohne weitere Verhandlungen oder den Versuch, die Banditen zu überrumpeln. Wenn Bogoran ein solches Verhalten vorschlug, war es der einzige Weg.

»In Ordnung«, erwiderte Tarekk. »Wir werden tun, was Ihr verlangt.«

Drei der Banditen ritten die Düne hinab. Die Echsen waren schnell und geschmeidig. Ihre Beine schienen kaum den Boden zu berühren. Sie fegten so leichtfüßig über den Sand, als handle es sich um festen Stein. Die Kamele in der Karawane wurden unruhig. Einige scheuten, warfen den Kopf zurück, zerrten an ihren Leinen oder versuchten, trotz ihr Beinfesseln mehr Abstand zwischen sich und die Echsen zu bringen.

»Ihr habt es gehört«, sagte Tarekk an die Reisenden gewandt. »Wenn ihr leben wollt, holt eure Wertsachen und übergebt sie den Reitern.«

»Nein!«, brüllte Zunkaar, das Gesicht zur Grimasse verzerrt. »Tarekk, du hast uns verraten!«

»Ich habe nichts …«

»Du bist mit diesen Räubern im Bunde! Sie wussten, dass wir kommen!«

Tarekk sah, dass Zunkaar seine Leibgarde – zwei stattliche, in dunkles Leder gehüllte Hünen – um sich geschart hatte. Einer der beiden riss den Arm hoch und deutete auf den ersten Echsenreiter. Im nächsten Augenblick stieß dieser einen gurgelnden Schrei aus, griff sich an die Brust und kippte seitlich von seinem Reittier. Zunkaars Leibwächter hob den anderen Arm. Diesmal sah Tarekk, wie sich ein schlankes, schwarzes Etwas vom Unterarm des Mannes löste und auf den zweiten Reiter zuschoss. Die Echse des Kriegers zischte, bäumte sich auf und wurde von dem Geschoss in die Flanke getroffen.

Es war, als ergieße sich das flüssige Gestein des Feuerkelchs in das Wadi. Menschen schrien und stoben auseinander. Helle Klingen blitzten im Licht der Feuer. Die Reiter auf der Düne stießen ein wildes Gebrüll aus, stürmten den sandigen Hang hinab. Pfeile regneten auf das Lager hinab. Einer von Zunkaars Leibwächtern wurde getroffen und ging zu Boden. Tarekk griff nach seinen Kindern, bekam aber nur Arkeen zu fassen. Er entdeckte Quendor ein paar Schritte entfernt. Tarekk eilte auf ihn zu und zerrte seinen jüngeren Sohn hinter sich her, der sich heftig widersetzte.

»Lass mich los!«, schrie Arkeen und wand sich in seinem Griff wie eine Schlange. »Ich will kämpfen!«

Auf der Düne entflammte ein Feuer.

Einen Herzschlag lang war Tarekk davon überzeugt, dass der Blutmond selbst zu brennen begonnen hatte. Aber so war es nicht. Einer der Reiter hatte sich nicht mit den anderen in Bewegung gesetzt. Er kauerte stumm auf seiner Echse. Zwischen seinen Händen erglomm ein rötlich wogendes Licht. Eine Magierin!

Zunkaar brüllte, wedelte mit seinen fleischigen Armen und sprang auf und nieder, als seine bunten Kleider Flammen fingen. Sein Brüllen ging in ein überschnappendes Kreischen über, als seine Haut begann, Blasen zu werfen. Funken flogen zur Seite, ein paar landeten auf Arkeens nacktem Unterarm. Dieser schrie auf, schlug um sich. Blaue Flammen züngelten bis zu seinen Fingern, brannten ihm die Haut vom Fleisch. Tarekk riss seinen Sohn zu Boden, griff in den Sand und warf diesen auf Arkeens Arm. Das Feuer erlosch, nicht aber Arkeens Schreie.

»Arkeen!«, brüllte Tarekk und packte seinen Sohn an der Schulter. »Sieh mich an! Der Schmerz ist Teil von dir, du kannst ihn beherrschen.«

Arkeens Blick klärte sich, seine Schreie wandelten sich in ein Wimmern. Tarekk zog ihn in die Senkrechte, eilte auf Quendor zu. Sein älterer Sohn hielt das Schwert so fest umklammert, dass seine Knöchel weiß hervortraten. Tarekk gab Quendor eine Ohrfeige. Bevor sich dieser von seiner Überraschung erholen konnte, schlug ihm Tarekk die Klinge aus der Hand. Unbewaffnet blieb Quendor vielleicht am Leben, aber mit einem erhobenen Schwert wurde er garantiert erschlagen.

»Wo ist Ashida?«, fuhr Tarekk seinen Sohn an. In Quendors aufgerissenen Augen lag bodenlose Furcht, aber weder Erkennen noch Verständnis.

Tarekk erblickte sie. Ashida stand nur zehn Schritte entfernt. Sie spannte ihren Bogen.

Woher hat sie ihn?, dachte Tarekk entsetzt. Er wollte seiner Tochter in den Arm fallen, aber diese hatte bereits angelegt und ließ die Sehne vorschnellen. Der Pfeil fegte durch die brodelnde Nacht und bohrte sich in das Auge einer angreifenden Echse, die wie vom Blitz getroffen zusammensackte.

Ein anderer Wegelagerer stürmte mit seinem Reittier auf Ashida zu. Tarekk wurde von zwei panischen Reisenden angerempelt, stolperte und musste Arkeen loslassen. Er brüllte Ashida eine Warnung zu, doch sie ging im allgemeinen Tumult unter. Der Reiter preschte voran, neigte sich von seinem Sattel und griff nach Ashida. Sie stieß einen spitzen Schrei aus, ließ ihren Bogen fallen. Mit einem Ruck zog der Angreifer das heftig zappelnde Mädchen auf den Rücken der Echse. Er warf Ashida vor sich über die geschuppte Haut seines Reittiers und jagte auf die Düne zu.

Tarekk, Arkeen und Quendor hasteten los. Doch der Karawanenführer kam nicht voran. Sein linkes Bein bewegte sich nicht so, wie es sollte.

Tarekk blickte zu Boden, sah einen schmalen Holzschaft und eine blutig schimmernde Eisenspitze. Der Pfeil steckte in seinem Oberschenkel, hatte den Muskel glatt durchschlagen. Seltsamerweise verspürte er keinen Schmerz; zumindest die nächsten drei Atemzüge lang.

Eine Woge brennender Pein explodierte in seinem Rücken. Die Qualen waren dermaßen überwältigend, dass Tarekk nicht einmal schreien konnte. Er verlor die Kontrolle über seinen Körper und stürzte seitlich zu Boden. Hinter ihm ragte eine menschliche Gestalt empor. Sie hielt ein schwarzes, gebogenes Schwert in Händen. Von der Spitze der Waffe tropfte Blut. Tarekk erblickte das hämische Grinsen im Gesicht des Mannes. Er kannte dieses Antlitz, sehr gut sogar.

Wieso?, wollte er fragen, brachte aber bloß ein unverständliches Stöhnen heraus.

Die Gestalt wandte sich um, verschwand aus seinem Blickfeld. Tarekk fiel auf den Rücken. Weshalb bekam er keine Luft? Er musste husten und der Geruch verbrannten Fleisches drang in seine Nase. Von den Lagerzelten züngelten helle Flammen. Tarekks Gesichtsfeld verengte sich, wurde unscharf, er schmeckte Blut. Schatten neigten sich zu ihm herab. Nein, es waren keine Schatten, es waren Dämonen. Die Geister seiner Vergangenheit.

Minhara? – Ich bin bei dir, mein Liebster.

Was ist mit unseren Kindern? Sind sie in Sicherheit? – Alles wird gut. Sie warten auf dich.

Aber ich habe gesehen ... Ashida! Ich muss ... – Bleib liegen. Es geht ihr gut.

Aber ... – Entspann dich. Du hast lang genug gekämpft. Es ist Zeit, zu schlafen.

Nein! Ashida! Bitte, rette sie!

Die Schatten neigten sich tiefer. Doch Tarekk erhielt keine Antwort. Die Sterne blitzten und funkelten, alle Schreie und Geräusche verklangen.

Es wurde still.

Völlig still.

Siebzehn Jahre später

Land Arkeen, Südtor

*D*er heiße Wind brachte den herben, ungezähmten Duft der Sandwüste mit sich. Arkeen atmete tief ein und schloss für einen Moment die Augen. Die grünen Hügel, sanft gewellten Felder und sprudelnden Bäche im Tal Eliebron waren zweifellos faszinierend. Sein Bruder Quendor nannte das Tal sein zweites Zuhause. Arkeen hingegen fühlte sich nirgends so wohl wie inmitten windgepeitschter Sanddünen. Nur hier konnte er die ungezügelte Weite genießen, die ausgedörrte Einsamkeit und den trockenen, heißen Wind, der die Haut umschmeichelte wie eine giftige Schlange. Die Wüste übte eine weit größere Anziehung auf ihn aus, als beispielsweise das Meer. Die stürmische, unstete See, der trügerische Untergrund, die Gefahren auf und unter der Wasseroberfläche – sie machten ihm Angst. Hingegen waren es die Monotonie und Ewigkeit der Wüste, die er liebte. Er scheute keinen mächtigen Sandsturm, ängstigte sich nicht vor Banditen, den Kadrass oder tückischen Wüstengnomen. Die Wüste war wie für ihn geschaffen. Er fürchtete sie nicht, er verehrte sie. Sie war seine Heimat.

Arkeen hielt das Kamel an und blinzelte in die Sonne. Die sechste Stunde neigte sich seinem Ende zu, es ging gegen Mittag. Direkt vor ihm erhob sich das mächtige Südtor am höchsten Punkt des Hügelkamms zwischen Sandwasser und den letzten Ausläufern der Blutzungen. Seit mehr als fünfhundert Jahren markierte es den Beginn der Wüstenlande. Hundert Meter maß es in der Breite, achtzig in der Höhe. Die gewaltige Öffnung ließ den Betrachter winzig und unbedeutend erscheinen. Diese Empfindung wurde durch das verwendete Baumaterial noch verstärkt. Der Halbbogen war aus dem glasartigen Material des Scherbenspiegels errichtet. Obwohl im Außenbereich matt und stumpf geworden, glänzte und funkelte das Tor auf der Innenseite wie ein Wasserbecken im Sonnenlicht. Verzerrte Abbilder der Wüste blitzten auf und vergingen. Arkeen glaubte sich selbst zu erkennen, neben anderen Reisenden, die das Tor durchquerten. Der Wüstenwind brach sich im Bogen, erzeugte Stimmen und Klänge, wo keine waren.

Das Tor war ein Meisterwerk frühzeitiger Architektur. Niemand vermochte zu sagen, wie die Erbauer dieses epochale Bauwerk zusammengefügt hatten, aufrichten und verankern konnten. Tatsache war, dass weder Wind noch Wetter dem Tor etwas anhaben konnten, sah man von der allmählichen Trübung der Oberfläche durch die periodischen Sandstürme ab. Die mannsgroße, gemeißelte Inschrift löste in Arkeen dasselbe Gefühl erhabener Leichtigkeit aus, wie vor zwanzig Jahren, als er sie das erste Mal erblickt hatte. Die Worte entstammten einem Werk des berühmten Dichters und Dramatikers Manderon al Shatar. Die Inschrift lautete:

Geschliffene Kronen aus Drachengebein, umhüllt vom milchigen Trüb der Wüste. Es ruht ein Versprechen auf glutheißen Lippen: Komm, und ich töte dich!

»Faszinierend, nicht wahr?«, erklang eine Stimme.

Hinter Arkeen war ein junger Mann erschienen, ein Gelbländer, was aufgrund der Nähe zu Fandrin keine

Überraschung darstellte. Auch seine bunten Kleider, wie sie die Menschen aus dem Süden oft trugen, waren nicht weiter auffallend. Interessant war hingegen, dass der Fremde ungewöhnlich groß und schlank war. Darüber hinaus hatte der Mann – ebenfalls untypisch für einen Fandriner – schulterlange, glatte Haare. Zudem trug er keine Kopfbedeckung. Am seltsamsten aber war das braunrote Muster, das sich über sein Gesicht zog. Die Tätowierung bildete ein symmetrisches, in der Mitte senkrecht geteiltes Bild, das den Eindruck eines zweiten Antlitzes erweckte. Der Fremde saß auf einem Pferd und führte ein weiteres, mit Säcken und Kisten beladenes Tier hinter sich her.

»Es steht geschrieben, dass das Südtor von Widerschein errichtet worden ist. Angeblich haben sie keine technischen Hilfsmittel benutzt. In einigen Quellen wird behauptet, dass sie einen Scherbenmagier beauftragt haben, das Bauwerk zu errichten. Er soll es in nur einer Nacht zuwege gebracht haben.«

Ein Gelehrter, dachte Arkeen geringschätzig. Der Unbekannte gehörte zu jenen Gelbländern, die sich der Erforschung der Welt und ihren Geheimnissen verschrieben hatten. In Arkeens Augen lebten diese Menschen abseits der Realität. Ihr Wissen war wertlos, da ihnen die praktische Erfahrung fehlte. Schickte man sie in die Wüste, waren sie nach zwei Tagen verdurstet, von Saugschlingen gefressen oder hatten ihr Nachtlager auf einem Skorpionnest errichtet.

»Ihr seid Karawanenführer, nicht wahr? Wegen Eurer hellblauen Schärpe.«

Arkeen schwieg und starrte zu dem Halbbogen über seinem Kopf empor. In der Wüste verwendete man keine

Höflichkeitsform. Es war üblich, sich zu duzen, auch unter Fremden. Aber davon wusste der Fandriner offenbar nichts.

»Entschuldigt«, fuhr der Gelbländer fort. »Ich habe mich nicht vorgestellt. Ich heiße Eglan, Eglan Dawodaan. Ich bin Gelehrter und Forscher und stamme aus den Gelblanden, wie Ihr sie nennt. Wie ist Euer Name?«

Arkeen hatte nicht vor, mit dem aufdringlichen Kerl ein Gespräch zu beginnen. Aber in der Wüste gebot es die Höflichkeit, seinen Namen zu nennen, wenn man danach gefragt wurde.

»Arkeen al Warnack djin Tarekk.«

»Ah, Ihr heißt wie das Wüstenland. Euer Vater muss ein stolzer Mann sein, da er Euch diesen Namen gab.«

»Lebt wohl.« Arkeen drückte die Fersen in die Flanken seines Kamels und das Tier setzte sich gehorsam in Bewegung.

»Habe ich etwas Falsches gesagt?«

Arkeen vernahm die Verwirrung in der Stimme des Gelbländers. Natürlich konnte dieser nicht wissen, weshalb sein Gegenüber so reagiert hatte. Vermutlich hielt er Arkeen für einen schweigsamen und kontaktscheuen Wüstenbewohner. Arkeen war es egal, was der Fandriner von ihm dachte. Mit hoher Wahrscheinlichkeit begegneten sie sich niemals wieder. Die Wüste war groß.

Arkeen warf keinen Blick zurück, aber er lauschte, ob ihm der Gelbländer folgte. Dem war nicht so. Zwar konnte er sich nicht vorstellen, dass es sich bei dem Fremden um einen Betrüger oder Taschendieb handelte, aber Vorsicht war besser als Nachsicht.

Der Fandriner würde nicht bis Warnack gelangen, sofern dies, wie anzunehmen, sein Ziel war. Ausschließlich

Narren und Dummköpfe ritten mit Pferden in die Wüste. Selbst wenn es sich nur um einen Dreitagesmarsch wie zwischen dem Südtor und Warnack handelte, war es unwahrscheinlich, dass die Tiere durchhielten. Neben der Gluthitze konnten die häufigen Sandstürme eine tödliche Gefahr darstellen. Pferde gerieten in Panik, inhalierten zu viel des feinen Staubs und erstickten qualvoll. Zudem reagierten sie allergisch auf die Anwesenheit von Wichteln, denen man in der Shahakeen hinter jeder zweiten Sanddüne begegnete. Arkeen war davon überzeugt, dass die Pferde noch vor Warnacks Stadtmauern tot sein würden. Aber das war nicht sein Problem.

Arkeen ließ das Südtor hinter sich, schlug einen Bogen um den Felsabbruch, neben dem die Fluten des Sandwassers glitzerten, und wandte sich nach Westen. Einige Dutzend Schritte entfernt lag die Hütte der Torwächter. Früher war sie ein militärischer Außenposten Warnacks gewesen. In den letzten Jahrzehnten hatte man das Gebäude Schritt für Schritt umgebaut, vergrößert und in einen reichhaltigen Verkaufsladen mit Imbissstube, Kamelunterstand und Übernachtungsmöglichkeit verwandelt. Nur ein einziger Soldat hielt noch die Stellung. Der alte Mann hockte auf einem Schemel vor dem Eingang, zeichnete mit seinem rostigen Säbel Muster in den Sand und beäugte die Eintretenden mit kritischen Blicken. In seiner Mundhöhle blitzte es golden.

Arkeen stieg vom Kamel und trat auf den Alten zu. »Wie geht es deinen Zähnen, Valsunn?«

Der Soldat grinste. Unter seinen breiten Lippen konnte man einen Goldzahn und drei braunschwarze Stummel erkennen.

»Gut, Arkeen, gut. Den letzten eitrigen Backenzahn hab ich mir vor einer Fahle herausgerissen.«

Die Stimme des alten Soldaten war hoch und schrill, sie vibrierte und drohte jeden Moment zu brechen. Arkeen wusste, dass sich Valsunn vor Jahren mit einer Morganafee angelegt hatte. Der Verlust seiner melodischen Bassstimme bekümmerte ihn mehr als der marode Zustand seiner Zähne. Der Krieger war mit seinem rot verbrannten Bein und den zahlreichen schlecht verheilten Wunden kein hübscher Anblick.

Arkeen wusste, dass es um ihn selbst nicht viel besser stand. Sein linkes Ohr war ein vernarbter Stummel. Über sein Kinn zog sich eine hässliche, zentimeterlange Narbe. Die Haut an seinem linken Handrücken und Unterarm war schuppig und verfärbt, dort wo ihn vor siebzehn Jahren das Feuer der Magierin verbrannt hatte. Außerdem ließen ihn die Entbehrungen der Wüste zehn Jahre älter aussehen.

»Was gibt es Neues?«, fragte Arkeen. »Was flüstern die Winde?«

Valsunns Gesichtszüge verhärteten sich. »Schlechte Nachrichten, böse Omen. Vor Kunahn wurde eine Karawane überfallen. Keine Überlebenden.«

»Banditen?«

»Die Reisenden sind zerfleischt worden. Manche Gliedmaßen fanden sich Dutzende Schritte von den zugehörigen Körpern entfernt.«

»Kadrass.«

»Ja, so lautet das Ergebnis der Untersuchung.«

»Das ist bereits der dritte Angriff diesseits der Himmelszungen.«

Valsunn nickte. »Wie es heißt, ist selbst Fürst Makepp beunruhigt. Es könnte sein, dass er die Hilferufe aus Abronn jetzt doch erhört. Einige Städte, allen voran Harm und Jordeen, überlegen einen neuen Feldzug gegen die Kadrasshöhlen.«

Arkeen schüttelte verdrossen den Kopf. Es waren kaum drei Fahlen verstrichen, seit er aus Warnack Richtung Süden aufgebrochen war. Dieser Zeitraum hatte ausgereicht, um die Sicherheitslage im Land erheblich zu verschärfen. Wenn die Kadrass in der Shahakeen ihr Unwesen trieben, wirkte sich das auch auf die Reiserouten aus. Als Karawanenführer war man für seine Leute verantwortlich, vom Verlassen der Stadt bis zum Erreichen des Ziels. Niemand wusste das besser als Arkeen.

»Gibt es Auswirkungen auf die Handelswege?«

»Noch nicht. Es wird davon ausgegangen, dass es sich bei dem Gemetzel in Kunahn um einen Einzelfall handelt. Oder dass die Karawane schlecht gesichert und miserabel geführt war.« Valsunn neigte sein Haupt und fuhr im verschwörerischen Tonfall fort: »Außerdem glauben nicht alle die Theorie mit den Kadrass.«

»Wer soll es sonst gewesen sein? Kein Wesen der Wüste zerfleischt seine Opfer und verstreut die Körperteile in der Gegend.«

»Mümmel.«

Arkeen stieß ein tiefes, hartes Lachen aus. »Wer hat sich diesen Blödsinn ausgedacht?«

»Das fragst du mich? Ich gebe die Informationen nur weiter, ich erfinde sie nicht.«

»Nun gut. Gibt es sonst Neuigkeiten?«

»Vor den Toren Warnacks wurden zwei Trolle gesichtet. Der Rat hat fünfzig Gulden auf ihre Ergreifung ausgesetzt.«

»Ein kleines Vermögen. Was will die Stadt mit den Trollen?«

»Angeblich ein Abkommen mit Fandrin. Es heißt, dass gelbländische Gelehrte die Wesen untersuchen wollen.«

Arkeen erinnerte sich an seine Begegnung am Südtor. Er warf einen Blick in die Runde, konnte den tätowierten Fandriner aber nirgends entdecken.

»Ich hole mir Proviant und reise dann weiter. Vielleicht komme ich in zwei, drei Perioden wieder vorbei.«

Arkeen warf Valsunn einen Taler zu, den dieser geschickt auffing und in seinem Ranzen verschwinden ließ. Der Karawanenführer trat in den Laden, erstand Fladenbrot, getrocknete Datteln, Feigen, Boxenkraut und erneuerte seinen Vorrat an Dörrgemüse, Hafer und Hirse. Ausnahmsweise genehmigte er sich ein warmes Sandfinken-Omelette, gewürzt mit rotem Pfeffer. Während seiner Reise durch Eliebron hatte er diese Delikatesse schmerzlich vermisst.

Arkeen verstaute die Vorräte in den Seitentaschen am Rücken seines Kamels und begab sich hinter den Laden, wo eine munter plätschernde Quelle aus dem Gestein brach und in Richtung Sandwasser floss. Er befüllte seine Wasserschläuche und wandte sich nach Nordwesten.

Arkeens Brust schwoll an, als er den letzten Hügel erklomm und sich das Dünenmeer der Shahakeen vor ihm öffnete.

Endlich, dachte er. *Willkommen daheim!*

Warnack

Der erste Eindruck, wenn man die Stadt betrat, waren die zahlreichen Menschen. In einem unablässigen Strom passierten sie das sandsteinerne, mit Ornamenten und bunten Mosaiken verzierte Osttor. Darunter waren Reisende wie Arkeen, wohlhabende, in Seidenkleider gehüllte Stadtbewohner, Bauern, die auf dem Weg zu den Feldern am Rand des Sandwassers waren, gerüstete Soldaten, eilig voranschreitende Bedienstete, Menschen aus Fandrin und sogar zwei groß gewachsene, hellhäutige Jäger aus den Schattenlanden schoben sich durch die Menge.

Die Straßen in diesem Teil der Stadt waren schmal und staubig, aber erfüllt von Leben. Neben der Schar an Passanten boten Verkäufer ihre Waren feil, Kinder stürmten schreiend durch die Seitengassen und kleine Reptilien jagten die Mauern entlang. In den Hauseingängen flatterten Hühner, Ziegen meckerten und über den Köpfen der Fußgänger wurden Fenster aufgerissen und Teppiche ausgeklopft. Kamele und ihre Reiter schoben sich durch die Masse, umschwirrt von unzähligen Fliegen. Daneben ruckelten und quietschten geführte Leiterwagen durch den Strom geschäftiger Leiber. Hie und da war auch ein hellhäutiger Wüstenkobold oder sogar ein Mümmel auszumachen.

Warnack beanspruchte für sich den Titel der lebenswertesten Stadt in Arkeen – und war mit rund fünfhunderttausend Einwohnern die zweitgrößte Metropole im Land. Neben einem fortschrittlichen Kanalsystem, den geringen Steuern, kostenlosen Angeboten für die Bürger und dem demokratischen Regierungsstil, brauchte man für das Bestreiten des Lebensunterhaltes nur wenig Geld. Die Wohnungen waren erschwinglich, Nahrungsmittel preiswert, die Stadtbrigade allgegenwärtig und so straff organisiert, dass es kaum diebische Übergriffe gab. Es verwunderte Arkeen nicht, dass sich Quendor hier niedergelassen hatte.

Nach mehr als einer Stunde im dichten Getümmel erreichte Arkeen die südlichen Gebiete der Stadt. Die Wege wurden breiter, die Menschen weniger, die Gebäude prunkvoller. Im Norden und Osten von Warnack fand man vorwiegend Lehm- und Ziegelbauten. Hier, im Nobelviertel der Stadt, gab es aufwendig errichtete Holzhäuser, kunstvoll mit Glas verzierte Anlagen und prachtvolle Steinvillen.

Arkeen näherte sich einem Gebäude, das mit seinen vier Türmen wie eine Burg im Miniaturformat wirkte. Er stieg von seinem Kamel, schulterte zwei der Tragetaschen und trat auf den Eingang zu.

Als er sich gerade zu fragen begann, weshalb ihm noch kein Bediensteter entgegeneilte, loderte hinter einer verzierten Sandsteinsäule eine rote Flammenzunge auf. Der feurige Speer wurde länger und breiter, fegte direkt vor ihm über den weiß gepflasterten Pfad. Arkeen wurde von einem Schwall Hitze getroffen und stolperte zurück. Nur mit Mühe konnte er den Impuls unterdrücken, herumzufahren und schreiend das Weite zu suchen. Der strenge Geruch glühenden Metalls lag in der Luft.

»Bazibb, lass das!«, brüllte Arkeen.

Hinter der Sandsteinsäule stolzierte eine kniehohe und gänzlich haarlose Gestalt ins Licht. Der Feuerkobold besaß eine tiefrote Hautfarbe, überlange Arme und nach oben gezogene Spitzohren, die unablässig in Bewegung waren. Die meisten Kobolde hier in Warnack waren Wüstenkobolde und wurden im Haushalt eingesetzt. Vereinzelt gab es auch Berg- oder Waldkobolde, beispielsweise bei den Steinmetzen oder in der städtischen Gärtnerei. Soweit Arkeen wusste, war Bazibb im gesamten Südviertel der einzige Vertreter seiner Art; einer Art, die besonders durch kleine Gemeinheiten auffiel.

»Ups, du bist's.« Bazibb grinste.

Am liebsten wäre Arkeen zu seinem Kamel zurückgelaufen, hätte einen Wasserbeutel geholt und über dem Haupt des Feuerkobolds entleert. Aber er warf Bazibb nur einen grimmigen Blick zu, schritt mit erhobenem Haupt an ihm vorbei und klopfte an die Eingangstür, die prompt aufgezogen wurde.

»Arkeen.« Die Falten auf dem Gesicht des alten, glatzköpfigen Mannes verzogen sich zu einem Lächeln. »Wohlbehalten zurückgekehrt. Du siehst gestresst aus.«

»Es ist nichts, Chaspa.« Arkeen deutete hinter sich. »Bazibb.«

»Verstehe.« Chaspas Züge verdunkelten sich. »Ich werde Quendor erzählen, wie du unsere Gäste empfängst«, sagte er mit drohend erhobener Stimme.

»Ach was.« Bazibb grinste noch breiter. »War alles nur ein Missverständnis. Nix für ungut, Arkeen.«

Der Karawanenführer ignorierte den Kobold und folgte Chaspa in das Innere des Hauses. Sie durchquerten den Vorraum und traten an zwei grimmig blickenden Leibwächtern vorbei. Der größere von ihnen, ein Hüne mit einer schiefen Nase und rabenschwarzen Locken, hieß Pelanos und war seit zehn Jahren im Dienste Quendors. Arkeen und der Riese nickten sich zu, als sich ihre Blicke begegneten. Insgeheim fragte sich der Karawanenführer, weshalb sein Bruder immer mehr Krieger um sich scharrte. Mittlerweile mussten es sieben oder acht Söldner sein, die Quendors Anwesen bewachten. Sein Bruder war zwar reich und besaß einigen Einfluss in der Stadt, aber derart viele Leibwächter wirkten auf Arkeen übertrieben und weckten in ihm die Vermutung, dass Quendor, wie viele Mächtige, allmählich paranoid zu werden begann.

Vor dem Karawanenführer erschien ein Bediensteter, der sich verbeugte und ihm einen Becher mit dampfendem Kräutertee anbot. Anschließend marschierten sie in das geräumige Wohnzimmer, das mit seinen feinen Teppichen, erlesenen Wandmalereien, vollgestellten Vitrinen und polierten Möbelstücken jedem Palastzimmer zur Ehre gereicht hätte.

Auf einem Kissen inmitten von Schriftrollen, Tongefäßen und allerlei appetitlichen Häppchen saß eine untersetzte Gestalt. Der junge Mann erhob sich, straffte die Seidenkleider über seiner Leibesfülle und trat auf Arkeen zu.

»Bruder!«, rief Quendor und schloss Arkeen in die Arme. »Wie schön, dich zu sehen.«

Quendor wog sicherlich eineinhalbmal so viel wie Arkeen – ein Resultat seines guten Appetits und zu wenig Bewegung. Dabei wirkte sein Gesicht, narbenlos und selten der Sonne ausgesetzt, jünger als das seines Bruders. Wie Arkeen trug Quendor keinen Bart, hatte sich aber die Haare bis zum Kinn wachsen lassen und mit einem Stirnreif gebändigt. Sie wurden täglich mit heißen Stäben geglättet. Dies verhinderte, dass sie sich zu dunklen Locken ringelten, wie es bei Arkeen der Fall war.

»Ist alles nach Wunsch verlaufen?«, erkundigte sich Quendor.

»Ja. Scheich Ibsalam und die anderen waren nicht begeistert, aber sie stimmen dem Handel zu.« Arkeen öffnete die Tragetaschen, entnahm ihnen unterzeichnete Schriftrollen und mehrere kleine Stoffbeutel. »Hier sind die Verträge und die Kostproben der neuen Produkte. Getrocknetes Hirsemilch-Dattelpulver, Tigerschnegel mit Salz und Kräutern, gebrannte Feldschrecken in Blätterteig.«

»Perfekt.« Quendor lächelte. »Auf meinen kleinen Bruder ist Verlass.«

»Lass dir das nicht zur Gewohnheit werden. Ich kann nicht immer einspringen.«

»Nein, keine Sorge. Ich stehe ohnehin schon in deiner Schuld.« Quendor winkte dem an der Tür wartenden Bediensteten zu, der ein kleines Ledersäckchen brachte und es Arkeen übergab.

»Drei Gulden, wie abgemacht«, sagte Quendor. »Außerdem zwei Gulden extra.«

»Warum das?«

»Der Brüderbonus.« Quendor lächelte.

Arkeen stieß einen unhörbaren Seufzer aus. Schon zu Beginn seiner Karriere als Händler war Quendor großzügig gewesen. Je mehr sein Reichtum zunahm, desto altruistischere Züge nahm sein Handeln an; zumindest gegenüber seinem Bruder.

Arkeen wollte das Geld nicht. Er besaß kein Haus, keine Luxusgüter, kein Grundstück, nur eine winzige Wohnung im Norden Warnacks, deren Mieten er selbst begleichen konnte. Seine Besitztümer beschränkten sich auf die Ausrüstung für die Wüstendurchquerungen, sein Kamel – ein echtes Mandrakei aus der Wüstenstadt Abronn – und seinen Sonnensperber Winshoa. Die Futter- und Unterhaltskosten für Reittier und Falken konnte er mit den Einnahmen durch die Karawanen decken. In der Wüste schlief er im Zelt oder am Boden, aß, was die Natur hergab, nur manche Grundnahrungsmittel und Delikatessen erstand er in den Städten. Er hatte gerade so viel Geld, wie er brauchte. Quendor war nach dem Tod ihres Vaters in eine Beschützerrolle verfallen. Da er Arkeen nicht in der Stadt halten konnte, wollte er zumindest sichergehen, dass sein Bruder keine Geldprobleme hatte.

»Du siehst aus, als willst du die zusätzlichen Gulden nicht«, stellte Quendor fest.

»Drei sind genug. So war es vereinbart.«

Arkeen zog zwei Goldstücke aus dem Beutel und warf sie dem Bediensteten zu.

Quendor schüttelte bedauernd den Kopf. »Du hättest sie verdient. Außerdem bin ich in Geberlaune. Die Verhandlungen mit dem Betriebseigentümer in Ombra waren erfolgreich. Er besitzt die zweitgrößte Farm an Seidenechsen. Ab sofort erhalte ich jede Periode fünfhundert Kilo rohe Seidenhaut und fünfzig Meter fertig gewebten Stoff. Aber ich will dich nicht mit Details langweilen. Wenn du anstelle des Goldes etwas anderes haben möchtest, lass es mich wissen.«

Vater wäre angenehm überrascht, dachte Arkeen. Quendor war zwar kein Wüstenmensch geworden, dafür ein umso geschickterer Händler und Diplomat, mit einem hervorragenden Gespür für die richtigen, verkaufsstarken Produkte. Davon abgesehen besaß er ein großes Herz.

»Danke, Bruder, aber ich brauche nichts.« Arkeen wandte sich Chaspa zu. »Hast du meinen Mentalbrief erhalten?«

»Er ist angekommen.« Der alte Mann neigte seinen haarlosen Schädel. »Allerdings vermute ich, dass du keinen besonders talentierten Druiden mit der Nachricht beauftragt hast. Die Verbindung hat mir Kopfschmerzen bereitet.«

»Es war ein junger Mann, der seine Dienste angeboten hat. Ich hörte, er sei zuverlässig, aber ausgebildet war er wohl nicht.«

Chaspa verzog die Lippen. »Mir gefällt es nicht, dass sich immer mehr Junge anmaßen, ohne ein Studium auf Nörd oder die Lehre unter einem Meister die Fertigkeiten eines Druiden zu besitzen. Ich warte nur darauf, bis die ersten Möchtegerns Karawanen begleiten und mit ihrer unausgereiften Magie das Unglück heraufbeschwören.«

»Chaspa, du alter Schwarzseher.« Quendor ließ sich auf ein Kissen plumpsen. »Kein Karawanenführer, der etwas auf sich hält und nicht völlig den Verstand verloren hat, wird einen Neuling ohne Ausbildung anstellen.«

»Wart's nur ab.« Chaspa straffte seine sehnige Gestalt. »Die Zeiten ändern sich, die Routen werden unsicherer und es gibt nicht ausreichend qualifizierte Druiden. Erst nach vielen Jahren hat man genug Erfahrung, um eine Gruppe sicher durch die Ödlande zu geleiten. Aber, ganz ehrlich, ich will nicht mehr mit Karawanen durch die Wüste reisen. Das Alter bringt es mit sich, dass man die Hitze, die Anstrengungen und Entbehrungen nicht mehr so gut verkraftet.«

»Deshalb arbeitest du auch für mich.« Quendor grinste. »Und du weißt, keine zehn Kamele bringen mich in die Wüste.«

»Da hast du wohl recht.« Chaspa nickte. »Ich bin im Studierzimmer und erwarte die Antwort des Teppichhändlers aus Harm.«

»Du kannst ihm die frohe Botschaft über unseren neuen Handelspartner in Ombra verkünden. Ich bin mir sicher, mit ein wenig Geschick können wir den Preis für die Rohseide in die Höhe treiben.«

Chaspa verschwand und Quendor wandte sich Arkeen zu. »Ich weiß, was du fragen willst: Ja, es ist alles in die Wege geleitet, deine Nachricht war in dieser Hinsicht unmissverständlich.«

Quendor griff in eine der bereitgestellten Schälchen und genehmigte sich eine glasierte, mit Nüssen gefüllte Dattel. »Die Karawane wurde an beiden Sammelplätzen ausgeschrieben. Schaar ist als Reiseziel angegeben, mit Gulehm als Zwischenstation. Ich persönlich hätte nicht gedacht, dass sich jemand meldet. Aber es gibt bereits sieben Anmeldungen.«

»Du meinst wegen dem Überfall der Kadrass?«

»Dürfte eine ziemliche Schweinerei gewesen sein.«

»Meine Fähigkeiten als Karawanenführer sind bekannt. Die Menschen vertrauen darauf, dass ich sie sicher durch die Wüste bringe.«

»Natürlich, keine Frage.« Quendor ergriff ein mit roter Flüssigkeit gefülltes Glas und drehte es unschlüssig zwischen den Fingern. »Ich empfehle dir trotzdem, die Anzahl der Söldner aufzustocken.«

»Ich lasse mich nicht gern von deinem Verfolgungswahn anstecken.«

Quendor legte den Kopf schief. »Du meinst den neuen Wächter beim Eingang, richtig? Wenn du eine Ahnung hättest, was ... egal. Ich kann nicht glauben, dass es bei den aktuellen Entwicklungen auf den Karawanenrouten paranoid sein soll, wenn man die Zahl der Personenschützer erhöht.«

»Ich habe immer sechs bis acht Krieger dabei.«

»Es sollten zwei- oder dreimal so viele sein. Wenn möglich auch Bogenschützen.«

»Dann muss ich den Beitrag für die Reisenden erhöhen.«

»Nicht nötig. Ich übernehme die Kosten.«

»Das kann ich nicht annehmen.«

»Kannst du doch. Ich bin dein Bruder.«

Arkeen wollte Protest einlegen, aber Quendor hob die Hand. »Bitte, keine Diskussionen. Du hast schon die Gulden abgelehnt. Sieh es als vorgezogenes Geschenk zum nächsten Doppelvollmond.«

»Nur, wenn es das einzige bleibt.«

»Einverstanden.«

»Die Krieger suche ich selbst aus.«

»Das ist deine Sache. Willst du wieder …?«

»Ja. Es hat einen Grund, weshalb Vater immer Bogoran als Anführer eingesetzt hat. Seine Erfahrungen sind von unschätzbarem Wert.«

»Wie du meinst.« Quendor zuckte die Schultern. »Du weißt, ich bin nicht von seinen Qualitäten überzeugt. Aber, wie gesagt, das ist deine Sache.«

»Welches Aufbruchsdatum hast du angegeben?«

»Wie du es wolltest. Vierter Tag der fünfzehnten Fahle, also in drei Tagen.«

»Gut. Bis dahin habe ich alle Erledigungen abgeschlossen.«

Arkeen wandte sich zum Gehen.

»Morgen Abend findet das nächste Echsenrennen statt«, rief ihm Quendor hinterher. »Ich habe vier Plätze auf der Ehrentribüne reserviert. Möchtest du mich begleiten?«

»Wer ist noch dabei?«

»Momentan nur Baleya.«

»Deine Konkubine? Wenn du für mich Nana als Begleitung organisierst, kannst du mit mir rechnen.«

~

Wie in jeder Stadt, gab es auch in Warnack Gebiete, in denen zwielichtige Gestalten hausten. Arkeen mochte diese Viertel genauso wenig, wie er sich in Städten allgemein nicht wohlfühlte. Die Menschenmassen, die hohen Gebäude und schmalen Straßen beengten seine Brust. Der Gestank, der beständige Lärm und die dampfende Schwüle ließen ihn Kopfschmerzen bekommen. Dazu war eine Stadt immer in Bewegung, stets in Veränderung begriffen. Was den Einwohnern als Normalität erschien, versetzte Arkeen in anhaltende Alarmbereitschaft. Meistens schlief er schlecht, schreckte in der Nacht hoch, weil ihn Gelächter, das Scharren eines Fuhrwerks oder ein unbehagliches Gefühl aus dem Schlummer rissen. Auch die in manchen Städten verbreiteten Holzbetten, auf denen viel zu weiche Matratzen lagen, verhinderten eine erholsame Nachtruhe. Arkeen war den festen Sandboden unter einer dünnen Schicht aus Fellen oder Stoffen gewohnt.

Zusammengenommen konnte ihn wenig für das Leben in einer befestigten Siedlung begeistern. Er tat jedes Mal einen befreiten Atemzug, wenn er aus einer Stadt in die Wüste hinausritt.

Arkeen hatte das Kamel bei seinem Bruder untergestellt und war zu Fuß unterwegs. Auf dem Weg in das Viertel der Söldner, Zuhälter und einschlägigen Lokale passierte er den größten Marktplatz der Stadt. Hier am Rand des Vergnügungsviertels boten Männer und Frauen ihre Dienste an, wurden gefälschte magische Artefakte verkauft und selbst gebrannte alkoholische Getränke ausgeschenkt. Gewöhnlich schritt Arkeen über den Platz, ohne einem der Händler, Stände oder Waren mehr als einen beiläufigen Blick zu schenken. Diesmal tanzte auf der Bühne in der Mitte des Marktes eine Frau, die seine Neugier weckte. Arkeen wich vom Weg ab und trat näher.

Der Handel mit Menschen war in Warnack, wie in allen Städten des Landes, verboten. Für jede Person, unabhängig von Geschlecht, Herkunft oder Vergangenheit, galt das *Recht der geringsten Ehre*. Dieses Gesetz sollte verhindern, dass sich sklavenartige Zustände einstellten. Die Sklaverei war in Arkeen vor mehr als zwei Jahrhunderten abgeschafft worden. Faktisch gab es weiterhin Abhängigkeitsverhältnisse, die dem Leibeigentum nahe kamen. Besonders häufig traf es junge, in ärmlichen Verhältnissen aufgewachsene Frauen, manchmal auch heimatlose Mädchen. Sogenannte Seelenfänger hatten sich darauf spezialisiert, das Land nach Kindern, Heranwachsenden und jungen Frauen zu durchkämmen. Sie nahmen die Jugendlichen bei sich auf und schufen ein Vertrauensverhältnis, das es ihnen später ermöglichte, sie zur Prostitution oder anderen unlauteren Dingen zu nötigen.

Arkeen stellte fest, dass es sich bei der tanzenden Frau um eine Widerschein handelte. Ein solcher Halbmensch hier in der Stadt und noch dazu als käufliche Dirne, war äußerst ungewöhnlich. Kein Wunder, dass sich zahlreiche begehrliche Blicke auf sie richteten. Das junge Geschöpf, bestenfalls zwanzig Jahre alt, hatte lange, wie Perlmutt schimmernde Haare, große Augen und sinnliche Lippen. Ihr Körper war schlank, wirkte kraftvoll und ebenmäßig und wurde nur von einer hauchzarten, weißen Seidenrobe umschlossen. Die Bewegungen der Widerschein waren elegant und schwungvoll. Sie besaß ebenso viel Talent wie die Seidentuchtänzerinnen in Bahaad.

Der einzige Schönheitsmakel der jungen Frau war eine Narbe an ihrem Kinn, die sich als geschwungene Linie bis zu ihrer Unterlippe erstreckte. Unwillkürlich griff sich Arkeen an sein eigenes Wundmal. Ihre Verletzungen waren an derselben Stelle und besaßen die gleiche Form. Ein merkwürdiger Zufall.

Die junge Frau beendete ihren Tanz. Ein untersetzter, ziegenbärtiger Mann, dessen breites Grinsen von einem Ohr zum anderen reichte, kletterte auf die Bühne.

»Das hier ist Mahishaa«, lispelte er und deutete auf das Mädchen, das sich zum Rand des Podiums zurückgezogen hatte. »In den wildesten Klüften des Scherbenspiegels habe ich sie gefunden, vor dem Tod errettet und hierher gebracht.«

Die junge Frau zeigte keine Reaktion, blickte schweigend zu Boden.

»Wie Sie gesehen haben, ist Mahishaa eine hervorragende Tänzerin. Und sie besitzt noch weitere, beeindruckende Fertigkeiten. Wer sich selbst davon überzeugen will, möge mir ein Angebot unterbreiten. Die Mindestdauer ist drei Stunden, der Ausrufepreis beträgt zwei Gulden.«

Arkeen hob eine Augenbraue. Selbst für eine Rarität wie diese Widerschein war das ein völlig überzogener

Preis. Dennoch gab es sofort fünf, sechs Arme, die aus der Menge emporschnellten. Arkeen schüttelte unmerklich den Kopf. Er wollte Frauen, die freiwillig mit ihm das Bett teilten. So wie Nana.

»Kann man sie kaufen?«, erklang ein Ruf aus der Menge.

Das Grinsen des Händlers wurde breiter. »Wenn Ihr das nötige Kleingeld habt.«

Arkeen wandte sich um. Die Fleischbeschau, das Feixen des Zuhälters und die gierigen Blicke der Marktbesucher widerten ihn an. Es war ihm egal, was aus der Widerschein wurde. Auch für ihn waren Freudenmädchen nur Mittel zum Zweck. Aber er betrachtete sie nicht als Vieh und behandelte sie auch nicht so. Sex war für ihn dann erfüllend, wenn auch die Partnerin Lust empfand. Mehr als einer Frau hatte gefallen, was er mit ihr tat. Mehr als eine hatte sich in ihn verliebt. Aber für Arkeen gab es nur die Nächte, wenige Stunden, in denen er alles vergaß und sich vollends auf sein Gegenüber einließ. Mit dem anbrechenden Morgen war es vorbei und er ging, ohne sich weiter mit den Geschehnissen zu befassen. Selten, dass er mit derselben Frau mehr als einmal das Bett teilte.

Arkeen kehrte auf den Weg zurück, den er vorhin eingeschlagen hatte. Sein Ziel war eine Taverne, in der sich hauptsächlich arbeitslose Söldner herumtrieben. Er trat in den dunstschweren, von rauen Stimmen erfüllten Raum und hängte einen Zettel an die dafür vorgesehene Wand. Auf dem Papier fanden sich die Daten seiner Karawane, mit Starttermin, voraussichtlicher Dauer und Höhe der Entlohnung. Er bezweifelte nicht, dass sich ausreichend Krieger melden würden. Schwieriger war es da schon, aus der Masse an Bewerbern die zuverlässigen und qualifizierten Soldaten herauszupicken. Hier vertraute er auf Bogorans Urteil, der noch immer eine schlagkräftige Truppe zusammengestellt hatte.

Arkeen dürstete es nach heißem Kräutertee mit Honig. Aber den konnte er nicht in dieser Absteige trinken. Vermutlich war es ein Ding der Unmöglichkeit, hier ein alkoholfreies Getränk zu bekommen.

Arkeen verließ die Kneipe und wandte sich dem Norden der Stadt zu. Dort gab es ein Lokal, das ihm mehr zusagte – und in dem er mit einem guten Freund verabredet war.

~

»Ich grüße dich, Bogoran«, sagte Arkeen. »Du siehst alt aus.«

»Tja.« Der Söldner erhob sich vom Tisch. »Die Krux am Älterwerden ist, dass du es erst merkst, wenn du älter geworden bist.«

Arkeen grinste und legte eine Hand auf die Schulter seines Freundes, wie es unter männlichen Bekannten üblich war. Bogorans muskulöse Oberarme, seine kräftigen Hände und nicht zuletzt die dornförmige Tätowierung in seinem Nacken ließen zurecht vermuten, dass er in der Stadt des Schwarzeisens, in Kröll, aufgewachsen war. Die letzten Jahre hatten den Krieger kaum verändert. Wie stets trug er eine körpergeformte Lederrüstung aus Drachenhaut, die ihn in vielen Kämpfen vor Wunden bewahrt hatte. Inzwischen war Bogoran über fünfzig, aber seine traurigen Augen und die kurzen, grauen Haare wirkten wie eh und je. Nur an den beiden verstümmelten Fingern seiner linken Hand und an den zusätzlichen Falten in seinem Gesicht merkte man die Zeit, die verstrichen war.

»Arkeen.« Bogoran lächelte. »Es ist schön, dich gesund und unverletzt wiederzusehen.«

»Hast du daran gezweifelt?«

»Ein wenig. In letzter Zeit häufen sich die unerfreulichen Nachrichten.«

Sie setzten sich und Arkeen bestellte einen Kräutertee.

»Du meinst den Überfall bei Kunahn?«

»Auch. Wie ich heute Morgen erfahren habe, gilt eine Karawane mit hundert Teilnehmern als vermisst. Sie hätte von Abronn nach Shatar reisen sollen, ist aber nie dort angekommen. Angeblich waren zwanzig Gardesoldaten aus Harm dabei.«

Bogoran räusperte sich und trank einen Schluck Bier.

»Weißt du, wie viele Karawanenführer beteiligt waren?«, fragte Arkeen.

»Nur einer. Es wird gemunkelt, dass es sich um Tomares al Harm djin Barkan gehandelt hat.«

»Tomares? Dem traue ich zu, dass er die Karawane mitten in ein Saugschlingennest geführt hat. Es ist leichtsinnig, hundert Personen mit nur einem Führer loszuschicken, Soldaten hin oder her.«

»Wem sagst du das.«

Arkeen verschränkte die Arme vor der Brust. »Unsere Arbeit war noch nie ungefährlich. Mein Bruder meint, ich soll die Anzahl der Söldner erhöhen und auch Bogenschützen mitnehmen.«

»Kein schlechter Gedanke. Ohne Fernwaffen kann man Brüllschrecken nur schwer bekämpfen. Auch wirken Bogenschützen abschreckend auf Banditen. Hast du die Posten für den Begleitschutz ausgeschrieben?«

»Ja, vorhin aufgehängt. Bin gespannt, ob sich genug melden.«

»Davon kannst du ausgehen. Ich werde der Bastei einen Besuch abstatten. Es gibt ein paar Leute, die mir einen Gefallen schulden. Wenn schon Fadenzupfer, dann Eliteschützen.«

Arkeen lächelte. Er wusste um Bogorans Abneigung gegenüber Bogenschützen. Der Söldner hatte mehrmals behauptet, dass diese feige und wankelmütig waren und kein Ehrgefühl besaßen. Doch vermutlich glaubte er seine Worte selbst nicht. Arkeen war der Ansicht, dass es eine unschöne Geschichte in Bogorans Vergangenheit gab, bei der Bogenschützen eine Rolle gespielt hatten. Der Krieger hatte dies selbst ein- oder zweimal angedeutet, ohne allerdings Details zu nennen. Immerhin ging Bogorans Abneigung nicht so weit, dass er sich dem Vorteil einer erhöhten Kampfreichweite verschloss.

Arkeens Lächeln verblasste. Seine Schwester Ashida war ihm oft mit ihrem Wunsch in den Ohren gelegen, zur Schützenelite von Warnacks Stadtfürstin zu gehören. Ihr herausragendes Talent im Umgang mit Pfeil und Bogen hätte dazu die besten Voraussetzungen geboten. Arkeen war davon überzeugt, dass sich seine Schwester ihren Lebenstraum erfüllt hätte – wäre jene verhängnisvolle Nacht vor siebzehn Jahren nicht gewesen.

»Hast du einen Druiden?«, fragte Bogoran.

»Noch nicht.«

»Was ist mit Usgard? Ich habe ihn gestern getroffen.«

»Ich dachte, er wollte aufhören?«

»Stimmt. Aber er hat es wieder einmal nicht durchgezogen. Er braucht das Geld. Du weißt, wegen seiner Spielsucht.«

»Ich arbeite nicht mit süchtigen Menschen zusammen. Sie sind treulos, emotional instabil und unberechenbar.«

Bogoran lachte leise und warf sich eine Blutnuss in den Mund. Er trug immer ein Säckchen der dunkelroten Samen mit sich herum und aß andauernd davon.

»Dann musst du ohne mich reisen. Und wahrscheinlich auch ohne alle anderen Söldner, die sich melden.«

»Ist Usgard zuverlässig?«

»So zuverlässig, wie Druiden eben sein können.«

»Ich werde es mir überlegen.«

Arkeen starrte zur Theke. Einige der Gäste hatten sich um einen Käfig aus Schwarzeisen versammelt. Darin schwirrte eine kaninchengroße, hell leuchtende und geflügelte Gestalt, die nach allen Seiten Flüche und Verwünschungen ausstieß.

»Wissen die, in welcher Gefahr sie schweben?«, murmelte Arkeen.

»Die Morganafee ist mit einem Bann belegt«, sagte Bogoran. »Das erzählt zumindest der Händler, der sie jeden Abend hier vorbeibringt. Solange sie in dem Käfig sitzt, ist sie harmlos.«

»Darauf würde ich mich nicht verlassen.« Arkeen schüttelte den Kopf und wandte sich seinem Getränk zu. »Ich habe schon Männer gesehen, die auf die Versprechungen einer Fee hereingefallen sind. Kein schöner Anblick.«

Bogoran leerte seinen Bierkrug und wischte sich den Schaum vom Mund. »Ich habe eine Neuigkeit, die dir gefallen wird. Meine …«

»Arkeen«, erklang eine Stimme. »Arkeen al Warnack djin Tarekk!«

Eine Gestalt kam auf sie zugewankt. Arkeen erkannte sie sofort. Es war der langhaarige, im Gesicht tätowierte Fandriner, den er am Südtor getroffen hatte. Wenn sich Arkeen recht besann, lautete sein Name Eglan. Dem glasigen Blick nach hatte der Gelbländer bereits einige Gläser zu viel geleert.

»Mein Pferd isch' tot«, lallte Eglan. »Isch' einfach um'kippt. Als Warnacksch Mauern schon in Schicht war'n.«

Arkeen verzog das Gesicht. Der Atem des Fandriners verbreitete einen übel riechenden Dunst. Von allen menschlichen Süchten konnte er die Gier nach Alkohol am wenigsten ausstehen. Er selbst trank weder Schnaps, Bier noch Wein. Er hatte nur einmal als Halbwüchsiger unerlaubt Akazienbier getrunken. Am gleichen Abend war sein Vater gestorben.

»Jetsch' brauch isch ein Kamel. Isch will nämlisch zum Dreihorn!«

»Schön«, entgegnete Arkeen. »Kamele kann man überall kaufen.«

»Du bischt doch Kawanenfühl... führa. Isch muss nach Norden. Nimmscht du mich mit?«

Der Fandriner beugte sich beständig weiter nach vorn. Der Gestank war kaum auszuhalten.

»Nein, kein Interesse. Hör auf mich zu belästigen und verschwinde.«

»War nur 'ne Frage.« Eglan richtete sich auf und taumelte zur Bar.

»Kennst du den Typen?«, erkundigte sich Bogoran.

»Flüchtig. Ich hoffe, er entdeckt nicht die Ausschreibung der Karawane.«

»Würdest du ihm eine Teilnahme verweigern?«

»Wenn er bezahlen kann und nüchtern ist …« Arkeen zuckte die Schultern. »Was wolltest du vorhin sagen?«

Bogoran beugte sich über den Tisch. »Es könnte sein, dass wir eine neue Spur gefunden haben.«

Arkeens Puls beschleunigte sich. »Gelber Drache?«

»Ja. Vor kaum einer Fahle wurde ich von Istran, unserem Späher in Marsam kontaktiert. Wie es aussieht, endet die Spur des Drachen in Höllbrögg.«

»So weit im Nordwesten? Was wurde aus den Beduinen?«

»Fehlanzeige. Wie du weißt, waren die beiden Hexen in der Oase. Es gibt keine Anzeichen, dass sich Gelber Drache länger dort aufgehalten hat. Quendor wollte es nicht wahrhaben und hat eine Magierin angeworben, die gerade Richtung Rongar reist.«

»Davon hat er mir nichts erzählt.«

»Weil es hinfällig ist. Im Grunde weiß auch dein Bruder, dass es vergebliche Mühen sind. Wo nichts ist, kann auch der stärkste Zauber nichts finden. Die Sache mit Höllbrögg klingt da schon brauchbarer. Istran hat neue Berichte zu Überfällen von Gelber Drache zusammengetragen und mit unseren bisherigen Erkenntnissen verglichen. Es zeigt sich ein dreijähriges Muster – zuerst im Norden, dann im Süden, zuletzt im Osten.«

»Das wissen wir längst.«

»Stimmt. Nur weißt du, was auffällig ist? Im Umkreis von dreihundert Kilometern zu Höllbrögg gab es keinen einzigen Zwischenfall, bei dem Gelber Drache in Erscheinung getreten ist.«

»Ich dachte, dass …«

»Du meinst die Überfälle auf der Route entlang des Feuerkelchs? Das war nicht Gelber Drache. Es war eine bewusste Falschinformation, die von den Überlebenden verbreitet worden ist. Der Grund: Sie wurden dafür bezahlt – von einem Geschäftsmann in Höllbrögg.«

»Wenn das stimmt, ist das die erste richtige Spur seit mehr als fünf Jahren.«

»So ist es. Ich schlage vor, dass wir nach unserer Ankunft in Schaar nach Höllbrögg reisen und uns der Sache annehmen.«

»Quendor wird mitkommen wollen.«

»Wenn du ihm die Entbehrungen der Wüste schmackhaft machst, wird sich das vermeiden lassen. Ich brauche keinen schwerfälligen Tollpatsch, den man durch die Wüste tragen muss.«

Ein Lächeln huschte über Arkeens Gesicht. Doch sogleich senkte sich ein Schatten auf seine Züge.

»Ich nehme an, es gibt keine Hinweise auf den Verbleib von Ashida?«

»Tut mir leid.« Bogorans Augen wirkten noch trauriger als zuvor. »Deine Schwester ist und bleibt verschollen.«

~

An den Ufern des nahen Sandwassers baute man Hirse, Emmer, Obst und Gemüse an. Das Wasser des Flusses wurde in einem Sickerbecken gereinigt und über aufwendige Kanal- und Pumpanlagen in die Stadt befördert. Es war ohne weitere Behandlung trinkbar. Auch besaß praktisch jedes Gebäude einen eigenen Wasserzugang sowie einen Abort. Von den Wüstenstädten hatte nur Bahaad, fast eintausend Kilometer weiter nördlich gelegen, ein ähnlich gut ausgebautes Kanalsystem.

Zwischen Sandwasser und Warnacks Stadtmauern lagen die Unterkünfte für Reitechsen, Kobolde und Greifvögel. Sie waren aus verschiedenen Gründen hier draußen errichtet worden. Echsen wurden in der Enge der Stadt unruhig und aggressiv. Zudem konnte man sie nicht in der Nähe von Kamelen halten. Kobolde ertrugen die Menschenmassen und städtischen Ausdünstungen auf Dauer nicht. Bazibb, Quendors garstiger Feuerkobold, war eine der wenigen Ausnahmen, die direkt in der Stadt hausten. Im Fall der Greifvögel lag es an dem zunehmenden Platzbedarf, weshalb das ursprüngliche Quartier im Norden der Stadt aufgelassen worden war.

Die Falknerei steuerte Arkeen jetzt auch an. Er hatte Winshoa, seinen weiblichen Sonnensperber, vor der Abreise nach Eliebron hier untergebracht. *Untergebracht* war allerdings das falsche Wort, denn weder saß Winshoa in einem Käfig, noch war sie angebunden. Niemals hätte er seiner Freundin ihrer Freiheit beraubt. Zudem hätte sie nur in einem Einzelkäfig sitzen können. Wurde sie mit einem anderen Greifvogel zusammengesperrt, zerfleischte sie ihn. Arkeen hatte Winshoa angewiesen, hier auf ihn zu warten. Die Mitarbeiter der Falknerei versorgten sie mit Futter, das genügte und war auch nicht so teuer.

Als Arkeen durch den Torbogen in die Anlage trat, vernahm er die Schreie zahlreicher Greifvögel, darunter auch die markanten Laute seines Falken. Winshoa spürte es, wenn Arkeen in der Nähe war.

Der Karawanenführer richtete die Lederbandage an seinem linken Unterarm, befühlte die vernarbte Haut darunter. Seine Wunde war kein schöner Anblick, rot gefleckt, faltig und zerfurcht. Aber er hatte sich daran gewöhnt. Manchmal übersah er, dass sie da war. Hin und wieder gelang es ihm sogar, tagelang nicht daran zu denken; an die Vollmondnacht vor siebzehn Jahren, die blutbefleckten Dünen, das Feuer, die Schreie – und den Tod.

Flügelschläge erklangen, ein mächtiger Schatten erhob sich in die Luft. Winshoa landete auf Arkeens ausgestrecktem Arm. Der Karawanenführer spürte die Krallen des Sperbers selbst durch die lederne Bandage hindurch. Der Falke war so groß wie ein Adler und dementsprechend schwer.

»Hast du zugenommen?«, fragte Arkeen.

Winshoa stieß einen krächzenden Schrei aus und wackelte mit ihren Schwanzfedern. Manchmal, so wie jetzt, war Arkeen davon überzeugt, dass der Falke jedes Wort verstand. Tatsächlich war ihre Verbindung subtiler. Winshoa spürte und verstand, was in Arkeen vorging, und richtete sich danach. In dieser Hinsicht besaß sie ein fast menschlich anmutendes Einfühlungsvermögen.

Winshoa spreizte die Schwingen. Die Unterseite ihrer Flügel glänzte sandfarben, wie die Hausmauer dahinter. Es war jedes Mal faszinierend, die Wandlungsfähigkeit der Sonnensperber zu erleben.

Arkeen hatte Winshoa aus den Fängen von Wüstengnomen gerettet. Die diebischen Geister waren auf ein Nest mit Jungtieren gestoßen und hatten die Geschwister des Falken verschlungen. Arkeen hatte den letzten Greif retten können. Seit diesem Moment war Winshoa auf ihn fixiert. Sie hätte ihn überallhin begleitet. Aber manchmal war es besser, allein zu reisen, besonders dann, wenn es in dichter besiedelte Gebiete wie nach Eliebron ging. Die Menschen dort waren schnell mit Pfeil und Bogen bei der Hand, wenn ein Huhn geraubt wurde.

»Geht es dir gut?«

Winshoa gab einen Laut von sich, der an das Gurren einer Taube erinnerte. Ein gutes Zeichen. Sie öffnete den Schnabel und leckte mit ihrer tropfenförmigen Zunge bis zu ihren Nasenlöchern.

Auf Arkeens harten Gesichtszügen erschien ein mildes Lächeln. Winshoa gelang mit einem beiläufigen Schnalzen ihrer Zunge, was den meisten Menschen niemals glückte.

»Wir reisen durch die Wüste«, sagte Arkeen. »Deine Heimat.«

Winshoa legte den Kopf schief. Sie beäugte ihren Herrn von der Seite, stieß sich von Arkeens Unterarm ab und schoss wie ein Pfeil in den wolkenlosen Himmel empor. Dazu stieß sie das *Kre-ke-keck* der Sonnensperber aus – ein Ausdruck höchster Glückseligkeit.

~

»Na, was sagst du? Die perfekten Sitzplätze, nicht wahr?«

Auf Quendors Gesicht lag ein Ausdruck von Genugtuung. Arkeen musste seinem Bruder recht geben. Sie saßen in der ersten Reihe, direkt über der Balustrade, welche die ellipsenförmige Laufstrecke der Echsen von den Zuschauertribünen trennte. Wenige Schritte neben ihnen saß Fürstin Shinlaya mit ihrer Gemahlin Aesawe. Arkeen war den beiden noch nie so nahe gewesen. Die hellhäutige Aesawe wirkte mit ihrer schlanken, anmutigen Gestalt und den weichen Gesichtszügen nicht älter als dreißig. Hingegen war Shinlaya betagter, als Arkeen angenommen hatte. Trotz Puder und Schminke waren die Falten auf ihren Zügen nicht zu übersehen. Sie musste die siebzig längst überschritten haben. Vermutlich hielt Shinlaya die Legenden um ihre ewige Jugend selbst am Leben.

Quendor hatte der Fürstin ein Lächeln geschenkt und ihr zugenickt, als sie sich auf ihren Plätzen niederließen. Zu Arkeens Verwunderung hatte das Stadtoberhaupt nicht nur zurückgegrüßt, sondern ebenfalls gelächelt. Es war unheimlich, wie viel Einfluss sein Bruder in den letzten Jahren gewonnen hatte. Manchmal fragte sich Arkeen, ob Quendor seine Macht und die immensen finanziellen Mittel auf legalem Weg erworben hatte. Stets verwarf er den Gedanken. Er hätte es mitbekommen, wenn sein Bruder auf die schiefe Bahn geraten wäre.

»Nicht schlecht«, meinte Arkeen. »Die Sicht ist gut.«

»Gut?« Empört wandte sich Quendor der neben ihm sitzenden Baleya zu. Die Konkubine strahlte über das ganze Gesicht.

»Perfekt«, raunte sie. »Du hast wie immer weder Kosten noch Mühen gescheut, um uns ein atemberaubendes Erlebnis zu bieten.«

Arkeens Mundwinkel zuckten. Es war nicht etwa so, dass Baleya die Worte nicht ernst meinte, aber ihre übertriebenen Dankesreden und Huldsprüche hätte er auf Dauer nicht ausgehalten. Egal, sie war ja nicht seine Frau.

Quendor beugte sich zu Baleya und küsste sie, lang und leidenschaftlich.

Neben Arkeen saß Nana. Wie Baleya war sie eine Konkubine der gehobenen Preisklasse. Arkeen hatte sie durch seinen Bruder kennengelernt. Nana besaß blaue Augen, rote, brustlange Haare und hatte Sommersprossen auf Nase und Wangen. Das ließ sie zu einer ähnlichen Rarität werden wie die Widerschein, die Arkeen gestern am Marktplatz gesehen hatte. Nana stammte aus Bandugar, den Schattenlanden. Die Menschen dort waren hellhäutig, rote Haare und blaue Augen kamen nicht selten vor. Außerdem besaßen sie eine andere Mentalität. Die behäbige, phlegmatische Ruhe, die vielen Stadtbewohnern in Arkeen zu eigen war, traf nicht auf Schattenländer zu. Banduganer waren stets wachsam, aktiv, zielstrebig und nicht auf den Mund gefallen. Besonders Letzteres gefiel Arkeen.

»Du brauchst mich gar nicht so anzusehen«, sagte Nana schroff. »Ich habe meine Periode, Sex kannst du vergessen.«

»Hast du das auch Quendor gesagt, als er dich hat holen lassen?«

»Nein. Das geht ihn nichts an.«

»Er hat dich nicht dafür bezahlt, dass du beim Echsenrennen auf erstklassigen Plätzen sitzt.«

»Von Sex war nie die Rede. Nur, ob ich Zeit habe. Die hatte ich.«

»Das ist Betrug.«

»Willst du mich verpetzen? Dann kannst du weitere Treffen vergessen. Davon abgesehen brauche ich das Geld.«

»Warum?«

»Die Geschäfte laufen nicht so gut.«

»Hast du dir …«

»Nein, ich bin sauber. Aber ich hatte in letzter Zeit … wenig Lust.« Ein Schatten huschte über Nanas Gesicht.

»Albträume?«

Sie nickte stumm.

Arkeen fuhr durch Nanas dichte, rote Haare. Seine Finger bewegten sich auf eine bestimmte Stelle an ihrem Hinterkopf zu. Er spürte die Narbe, begann sie sanft zu umkreisen.

»Hör bloß nicht auf damit«, murmelte Nana und schloss die Augen.

Ein lauter Ruf erklang, gefolgt von einer Trompetenfanfare – das Echsenrennen hatte begonnen. Die Tiere, die mit ihren Reitern im Wettkampf antraten, waren anders als jene, die in Karawanen durch die Wüste zogen. Turnierechsen waren breite, muskulöse Geschöpfe mit langen Beinen, wodurch sie auf kurzen Strecken eine hohe Geschwindigkeit erreichten. Sie benötigten mehr Nahrung und Zuwendung, als die schlanken, langschwänzigen Vertreter ihrer Rasse.

Die ersten Reptilien stürmten unter ihnen vorbei. Vor jedem Wettkampf wurde die Rennbahn ausgiebig mit Wasser besprüht. Andernfalls wären nicht nur Echsen und Reiter, sondern auch Tribüne und Zuseher in dichten Staub gehüllt.

»Mangomond, du schaffst es!«, brüllte Quendor und hob die Faust, als eine gelb-rot gescheckte Echse vorbeipreschte.

»Wie viel hast du gesetzt?«, fragte Arkeen.

»Nur einen Gulden. Mangomond ist nicht mehr das, was sie mal war. Die Konkurrenz wird immer stärker. Siehst du den Burschen, der ganz vorn läuft? Eine neue Züchtung aus Kröll. Ist den bradakeenischen Farbechsen ebenbürtig, wenn nicht sogar überlegen.«

»Denkst du noch daran, dir ein neues Reptil zu kaufen?«

»Nein. Fumeij und Duko reichen mir vollauf. Haben letztens einen Stalljungen angeknabbert. Der Bursche war so dumm und hatte beim Ausmisten ein Stück geräucherten Fisch in der Hosentasche.«

Arkeen hielt nicht viel von Laufechsen, zumindest nicht als Reittiere. In seinen Augen waren sie unberechenbar. Das wog auch nicht ihre Vorteile gegenüber Kamelen auf, etwa das höhere Tempo. Zudem waren sie teuer in der Anschaffung und Haltung. Er hätte sein Mandrakei niemals gegen eine Echse getauscht.

»Das wird nichts mehr«, murmelte Quendor und schürzte die Lippen. »Mangomond fällt immer weiter zurück.«

»Vielleicht solltest du deine Diener besser bezahlen, anstatt dein Gold für Wetten auszugeben.«

»Du meinst Bazibb, nicht wahr? Hat er dich wieder belästigt?«

»Die übliche Geschichte. Er weiß, dass ich Feuer nicht ausstehen kann.«

»Ich werde ihn zurechtweisen.«

»Kannst du bleiben lassen. Mit dem Kobold werde ich schon fertig.«

Ein tiefer Gong ertönte und Quendor schüttelte den Kopf.

»Vierter Platz. Unfassbar! Und welches Tier hat gewonnen? Die Züchtung aus Kröll.«

»Wie viele Rennen folgen noch?«

»Nur drei. Ein paar der Echsen wurden für Patrouillen rekrutiert. Wie viele andere Städte erhöht auch Warnack seine Militärpräsenz auf den Handelsrouten. Die Stadtbrigade besitzt nicht genügend Reittiere, deshalb hat sich der Rat zu diesem Schritt entschlossen.«

»Mich wundert, dass es keinen Aufstand gegeben hat.«

»Den hat es. Ursprünglich war geplant, noch mehr Reptilien von den Rennen abzuziehen. Aber da haben Gastbetriebe, Züchter und Wettunternehmen gestreikt. Die Echsenrennen sind nicht umsonst einer der wichtigsten Wirtschaftsfaktoren der Stadt.«

Die nächste Trompetenfanfare erklang, abermals stürmte eine Horde berittener Schuppentiere unter ihnen vorbei. Arkeen betrachtete das Geschehen mit mäßiger Begeisterung. Seine Gedanken kreisten um Bogorans Worte. Vielleicht, ja vielleicht, hatten sie endlich die Spur gefunden, die zu Gelber Drache führte – dem gefürchtetsten Banditen der Shahakeen; dem Entführer seiner Schwester; und dem Mörder seines Vaters.

Nana lehnte ihren Kopf gegen Arkeens Schulter.

»Nimmst du mich nachher mit in deine Wohnung?«

»Ich dachte, du hast deine Periode.«

»Na und? Wer sagt denn, dass Sex das Einzige ist, was ich bieten kann.«

»Stimmt. Du könntest kochen.«

»Vergiss es. Ich stelle dir Mund und Zunge zur Verfügung. Glaub mir, das wird dir besser schmecken.«

~

»Ihr könnt gehen, Obunis«, sagte Arkeen. »Wenn wir Euch auswählen, werdet Ihr informiert.«

Der langhaarige Söldner lächelte, ließ faulige Zähne erkennen und deutete eine Verbeugung an.

Als er verschwunden war, wandte sich Arkeen Bogoran zu. »Ich hoffe, den Burschen ziehst du nicht in Betracht.«

»Obunis hat Kampferfahrung. Auch gegen Kadrass. Zudem ist seine Lederrüstung aus Drachenhaut gefertigt. Und er besitzt eine Schwarzklinge.«

Arkeen seufzte. »Er ist ein Trinker. Hast du seine Augen nicht gesehen?«

»Ich sorge dafür, dass er während der Reise nüchtern bleibt.«

»Sehr reinlich ist er auch nicht.«

»Willst du Krieger oder Narzissten?«

»Gut, meinetwegen.« Arkeen machte ein Kreuz auf seiner Liste. »Dann haben wir jetzt zwölf Söldner, mit dir dreizehn. Was ist mit den Bogenschützen?«

»Sie werden dir gefallen. Es handelt sich um vier Frauen.«

»Frauen?«

»Hast du etwas dagegen?«

»Nein. Ich denke an die Krieger. Zwei oder drei, die wir einstellen wollen, erwecken auf mich den Eindruck, keine Frau auszulassen. Zum Beispiel dieser Obunis.«

»Kastration.«

»Bitte?«

»Wer eine Frau gegen ihren Willen bedrängt, wird von mir eigenhändig entmannt.«

»Das … ist eine sehr radikale Bestrafung.«

»Ich weiß. Aber sie stellt sicher, dass es nicht zu Übergriffen kommt. Davon abgesehen können die Fadenzupfer gut auf sich selbst aufpassen.«

»Willst du sie mir nicht vorstellen?«

»Morgen, kurz vor der Abreise. Sie sind auf Patrouille außerhalb der Stadtmauern. Hier musst du meiner Wahl vertrauen.«

»Das tue ich. Dann fehlt nur noch eins.«

Arkeen nickte dem kleinen Jungen zu, der erwartungsvoll neben der Tür stand.

»Schick ihn rein.«

Der Bursche eilte nach draußen. Wenige Augenblicke später trat eine wohlbekannte Gestalt in den Raum.

»Usgard djin Nörd, sieh an.«

»Arkeen.« Der Druide deutete eine Verbeugung an. »Es freut mich, dich wiederzusehen.«

»Was machen deine Schulden?«

Der Druide linste zu Bogoran. Das Gesicht des Kriegers blieb unbewegt.

»Sie mehren sich«, erwiderte Usgard. »Trotz meiner größtmöglichen Anstrengungen, dies zu verhindern.«

»Du fühlst dich physisch und psychisch in der Lage, mit uns in die Wüste zu reiten?«

»Ja.«

»Du besitzt die notwendige Ausrüstung und ein eigenes Kamel?«

»Ja.«

»Du beherrscht die druidischen Fertigkeiten der Bannlegung, des magischen Gespürs und der mentalen Nachrichtenübermittlung?«

»Ja.«

»Gut. Bogoran und ich werden uns beraten. Warte draußen.«

Usgard verbeugte sich und trat aus dem Raum.

»Immerhin«, meinte Bogoran. »Er war ehrlich.«

»Das stimmt.« Arkeen rieb sich die Stirn. »Viel Auswahl haben wir nicht. Die anderen beiden Druiden sind mir zu unerfahren. Frisch aus Nörd entlassen und ohne Wüstenerfahrung, da ist mir ein krankhafter Spieler lieber.«

Bogoran lachte leise und kramte nach einer Blutnuss. »Wenn man es genau nimmt, sind wir doch alle Spieler. Auf die eine oder andere Weise.«

»Ach so? Und was ist mein Spiel?«

»Du jagst Gelber Drache. Das ist ein Spiel mit dem Tod.«

~

Dreiundzwanzig Anmeldungen waren für die Reise nach Schaar eingelangt. Damit hatte Arkeen nicht gerechnet. Selbst wenn man berücksichtigte, dass oft zwei, drei Personen im letzten Moment absprangen, war die Teilnehmerzahl hoch – zumindest angesichts der unsicheren Lage auf den Karawanenrouten.

Arkeen hatte die Anmeldelisten in der ersten Morgendämmerung von den Anschlagtafeln entfernt und war zu Quendor gegangen. Im Licht der goldverzierten Öllampen sortierte er die Blätter und ging die Eintragungen durch. Der Name, den er gesucht hatte, fand sich auf der dritten Seite. *Eglan Dawodaan*, so hieß der tätowierte Fandriner, dem er bereits zweimal begegnet war. Seine Hoffnung, dass der Gelbländer die Bekanntmachung der Karawane übersah, war nicht in Erfüllung gegangen. Offensichtlich hatte Eglan auch Ersatz für seine Pferde gefunden. In dem Feld für die Art der Fortbewegung stand: *zwei Kamele*.

Arkeen überflog die restlichen Teilnehmer. Eglan war augenscheinlich der einzige Fandriner. Interessant erschien ihm ein zweiter Doppelname: *Kimlin Nahnwann*. Doppelnamen zeigten an, dass es sich nicht um einen Einwohner der Wüstenlande handelte. Gewöhnlich bestand ein Eigenname in Arkeen aus dem Vornamen, dem Geburtsort sowie dem Namen des Vaters beziehungsweise der Mutter. Ausnahmen waren nicht nur Menschen aus Fandrin oder Bandugar, sondern auch Druiden und Magierinnen. Bei Fürsten und berühmten Persönlichkeiten wurde der Name verkürzt und man setzte stattdessen ihren Titel voran. Schließlich gab es Vertreter gewisser Berufsgruppen, etwa Konkubinen, die grundsätzlich nur unter ihrem Vornamen bekannt waren.

Arkeen erinnerte sich der vergangenen Nacht. Letztendlich hatten sie doch Sex gehabt, Nana und er. Ihre Geschichte der Regelblutung entsprach nicht der Wahrheit. Mit einem schiefen Lächeln hatte sie zugegeben, dass ihre Menstruation seit einer Fahle vorbei war. Es waren die Albträume, die ihr die Lust nahmen. Arkeen hatte dafür gesorgt, dass die Lust zurückkam. Es war kein leichtes Unterfangen gewesen, aber hatte sich gelohnt. Stundenlang hatten sie sich in den Kissen gewälzt, es auf jedem Quadratmeter der kleinen Wohnung getrieben. Nana behauptete später, es habe sich um ihr erstes Mal seit vier Fahlen gehandelt. Arkeen glaubte ihr. Sie war noch nie so leidenschaftlich und fordernd gewesen.

»Ich mache mich auf den Weg«, sagte Arkeen an seinen Bruder gewandt. »Die erste Tagstunde bricht an.«

Quendor erhob sich schwerfällig und umarmte ihn. »Ich wünsche dir alles Gute. Melde dich spätestens, wenn du in Gulehm angekommen bist.«

»Soll ich dir einen Mentalbrief schicken?«

»Ich bitte darum. In Schaar wende dich an Onkel Rassuf. Er kann euch bei der weiteren Planung unterstützen.«

»Das wird nicht notwendig sein. Du weißt, ich …«

»Ja, du magst Rassuf nicht – was in deinem Fall auf die meisten Stadtbewohner zutrifft, wenn ich dich daran erinnern darf. Genauso, wie ich dir bei deiner Einschätzung zu Bogoran vertraue, könntest du bei unserem Onkel auf mich hören. Er ist ein ehrenwerter, verlässlicher Mann. Der Tod unseres Vaters hat ihn schwer getroffen. Du weißt, dass er geschworen hat, die Verantwortlichen zur Rechenschaft zu ziehen.«

»Rassuf ist arrogant und großspurig.«

»Ich glaube, du interpretierst da zu viel hinein. Er ist ein hochrangiger Beamter von Fürst Narabb. In dieser Position muss man sich gewisse Verhaltensweisen aneignen, um überleben zu können.«

Quendor hob die Hand, als Arkeen einen Einwand vorbringen wollte. »Letztendlich ist es deine Entscheidung, ob du ihn kontaktierst. Auf alle Fälle möchte ich regelmäßig informiert werden, wenn ihr die Spur von Gelber Drache aufnehmt und weiter Richtung Höllbrögg reist.«

»Ich kann nicht versprechen, dass eine Verbindung möglich ist.«

»Meiner Erfahrung nach hängt das entscheidend von der Bezahlung ab. Deshalb werde ich auch …«

»Nein, die Spesen begleiche ich.«

Quendors Augenbrauen zogen sich zusammen. »Hier geht es nicht um dich, Arkeen, sondern um unsere Schwester. Ich übernehme alle Kosten, die für Druiden und Mentalbriefe anfallen.«

»Wenn du darauf bestehst.« Arkeen wandte sich dem Ausgang zu. »Falls du Nana siehst, richte ihr meine Grüße aus.«

»Ich soll Grüße überbringen? Von dir? Kann mich nicht erinnern, dass du mich das jemals gebeten hast. Scheint, als hattet ihr eine aufregende Nacht.« Quendor grinste.

Arkeen griff wortlos nach einem Wasserschlauch sowie den letzten beiden Packtaschen und marschierte nach draußen.

»Mögen euch die Götter wohlgesonnen sein«, rief ihm Quendor hinterher. »Pass auf dich auf, Bruder!«

Arkeen ritt über die staubige Straße in Richtung Sammel-platz. Vor wenigen Minuten hatte sich das gelbe Rund der Sonne über die sanft geschwungenen Dünen erhoben. Die erste Tagstunde war angebrochen. Mit dem Beginn der zweiten Stunde würde seine Karawane die Stadt Richtung Norden verlassen.

Arkeen blickte in den Himmel empor. Er konnte sie nicht sehen, aber wusste, dass sie da war. Ein kurzes Auf-flackern, etwas zu hell gegenüber dem restlichen Him-melsblau. Winshoa war ganz in seiner Nähe. Es war gut zu wissen, dass jemand ein Auge auf ihn hatte. Noch dazu zwei so scharfe Augen wie die eines Sonnensperbers.

Am Sammelplatz drängten sich voll bepackte Men-schen, Kamele und Händler, die den Wüstenreisenden angebliches Heilwasser und wirkungslose Schutzzauber aufschwatzen wollten. Drei weitere Karawanen brachen heute in die Wüste auf. Nur Arkeen hatte die Nordroute gewählt. Zwei Gruppen wollten nach Osten, Richtung Harm, eine davon bis Madreen. Die dritte würde sich nach Südwesten wenden, über Nemlohd und entlang der Schattenberge bis Mahad'ta.

Diese letzte Karawane durchquerte die Ausläufer der Bradakeen, der Schlammwüste. Das war jene Gegend des Landes, mit der sich Arkeen am wenigsten anfreunden konnte. Die Pfade bestanden aus Morast und Schwingra-sen, wodurch das Vorwärtskommen erschwert wurde. Es gab zahlreiche Wasserlöcher, die unangenehme Gerüche verströmten, teilweise musste man sich vor giftigen Dämpfen in Acht nehmen. Dazu kamen feuchte Nebel-bänke, Schwärme an Mücken, zahlreiche Saugschlingen und die vieräugigen Moorkatzen, die Wanderer in die Irre führten und das gefährliche Sumpffieber übertrugen.

Arkeen sah sich um und erblickte Bogoran, der ihm von der anderen Seite des Sammelplatzes zuwinkte. Der Karawanenführer stieg vom Kamel und trat auf seinen Freund zu.

»Arkeen, ich möchte dir jemanden vorstellen.« Der Söldner deutete auf die Person neben sich. Im ersten Moment war Arkeen nicht sicher, ob er einem Mann oder einer Frau gegenüberstand. Die glatten, androgynen Gesichtszüge erschwerten eine Zuordnung und ließen die Person auf eigentümliche Weise alterslos erscheinen. Allerdings besaß die Unbekannte eine eindeutig weibliche Figur.

»Das ist Leutnant Geolinsa al Abronn djei Tunissa. Sie führt die Einheit der Elitebogenschützen an, die uns begleiten wird.«

Auf den zweiten Blick korrigierte Arkeen das Alter der Frau nach oben. Vermutlich war sie weit über vierzig, vielleicht fünfzig. Auch wenn ihr Antlitz jegliche Falten vermissen ließ, wiesen ihre dunklen Augen eine Reife auf, die von vielen entbehrungsreichen Jahren zeugte. Die Lippen der Frau waren schmal und blutleer. Sie strahlte Gelassenheit aus und eine schwer zu beschreibende Form keuscher Schönheit. Geolinsas Haare waren kurz und schneeweiß, genauso wie ihre Augenbrauen. Arkeen vermutete die Wirkung eines Fluchs.

Wie es Brauch war, legten Arkeen und Geolinsa ihre rechten Handflächen aneinander. Hinter der Kriegerin standen ihre Untergebenen, drei deutlich jüngere Frauen, die ihre Packkamele hinter sich herführten und allesamt mit kurzen, geschwungenen Reflexbögen bewaffnet waren.

»Senashad hier ist nicht nur Eliteschützin, sondern auch Hexe.« Bogoran deutete auf eine von Geolinsas Begleiterinnen.

»Welche Fertigkeiten beherrschst du?«, fragte Arkeen.

»Vor allem Heilsmagie.« Die angenehme Altstimme der etwa 25-jährigen, schwarzhaarigen Frau erinnerte Arkeen an eine Wirtin aus Bahaad, die gegen alle Unbilden ein Imperium aus Gasthäusern errichtet hatte; manche behaupteten, allein mithilfe der Wirkung ihrer Stimme.

»Außerdem kann ich Kräutersäfte, Elixiere und Salben brauen und geringe stoffliche Veränderungen wirken.«

»Gut, das ist nützlich.«

Die Fähigkeit, Dinge auf materieller Ebene zu beeinflussen, war selbst unter Druiden die Ausnahme. Hexen besaßen eine derartige Gabe so gut wie nie. Vermutlich hatte die junge Frau ihr magisches Talent erst spät entdeckt, sonst wäre sie zur Ausbildung nach Nörd geschickt worden.

Arkeen trat an den Ausgabeschalter in einer Ecke des Sammelplatzes heran. Er nahm ein hölzernes Schild mit der Aufschrift »3« entgegen, händigte dem Bediensteten die Reiseroute aus und bestätigte seine Identität mit einer Unterschrift. Die Bürokratie hier in Warnack war ihm zuwider. Sie hatte sich erst in den letzten Jahren durch neue Verordnungen von Fürstin Shinlaya und des Rates entwickelt.

Arkeen stieg auf sein Kamel, richtete das hellblaue Seidentuch, das sich von seiner Schulter schräg über seine Brust spannte, und hielt das Schild mit der Nummer empor. Sogleich setzten sich einige Menschen in Bewegung.

Die erste Person, die ihn erreichte, war Arkeen nicht unbekannt.

»Einen schönen guten Morgen.« Eglan grinste breit. Sogar die braunrote, symmetrische Zeichnung auf seinem Gesicht schien zu lächeln. Immerhin wirkte er nüchtern. Die beiden Kamele, die er hinter sich herführte, waren Mandrakei. An Geld mangelte es dem Fandriner offenbar nicht.

»Eglan«, erwiderte Arkeen. »Wie ich sehe, hast du dir neue Reittiere zugelegt.«

»Zwangsläufig. Aber an die Gangart muss ich mich erst gewöhnen. Dieses ständige Schaukeln … ein wenig anstrengend.«

Du bist noch nicht lang genug oben gesessen, dachte Arkeen und spürte, wie ihn Schadenfreude überkam. *Nach zwei Stunden kotzt du wie ein Schlammreiher.*

»Brauchen wir wirklich drei ganze Fahlen bis Schaar?«, fragte Eglan.

»Wenn alles gut geht.«

»Wie lange ist man per Reitechse unterwegs?«

»Fünfzehn Tage.«

»Also fast halb so lang. Ein beeindruckender Unterschied.«

»Ich bekomme einen Gulden von dir.«

»Natürlich.« Eglan zog ein Ledersäckchen zu sich heran, das am Knauf des Kamelsattels befestigt war. Er öffnete es und entnahm ihm ein funkelndes Goldstück, das er Arkeen reichte. Der Karawanenführer erkannte, dass der Beutel prall gefüllt war. Vermutlich waren es ausschließlich Gulden. Hundert Stück, mindestens. Genug, um ein Jahr lang ein luxuriöses Leben zu führen.

Arkeen machte ein Kreuz auf seiner Liste. Inzwischen waren auch andere Reisende herangetreten und bezahlten ihren Beitrag für die anstehende Wüstendurchquerung.

»Wenn man zum Turm der Götter will«, hob Eglan an, »kann man sich in Schaar einer Karawane anschließen?«

»Nein. Es sind nur kleine Gruppen, die nach Nubis reisen. Frag nach, wenn wir in Schaar sind.«

»Nubis interessiert mich nicht. Ich möchte zum Dreihorn.«

»Niemand kann zum Turm der Götter.«

»Ich schon.«

Erst jetzt blickte Arkeen auf. Eglans Züge wirkten entspannt. Er war von seiner Aussage vollends überzeugt.

»Kein Führer bringt dich dorthin. In Nubis ist Endstation. Wer die Glaswüste betreten will, muss allein aufbrechen.«

»Würdest du es tun?«

»Nein.«

»Auch nicht, wenn die Bezahlung stimmt?«

»Nein.«

Eglan zuckte die Achseln. »Ich finde schon jemanden.«

Ja, dachte Arkeen. *Jemand, der dir deine Gulden aus der Tasche zieht.*

Inmitten der umstehenden Menschen entstand ein Tumult. Stimmen wurden laut und die Menge wich zurück. Finger deuteten auf eine klein gewachsene Gestalt, die sich in der Mitte des rasch größer werdenden Kreises befand und auf Arkeen zubewegte.

Es war ein Mümmel; ein weiblicher Mümmel, um genau zu sein. Niemand wusste, *was* Mümmel waren. Die einen behaupteten, es handelte sich um verfluchte Kinder, die anderen sagten, sie entstammten einer Liaison zwischen Gnomen und Menschen. Ein paar meinten sogar zu wissen, dass sich die Mümmel gegen die Götter aufgelehnt hatten und deshalb mit ihrer absonderlichen Gestalt gestraft worden waren. Mümmel waren klein, unter einen Meter fünfzig groß, besaßen eine pummelige Gestalt, ein rundliches Gesicht und überproportional große Augen. Dazu war ihr Körper auffällig behaart. Besonders im Brustbereich bedeckte dichter, feiner Haarpelz die Haut, der im Sonnenlicht orangerot erstrahlte. Mümmel waren fast immer nackt unterwegs. Vielleicht war Letzteres der Grund, weshalb ihnen die Stadtmenschen mit Skepsis oder sogar offener Feindseligkeit begegneten.

Die Mümmelfrau hatte Arkeen erreicht und hob den Kopf. Sie trug einen prall gefüllten, staubigen Ranzen am Rücken, der beinahe bis zum Boden reichte. Ihre großen Augen waren hellblau, fast weiß.

»Ich bin Kimlin Nahnwann«, sagte sie mit überraschend kräftiger Stimme. »Ich bin hier, um meinen Beitrag an den Karawanenführer zu leisten.«

Ihre langen, schlanken Finger zogen eine blitzende Goldmünze hervor.

Erregtes Gemurmel wurde laut. Einige Menschen verzogen das Gesicht, andere lachten und schüttelten den Kopf.

Arkeen beugte sich herab und nahm den Gulden entgegen.

»Reist du allein?«, fragte er.

»Ja.«

»Hast du ein Kamel?«

»Nein.«

»Wir legen jeden Tag dreißig Kilometer zurück.«

»Das ist kein Problem.«

»Gut.«

Für Arkeen war das Thema erledigt. Nicht jedoch für zwei andere Reisende.

»Wenn dieses … Monstrum die Karawane begleitet, werde ich nicht mitgehen«, sagte ein junger Mann mit Bart, der seinen finanziellen Beitrag kurz vor der Mümmelfrau übergeben hatte. Auf seinen Zügen zeigte sich helle Empörung. »Ich will sofort mein Geld zurück!«

»Ich auch!«, rief ein Zweiter, dessen Gesicht von Pockennarben verunstaltet war. An seiner Seite stand eine Frau, nicht viel hübscher als der Sprecher.

»Gut.« Arkeen hielt dem Ersten den Gulden hin, den er von der Mümmelfrau erhalten hatte.

Der junge Mann fuhr zusammen. »Ich will eine andere Münze.«

»Die oder keine.«

Einen Augenblick schien es, als wollte sich der Stadtbewohner auf Arkeen stürzen. Dann jedoch stieß er ein abfälliges Schnauben aus, riss dem Karawanenführer das Goldstück aus der Hand und stapfte davon. Arkeens Gesichtszüge blieben unbewegt, als er den Namen des Mannes von seiner Liste strich.

Der Pockennarbige zögerte. Er warf einen Blick auf seine Begleiterin, danach auf die Mümmelfrau, zuletzt auf Arkeen.

»Wir werden die Reise doch antreten.«

Arkeen nahm zwei Goldstücke aus seiner Tasche und warf sie dem Mann vor die Füße. »Nein, werdet ihr nicht. Ich dulde keine Anfeindungen in meiner Karawane.«

Das Pockengesicht murmelte eine Verwünschung, hob die Gulden auf und verschwand mit seiner Frau in der Menge.

Arkeen wandte sich den umstehenden Menschen zu. »Sonst noch jemand, der ein Problem damit hat, dass uns ein Mümmel begleitet?«

Niemand meldete sich, auch wenn Arkeen einige Blicke registrierte, die alles andere als freundlich wirkten. Er selbst hegte keine besondere Sympathie für die Mümmel. Im Prinzip waren sie ihm ebenso gleichgültig wie die meisten der Stadtbewohner. Solange ein Reisender zahlen konnte, sich anständig benahm und wüstentauglich war, durfte er die Karawane begleiten, egal, ob es sich um einen Arkeaner, Fandriner, Mümmel – oder auch Druiden handelte.

»Wo bleibt Usgard?«, fragte Arkeen an Bogoran gewandt.

»Ich habe ihn vor einer halben Stunde gesehen«, erwiderte der Söldner. »Er hat gemeint, dass er etwas besorgen muss.«

»Usgard hat doch behauptet … Ah, da kommt er.«

Der Druide eilte auf sie zu, zerrte ein schwer beladenes Kamel hinter sich her. Auf seiner Stirn glänzte Schweiß und in seinem geflochtenen Bart gewahrte Arkeen unschöne Essensreste.

»Entschuldigt, dass ich zu spät komme«, keuchte Usgard und wischte sich mit einer hastigen Bewegung die Schweißtropfen aus dem Gesicht. »Mein Vorrat an Seelensalz war erschöpft.«

»Du hast behauptet, deine Ausrüstung ist vollständig«, sagte Arkeen.

»Ja, das dachte ich auch.« Usgard grinste verlegen. »Ich hatte nur vergessen … Also vorgestern am Abend bin ich in dieses Lokal … Na ja …«

»Ich höre.«

»Es war ein Wetteinsatz«, brach es aus dem Druiden hervor. »Ich habe mein Seelensalz verspielt.«

Arkeen und Bogoran wechselten einen Blick. Seelensalz war bei der magischen Arbeit von Druiden das wichtigste Hilfsmittel. Obendrein hatten die feinen, rosa schimmernden Körner ihren Preis, da sie nur in der Lodrakeen, der Salzwüste, zu finden waren und unter lebensgefährlichen Bedingungen abgebaut wurden. Dass Usgard sein Seelensalz verwettet hatte, sagte einiges über seinen Charakter aus.

»Wenn ich dich auf unserer Reise beim Spielen erwische, halbiere ich deinen Sold.« Arkeen betrachtete den verklebten Bart des Druiden. »Und wasch dein Gesicht, bevor wir aufbrechen, das sieht ekelhaft aus.«

Ein Funken Wut erglomm in den Augen des Druiden und Arkeen sah, wie Usgard die Fäuste ballte. Doch dann erlosch das Feuer, die Schultern des Druiden sackten nach unten und er senkte ergeben den Blick.

Arkeen bemerkte eine Gestalt am Rand des Sammelplatzes, die ihn beobachtete. Als sie sah, dass der Karawanenführer in ihre Richtung blickte, schwenkte sie den Arm. Arkeen drückte Bogoran die Leine seines Kamels in die Hand und trat auf die Person zu. Es war Nana.

»Ich habe dir einen Spiegelkuchen gebacken.« Sie hielt ihm einen Stoffbeutel hin, aus dem es verlockend duftete.

»Danke.« Arkeen wusste nicht, was er sagen sollte. Sie hatte noch nie für ihn gebacken. Genau genommen hatte das noch keine Frau.

Arkeen nahm den Stoffbeutel entgegen und schnupperte daran. »Riecht köstlich.«

»Ich hoffe, er schmeckt. Habe schon lange keinen mehr gemacht.«

Nana senkte den Blick. Ihre Finger spielten mit der Kette aus poliertem Scherbenglas um ihren Hals, die sie trug, seitdem er sie kannte.

»Du, Arkeen?«

»Ja?«

»Könntest du dir vorstellen …?« Sie umfasste die Kette und schloss ihre Faust. Ein Zucken lief über ihre Züge.

»Ach, vergiss es. Ich wünsche dir eine gute Reise.«

Nana machte kehrt und schritt davon, ohne sich noch einmal umzudrehen.

Was wollte sie sagen?, dachte Arkeen. Fast wäre er losgelaufen und hätte sie zurückgehalten. Doch ahnte er, dass es besser war, wenn sie ihre Frage nicht stellte. Er hatte eine ungefähre Vorstellung davon, worauf ihr Gespräch hinausgelaufen wäre. Sie war nicht die erste Frau, die mehr von ihm wollte. Nana wusste, dass er kein Mann für eine Beziehung war. Außerdem war sie eine Konkubine. Mochten sie auch noch so gut harmonieren, ihr Handwerk würde doch immer zwischen ihnen stehen.

Arkeen kehrte zu seinem Kamel zurück. Er stieg auf, deutete den Reisenden, ihm zu folgen, und ritt auf das nördliche Stadttor zu. Bogoran verließ die Gruppe, da er seine Reitechse Finmedra aus den Stallungen holen musste. Die Bogenschützen blieben bei der Karawane. Arkeen fiel auf, wie diszipliniert die jungen Frauen waren. Geolinsa hatte ihre Schützlinge hervorragend ausgebildet. Sie ritten schweigend und hoch aufgerichtet, saßen auf ihren Kamelen wie Fürstentöchter.

Senashad, die Hexe, warf Arkeen einen Blick zu. Die Haare unter ihrem Turban waren so dunkel wie ihre Augen. Einen Moment war es Arkeen, als würden die Züge der Bogenschützin verschwimmen. Als bilde sich ein anderes, wohlbekanntes und schmerzlich vermisstes Antlitz heraus. Ashida wäre auch so königlich auf ihrem Reittier gesessen, hätte den Bogen umfasst und ihrem Bruder ein schelmisches Grinsen zugeworfen. Aber vielleicht wäre ihr Grinsen erloschen, hätte stattdessen feurig glühenden Augen Platz gemacht; Augen die wussten, was Arkeen getan hatte.

Ein mildes Lächeln huschte über Senashads Gesicht – so rasch, dass sich Arkeen im Nachhinein nicht sicher war, ob es existiert hatte, oder nur ein verirrter Sonnenstrahl gewesen war, der sich auf ihren Zügen brach.

~

Am Nordtor stieg Arkeen von seinem Kamel und händigte den Wachen die Liste der Reisenden aus. Auch dies war eine neue bürokratische Hürde, welche die Stadtherrscher eingeführt hatten. Offiziell hieß es, diese Maßnahme diene dem Schutz der Bürger. Inoffiziell wurde gemunkelt, dass man damit dem steuerfreien Schmuggel einen Riegel vorschieben wollte.

»Arkeen al Warnack djin Tarekk?«, fragte einer der Soldaten, der in hellbraunes Leder gehüllt war und einen zerbeulten Helm trug.

»Ja, das bin ich.«

»Jemand möchte Euch sprechen.« Der Krieger deutete in eine schmale Seitengasse, welche durch die tief stehende Sonne in Dämmerlicht gehüllt war.

Arkeen marschierte auf die Häuserfront zu. Konnte es sich um seinen Bruder handeln? Wohl kaum, eher hatte Quendor einen Boten geschickt. Vielleicht war es auch Nana, die sich dazu durchgerungen hatte …

Unmittelbar vor dem Durchgang loderte Arkeen eine Feuerzunge entgegen. Der Karawanenführer stieß einen unterdrückten Schrei aus, stolperte rückwärts und duckte sich. Sein Kopf fühlte sich heiß an. Arkeen war der festen Überzeugung, dass seine Haare in Flammen standen. Er betastete mit spitzen Fingern die kurzen, schwarzen Locken, aber sie waren unversehrt.

»Hoppla, doch kein Bandit«, erklang eine knarzige Stimme.

»Bazibb«, grollte Arkeen und richtete sich auf. Seine Hand fiel auf das Krummschwert an seiner Seite. »Was willst du?«

Der Feuerkobold löste sich aus dem Schatten eines Hauseingangs, trippelte näher und legte die Hände auf die Tragegurte seines Rucksacks.

»Ich will gar nix. Aber ich soll mit dir kommen.«

»Was?«

»Ja, Quendor hat's befohlen.«

»Unmöglich. Das glaub ich dir nicht. Wenn du mich zum Narren halten willst …«

»Hier.« Der Kobold zog ein gefaltetes Blatt Papier aus seinem Rucksack und reichte es Arkeen. »Hat er kurz nach deiner Abreise geschrieben.«

Geliebter Bruder!
Jetzt hätte ich es beinahe vergessen: Ich möchte, dass dich Bazibb begleitet. Bevor du laut »Nein!« schreist: Diese Maßnahme hat ihre Gründe. Wie du weißt, reagieren Kobolde empfindlich auf Magie. Das kann dir helfen, potenzielle Gefahren zu erkennen. In dieser Hinsicht halte ich, wie du ebenfalls weißt, nicht viel von Druiden. Außerdem finden Kobolde jeden Wüstengnom. Davon abgesehen ist Feuer sehr wirkungsvoll gegen Kadrass.

Für die Dauer der Reise und bis zu deinem erneuten Eintreffen in Warnack ist Bazibb dir unterstellt. Ich habe ihm die entsprechenden Anweisungen erteilt. Er wird jeden Befehl ausführen und dich mit seinem Leben verteidigen. Komm mir jetzt nicht mit »Ich brauche das nicht!«. Du hast Mutter nicht so gekannt wie ich. Von ihr habe ich gelernt, wie wichtig der familiäre Zusammenhalt ist. Und dann habe ich sie verloren. Genauso wie Vater. Genauso wie Ashida. Ich will nicht, dass dir auch etwas zustößt.

Ich hoffe, du verstehst meine Gründe und nimmst das Angebot an. Noch einmal alles Liebe, viel Glück und gute Reise!

Quendor

Arkeen stieß empört die Luft aus. »Ist der wahnsinnig? Das kommt nicht in Frage!«

»Sag, dass ich zurückgehen soll.«

»Wie bitte?«

»Sag, dass du mich von meinem Auftrag entbindest. Ich mag nicht in die Wüste. Du bist jetzt mein Herr. Wenn du sagst, ich soll heimkehren, tu ich das.«

»Wenn das so ist …«

Arkeen brach ab und warf einen weiteren Blick auf den Brief, den sein Bruder verfasst hatte. Er durfte nicht vorschnell urteilen, musste seine persönlichen Empfindungen außer Acht lassen. Arkeen lag nichts daran, von einem launischen Feuerkobold durch die Wüste begleitet zu werden. Aber Quendors Erläuterungen waren vernünftig. Arkeen wusste von Karawanenführern, die aus den genannten Gründen immer einen Kobold bei sich führten, auch wenn es sich nicht um so widerspenstige Arten wie einen Feuerkobold handelte. Ihm fiel noch etwas ein: *Ich mag nicht in die Wüste*, das waren Bazibbs Worte gewesen.

Ein böses Lächeln erschien auf Arkeens Zügen.

»Ich werde mich dem Willen meines Bruders beugen«, sagte er und marschierte zu seinem Kamel zurück.

»Arkeen.« Mit einem Mal wirkte der Kobold sehr kleinlaut. »Meinst du nicht, dass es besser wäre, wenn ich …«

»Es geht weiter!«, rief Arkeen den Mitgliedern der Karawane zu und schwang sich auf sein Kamel.

Bazibb ließ seine Spitzohren hängen, trippelte näher und schickte sich an, auf den Rücken von Arkeens Mandrakei zu klettern.

»Vergiss es«, fuhr ihn der Karawanenführer an. »Du gehst zu Fuß.«

»Aber …«

»Die Bewegung wird dir guttun. Vielleicht lernst du auf diese Weise, dass man seinem Herrn Respekt entgegenbringt.«

Arkeen drückte dem Mandrakei die Fersen in die Seite und das Kamel setzte sich schaukelnd und schwankend in Bewegung.

Hinter dem Nordtor hatte sich der angewehte Sand zu einem Hügel aufgetürmt. Eglan ritt an Arkeens Seite und nickte ihm zu. Der Karawanenführer erwiderte das Nicken. Die Nähe der Wüste stimmte ihn gnädig.

Sie erreichten den Hügelkamm. Vor ihnen öffnete sich die endlose Weite der Shahakeen. Die Geräusche Warnacks verstummten, der Klang der Wüste umfing sie. Ein Windstoß vertrieb die dampfige Stadtluft, selbst die Schwärme an Fliegen blieben hinter ihnen zurück.

Eglan starrte nach Norden. Er blinzelte nicht. Sein Blick verlor sich zwischen den unzähligen Dünenkämmen, vom Licht der aufsteigenden Sonne in eine Armee erstarrter Käferleiber verwandelt. Die sandigen Erhebungen erstreckten sich bis zum Horizont. Der Duft der Wüste drang ihnen entgegen, wild, heiß und unbeherrscht. Arkeen fühlte die unbändige Kraft der Einöde, spürte das vertraute wie elektrisierende Kribbeln auf der Haut.

»Die große Sandwüste«, flüsterte Eglan und sein zweites Gesicht erglühte im Sonnenlicht. »Milliarden an feinen Sandkörnern, von Regen und Wind aus den Bergen gerieben, in die Ebene getragen und zu diesen vergänglichen Gebilden aufgetürmt. Faszinierend.«

Nicht nur faszinierend, dachte Arkeen. *Einzigartig. Einzigartig schön.*

zwischen Warnack und Gulehm

S ie waren kaum eine Stunde unterwegs und Bogoran auf seiner Laufechse Finmedra soeben zu ihnen gestoßen, als sie den ersten unfreiwilligen Halt einlegen mussten. Wie Arkeen vorausgesehen hatte, vertrug Eglans ungeübter Magen das beständige Schaukeln des Kamels nicht. Der Fandriner hockte am Dünenrand, erbrach sich und murmelte dumpfe Verwünschungen.

Arkeen wusste, dass diese Form der Seekrankheit Stunden andauern konnte. Freilich war es nicht möglich, so lange abzuwarten.

»Wir müssen weiter«, sagte Arkeen. »Du gehst zu Fuß.«

Eglan wischte sich den Mund ab, nahm folgsam sein Reitkamel am Zügel und zog es mitsamt dem zweiten Mandrakei hinter sich her. Von seiner anfänglichen Euphorie angesichts der majestätischen Wüstenlandschaft war nichts mehr zu spüren.

Arkeen setzte sich an die Spitze des Zuges und lenkte die Karawane den Dünenkamm entlang. Nach einigen Dutzend Schritten geriet der vor ihnen liegende Sand in Bewegung. Winzige, gelbliche Gestalten wühlten sich aus dem Untergrund und nahmen neben dem vorbeischwankenden Kamel Aufstellung. Ein leises Wispern und Raunen war zu vernehmen. Es waren die Laute der Staubwichtel, allgegenwärtige Bewohner der Sanddünen. Die handtellergroßen, spindeldürren und großköpfigen Geschöpfe trieben gern Späße mit Wüstenreisenden, waren im Grunde aber harmlos. Der einfachste Weg, sich des Wohlwollens dieser Elementarwesen zu versichern, war, ihnen eine Essensgabe zukommen zu lassen.

Arkeen griff in einen vorbereiteten Beutel und streute Haferkörner neben den Pfad. Er verteilte drei Handvoll, die von den Wichteln sofort aufgesammelt und in ihre Dünenlöcher geschleppt wurden. Bei der ersten Begegnung mit diesen Geschöpfen durfte man nicht zu geizig sein. Staubwichtel konnten über große Entfernungen miteinander kommunizieren.

»Weißt du, Arkeen, wie die Staubwichtel entstanden sind?«, erklang Eglans Stimme hinter ihm. Die Atemzüge des Fandriners gingen rasch, dennoch hatte er genug Luft, den Karawanenführer mit seinem Gelehrtenwissen zu nerven. Vielleicht hätte ihm Arkeen einen Knebel verpassen sollen.

»Als die Götter vom Himmel herabstiegen, urinierten sie auf die Dünen. Daraus wuchsen die Wichtel. So steht es in den alten Aufzeichnungen. Wenn du mich fragst, ist das Blödsinn. Ich glaube, Staubwichtel sind die männlichen Artgenossen von Morganafeen, nur ohne deren Macht und Arglist.«

Wenn das stimmt, dachte Arkeen, *setze ich mich freiwillig in ein Skorpionnest.*

~

Eine halbe Stunde später gab es die nächste Unterbrechung. Ein berittener Bote aus der Stadt holte sie ein und übergab Arkeen eine magisch versiegelte Schriftrolle, verfasst von Fürstin Shinlaya. Sie war für den Stadtherrscher von Schaar bestimmt und erstaunlich schwer. Offenbar war im Inneren des Schreibens ein massiver Gegenstand versteckt.

Arkeen fragte sich, weshalb die Fürstin diese Botschaft nicht per Falkenpost übermitteln konnte. Für eine vertrauliche Nachricht hätte sie auch auf einen schnellen Echsenreiter zurückgreifen können. Diese Fragen stellte er auch dem Boten. Der Angesprochene zuckte die Schultern.

»Für einen Falken ist der Brief wohl zu schwer. Das Schreiben hat keine Eile, aber Ihr sollt es persönlich übergeben. Mehr weiß ich nicht. Hier ist das erste Drittel Eurer Bezahlung, den Rest erhaltet Ihr von Fürst Narabb.«

Der Bote warf Arkeen ein Säckchen mit fünfzig Talern zu. Das war ein üppiger Sold für eine Tätigkeit, die nicht viel Aufwand erforderte. Arkeen überlegte, welcher Gegenstand sich im Inneren der Schriftrolle verbergen mochte und was das für eine Botschaft war, die Fürstin Shinlaya in die Hände eines Karawanenführers legte. Ob ihm sein Ruf, zuverlässig und ehrlich zu sein, vorausgeeilt war? Oder hatte Quendor seine Finger im Spiel? Aber mit welchem Hintergedanken?

Der Bote wandte sich um und ritt den Weg zurück, den er gekommen war. In der Ferne waren über dem Wabern der Wüstenluft die höchsten Zinnen Warnacks zu erkennen. Sie wirkten wie in Wasser getaucht, flackerten und vergingen im unsichtbaren Teil des Hitzeflimmerns, erschienen erneut und tanzten über die Dünenkämme. Daneben und etwas höher stand der Fahlmond, nicht mehr als eine schmale Sichel, milchig trüb und unnahbar. Zur Mittagszeit würde die Stadt hinter ihnen im Dunst versinken. Der Mond hingegen musste sie einholen, tief im Nordosten vorbeiziehen und noch vor der siebten Stunde versinken.

Die Karawane setzte sich in Bewegung. Arkeen war abgestiegen und führte sein Mandrakei hinter sich her. Er saß weniger als die Hälfte der täglichen Reisezeit am Rücken seines Kamels. Auf diese Weise wurde das Tier entlastet, das durch Ausrüstung, Nahrungsmittel und die prall gefüllten Trinkschläuche ohnehin schwer zu tragen hatte. Zudem mochte Arkeen das Gefühl, wenn die Sandkörner in die Sandalen drangen und zwischen seinen Zehen knisterten.

Der Karawanenführer betrachtete den langen Zug aus zwei- und vierbeinigen Leibern, der sich hinter ihm den Dünenkamm entlangschlängelte. Die Krieger, die aufgrund von Bogorans Laufechse ohne Reitkamele unterwegs waren, hatten eine lockere Ellipse um die Gruppe gezogen. Ihre Aufgabe war es, nach möglichen Gefahren Ausschau zu halten – Saugschlingen, Wüstengnomen oder Anzeichen für einen Sandsturm.

Arkeens Blick suchte Bazibb. Er erkannte die kniehohe Gestalt des Feuerkobolds einige Dutzend Schritte hinter sich. Bazibb stapfte mit gesenktem Kopf durch den Sand. Wobei, tatsächlich lief der Kobold *auf* dem Sand. Seine großen, breiten Füße verhinderten, dass er einsank, wodurch das Marschieren für ihn weniger anstrengend sein musste, als für jene Reisende, die ohne Reitkamel unterwegs waren. Dennoch ließ Bazibb die Spitzohren hängen, ein Zeichen seiner Verbitterung und Erschöpfung. Der Kobold war es nicht gewohnt, lange Strecken zu Fuß zurückzulegen. Das Leben in Quendors Haus hatte ihn verweichlicht. Arkeen war der Meinung, dass es an der Zeit war, Bazibb zu seiner alten Stärke zurückfinden zu lassen. Wenn ihm Quendor schon einen Leibwächter aufdrängte, musste der auch etwas taugen.

Arkeen blickte in den wolkenlosen Himmel empor, der mit der aufsteigenden Sonne eine blassblaue Färbung angenommen hatte. Er kniff die Augen zusammen, konnte seine geflügelte Freundin aber nirgends entdecken.

Der Karawanenführer streckte den Arm aus. Ein Schrei über seinem Kopf, und Winshoa landete auf der ledernen Stulpe um seinen Unterarm. Er hatte den Falken nicht kommen gesehen. Der Sonnensperber hielt seine Schwingen einen Moment geöffnet, sodass Arkeen die blassblaue Unterseite der Flügel bewundern konnte. Die Tarnung war perfekt. Arkeen wusste von keinem anderen geflügelten Wesen, das diese Form der Maskierung beherrschte. Ein glückliches Geschick hatte ihn damals an das Nest geführt, galten Sonnensperber doch in vielen Teilen des Landes als ausgestorben. Gegen keine Sache der Welt hätte er Winshoa eingetauscht oder weggegeben.

»Flieg voraus und sei wachsam«, flüsterte er dem Sonnensperber zu. Der Falke legte den Kopf schief, breitete seine Schwingen aus und erhob sich in die Lüfte.

Kre-ke-keck, schallte es über die Dünen.

~

Zu Beginn der sechsten Stunde, kurz vor der Mittagszeit, begegneten ihnen die Trolle.

Arkeen hielt gerade Ausschau nach einem passenden Lagerplatz für die kommenden, sonnenstärksten Stunden des Tages, als er einen nichtmenschlichen, aber wohlbekannten Ruf vernahm. Er streckte den Arm aus und Winshoa landete auf seiner Lederstulpe. Sie faltete ihre Flügel zusammen, hob und senkte den Kopf, als würde sie eine Frage bejahen.

»Was ist los?«, fragte Arkeen und strich dem Sonnensperber über das Gefieder. »Was hast du entdeckt?«

Einer der Soldaten stieß einen hohen, bellenden Laut aus – der Ruf eines Wüstenfuchses. Arkeen hob die freie Hand, die Karawane stoppte.

Bogoran ritt auf seiner Laufechse zu dem Krieger zwei Dünenkämme weiter, der die Gefahr bekundet hatte. Er starrte einige Augenblicke in die Wüste, dann machte er kehrt und eilte auf Arkeen zu. Das Mandrakei schnaubte und trat nervös auf der Stelle, als die Echse neben ihnen hielt. Arkeen tätschelte seinem Kamel beruhigend den Hals.

»Trolle«, sagte Bogoran. »Sie marschieren am Fuß der Dünen und bewegen sich in unsere Richtung.«

»Wie viele?«

»Zwei.«

Arkeen erinnerte sich an die Worte des zahnlosen Soldaten Valsunn, den er am Südtor getroffen hatte. Ob es jene Felsgeschöpfe waren, die von der Stadtbrigade in Warnack gejagt wurden?

»Wirken sie aggressiv?«

»Nein. Aber wir sind nicht schnell genug, um ihnen zu entkommen. Auch der Wind steht ungünstig. Sie werden uns in Kürze wittern.«

Arkeen nickte und warf einen Blick die Düne hinab. Die sonnenabgewandte Seite endete in einem flachen Becken, in dem zwei kümmerliche Fingersträucher und ein einzelner Kaktus wuchsen. Weit und breit gab es keinen Schatten, keine Palmen, Sandhöhlen, Felsbrocken, höhere Büsche oder einen festen Untergrund – geschweige denn einen Brunnen oder eine Wasserstelle. Hier war ein denkbar ungünstiger Ort für eine Rast in der Mittagshitze, aber sie hatten keine Wahl.

»Alles absitzen!«, rief Arkeen und deutete auf die Mulde.

Bogoran schickte zwei Krieger voraus, die das Gelände auf Anzeichen einer Saugschlinge untersuchten. Arkeen ließ Winshoa aufsteigen, trieb gemeinsam mit dem Söldner die Reisenden in der Mitte des Beckens zusammen und schärfte ihnen ein, sich ruhig zu verhalten. Bazibb ließ zwischen seinen Fingern flackernde Funken kreisen und trat pflichtbewusst auf den Karawanenführer zu. Arkeen aber schüttelte den Kopf.

»Nein, Bazibb. Gegen Steintrolle kannst du mit deinen Flammen nichts ausrichten. Bleib bei den anderen.«

Der Kobold wirkte erleichtert. Rasch trat er zurück in die Mulde. Seine geknickten Spitzohren schnellten in die Höhe und flatterten wie Schmetterlingsflügel.

Arkeen, Bogoran und drei weitere Söldner ritten auf den Dünenkamm zu, um die Trolle zu erwarten. Sie hatten noch nicht die Hälfte des Weges zurückgelegt, als hinter ihnen eine Stimme erklang.

»Wartet, ich komme mit euch!«

Eine steile Falte erschien auf Arkeens Stirn, als er sich zu Eglan umwandte. »Trolle können gefährlich werden. Das ist nichts für einen Gelehrten wie dich.«

»Da bin ich anderer Meinung. Wie soll ich je herausfinden, ob das Wissen in meinen Büchern der Wahrheit entspricht, wenn ich es nicht in der Praxis überprüfen kann? Davon abgesehen sind die meisten Trolle harmlos. Oder etwa nicht?«

»Die meisten«, erwiderte Arkeen trocken und wandte sich ab. Er nahm einen tiefen Schluck aus einem seiner Trinkschläuche und blickte über den Dünenkamm in die sandige Einöde. Zwei oder drei Kilometer Richtung Westen war das silbrige Blau des Sandwassers zu erkennen. Obwohl die Schiffsroute von Warnack nach Gulehm schneller und sicherer war, als der Weg durch die Wüste, scheuten viele Stadtbewohner diese Art der Fortbewegung. Auch Arkeen mochte Fahrten am Wasser nicht. Am Schiff war es eng, unbequem und das Glucksen und Plätschern der Wellen klang in seinen Ohren wie hämisches Gelächter. Da zog er sämtliche Gefahren der Wüste den unsichtbaren Bedrohungen im Wasser vor.

Arkeen wischte sich den Schweiß von der Stirn und kniff die Augen zusammen. Die scharfkantigen Umrisse der sich nähernden Trolle waren nicht zu übersehen.

»Was immer geschieht«, sagte Arkeen an Eglan gewandt, »du hältst dich im Hintergrund. Wenn ich dir ein Zeichen gebe, verschwindest du auf der Stelle. Und du sagst kein Wort, das Sprechen übernehmen wir.«

Die Trolle entdeckten die Reiter auf der Düne, verhielten einen Moment. Ein grummelndes Raunen war zu vernehmen. Offenbar beratschlagten die Wesen, was sie tun sollten. Das war ungewöhnlich. Meist stürmten Trolle, und gerade Steintrolle, sofort auf Karawanen oder Menschengruppen zu, sobald sie diese entdeckten; allerdings nicht, um ihnen Böses anzutun, sondern um mit den Reisenden ein ausgiebiges Schwätzchen zu halten.

Die Trolle setzten sich in Bewegung, näherten sich Arkeen und seinen Gefährten.

»Kommt«, sagte Arkeen und richtete sein hellblaues, um Kopf und Nacken gewickeltes Seidentuch. »Reiten wir ihnen entgegen.«

Sie trafen im Dünental aufeinander, stiegen zwischen Sandsteinformationen und dürren Fingersträuchern von ihren Kamelen. Einer der grauhäutigen, grobschlächtigen

Trolle trug eine Keule, offensichtlich ein ehemaliger Wüstenkaktus, den er irgendwo aus dem Boden gezerrt hatte. Als Arkeen nur noch einen Steinwurf von den Vier-Meter-Kolossen entfernt war, erkannte er, dass Fetzen menschlicher Kleidung zwischen den Dornen des Kaktus hingen.

Bogorans Hand schnellte vor und umfasste den Arm eines Söldners, der nach dem Schwert an seiner Seite greifen wollte. Auf den Zügen des übereifrigen Kriegers zeigte sich Furcht. Auch ihm waren die Stofffetzen nicht entgangen.

»Keine Schwerter«, zischte Bogoran und warf dem Krieger einen scharfen Blick zu. »Ein metallenes Schaben, und sie fallen über uns her.«

Das war etwas übertrieben, aber nicht viel. Trolle waren grundsätzlich friedliebende Wesen. Allerdings hatte jede Art einen nervlichen Schwachpunkt. Bei Waldtrollen waren es lodernde Flammen, die sie in Rage bringen konnten. In der Anwesenheit von Moortrollen sollte man auf starke Düfte verzichten, wollte man sich nicht unversehens in einem Schlammloch wiederfinden. Steintrolle schließlich konnten kaum etwas weniger leiden, als das Geräusch von schabendem Metall.

»Sehen nicht nach bösen Menschen aus«, brummte einer der Trolle.

»Nein«, bestätigte der zweite. »Auch keine grausigen Netze aus Dunkelstahl. Ich glaube, mit denen kann man ein Schwätzchen halten.«

Die Stimmen der Trolle waren rau und erinnerten an Donnergrollen. Genauso musste es sich anhören, wenn ein Berg zu sprechen begann. Die Aussagen der Wesen erhärteten Arkeens Vermutung, wonach es sich um jene Trolle handelte, auf die die Stadtverwaltung in Warnack ein Kopfgeld ausgesetzt hatte.

»Wir grüßen euch, Geschöpfe des lebenden Steins«, begann Arkeen, berührte seine Stirn und deutete eine Verbeugung an.

»Na schau«, brummte der zweite Troll. »Die haben sogar Manieren.«

»Wir sind Wüstenreisende auf dem Weg in den Norden. Leider müssen wir uns sputen und können deshalb nicht ...«

»Ein kleines Schwätzchen wird sicher drin sein, oder?« Der lippenlose Mund des Trolls verzog sich zu einem Grinsen. »Ich bin Zuus da'Baan.«

»Und ich Fynn de'Mour«, grollte das zweite Wesen.

Bevor sich Arkeen selbst vorstellen konnte, so wie es der Anstand und der Umgangston mit Trollen verlangten, erklang eine andere Stimme.

»Träumer des Himmels, Fänger im Sand – es freut mich, euch kennenzulernen.«

Es war Eglan, der gesprochen hatte. Seine Gesichtszüge waren selbstbewusst und frei jeder Furcht, das braunrote Tattoo auf seinem Antlitz glänzte wie poliertes Akazienholz. Arkeen warf dem Fandriner einen vernichtenden Blick zu und wollte ihn mit harten Worten zurechtweisen. Doch abermals kam er nicht dazu, seine Stimme zu erheben.

»Oh, ein Gelehrter«, donnerte Fynn de'Mour. »Haben wir doch noch Glück heute, was Zuus?«

»Jaaa, Fynn. Endlich jemand, mit dem man richtig gut schwatzen kann.«

Verdammt, auch das noch, dachte Arkeen und stellte sich vor, wie er Eglans gelbbraunen Hals schön langsam zweimal im Kreis drehte.

»Mein Name ist Eglan Dawodaan. Ich stamme aus Fandrin, bin auf der Suche nach neuem Wissen und interessanten Gesprächen.«

»Da bist du bei uns genau richtig«, grollte Fynn. »Sind die anderen deine Beschützer oder Diener?«

Arkeens Mundwinkel zuckten. Mit einem Mal gelüstete es ihn danach, sein Schwert zu ziehen und dem vorlauten Gelbländer das zweite Antlitz aus dem Gesicht zu schneiden.

»Mein Name ist Arkeen al Warnack djin Tarekk«, sagte der Karawanenführer. »Ich geleite eine Gruppe von Reisenden, zu denen auch Eglan gehört, durch die Wüste. Die anderen Männer sind Krieger, die uns zum Schutz begleiten.«

»Ja, weil die Pfade immer gefährlicher werden«, hob Eglan an. »Überall Banditen, Gnome, Sanddrachen – und natürlich die Kadrass.«

Arkeen warf dem Fandriner einen unfreundlichen Blick zu. Worauf wollte der Gelehrte hinaus? Mit Trollen sollte man nur belanglose und triviale Unterhaltungen führen, keine schwerwiegenden oder ernsten Themen besprechen. Wenigstens hatte das Arkeen auf Anraten seines Vaters stets so gehandhabt.

»Jaaa«, sagte Zuus und ließ sich wie Fynn auf seinen steinharten Hintern plumpsen. »Die Zeiten werden schwer und immer schwerer. Überall diese Insekten. Hinter den Himmelszungen wimmelt es von ihnen. Dort hat man nirgends seine Ruhe. Ich hoffe, sie finden endlich, was sie suchen. Unsere Sippe überlegt schon, nach Süden auszuwandern. Aber ehrlich gesagt …«

»Entschuldige, bitte«, unterbrach Eglan den Troll. »Aber hast du eben gesagt, dass die Kadrass etwas suchen?«

»Jaaa.« Der Troll neigte sein mächtiges Haupt. »Sie suchen etwas, das verloren gegangen ist, die Seele der Wüste.«

Arkeen war überrascht, diese Worte aus dem Mund eines Trolls zu vernehmen. Der Begriff *Wüstenseele* stammte aus einer alten Legende der Menschen, einer Erzählung über die Götterkriege am Anbeginn der Zeit. Angeblich waren es die Wüstengötter gewesen, die dem Land Arkeen seine Seele eingehaucht hatten und damit die Voraussetzungen für intelligentes Leben schufen. In der Sage hieß es, dass sie zu diesem Zweck Samen verstreuten, die als glühende Scherben auf die Erde hinabregneten. Wo sie den Boden berührten, sprossen Leben, Verstand und Magie. Wer eine der Scherben besaß, galt als unbesiegbar und unsterblich. Freilich waren diese Scherben, ebenso wie die Wüstenseele, nur ein Mythos.

»Die Seele der Wüste, was soll das sein?«, fragte Eglan.

»Ich weiß es nicht.« Zuus neigte den Kopf hin und her. »Wenn ich es wüsste, würde ich selbst danach suchen und es den Kadrass bringen, damit endlich wieder alles so wird wie früher. Allein dieses Zwacken jeden Morgen. Ich spüre es hier, da und sogar dort.« Der Troll deutete auf seine Zehen, dann seine Schultern und zuletzt zwischen seine Beine, wo, wie bei allen Vertretern seiner Art, kein Anzeichen für ein Geschlecht zu finden war.

»Ja, ja«, fuhr der Riese fort. »Die Zeiten werden schwer und immer schwerer. Die Magie ist nicht mehr das, was sie mal war. Habe letztens mit Wonn du'Kaan gesprochen, einem Waldtroll. Er hat erzählt, dass eines Morgens seine gesamte Familie verschwunden war. Alle haben sich in Bäume verwandelt. Merkwürdig, nicht wahr? Nur er nicht. Er hat gesagt, das liegt daran, weil er das Amulett einer Magierin trägt. Darin ist ein Funken des ewigen Feuers gefangen.«

»Du meinst, ein Quellfeuer?«

Es war Fynn, der antwortete. »Nein. Eine Ausformung der Wüstenseele.«

Eglans Augenbrauen zogen sich zusammen, wodurch auch seine Tätowierung die Form veränderte, düster und auf unheimliche Weise lebendiger wirkte. Es schien, als besäße dieses zweite Antlitz einen eigenen Willen und wäre tief in Gedanken versunken.

»Ist es das, was die Kadrass suchen?«

»Nein. Sie suchen die Seele der Wüste, nicht ihren Widerschein.«

»Das verstehe ich nicht.«

»Wonns Amulett besteht aus Kristall«, erklärte Zuus. »Einem klaren, oval geschliffenen Exemplar. In seiner Mitte befindet sich dieser rote, glimmende Splitter. Ich habe den Talisman anfassen dürfen. Er hat sich heiß angefühlt, ohne zu brennen.«

»Für mich klingt das sehr nach einem Quellfeuer«, stellte Eglan fest. »Ist dieses Amulett der Grund, weshalb ihr hier in der südlichen Shahakeen unterwegs seid, fernab eurer Sippe?«

Die beiden Trolle warfen zuerst dem Gelehrten, dann sich gegenseitig einen Blick aus ihren schwarzen, glasartigen Augen zu. Sie wirkten unschlüssig, ob sie diese Information preisgeben sollten. Das war untypisch für Trolle, die mit Vorliebe schwatzten und tratschten, und bei denen kein Geheimnis lange eines blieb.

»Es hat damit zu tun«, meinte Fynn ausweichend.

»Liegt der Grund auch darin, dass das Dreihorn erschienen ist?«

Alle Blicke wandten sich Eglan zu. Wovon sprach der Fandriner? Was hatte die Angelegenheit der Trolle mit dem Dreihorn zu tun, dem legendären Turm der Götter, der unerreichbar inmitten der tödlichen Glaswüste thronte?

»Jaaa«, erwiderte Zuus. »Der Turm ist nicht nur einmal aufgetaucht.«

Eglans Antlitz blieb unbewegt, aber Arkeen war es, als würde seine braunrote Maske zucken, die Form verändern, sich zusammenziehen ... War es ein Lächeln, ein hämisches Grinsen oder ein Ausdruck plötzlicher Euphorie, das sich auf seinem Gesicht abzeichnete?

Fynn erhob sich vom sandigen Untergrund und stupste seinen Gefährten an, es ihm gleichzutun. »Wir brechen auf«, brummte er.

Arkeens Falte auf der Stirn vertiefte sich. Er hatte noch nie erlebt, dass Steintrolle ohne ein ausschweifendes, ermüdendes Gespräch das Weite gesucht hätten.

Zuus richtete sich auf, die beiden Trolle kehrten ihnen den Rücken zu und stapften in die Richtung davon, aus der sie gekommen waren.

»Wartet«, rief ihnen Eglan hinterher. »Ich habe noch so viele Fragen!«

Fynn wandte den Kopf. »Wir wissen, dass du Fragen hast, Gelehrter. Wir wissen aber auch, wer du wirklich bist. Von uns kannst du keine Hilfe erwarten. Lebt wohl.«

~

Sechs Stunden später, als die Sonne hinter Staub und Dunst am Horizont versank, steuerte Arkeen eine kleine Senke an, in der er schon früher mit Karawanen die Nacht verbracht hatte. Es handelte sich um eine ehemalige, jetzt ausgetrocknete Oase, in der außer ein paar Kakteen, dürren Fingersträuchern und Wüstenakazien nichts mehr wuchs. Immerhin förderte der zwischen den Büschen versteckte Ziehbrunnen klares, sauberes Wasser, sodass sie ihre Trinkschläuche auffüllen konnten.

Arkeen ließ die Reisenden ihre Lagerstätten und Zelte aufschlagen und besprach mit Bogoran die Wachreihenfolge für die Nacht. Anschließend bürstete er sein Mandrakei, setzte sich im Schneidersitz auf eine Felldecke und kramte nach seinen Vorräten. Er aß ein halbes Fladenbrot, Dörrgemüse und ein paar Datteln. Er kaute rasch, ohne aufzusehen, mahlte mit den Zähnen, viel mehr, als es notwendig gewesen wäre.

Selbstverständlich hatte er Eglan gleich nach dem Verschwinden der Trolle zurechtgewiesen und von ihm Aufklärung verlangt. Arkeen wollte die Hintergründe der seltsamen Fragen wissen, die der Fandriner den Trollen gestellt hatte. Zum ersten Mal seit Beginn ihrer Reise war der Gelbländer wortkarg geblieben und hatte bloß gemeint, dass dies seine Angelegenheit sei.

Eglans unverständliches Gehabe beschäftigte Arkeen noch immer. Der Fandriner war kein gewöhnlicher Gelehrter, so wie der Karawanenführer angenommen hatte. Schon Eglans athletische Statur und die markante Tätowierung hätten sein Misstrauen wecken sollen. Arkeen spürte, dass mehr hinter dem Wissensdurst des Gelbländers steckte, als die schlichte Neugier eines weltfremden Bücherwurms. Eglan verheimlichte ihm etwas; etwas, das nicht nur für den Gelehrten von Bedeutung sein mochte. Arkeen war für das Wohl der Karawane und all ihrer Teilnehmer verantwortlich. Er durfte nicht riskieren, dass einer von ihnen aus der Reihe tanzte und damit das Leben anderer gefährdete. Allein das Zusammentreffen mit den Trollen hätte böse enden können.

Seine Bedenken hatte Arkeen auch mit Bogoran geteilt.

»Du hast recht«, pflichtete ihm der Krieger bei. »Mit diesem Gelbländer stimmt etwas nicht. Ich werde meine Männer beauftragen, ihn nicht aus den Augen zu lassen. Vor allem müssen wir dafür sorgen, dass er nicht wieder eigenwillig handelt.«

»Was ist mit seinen Fragen an die Trolle? Dem Gerede vom Dreihorn? Er hat mir in Warnack viel Gold angeboten, wenn ich ihn in die Glaswüste führe.«

»In jedem Fall gehört er nicht zu den Narren, die glauben, einfach in die Fejbakeen spazieren und den Turm der Götter betreten zu können. Er ist nicht so unbedarft, wie man denken könnte. Da ist etwas in seinen Bewegungen, seinen Blicken, wenn er die Umgebung mustert. Ich glaube nicht, dass Eglan ein Gelehrter ist; zumindest nicht nur.«

»Du meinst, er spielt uns eine Maske vor – so wie die auf seinem Gesicht?«

»Möglich. Ich habe vor Jahren einen Mann mit einer ähnlichen Tätowierung getroffen. Auch er war Fandriner und hat sich als Schreiberling ausgegeben. Eines Tages ist er allein in die Wüste geritten und nicht zurückgekehrt. Ein paar Stunden später wurden wir von Kadrass angegriffen. Eine Freundin ließ dabei ihr Leben.«

»Du glaubst, zwischen dem Verhalten des Mannes und dem Überfall der Kadrass bestand ein Zusammenhang?«

»Ich weiß es nicht. Aber dieses Ereignis und das Antlitz des Mannes gehen mir nicht aus dem Kopf. Manchmal hatte ich den Eindruck, die Maske auf dem Gesicht des Fandriners würde sich bewegen.«

Arkeen nickte bedächtig. »So geht es mir bei Eglan auch.«

»Es ist mehr als ein harmloses Tattoo, so wie ich es im Nacken habe«, stellte Bogoran fest. »Und dann ist da noch der letzte Kommentar des Trolls. Diese Wesen wirken so grobschlächtig und haben doch feinere Sinne als die meisten Menschen. Ich frage mich, was die Trolle erkannt haben, was wir nicht wissen.«

»Nun gut.« Arkeen ließ seinen Blick über das Dünenmeer gleiten. »Es heißt nicht umsonst: *Lebe eine Fahle mit einem Menschen in der Wüste, und du kennst ihn besser, als nach einem Jahr in der Stadt.* Wir haben noch drei Fahlen vor uns. Mal sehen, wann sich Eglan eine Blöße gibt.«

Arkeen verdrängte die Erinnerungen an das Gespräch mit Bogoran und spuckte den letzten Dattelkern in den Sand. Er trank einen Schluck Wasser und wollte sich gerade erheben, als sein Blick auf Nanas Beutel fiel. Arkeen erinnerte sich an den verführerischen Duft, der aus ihm gedrungen war, als ihm die Konkubine das süße Backwerk überreicht hatte.

Der Karawanenführer öffnete den Beutel und brach sich ein Stück des Spiegelkuchens. Er schmeckte nicht nur gut, sondern ausgezeichnet. Der flaumige, mit Früchten gefüllte und von einer feinen Akazienhonigschicht überzogene Teig mundete ihm so vortrefflich, dass er fast die

Hälfte des Kuchens verdrückte. Wenn er Nana das nächste Mal sah, würde er sich mit einem Geschenk revanchieren. Sollte ihm nichts Besseres einfallen, konnte er ihr noch immer ein paar Taler zustecken. Das war nicht besonders kreativ, aber letztlich hatte Nana selbst gesagt, dass die Geschäfte nicht so gut liefen und sie Geld dringend nötig hatte.

Arkeen verstand nicht, weshalb die Konkubine keinen Versuch unternahm, den Beruf zu wechseln. Eine Frau, die als Kind von ihrem Stiefvater misshandelt und vergewaltigt worden war, sollte nicht in diesem Gewerbe tätig sein. Er könnte ihr vorschlagen, Bäckerin zu werden; und ja, er würde ihr auch anbieten, sie finanziell zu unterstützen, bis sie auf eigenen Beinen stehen konnte. Wenn es nicht anders ging, hatte er auch nichts dagegen, wenn sie eine Zeit lang seine Wohnung in Warnack benutzte. Ihre Besitztümer fanden in zwei Umhängetaschen Platz und würden problemlos …

Arkeen blinzelte. Seine Finger mit dem nächsten Stück Kuchen verhielten vor seiner geöffneten Mundhöhle. Arkeen schloss den Rachen, blinzelte erneut. Was waren das für eigenartige Gedanken? Schlagartig wurde ihm bewusst, dass er eine Beziehung mit Nana in Erwägung zog. *Nur, weil sie gut Kuchen backen kann?*

Arkeen schüttelte den Kopf, legte das Tortenstück zurück in den Beutel und verstaute ihn in seiner Proviantttasche. Vielleicht war es besser, wenn er sich bei Nana nicht für ihr Geschenk bedankte. Genau genommen hatte er das bereits getan, als sie ihm in Warnack den Kuchen überreicht hatte. Er sollte die Angelegenheit nicht überbewerten. Mehr Dankesbekundungen waren unnötig.

Arkeen erhob sich. Es wurde Zeit, dass er im Lager nach dem Rechten sah.

Der Karawanenführer marschierte durch die Ansammlung aus Zelten und Felllagern, überprüfte dort einen Knoten, kontrollierte da einen verdächtig aussehenden Sandhaufen und ermahnte zwei lautstark lachende Frauen, ihre Stimmen zu dämpfen. Sie befanden sich in der Wüste und es war Nacht. Jedes Geräusch war hier zu viel.

Einige der Reisenden hatten Kameldung gesammelt und damit Feuer entfacht. Arkeen sah die flackernden Lohen nicht gern, aber er vermied es, ein Ablöschen zu befehlen. Viele Menschen genossen die Nähe von Lagerfeuern. Die Flammen hatten eine beruhigende Wirkung, erfüllten die Reisenden mit Zuversicht. Es wäre unklug gewesen, wenn er diese positiven Empfindungen zerstört hätte. Der Weg durch die Wüste war weit.

Arkeen stieg an der Nordseite der Senke die Düne empor. Leutnant Geolinsa stand mit zwei ihrer Bogenschützen auf der Anhöhe und starrte in die Dunkelheit. In der Ferne erklangen die hohen, klagenden Rufe der Wüstenfüchse. Die endlosen Dünen waren kaum mehr als graue Schemen in der Finsternis, doch hatten sie einen Hauch von Rot angenommen. Im Süden erhob sich der Blutmond einen Fingerbreit über den Horizont. Er war fast kreisrund, aber seine Farbe wirkte durch die dunstige Luft blass und bräunlich. Es würde fünf Fahlen dauern, bis er wieder groß, voll und in der Farbe bahaadenischen Weines die Nacht in Flammen tauchen würde.

Einige Dutzend Schritte entfernt, am Fuß der nächsten Düne, erkannte Arkeen eine gebeugte, mit einer Kutte bekleidete Gestalt. Usgard war dabei, den nächtlichen Bannkreis um das Lager zu ziehen. Etwas spät, wie Arkeen fand, aber gut. Momentan gab es keine Anzeichen für Gefahr.

Geolinsa wandte sich ihm zu. »Senashad hat mir berichtet, dass du großes Leid im Herzen trägst.«

Woher weiß …?

Arkeen brach den Gedanken ab. Natürlich, die junge Kriegerin war eine Hexe. Sie stand neben Geolinsa und warf ihm ein scheues Lächeln zu. Vielleicht hatte sie seine Trauer und Reue gespürt, als er sie beim Verlassen der Stadt beobachtet hatte.

»Ich habe meinen Vater bei einem Überfall von Banditen verloren«, sagte Arkeen ohne Umschweife. »Und meine Schwester.«

»Du hast sie nicht verloren«, warf Senashad ein. »Etwas in dir hält sie am Leben. Vielleicht der Glaube, dass sie nicht gestorben ist. Vielleicht der Wunsch, dich mit ihr zu versöhnen. Doch damit hältst du auch dein Leiden aufrecht. Wenn sich dein Glaube in Wissen wandelt, wirst du viel Kraft aus dieser Erkenntnis schöpfen können.«

Arkeen dachte eine Weile über Senashads Worte nach. Er war sich nicht sicher, was ihm die Hexe mit ihrer Botschaft vermitteln wollte. Hieß das, er sollte seine Zweifel beseitigen und sich endlich eingestehen, dass Ashida tot war? Oder, im Gegenteil, wollte ihm Senashad damit einen Hinweis geben, dass seine Schwester noch am Leben war?

Eine Welle von Hoffnung durchflutete Arkeens Körper. Aber sie verebbte so rasch, wie sie gekommen war. Woher sollte eine wildfremde Frau das Schicksal seiner Schwester kennen? Selbst Hexen konnten nicht Hellsehen. Außerdem war da die beklemmende Ungewissheit, was er zu Ashida sagen sollte, wenn sie sich jemals wieder gegenüberstanden. Ob er das, was er ihr vor Jahren angetan hatte, gestehen sollte oder nicht.

»Hast du schon gegen Kadrass gekämpft?« Geolinsa schien zu spüren, dass ein Themenwechsel angebracht war.

»Zweimal«, erwiderte Arkeen. »Aber die Zusammentreffen waren harmlose Scharmützel. Bei der ersten Begegnung waren es zwei verirrte Späher, die wir rasch überwältigen konnten, das andere Mal hat eine kleine Gruppe Kadrass unser Lager angegriffen, auf die wir uns dank Bannkreis rechtzeitig vorbereiten konnten. In beiden Fällen wurde niemand aus der Karawane verletzt.«

»Ich war vor fünfzehn Jahren beim Feldzug nördlich von Harm dabei«, berichtete Geolinsa. »Unweit des Berges Dorn, dort wo der Spalt zu seiner vollen Breite aufklafft, wurde unsere Abteilung von mehreren Hundert Insekten überrascht. Davor habe ich noch nie erlebt, wozu Kadrass fähig sind, wenn sie befehligt werden.«

»Du meinst – ein Scherbenmagier?«

»Ja. Hätte uns keine Magierin begleitet, wären wir vernichtet worden. Auch so gab es große Verluste.«

»Sind diese Scherbenmagier solche Ungeheuer, wie behauptet wird?«

»Das kann ich nicht sagen. Niemand hat ihn gesehen. Vielleicht die Magierin, aber sie hat bis zu ihrem Tod nicht darüber gesprochen.«

»Ich dachte, ihr …«

»Ja, wir waren siegreich. Aber der Kampf mit dem Scherbenmagier hat der Zauberin sämtliche Energie beraubt. Sie hat sich nicht davon erholt.«

Jäh musste Arkeen an den Markt in Warnack zurückdenken, an die junge Widerschein, die verführerisch auf der Tribüne getanzt hatte. Es war ein offenes Geheimnis, dass Magier fast ausschließlich Frauen und zudem Widerschein waren. Woran das lag, weshalb keine Männer, selbst Fahlenschein nicht, starke Zauberkräfte entwickelten, wusste niemand mit Sicherheit. Legenden und Theorien gab es aber zur Genüge.

Ein schwaches Lächeln erschien auf Arkeens Zügen, als er daran dachte, was wohl Eglan auf diese Frage geantwortet hätte. Vermutlich wäre seine Litanei auch nach einer Stunde nicht zu Ende gewesen.

Arkeen stieg von der Düne ins Lager hinab. In diesem Moment stimmten drei Soldaten das Abendlied an.

Der Tag neigt sich zu Ende, die Wüstennacht bricht an,
wir stehen auf der Düne, am Fuße ruht der Bann.
Wir rufen Schutz und Frieden, das Dunkel muss vergeh'n,
der Sand soll uns behüten, die Götter zu uns steh'n.
Fa'chun, Ma'chun, Dscha'kun, Ha'nun, die Schwingen der
Nacht, sie decken uns zu. Erhört sie nicht, erhört sie nicht,
bis der Morgen erwacht, das Dunkel erlischt.

Das Lied hatte mehrere Strophen und Modulationen, ging über zehn, manchmal auch fünfzehn Minuten. Es war weder Zeitvertreib noch musikalische Begeisterung, sondern ein wichtiges Schutzritual, das seit Jahrhunderten weitergegeben wurde. Unter anderem sorgte das Abendlied dafür, dass ungebetene Gäste dem Lager fernblieben und der Bannkreis seine volle Wirkung entfalten konnte.

Arkeen bemerkte, dass Bogoran unter den Sängern war. Gewöhnlich vermied es der Söldner, an dem Zeremoniell teilzunehmen, obwohl er einen kräftigen, melodiösen Bariton besaß.

Singen ist nichts für mich, behauptete der Krieger, wenn ihn Arkeen nach dem Warum fragte. *Davon werde ich melancholisch und zerstreut.*

Vielleicht waren die angeheuerten Soldaten unmusikalisch oder wenig erfahren, weshalb der Krieger einspringen musste. Arkeen beschloss, Bogoran anzubieten, am nächsten Abend seine Position als Sänger einzunehmen. Der Gesang hatte eine kräftigende und beruhigende Wirkung, auch wenn er ein hohes Maß an Konzentration und Selbstbeherrschung erforderte.

Arkeen durchquerte das Lager. Die meisten Stadtbewohner waren zu zweit oder in der Gruppe unterwegs. Das half gegen die Einsamkeit, die hier in der Wüste allgegenwärtig war. Besonders in den lauen, windstillen Nächten, wenn das Sternenzelt die Dünen bedeckte und kein Geräusch zu vernehmen war, bis auf die gelegentlichen Rufe der Wüstenfüchse, konnten zartbesaitete Menschen in einen Zustand der Hoffnungslosigkeit verfallen.

Arkeen hingegen machte die Einsamkeit nichts aus. Er fühlte sich wohl in der Stille, hatte auch kein Problem damit, allein in der Wüste zu übernachten. Aber er verstand, dass es vielen Menschen nicht so ging, besonders jenen, die in größeren Siedlungen lebten und Städte gewohnt waren, die niemals schliefen.

Arkeen kam an Eglans Zelt vorbei. Der Gelehrte fütterte gerade seine Kamele – überflüssig, wie der Karawanenführer auf einen flüchtigen Blick erkannte. Die Tiere waren gesund, wohlgenährt und es wäre besser gewesen, sie die ersten Tage ihrer Reise ohne Nahrung auskommen zu lassen. Aber er sagte nichts, nickte dem Gelbländer zu und ging weiter.

Usgard kam ihm entgegen und meldete, dass der Bannkreis vollendet und keine Auffälligkeiten zu entdecken waren. So nahe an den Stadtmauern von Warnack war es unwahrscheinlich, dass ihnen Banditen oder anderes Gesindel einen Besuch abstattete. Aber Arkeen wollte kein Risiko eingehen und schenkte der Sicherung des Lagers die gleiche Aufmerksamkeit, wie bei einem Aufenthalt in Sichtweite der Kadrasshöhlen.

Der Vater einer vierköpfigen Familie trat auf Arkeen zu und bat ihn um ein magenbesänftigendes Mittel für seinen vierzehnjährigen Sohn. Der Karawanenführer verwahrte eine Auswahl an Kräutern und Arzneimitteln in den Taschen seines Kamels, darunter auch Knollen der Steinwurz, welche bei allerlei körperlichen Beschwerden halfen. Arkeen händigte dem Mann das Stück einer solchen Wurzel aus, beendete den Rundgang und trat an seinen Lagerplatz heran. Er strich Winshoa, die sich auf dem Ast einer Wüstenakazie niedergelassen hatte, über das Gefieder und tätschelte die Seite seines Mandrakei.

Ein paar Schritte entfernt hatte Bazibb seinen Rucksack abgelegt und sich in den Sand eingegraben. Nur sein kantiger, spitzohriger Kopf lugte hervor. Der Kobold schlief. Bei jedem Ausatmen stieß er ein hohes, fiependes Geräusch aus. Seine Augenlider flatterten, hin und wieder zuckten rote Flammen aus dem Sand. Es waren wohl keine angenehmen Träume, die ihn beschäftigten. Fast tat er Arkeen ein wenig leid. Gewöhnlich benötigten Kobolde nicht viel Schlaf, konnten tagelang mit nur wenigen Stunden Schlummer auskommen, die sie notfalls auch im Stehen nachholten. Dass Bazibb schon jetzt, lange vor Mitternacht derart tief schlief, ließ erahnen, wie sehr ihn die Strapazen des heutigen Tages mitgenommen hatten.

Arkeen rieb sich den Nacken. Er sollte nicht so viele Gedanken auf seinen unfreiwilligen Begleiter verschwenden. Kobolde waren zäh. Ein paar Tage Marsch, und Bazibb würde sein Tief überwunden haben und neue Energie aus seiner körperlichen Ertüchtigung ziehen.

Arkeen kaute zwei Blätter des zahnreinigenden Schabkrauts, putzte mit einer Bürste nach, wusch sich das Gesicht mit einer Handvoll Wasser und bettete sich auf sein Lager. Er hatte die Felle und Decken abseits der übrigen Reisenden ausgebreitet und auf ein Zeltdach verzichtet. Er wollte die Sterne sehen. Nirgends sonst funkelten sie so klar und hell wie in der Wüste. Besonders dann, wenn so wie jetzt kein Mond zu sehen war.

Ein leiser Nachtwind säuselte durch das ausgedörrte Tal. Der schwache Duft der Akazien vermischte sich mit dem Geruch von Feuer und Rauch. Erinnerungen drangen in Arkeens Bewusstsein. Es war die erste Nacht in der Wüste. Wie jedes Mal würde er träumen. Wie jedes Mal würde er schweißgebadet erwachen. Wie jedes Mal würden es die Erinnerungen an eine blutgetränkte Vollmondnacht vor siebzehn Jahren sein.

Arkeen schloss die Augen.

~

Die Sanddüne brannte. Feuer regnete auf das Lager hinab.

Zunkaar brüllte wie ein verwundeter Bergdrache, als Flammen aus seinen bunten Kleidern schlugen. Er schüttelte sich, sprang auf und nieder, kreischte in Todesangst. Arkeen stand nur wenige Schritte entfernt, die Augen weit aufgerissen. Sein Vater zog ihn zur Seite, aber er war nicht schnell genug. Arkeen schrie auf, als glühende Funken auf seinen Unterarm fielen. Sie fraßen sich in seine Haut, blaue Flammen züngelten empor und tanzten über seine Finger. Die Schmerzen waren unvorstellbar. Sie rasten durch Arkeens Körper, verkrümmten ihn und brachten ihn an den Rand einer Ohnmacht. Gelähmt vor Angst und Pein sah er, wie sich die Haut von seinem Arm löste, in Fetzen davonstob wie brennendes Papier, und sich darunter blutig rotes Fleisch offenbarte.

Tarekk stieß seinen Sohn zu Boden. Er griff in den Sand, warf ihn auf Arkeens brennendes Fleisch, löschte die Flammen. Der Wüstenjunge schrie, krallte seine Finger in den staubigen Untergrund.

»Arkeen!« Tarekk packte seinen Sohn an der Schulter. »Sieh mich an! Der Schmerz ist Teil von dir, du kannst ihn beherrschen.«

Arkeen kam wieder zu sich. Er drängte die Panik zurück, wiederholte die gelernten Mantras, ballte die unverletzte Hand zur Faust. Es währte einige Sekunden, doch dann verblassten die qualvollen Empfindungen. Tarekk zog ihn weiter und auf Quendor zu. Arkeen duckte sich, wollte nach einem fallen gelassenen Schwert greifen, als er sah, wie ein Wüstenräuber Ashida auf seine Laufechse zog.

Arkeen entfuhr ein Laut der Wut und des Entsetzens. Er ließ die Klinge liegen und stürmte neben Quendor hinter dem Entführer her. Der Angreifer war viel schneller und preschte die Düne empor. Bevor sie ihm folgen konnten, erschien neben ihnen eine zweite geschuppte Kreatur. Die Echse packte Quendor, stieß ihn zu Boden. Arkeen warf sich zur Seite, aber er war nicht schnell genug. Das Schwert des Reiters fuhr herab, säbelte ihm die Hälfte seines linken Ohrs vom Kopf und fraß sich in seine Schulter. Arkeen stürzte zu Boden, wand sich im Sand. Sein Körper schien nur aus Schmerz zu bestehen. Heiße Flüssigkeit tropfte sein Gesicht hinab, er schmeckte Blut, spürte

Staub zwischen den Zähnen. Aus den Augenwinkeln erkannte er, dass der Angreifer erneut die Klinge hob. Arkeen riss den Arm empor.

Ein Schatten, groß und lang gestreckt. Metall klirrte aneinander, als Bogoran den Schwertstreich parierte. Die beiden Echsen fauchten sich an, bissen nach den Kehlen des Gegenübers. Bogoran hieb die Klinge beiseite, fand eine Lücke für sein zweites Krummschwert und fügte dem Reiter einen tiefen Schnitt am Oberschenkel zu. Der Angreifer schrie auf und riss an den Zügeln seines Reittiers. Die Laufechse des Wüstenbanditen sprang beiseite, wandte sich um und stürmte auf die Dünen zu.

Bogoran keuchte, über seine linke Hand floss Blut. »Wo ist Tarekk?«

Arkeen wandte sich um. Soeben kam Quendor schwankend auf die Beine. Tarekk war mit ihnen hinter Ashidas Entführer hergelaufen – oder etwa nicht? Arkeen konnte ihn nirgends entdecken. Flammen fraßen sich die Wände der Zelte empor. Sie beleuchteten reglos daliegende Gestalten. Eine von ihnen trug eine hellblaue Schärpe. Die Schärpe eines Karawanenführers.

Arkeen hastete los, sprang über einen schreienden Verwundeten, fiel neben seinem Vater auf die Knie.

»Papa!« Arkeen schüttelte Tarekks Schultern so heftig, dass sein Kopf haltlos hin und her rollte.

Tarekk öffnete die Augen. Sie waren trüb, die Pupillen groß und dunkel. Blutiger Schaum stand vor seinem Mund.

»Ashida.« Hellrote Luftblasen bildeten sich auf Tarekks Lippen. »Rette ... sie.«

»Papa, nein!«

Tarekks Blick wanderte zu Bogoran. Er schien noch etwas sagen zu wollen, aber seine Augenlider erzitterten, schlossen

sich. Ein Beben lief über seinen Körper. Tarekk stöhnte, sein
Brustkorb hob sich. Dann lag er still.

»Papa …« Arkeen wimmerte, schüttelte Tarekk erneut, aber
diesmal gab sein Vater kein Lebenszeichen von sich.

Bogoran zog Arkeen zurück.

»Er ist tot«, flüsterte er. »Dein Vater ist tot. Du kannst
nichts mehr für ihn tun.«

Arkeen ließ die Arme sinken, schluchzend vergrub er das Ge-
sicht in den Händen. Er bekam nicht mit, wie sich die Angreifer
zurückzogen. Die letzten feindlichen Laufechsen erklommen die
Düne, verschwanden in der Blutmondnacht. Kaum die Hälfte
der Reisenden war noch am Leben. Tarekk, Arkeens Vater, ge-
hörte nicht dazu.

~

Arkeen schreckte hoch. Er war schweißgebadet. Stille und
Finsternis umfingen ihn. Er konnte nicht lange geschlafen
haben. Die Hitze des Tages war kaum verblasst und das
Sternenzelt hatte sich nur unmerklich verschoben, seit er
den letzten Blick darauf gerichtet hatte.

Bazibb schlummerte noch immer. Er wirkte entspann-
ter als zuvor, sein Atem ging ruhig und auch die Flammen
im Sand waren erloschen. Auf dem nahen Dünenkamm
gewahrte Arkeen eine groß gewachsene Gestalt, die den
Kopf in den Nacken gelegt hatte und zu den Sternen auf-
blickte. Sie stand regungslos, als wäre sie aus Sandstein
geformt.

Arkeen erhob sich, ergriff einen Trinkschlauch und
trank gierig. Wie jedes Mal war nach seinem Traum an
Schlaf nicht zu denken. Er entschloss sich zu einem Rundgang durch das Lager. Aus den Zelten der Reisenden er-

klangen tiefe, ruhige Atemzüge und leises Schnarchen. Die Krieger, die derzeit keinen Wachdienst hatten, schliefen im Freien; auch die Mümmelfrau, wie Arkeen feststellte. Sie lag direkt unter den violetten Blättern einer Wüstenakazie, eng in ihre Tücher gehüllt. Wie sie so dalag, erinnerte sie ihn an ein schlummerndes Kind.

Arkeen fragte sich, wer auf die absurde Idee gekommen war, dass ausgerechnet Mümmel für die grausamen Überfälle der letzten Zeit verantwortlich sein sollten. Wahrscheinlich waren es Menschen wie in Warnack gewesen, die sich selbst mit Toleranz brüsteten, aber hinter dem Rücken einer jeden Person tuschelten, deren Haarlänge nicht der aktuellen Mode entsprach. Dies war eine der Eigenschaften, die Arkeen an den Stadtbewohnern nicht leiden konnte. Als Wüstenbewohner wusste man, wie wichtig Offenheit war.

Arkeen blickte auf und suchte nach den Wachposten. Bogoran und er hatten beschlossen, die Anzahl der Männer pro Schicht auf vier zu erhöhen. Die Soldaten standen oder saßen auf den Dünen, die Augen in die Ferne gerichtet. Keiner erweckte den Eindruck, unaufmerksam zu sein oder gar zu schlafen.

Arkeen wandte sich seinem Lager zu. Erneut fiel ihm die Gestalt auf, die wenige Dutzend Schritte entfernt auf einer sandigen Erhebung stand. Es handelte sich um keinen der Soldaten. Der Unbekannte stand noch genauso reglos wie zuvor, starrte in den Himmel empor.

Arkeen schwenkte zur Seite, trat auf ihn zu. Als er die schulterlangen, glatten Haare und die breite Brust erkannte, wurde er langsamer und überlegte kehrtzumachen. Aber dann entschloss er sich weiterzugehen. Er sollte dem Gelbländer nicht mit solcher Verachtung begegnen. Was hatte er vorhin festgestellt? Offenheit war wichtig, besonders in der Wüste.

Arkeen stellte sich neben Eglan und blickte zu den Sternen auf. Eine Weile standen sie schweigend, niemand regte sich.

»Es wird so schnell dunkel, hier in der Wüste«, sagte Eglan, ohne den Blick vom Himmelszelt abzuwenden. »Gerade noch steht die Sonne hell und brennend am Firmament, im nächsten Augenblick verschwindet sie im abendlichen Dunst und die Finsternis bricht herein, als würde sich das Licht furchtsam hinter die Dünen kauern.«

»Ist es bei euch anders?«, fragte Arkeen.

»Ja. Die Sonne wandert gemächlich, die Dämmerung dauert fast zwei Stunden. Ich habe es ausgerechnet: In der Wüste vergehen kaum fünfzig Minuten; von dem Moment, wenn die Sonne einen Fingerbreit über den Dünen steht, bis zur völligen Dunkelheit.«

Arkeen ließ seinen Blick über die tiefgrauen Sandhänge schweifen. Er kannte den Übergang vom Tag zur Nacht nicht anders. Die Tageslänge und der Wechsel von Helligkeit und Finsternis blieben im Jahresverlauf praktisch unverändert. Ähnlich war es mit der Temperatur. Sie fiel auch kurz vor Sonnenaufgang nicht unter wohltemperierte Werte – es sei denn, man befand sich in der Nähe der Himmelszungen oder die magischen Nachwirkungen eines Sanddrachen kamen zum Tragen. Dann konnte sich frühmorgens der Atem als weißer Hauch vor die Münder legen.

»In Fandrin gibt es eine alte Sage«, flüsterte Eglan. »Darin heißt es, dass die Götter am Anfang der Zeit die Sterne in die Finsternis setzten, um sich an ihrem Anblick zu ergötzen. Als sie die Welt erschufen und auf sie herabstiegen, merkten sie, dass das strahlende Licht hier unten viel schwächer war, gedämpft und unscheinbar. Einer von ihnen, der Wüstengott, setzte eine Scheibe aus Glas in den Himmel. Durch diese Tat wirkten die Sterne größer und leuchteten heller. Die anderen Götter versuchten, seinem Beispiel zu folgen, doch keinem gelang, was der Wüstengott geschaffen hatte. Deshalb sind es nur die Wüstenlande, die das echte, volle Licht der Sterne empfangen. Heute vermuten wir, dass jeder sichtbare Stern eine eigene Sonne ist. Viele haben wohl ebenfalls Planeten und, wer weiß, vielleicht gibt es auch Leben darauf. Aber eines an der Sage ist wahr: In Fandrin gibt es keinen Himmel wie hier. Auch nicht in Bandugar, im ewigen Eis oder über den Ozeanen. Nirgends ist der Nachthimmel so strahlend wie in Arkeen.«

Eglan verstummte.

Arkeen war seltsam ergriffen. Ihm kam es vor, als wären die Worte des Fandriners mehr gewesen, als eine schlichte Erzählung. Etwas schlummerte darin, wie ein Samen im Wüstenboden, der jahrelang auf den alles entscheidenden Regenschauer wartete. Vielleicht hatte diese Legende dazu beigetragen, dass Eglan jetzt hier neben dem Karawanenführer in der Wüste stand. Womöglich war sie auch der Auslöser gewesen, weshalb der Gelbländer die Pfade des Gelehrten eingeschlagen hatte. In jedem Fall besaß die Geschichte eine Bedeutung für ihn, brachte den Fandriner dazu, in Erinnerungen zu schwelgen. Das war die Gelegenheit, mehr von Eglan zu erfahren, mehr von dem, was Arkeen hinter seiner lebendig wirkenden Maske vermutete.

»Ich mag die Nächte in der Wüste«, sagte Arkeen. »Nicht nur der Sterne wegen. Die Gedanken werden klar, man ist ruhig und ausgeglichen, kann sich auf das Wesentliche konzentrieren. Auf die Dinge, die einem im Leben wichtig sind, auf die Dinge, die man erreicht hat oder noch erreichen will. Für mich war von Kindesbeinen an klar, dass ich Karawanenführer werde, so wie mein Vater.«

»Meine Familie ist wohlhabend«, erwiderte Eglan. »Reich, sollte ich wohl sagen. Ich hätte alles werden können. Meine Eltern hätten mich am liebsten dort gesehen, wo sie sich selbst befanden: an den Zügeln der Macht. Meine Mutter war engste Vertraute einer Fürstin, mein Vater besaß zahlreiche Ländereien und Einfluss in ganz Fandrin. Sie waren nicht begeistert, als ich ihnen meinen Entschluss mitgeteilt habe, Gelehrter zu werden.«

»Ein brotloser Beruf?«

»Kann man so ausdrücken. Gelehrte erhalten wenig Zuspruch und Unterstützung, mancherorts werden sie sogar verachtet. Hinsichtlich Macht und Ansehen sind sie bedeutungslos. Ja, man lauscht ihren Erkenntnissen, ja, man setzt sie als Berater ein – aber sie gelangen in keine gesellschaftlich wichtige Position. Mich hat das nie gestört, meine Eltern schon.«

»Aber sie haben deine Wahl akzeptiert?«

»Nein, haben sie nicht. Und das werden sie auch nicht mehr. Sie sind tot.«

Arkeen warf Eglan einen Blick zu. Die maskierten Gesichtszüge des Fandriners blieben unbewegt.

»Was ist geschehen?«

»Sie wurden mit einer unheilbaren, tödlichen Krankheit infiziert. Als ich das erkannte, war es schon zu spät.«

»Auch meine Eltern sind tot«, sagte Arkeen. »Meine Mutter starb am Sumpffieber, mein Vater bei einem Überfall von Banditen.«

»Ich weiß.« Eglans Stimme klang abwesend.

Arkeen wurde hellhörig. »Du weißt davon?«

Der Gelbländer zwinkerte und richtete seine Augen das erste Mal direkt auf Arkeen. »Nein, so war das nicht gemeint.«

»Woher?«

Eglan schwieg, wich Arkeens Blick aus und starrte wieder zu den Sternen empor.

Schon wieder ein Geheimnis – oder eine Lüge, dachte Arkeen verbittert. Wenn der Gelbländer sein wahres Wesen hinter einer Mauer verbarg, konnte er nicht mehr über ihn erfahren. Arkeen wandte sich ab und wollte zurück zu seinem Lager marschieren, als Eglan doch noch die Stimme erhob.

»Tut mir leid wegen der Trolle heute«, sagte er leise. »Ich war … übereifrig.«

»Was wolltest du von ihnen?«

Eglan schwieg erneut, schwankte von links nach rechts, als würde er intensiv abwägen, ob er eine Antwort geben sollte. Aber so schnell gab Arkeen nicht auf.

»Die Stadtregierung von Warnack hat ein Kopfgeld auf die Ergreifung der beiden Trolle ausgesetzt. Angeblich ein Abkommen mit Gelehrten aus Fandrin.«

»Deine Informationen sind nicht aktuell«, entgegnete Eglan. »Die Vereinbarung wurde heute Morgen annulliert, das Kopfgeld zurückgezogen.«

»Woher willst du das wissen?«

»Ich habe die Trolljagd in Auftrag gegeben.«

Am nächsten Morgen wurde Arkeen von Geschrei geweckt. Er war sofort auf den Beinen, hastete in Richtung der sich überschlagenden Stimmen. Auf halbem Weg traf er mit Bogoran zusammen und warf ihm einen fragenden Blick zu. Der Krieger jedoch schüttelte stumm den Kopf. Sie wandten sich dem Rand des Lagers zu, wo sich ein Halbkreis aus Menschen gebildet hatte. Arkeen stieß die Gaffer beiseite und erblickte zwei Frauen, die eine dritte, deutlich kleinere Gestalt wüst beschimpften und gegen die dornigen Zweige einer Wüstenakazie drängten.

Die Mümmelfrau stand da wie ein in die Enge getriebenes Tier.

Sie heißt Kimlin, rief sich Arkeen in Erinnerung. Ihre großen Augen waren so weit aufgerissen, dass die weißblauen Pupillen erstrahlten wie das ewige Eis am Gipfel des Berges Dorn. Die Arme hielt sie vor der Brust angewinkelt, die Hände schräg zum Himmel geneigt und in Kopfhöhe gegen ihre Widersacher gerichtet.

»Sofort aufhören!«, brüllte Arkeen.

Die beiden Frauen wichen zurück und senkten ihre Stimmen, die unflätigen Verwünschungen verstummten jedoch nicht.

»Was ist hier los?«

»Sie hat meine Perlenkette gestohlen!«, keifte eine der beiden Frauen.

»Mein Mann wurde verhext«, kreischte die andere. »Sie hat ihm einen Blick zugeworfen und seitdem wird sein Husten immer schlimmer.«

»Ich habe in der Nacht gesehen, wie sie mit dem Sand gesprochen und einen Zauberspruch gemurmelt hat«, sagte einer der Umstehenden, ein Mann mit auffällig geröteten Augen und schwarzen Ringen unter den Lidern. »Ich bin mir sicher, sie hat den Kadrass befohlen, uns anzugreifen. Wir müssen den Mümmel töten, bevor wir alle sterben!«

Arkeen war wie vor den Kopf gestoßen. Freilich hatte er während seiner Karawanentouren bereits Streitigkeiten schlichten müssen. Aber diese Abscheu, die irrationale Furcht und der kaum verhohlene Hass gegenüber der Mümmelfrau sprengten seine bisherigen Erfahrungen. Noch dazu gab es weitere Reisende, die dem Gesagten offenbar zustimmten, wie man aus ihren zusammengepressten Lippen, den verhärteten Mienen und dem zustimmenden Nicken schließen konnte.

»Das ist Schwachsinn.«

Es war Eglan, der mit lauter, fester Stimme gesprochen hatte. Arkeen bedachte den Fandriner mit einem abschätzenden Blick. Nach Eglans gestrigem Geständnis, dass er es gewesen war, der die Jagd auf die Trolle initiiert hatte, waren sämtliche Versuche Arkeens gescheitert, mehr aus dem Gelbländer herauszubekommen. Der Karawanenführer fragte sich, weshalb ihm Eglan überhaupt davon erzählt hatte. Womöglich handelte es sich um eine geschickte Masche, die Arkeens Neugier wecken sollte. Wenn dem so war, dann hatte sie den gewünschten Erfolg gebracht.

»Was weißt du schon darüber, Gelbländer«, sagte der Mann mit den roten Augen und spuckte zu Boden. »Ihr seid doch nicht besser, goldgieriges Pack!«

Zustimmendes Gemurmel aus der Menge. Jemand schrie: »Schlagt ihr den Kopf ab!«, und ein oder zwei Männer setzten sich in Richtung der Mümmelfrau in Bewegung.

Arkeen begriff, dass die Situation außer Kontrolle geriet. Rasch gab er Bogoran einen Wink. Mit einer Schnelligkeit, die man dem Krieger kaum zugetraut hätte, hechtete dieser aus seiner gelassen wirkenden Position. Ein flüchtiges Huschen, und er hielt eines seiner beiden Krummschwerter in der Hand. Bogoran ergriff den Rotäugigen, brachte den überraschten Mann zu Fall und setzte die schwarze Klinge an seinem Hals an.

Schlagartig verstummten die erregten Stimmen. Die Männer, die sich auf Kimlin zubewegten, erstarrten. Auch die keifenden Frauen schlossen ihre Münder, duckten sich und wichen zurück.

»Ich dulde keine Aufwiegeleien in meiner Karawane«, sagte Arkeen mit erhobener Stimme. »Wenn es Probleme gibt, egal welcher Art, kommt ihr zu Bogoran oder mir. Niemand erhebt die Hand gegen einen Mitreisenden. Habe ich mich klar ausgedrückt?«

Ein paar der Umstehenden nickten, andere starrten betreten zu Boden. In den Augen von zwei, drei Reisenden erkannte Arkeen noch immer brodelnde Wut. Der Karawanenführer verstand nicht, was vor sich ging. Woher kamen dieser Hass und die grundlose Angst? Was hatte dazu geführt, dass die Stadtbewohner dermaßen den Verstand verloren? Es konnte doch nicht wirklich an der Mümmelfrau liegen.

Arkeen warf den Umstehenden scharfe Blicke zu. »Jetzt möchte ich noch einmal in Ruhe hören, was geschehen ist.«

»Sie hat meine Perlenhalskette gestohlen«, wiederholte die erste Frau trotzig. »Echte Perlen aus Bahaad.«

»Hast du Beweise, dass es Kimlin war?«

»Nein, aber gestern Abend war die Kette noch da und als ich heute aufgewacht bin …«

»Wieso denkst du, dass es Kimlin getan hat?«

»Sie ist ein Mümmel! Diese Blicke, mit denen sie die anderen mustert, als würde sie …«

»Genau, ihre Blicke«, unterbrach sie die zweite Frau. »Sie hat meinen Mann verflucht! Er kann kaum noch Atem holen, ohne dass er …

»Was genau sind seine Beschwerden?«, fiel ihr Arkeen ins Wort.

»Er hat Magenkrämpfe, Kopfschmerzen und muss fortwährend husten. Außerdem sind seine Augen entzündet. Ich glaube, dass die Mümmelfrau …«

»Wüstengrippe. Das hat weder etwas mit bösen Blicken noch Flüchen zu tun. Vermutlich verträgt dein Mann das Trinkwasser nicht. Dagegen helfen Tee mit Akazienhonig, Augenwickel in Kräutersud und das Kauen einer Steinwurz. Ich werde deinem Mann ein Knollenstück geben. Was die verschwundene Perlenkette angeht: Ich sehe keinen Hinweis darauf, dass die Mümmelfrau den angeblichen Diebstahl begangen hat. Kimlin, möchtest du etwas zu den Anschuldigungen sagen?«

Die Mümmelfrau fuhr zusammen. »Ich habe nichts getan«, flüsterte sie. »Ich habe die Perlenkette nicht gestohlen und niemanden verhext.«

»Zauberei«, keuchte der Rotäugige unter Bogorans Klinge. »Ich hab genau gesehen, wie sie gezaubert hat!«

»Nein.« Kimlins Stimme fand ihre Stärke wieder. »Das ist nicht wahr. Ich habe mit den Wichteln gesprochen.«

Arkeen kniff die Augen zusammen. »Wichtel können nicht sprechen.«

»Nicht die gemeine Sprache und nicht in Worten, das stimmt. Wenn ihr ein paar Schritte zurückgeht, kann ich es euch zeigen.«

Gemurmel wurde laut und jemand flüsterte: »Sie wird uns verfluchen!«

»Tretet zurück«, sagte Arkeen und wies drei herbeigeeilte Söldner an, seinem Befehl mehr Nachdruck zu verleihen.

Sobald sich die Menge einige Schritte entfernt hatte, ging Kimlin in die Hocke und spitzte die Lippen. Die Laute, die aus ihrem Mund drangen, erinnerten kaum an menschliches Pfeifen, eher an ein hohes Flüstern und Wispern. Arkeen ahnte, worum es sich handelte: die Sprache der Staubwichtel.

Da kamen sie auch schon angesprungen. Von der Düne kullerten drei, vier Exemplare herab, weitere gruben sich aus dem Wüstensand im Umkreis. Es war erstaunlich, wie viele Wichtel es waren. Die kleinen Wesen bildeten einen dichten Kreis um die Mümmelfrau. Sie zwitscherten und sangen, schwenkten ihre dürren Ärmchen, schüttelten die großen Köpfe. Kimlin lauschte, neigte ihr Haupt, pfiff und tirilierte wie ein Flötenvogel aus dem Schnurrwald. Es sah tatsächlich so aus, als würde Kimlin mit den Staubwichteln sprechen.

»Angeblich verstehen Mümmel die Sprache aller magischen Wesen«, murmelte Eglan. »Wenn ich Kimlin so sehe, glaube ich das sofort.«

»Was erzählen sie?«, wollte Arkeen wissen.

»Keine Geschichten, wenn du das meinst«, gab die Mümmelfrau zurück. »Sie äußern sich über ihre Gefühlswelt, interpretieren damit ihr gesamtes Sein. Man könnte sagen, sie sind Emotionen.«

Emotionen? Arkeen wusste nicht, was er von dieser Aussage halten sollte. Er hatte sich noch nie Gedanken darüber gemacht, ob Staubwichtel mehr waren als minderintelligente Elementarwesen. In jedem Fall wandte Kimlin keine Magie an und hatte offensichtlich nichts Böses im Sinn.

»Siehst du.« Arkeen blickte zu dem Rotäugigen hinab, der nach wie vor am Boden lag. »Du hast dich geirrt. Hier ist keine Zauberei im Spiel.«

Der Mann brummte Unverständliches. Arkeen hatte den Verdacht, dass es weder freundlich noch zustimmend war.

»Geht zu euren Lagerplätzen zurück«, wandte sich Arkeen an die übrigen Reisenden. »Wir brechen in einer halben Stunde auf.«

Die Menge zerstreute sich. Arkeen trat neben Bogoran und dessen Gefangenen. Er gab seinem Freund einen Wink, den Mann loszulassen.

»Wie heißt du?«, fragte Arkeen den Rotäugigen, als sich dieser aufgerichtet und den Sand von seinen Kleidern geklopft hatte. Vermutlich hätte Arkeen wissen sollen, mit wem er es zu tun hatte. Doch war es ihm schon immer schwergefallen, die Namen anderer Menschen zu behalten. Das traf leider auch auf die Mitglieder seiner Karawanen zu.

»Palwin«, fauchte der Angesprochene. »Palwin al Warnack djin Hassain.«

Die Haut des Reisenden war ungewöhnlich hell. Sie glich eher dem Teint eines Banduganers als dem eines Wüstenbewohners. Womöglich stammte einer von Palwins Eltern aus den Schattenlanden.

»Du weißt, was ich dir zu sagen habe«, fuhr Arkeen fort. »Keine weiteren Anschuldigungen oder Aufhetzungen mehr. Wenn mir noch einmal Ähnliches zu Ohren kommt, wirst du die weitere Reise in Fesseln und mit Knebel verbringen.«

Das war vielleicht übertrieben, aber Arkeen hatte nicht vor, seine Worte zu entschärfen. Sie waren zu weit von Warnack entfernt, als dass Arkeen den abergläubischen Rotäugigen oder die beiden störrischen Frauen hätte zurückschicken können. Wohl oder übel musste er sie mitnehmen, zumindest bis Gulehm, und da wollte er sichergehen, dass es zu keinen weiteren Zwischenfällen kam.

»Ich hab's verstanden«, knurrte Palwin.

»Dann kannst du gehen.«

Bogoran und Arkeen blickten dem Stadtbewohner nach, wie er in langen Schritten davonstapfte und hinter den Zelten verschwand.

»Du hast dir einen neuen Feind gemacht«, sagte der Söldner und betrachtete Arkeen von der Seite. »Palwin macht auf mich nicht den Eindruck, als würde er diese Erniedrigung vergessen.«

»Da hast du wohl recht«, meinte Arkeen und kratzte sich am Kinn. »Aber ich konnte nicht zulassen, dass er die Reisenden gegen die Mümmelfrau aufhetzt und meine Autorität untergräbt.«

»Ich denke, du hast das Richtige getan. Dein Vater hätte genauso gehandelt.«

~

Arkeen verfrachtete Palwin und die beiden Frauen an das Ende der Karawane und wies die Soldaten an, sie im Auge zu behalten. Als sich der Zug aus Menschen und Ka-melen in Bewegung setzte, war die Stimmung gedrückt. Gespräche blieben kurz und einsilbig und das lag wohl nicht nur an der stetig zunehmenden Hitze und der Windstille, die dafür sorgte, dass die glühende Luftmasse schwer auf ihnen lastete. Selbst Eglan war ungewohnt still, ritt die meiste Zeit mit einem Buch in der Hand hin-ter Arkeen und schenkte seiner Umgebung wenig Beach-tung.

Eine positive Überraschung gab es kurz nach Sonnen-untergang, als Winshoa ein Wüstenkaninchen in das abendliche Lager brachte. Es war genug Fleisch, sodass Arkeen Bogoran zum Essen einladen konnte. Auch Bazibb erhielt ein Stück des saftigen Bratens. Der Feuerkobold war den ganzen Tag schweigend und mit hängenden Oh-ren durch den Sand geschlurft. Arkeen hatte angeboten, Bazibbs Rucksack zu sich auf das Kamel zu nehmen, aber der Kobold war stumm weitermarschiert und hatte seine schmächtige Brust vorgereckt. Das imponierte Arkeen, und da ihm die begehrlichen Blicke des Kobolds nicht entgingen, mit denen er das über dem Feuer schmurgeln-de Kaninchen bedachte, brachte er Bazibb eine der Keu-len. Arkeen hatte noch nie erlebt, dass jemand eine Mahl-zeit, die den Bauch zweimal ausfüllen musste, in wenigen Augenblicken hinunterschlang – inklusive der Knochen, verstand sich.

Bazibb verdrückte auch ein Stück des Spiegelkuchens, den Nana gebacken hatte. Den Rest erhielt Bogoran. Arkeen selbst aß nichts davon. Seine gestrigen Gedanken verstörten ihn noch immer und er wollte sie nicht durch den Genuss der Süßspeise um weitere Aspekte erweitern. Ihm genügte die Feststellung, dass er Nana – zumindest für wenige Augenblicke – als fixe Partnerin in Erwägung gezogen hatte. Das war schlimm genug.

Nach dem Essen wollte Arkeen die Krieger beim Abendgesang unterstützen. Doch als er auf das Feuer der Soldaten zutrat und seine Unterstützung anbot, grinsten die Söldner nur und Obunis meinte: »Heute gibt's keinen Männergesang.«

»Wieso?« Arkeen runzelte die Stirn. »Hat Bogoran das angeordnet?«

»Nein, die Weißhaarige.«

»Leutnant Geolinsa?«

»Genau.«

»Sie hat keine Befehlsgewalt, weshalb …«

Obunis grinste nur noch breiter und deutete mit dem Daumen die Düne empor. Oben standen drei Gestalten; weibliche Gestalten, wie Arkeen begriff. Es waren die jungen Kriegerinnen, die Geolinsa begleiteten, darunter auch Senashad. Die Frauen hielten sich an den Händen, standen im Kreis und stimmten das Abendlied an.

Der Tag neigt sich zu Ende, die Wüstennacht bricht an,
wir stehen auf der Düne, am Fuße ruht der Bann.
Wir rufen Schutz und Frieden, das Dunkel muss vergeh'n,
der Sand soll uns behüten, die Götter zu uns steh'n.
Fa'chun, Ma'chun, Dscha'kun, Ha'nun, die Schwingen der
Nacht, sie decken uns zu. Erhört sie nicht, erhört sie nicht,
bis der Morgen erwacht, das Dunkel erlischt.

Arkeen musste sich eingestehen, dass der Klang der Stimmen weitaus harmonischer und voller war, als die Darbietung der drei Soldaten am Vorabend.

»Gesang ist ein Teil ihrer Ausbildung«, sagte eine Stimme neben ihm.

Geolinsas Erscheinung irritierte Arkeen noch immer. Sie hatte ihre Kopfbedeckung abgenommen, die kurzen, strahlend weißen Haare schimmerten in der Dämmerung. Die Anführerin der Bogenschützen besaß ein ungewöhnliches Antlitz, geschlechtslos wie bei Gnomen, dazu eine alterslose, schwer zu fassende Schönheit. Geolinsa lächelte und blickte zu ihren Schützlingen empor.

»Was nützt Gesang im Gefecht?«, fragte Arkeen.

»Nicht viel. Die Frage müsste lauten: Was nützt sie nach dem Gefecht.«

»Sollen die Kriegerinnen Hymnen auf die gewonnene Schlacht singen?«

»Kennst du die Geschichte von Scheherazade, Arkeen?«

»Natürlich, wer kennt sie nicht. Ihr ist mit Geschick, Klugheit und viel Raffinesse gelungen, die jahrzehntelange Fehde zwischen Harm und Rongar zu beenden.«

»So ist es. Was viele nicht wissen: Sie war eine Eliteschützin aus Warnack, die für Harm kämpfte. Nach einer verlorenen Schlacht wurde sie gefangen genommen. Durch ihren lieblichen Gesang gelang es ihr, die Aufmerksamkeit des Fürsten von Rongar zu erlangen. Der Rest ist Legende.«

Arkeen blickte zu den singenden Frauen auf. »Sie haben schöne Stimmen. Ob es für die Betörung eines Fürsten reicht, weiß ich nicht. Aber ich bin mir sicher, dass jeder Wüstengnom die Flucht ergreift.«

~

Am späten Nachmittag des nächsten Tages überholte sie eine Karawane aus Laufechsen. Arkeen registrierte die Annäherung, noch bevor einer von Bogorans Soldaten die Neuigkeit meldete. Das Kamel des Karawanenführers warf den Kopf nach oben, blähte die Nüstern und schnaubte. Da ihnen der Wind im Rücken stand, mussten sich die Unbekannten von hinten nähern. Wenig später erblickte Arkeen einen Zug von dreißig Echsen und ebenso vielen Reitern, die am gegenüberliegenden Dünenhang durch die Wüste trotteten.

Der Karawanenführer registrierte ein Glänzen auf einer der Echsen, fast wie das Schimmern von Perlmutt. Er erinnerte sich an die Widerschein, die er in Warnack gesehen hatte. Konnte es sein, dass die junge Frau mit der Gruppe aus Echsenreitern unterwegs war? Sie war zweifellos nicht billig gewesen. Vermutlich hatte sie ein reicher Händler oder Scheich gekauft, der ausreichend Gold für eine Herde aus Reitechsen besaß.

Die Karawane entfernte sich und verschwand zwischen den Hügeln des Sandmeeres. Ein frischer Abendwind hob an, strich über die Dünenkämme und blies feine Staubschlieren vor sich her. Als sich die orangegelbe Sonnenscheibe dem Horizont näherte, beschloss Arkeen, dass es Zeit zum Rasten war. Wenn er sich richtig besann, trafen sie zwei oder drei Dünen weiter auf einen geeigneten Platz für ein Nachtlager.

Ein leiser Schrei drang an Arkeens Ohr; der Schrei einer Freundin. Instinktiv streckte Arkeen den Arm aus – Flügelschläge, ein scharfer Luftzug, dann landete Winshoa auf der Lederbandage an seinem Unterarm.

»Sie hat etwas gesehen«, sagte er, als er über ihre samtig weichen Kopffedern strich.

Bogoran, der neben Arkeen ritt, blickte zu seinen Kriegern, die als Wächter rund um die Karawane postiert waren. Keiner der Söldner zeigte ein auffälliges Verhalten.

»Vielleicht ist es etwas, das nur scharfe Falkenaugen erkennen können«, meinte er.

Arkeen nickte. Er wusste, worauf sein Freund hinauswollte. Der Karawanenführer brachte sein Mandrakei zum Stehen, hob die Hand und die Kolonne aus Menschen und Kamelen hielt an.

»Bazibb?« Arkeen wandte sich im Sattel und suchte den Blick des Feuerkobolds, der einige Schritte hinter ihm über den Sand lief. »Spürst du etwas? Die Anwesenheit von Magie?«

Bazibb kratzte sich den haarlosen Schädel. »Ne. Da is' nix.«

»Dann könnten es Gnome sein. Lauf voraus und kontrolliere die Strecke.«

Der Kobold knurrte unwillig, erwiderte aber nichts und trabte den Dünenkamm entlang.

»Wieso gehen wir keinen anderen Weg?«, fragte Eglan.

»Welchen Weg?«

»Ich meine, außen herum. Also einen Bogen um die potenzielle Gefahr.«

»Weil dort die Gefahr noch größer sein kann. Es hat einen Grund, weshalb sich Karawanen auf Pfaden durch die Wüste bewegen, die wenige Hundert Meter breit ist. Siehst du den Monolithen dort drüben in der Senke? Er markiert den linken Rand des Weges. Innerhalb der Begrenzungen sind die Bedrohungen bekannt oder beseitigt, etwa Scheichfrösche, Saugschlingen oder Skorpionnester. Ein Umweg ist mühsam, deutlich langsamer und, wie gesagt, gefährlich. Das Problem an den Karawanenrouten ist, dass sich hier Wüstengnome aufhalten. Sie legen sich entlang der Pfade auf die Lauer und verändern beständig ihre Position.«

»Wüstengnome«, murmelte Eglan. »Die würde ich gern mal sehen.«

Bazibb verschwand hinter dem Abhang der Düne. Seine breiten, krallenbewehrten Füße hinterließen ein sonderbares Muster im Sand, das aussah, als wäre hier eine kleine Laufechse spaziert.

Arkeen trank ein paar Schluck Wasser und blinzelte Richtung Westen. Die zwölfte Stunde neigte sich seinem Ende zu, die Sonne stand nur noch zwei Fingerbreit über dem Horizont. Arkeen hatte gehofft, dass sie heute eine längere Strecke schaffen würden. Aber noch war er zuversichtlich, dass sie ihren Zeitplan einhalten konnten und die Kleinstadt Gulehm am Ende des achten Tages erreichten.

Hinter der Düne stieg ein Feuerball in den Himmel, versprühte gelbe Funken und verpuffte in einer Rauchwolke.

»Alles klar«, meinte Arkeen. »Keine Gefahr.«

Er schwang sich auf sein Kamel und die Karawane setzte sich in Bewegung. Nach etwa fünfhundert Schritten kam Bazibb in Sicht. Er hockte am Boden, hatte den Sand zu einem bogenförmigen Gebilde aufgetürmt, das fast so hoch war wie er selbst. Um seine Fingerspitzen tanzten rote Flammen. Arkeen stellte fest, dass der Kobold den Sand so stark erhitzt hatte, dass er zusammengebacken war. Die raue Oberfläche glänzte matt. Arkeen verstand, was Bazibb hier geschaffen hatte. Der Halbbogen sah aus wie ein geschlossenes Portal. Es war ein Tor- oder Gedächtnisstein, der in der Wüste überall dort errichtet wurde, wo ein Mensch zu Tode kam.

»Bazibb?« Arkeen stieg vom Kamel und trat auf den Feuerkobold zu. »Warum hast du …?«

Der Kobold deutete auf den einsamen Fingerstrauch vor sich. Unter den grauen, knotigen Zweigen leuchtete es weiß.

Es waren Menschenschädel. Fünf oder sechs Stück. Blank gefressen und von Stürmen sandgestrahlt. Keine anderen Knochen. Und jeder Schädel war über dem Nasenbein gespalten, als hätte eine riesenhafte Axt ihr grausames Werk vollbracht.

»Sehen mir nicht nach den Opfern von Banditen aus«, brummte Bogoran. »Auch kein Sandsturm, keine Saugschlinge …«

Der Söldner griff nach einem der Schädel, hob ihn an – ließ ihn aber gleich wieder fallen.

»Zurück«, sagte er und entfernte sich selbst zwei Schritte. »Blauzangenskorpione.«

Arkeen gewahrte zentimetergroße, bläulich schimmernde Klauen und einen gebogenen Schwanz, der aus einer geborstenen Augenhöhle lugte. Auch in den anderen Totenschädeln bewegte sich etwas.

»Ein Skorpionnest«, meinte er. »Muss neu sein, sonst hätte es schon jemand beseitigt. Bazibb, verbrenn es.«

»Was ist mit den Toten?«, wandte Eglan ein. »Sollten wir nicht …?«

»Was? Willst du die Schädel vergraben?« Arkeen merkte, wie ungehalten seine Stimme klang. Etwas beherrschter fuhr er fort: »Das bringt nichts, die wandernden Dünen legen sie wieder frei. Oder willst du sie mitnehmen? Dann bitte, tu dir keinen Zwang an.«

»Ich meine nur, weil wir nicht wissen …«

»Wir werden nie erfahren, wer diese Menschen waren. So wie die Schädel aussehen, sind ihre Besitzer seit Jahren tot.«

»Aber wenn Usgard …«

»Für eine Seelenreise braucht es mehr als leere Knochen. Und die Fähigkeiten einer Magierin.« Arkeen wandte sich den übrigen Reisenden zu. »Es geht weiter!«

Niemand sprach, als Bazibb die Menschenschädel samt ihrer giftigen Bewohner mit einer wabernden Flammenlohe überzog. Bogoran ritt an die Seite des Karawanenführers und warf ihm einen vielsagenden Blick zu.

»Ich weiß«, murmelte Arkeen. Seine Finger wanderten zu dem Stummel links an seinem Kopf, der vor siebzehn Jahren ein Ohr gewesen war. Die Schatten auf seinem Gesicht gerannen zu Düsternis.

»Nicht weit von hier ist mein Vater gestorben.«

~

Der Sandsturm kündigte sich am fünften Tag, kurz vor Ende der vierten Stunde an. Nach Aufbruch von ihrem Nachtlager war der Wind beständig aufgefrischt, kräftige Böen hatten den Sand waagrecht über die Dünen gefegt. Sie waren nur noch im halben Schritttempo vorangekommen. Alle Kamelreiter mussten von ihren Tieren steigen und zu Fuß weitermarschieren. Bogoran war der Einzige, dem die wirbelnden Sandkörner nichts anzuhaben schienen. Gelassen wie ein Beduinenfürst hockte er auf Finmedra und beäugte die Umgebung durch die Schlitze zwischen dem hellgrauen Tuch, das er sich um Gesicht und Nacken gewickelt hatte.

Vor einer halben Stunde war der kräftige Wind abgeflaut, hatte sich kurzzeitig komplett gelegt – und dann auf West gedreht. Richtung Osten war der Himmel ungewöhnlich trüb. Fingerartige, sandfarbene Gebilde hoben sich vom Boden, zerfransten und vergingen wieder. Daneben ließ das Verhalten der Kamele keinen Zweifel daran, was sie erwartete: Arkeens Mandrakei schüttelte unentwegt seine Halsmähne, hob den Kopf und stieß ein alarmiertes Röhren aus.

Eglan trat an Arkeens Seite, beobachtete die Sandwalze am östlichen Horizont. »Ein Sanddrache?«

»Nein«, entgegnete Arkeen. »Nur ein Sandsturm. Ein Drache kündigt sich anders an. Usgard!«, rief er dem Druiden zu, der zwei Dutzend Schritte hinter ihm ging. »Kannst du etwas gegen den Sturm unternehmen?«

»Tut mir leid, Arkeen.« Der Angesprochene schüttelte den Kopf. »Dazu reicht meine Macht nicht aus.«

»Dann müssen wir rasten.«

Wie Arkeen wusste, lag wenige Hundert Meter vor ihnen eine Sandsteinformation, von den Wüstenbewohnern *Drachennest* genannt, in der es zahlreiche Mulden, tiefe Gräben und kleine Höhlen gab. Dort würden sie vor den tobenden Naturgewalten Unterschlupf finden. Mit etwas Glück sprudelte auch die Quelle am Grund einer der Höhlen. Angeblich besaß das Wasser Heilkräfte. Arkeen hatte schon öfter davon getrunken, aber keine besondere Wirkung verspürt. Aber auch so wäre das klare Wasser eine willkommene Abwechslung zu den beiden sandigen Brunnen, aus denen sie zuletzt Wasser geschöpft hatten.

»Soviel ich weiß, gibt es drei Arten von Sandstürmen«, hob Eglan an. »Die einen entstehen spontan bei windschwachen Verhältnissen in der Mittagssonne, wirbeln im Kreis, sind nur wenige Meter breit und in der Regel harmlos. Die zweite Art entsteht großflächig bei starker Turbulenz der unteren Atmosphäre, braust über das Land und kann im Extremfall Tage andauern. Schließlich gibt es noch jene Sandstürme, die mit Magie zusammenhängen. Begeht man den Fehler, einen schlafenden Sanddrachen zu wecken, verleiht er seiner Wut in einem tobenden, zielgerichteten Orkanwind Ausdruck. Es benötigt magische Rituale und die passenden Opfergaben, um den Drachen zu besänftigen.«

Arkeen ersparte es sich, Eglan darauf hinzuweisen, was er von seinem neunmalklugen Palaver hielt. Er hatte einmal erlebt, wie eine komplette Karawane von einem Sanddrachen ausgelöscht worden war, und das, obgleich sich ein namhafter Karawanenführer und zwei fähige Druiden unter den Reisenden befunden hatten. Kein Mitglied der Karawane war wieder aufgetaucht. Der Drache hatte sie unter meterhohen Dünenkämmen begraben.

»Vorwärts!«, rief Arkeen und deutete Bogoran und seinen Kriegern, die Nachzügler zur Eile anzutreiben.

Sie erreichten das Ende der Düne und die ersten, steinernen Ornamente, die in ihrer Gesamtheit ein unregelmäßiges, emporragendes Oval bildeten, das tatsächlich Ähnlichkeiten mit einem riesenhaften Nest besaß. Arkeen befahl, die Zelte möglichst nah beieinander aufzustellen und mit Eisenhaken im Sandgestein oder mit Seilen an den Wüstenakazien zu verankern. Die Arbeiten waren kaum abgeschlossen, als die ersten staubgeschwängerten Windböen heranfegten.

Arkeen eilte von einem Zelt zum nächsten, kontrollierte, ob alles gut festgezurrt und die Reisenden wohlauf waren. Zuletzt kam er an Eglans Unterkunft vorbei. Der Gelehrte war nicht in seinem Zelt, sondern stand ein paar Schritte entfernt auf einem Felsen, blickte dem Sandsturm entgegen. Auf seiner Nase saß ein unförmiges Gestell, in das durchsichtige Glasscheiben eingelassen waren.

Arkeen hatte schon Brillenträger gesehen. Er wusste, dass man diese Form der Sehhilfe in Harm erfunden hatte und sie mittlerweile in allen großen Städten verbreitet war. Aber die letzten Tage hatte Eglan dieses Instrument nicht aufgehabt. Zudem war Eglans Brille ungewöhnlich. Die Gläser waren gebogen, an den Kanten nach innen geneigt und zogen sich bis an die Gesichtshaut. Dort war etwas an den Gläsern angebracht, das wie Stoff aussah. Die Scheiben wurden von einer mittig verbundenen Fassung eingeschlossen. Kräftige Lederriemen reichten hinter Eglans Ohren und waren über seinen Haaren verknotet.

Der nächste Schwall an Sandkörnern wurde vom auffrischenden Wind emporgewirbelt. Arkeen kniff die Augen zusammen, konnte jedoch nicht verhindern, dass Staub zwischen seine Lider drang. Schlagartig wusste er, welche Funktion die Brille des Gelbländers erfüllen sollte.

»Eglan!«, brüllte er. »Steig runter, das ist zu gefährlich!«

Der Fandriner reagierte nicht. Seine weite, bunte Kleidung und sein langes Haar wehten im Wind, das Gesicht flackerte, als würde es von einer unsichtbaren Flamme erhellt.

Arkeen schnaubte, kletterte den Felsen empor und packte Eglan an der Schulter.

Der Gelbländer fuhr zusammen. Im gleichen Augenblick fiel Arkeens Blick hinter den Gelehrten, auf eine Düne, vielleicht hundert Schritte entfernt, die im aufkommenden Sandsturm gerade noch zu erkennen war.

Am höchsten Punkt stand eine gebeugte Gestalt. Sie war mit der Kluft eines Beduinen bekleidet, trug etwas am Kopf, das wie ein Kranz aussah, blickte in ihre Richtung – und Arkeen konnte beim besten Willen nicht sagen, ob sie menschlich war.

Eine Sturmböe fegte heran und Gestalt wie Düne verschwanden hinter gelbbraun fauchenden Schlieren.

»Was …?« Eglans verwirrter Blick traf den von Arkeen.

»Runter!«, brüllte der Karawanenführer gegen das Toben des Sturms und zerrte den Gelehrten auf den Rand des Felsens zu. Widerwillig folgte der Fandriner der Anweisung, stieg hinter Arkeen den Geröllbrocken hinab.

»Ich habe noch nie einen Sandsturm erlebt«, murmelte er. »Ich wollte seine Dynamik mit eigenen Augen sehen. Aber dafür war zu viel Sand in der Luft.«

Sehr witzig, dachte Arkeen überhaupt nicht belustigt. Ein klammes Gefühl stieg in ihm auf, als er sich des Schemens auf der Düne besann. Er hatte sich nicht getäuscht. Ganz bestimmt nicht.

Arkeen wartete, bis Eglan in sein Zelt gekrochen war und betrat sein eigenes, das er sich mit Bogoran teilte. Genau genommen gehörte die Unterkunft ihnen beiden. Zwar hatte Arkeen die Kosten der Anschaffung übernommen, aber da die Laufechse des Kriegers die Gestänge und Zeltplanen trug, hatte er Söldner ebenso Anrecht darauf wie Arkeen. Hier war es von Vorteil, dass sie gut miteinander auskamen und beide oft das Bedürfnis hatten, unter freiem Himmel zu schlafen.

Der Wind nahm an Stärke zu. Sand prasselte wie das Rauschen eines Gewitterschauers gegen die knatternden Zeltwände. Feiner Staub wehte zwischen den Zeltplanen ins Innere. Arkeen und Bogoran hockten im Schneidersitz am Boden, wickelten sich Kopftücher um die Gesichter und befeuchteten sie vor Mund und Nase. Dennoch war das Atmen mühselig. Nicht alle Sandkörner ließen sich aufhalten. Sie drangen über die Nase in die Mundhöhle, knirschten zwischen den Zähnen und kratzten im Rachen.

»Ich habe jemanden gesehen«, sagte Arkeen. »Auf einer Düne, außerhalb des Lagers.«

»Ein Mensch?« Bogoran hustete und rückte sein Kopftuch zurecht.

»Ich bin mir nicht sicher. Er hat die Kleidung eines Beduinen getragen. Aber etwas an ihm war seltsam.«

»War er allein?«

»Soweit ich gesehen habe, ja.«

»Hm.« Bogoran kramte ein Säckchen mit Blutnüssen hervor, schob sein Gesichtstuch nach unten und warf sich ein paar Kerne in den Mund. »Ein Mensch allein hier draußen ist sehr unwahrscheinlich. Das weißt du so gut wie ich. Es könnte ein Späher gewesen sein.«

»Glaube ich nicht.«

»Wieso?«

Arkeen zuckte die Achseln. »Ist nur ein Gefühl. Ich hatte nicht den Eindruck, als würde der Unbekannte unser Lager inspizieren.«

»Sondern?«

»Eglan. Ich glaube, der Fremde hat den Fandriner beobachtet.«

»Hm.« Bogoran kaute andächtig. »Das ist wirklich seltsam.«

Der Krieger schwieg eine Weile und lauschte auf das Wüten des Sandsturms. »Es wird nicht schlimm«, meinte er dann. »Ich habe im Osten weder Wolken noch flüchtende Vögel gesehen.«

Der Söldner behielt recht. Schon nach einer Stunde legte sich der Sturm, die letzten Sandkristalle rieselten zu Boden und das gelbe Rund der Sonnenscheibe bahnte sich seinen Weg durch die ausbleichenden Schwaden am Himmel.

Arkeen kroch aus dem Zelt und musterte die Umgebung, auf der sich eine zentimeterhohe Sandschicht abgelagert hatte. Bei seinem Kontrollgang durch das Lager traf er auf Eglan.

»Wahnsinn«, murmelte der Fandriner und schüttelte sich den Staub aus seinen langen Haaren. »Was für ein Sturm!«

»Sturm?« Arkeen lachte kurz und humorlos. »Das war ein besseres Lüftchen. Ein echter Sandsturm sieht anders aus.«

Gulehm

Obwohl Arkeen in den folgenden Tagen das endlose Meer aus Sanddünen noch schärfer im Auge behielt als sonst, und die Söldner die Anweisung erhielten, besonders aufmerksam zu sein, tauchte die geheimnisvolle Gestalt nicht wieder auf. Bis zum Ende der ersten Etappe brachte die Wüste weder Unbilden noch feindselig gesonnene Wesen hervor, auch die Reisenden verhielten sich ruhig und gesittet.

Am Vormittag des neunten Tages, einen halben Tag hinter dem Zeitplan, erreichte die Karawane Gulehm. Als die namensgebenden Lehmmauern der Stadt in Sicht kamen, ritt Arkeen an das Ende der Karawane.

»Ihr werdet uns nicht weiter begleiten«, sagte er zu Palwin und den beiden Frauen, die Kimlin attackiert hatten. »Von euren Gulden erhaltet ihr anteilsmäßig fünfundsechzig Taler.«

Palwin reagierte auf diese Nachricht gelassen, aber die Frauen keiften und lamentierten ob dieser, wie sie fanden, Ungerechtigkeit und beschworen Arkeen, es sich anders zu überlegen. Doch der Karawanenführer blieb hart.

»Fünf Tage nach uns ist eine weitere Karawane Richtung Norden aufgebrochen«, sagte er. »Der könnt ihr euch anschließen.«

Arkeen wandte sich ab und ignorierte die halblauten Flüche und Verwünschungen. Er würde auf keinen Fall dulden, dass diese Störenfriede in seiner Karawane blieben. Der rotäugige Palwin war allein unterwegs, aber die beiden Frauen wurden von ihren Ehemännern begleitet. Jener Mann, der sich eine Wüstengrippe zugezogen hatte, war nach dem Genuss von reichlich Akazienhonigtee und dem Kauen der Steinwurzknolle rasch gesundet. Er war auch der Einzige, der Arkeen beim Verlassen der Karawane keinen feindseligen Blick, sondern ein dankbares Nicken schenkte.

Von ursprünglich dreiundzwanzig Personen war Arkeens Karawane nach dem Ausschluss der Teilnehmer in Warnack und jetzt in Gulehm auf fünfzehn Teilnehmer geschrumpft – ohne der dreizehnköpfigen Söldnergruppe und den Bogenschützinnen. Arkeen hoffte, dass hier in Gulehm der eine oder andere nach einer Möglichkeit zur Weiterreise suchte. Sein Vater hatte ihn zwar stets ermahnt: *Halte die Gruppe klein und lerne die Reisenden kennen.* Aber waren es zu wenig Teilnehmer, brachte das zu geringe Einnahmen, um den Lebensunterhalt zu bestreiten. Zwanzig Personen hatten sich in der Vergangenheit als ideale Größe erwiesen.

Gulehm war in Arkeens Augen keine besonders attraktive Stadt. Das Interessanteste sah man gleich zu Beginn, wenn man die Siedlung betrat. Das zweiflügelige, fünf Meter hohe Eingangstor bestand aus dem weißen Holz der Silberbirken, die fast ausschließlich im Schnurrwald wuchsen. Kunstvolle Verzierungen aus Ocker und Grünspan fanden sich an der Oberfläche, genauso wie fein gearbeitete Intarsien, die mit Gold und Silber ausgekleidet waren.

Doch der Prunk des Stadttores konnte nicht darüber hinwegtäuschen, dass es sich bei Gulehm um eine wenig bedeutsame Ortschaft handelte. Die meisten Gebäude im Außenbereich der Stadt waren windschiefe Lehmhütten, erst im Zentrum gab es auch ansehnlichere Holz- und Steinbauten. Selbst die Behausung von Scheich Thorim, dem Oberhaupt der Kleinstadt, war alles andere als pompös. Das unscheinbare, zweistöckige Gebäude aus grob behauenen Marmorblöcken wäre in Warnack gerade mal als Sitz einer Händlergilde durchgegangen.

Auf den Markt- und Handelsplätzen in Gulehm gab es Ziehbrunnen, Gasthäuser und Unterkünfte. Im Zentrum der Ortschaft fanden sich oasenähnliche Verhältnisse mit Dattelpalmen, Feigen- und Mangobäumen. Daneben hatte sich hier ein kleiner, von Grünalgen bedeckter Teich halten können.

In Gulehm endete auch der Fluss Sandwasser. Seinen Ursprung hatte das Gewässer Hunderte Kilometer weiter südlich in den Bergen von Eliebron. Handelte es sich in Warnack noch um einen reißenden Fluss, versickerte ein Großteil des Wassers auf seinem Weg Richtung Norden im Sand der Wüste. Schon einige Kilometer südlich von Gulehm war das Sandwasser nicht mehr schiffbar. In der Stadt schließlich versank das letzte Nass im Boden. Die gegrabenen Brunnen sicherten die Wasserversorgung der Stadt. Ohne sie wäre der Fortbestand der Ortschaft hier inmitten der Sandwüste unmöglich gewesen.

Sie erreichten den Marktplatz im Zentrum der Stadt, der gemeinhin als Treffpunkt für Karawanen diente. Praktisch alle Handelszüge und Reisenden, die von Warnack nordwärts aufbrachen, kamen in Gulehm vorbei und sicherten damit das Überleben der Kleinstadt. Auch Schiffsreisende am Sandwasser mussten hier umsteigen. Arkeen hatte sich oft gefragt, weshalb man die Ortschaft nicht einige Kilometer weiter südlich errichtet hatte, dort, wo der Fluss noch munter zwischen den Dünen plätscherte. Es war ein alter Beduine, der ihm den Grund offenbart hatte: Gulehm war einst ein heiliger Ort der Nomaden gewesen und erst durch die sesshaft werdende Bevölkerung zu jener Kleinstadt herangewachsen, die sie heute war.

Arkeen zog an den Zügeln seines Mandrakei und wandte sich den Mitgliedern der Karawane zu. »Wir reisen morgen weiter. Treffpunkt ist hier am Ende der ersten halben Tagstunde. Vergesst nicht, dass wir ab jetzt nur noch alle zwei bis drei Tage unsere Wasservorräte auffüllen können. Jeder von euch hat selbst dafür zu sorgen, dass er ausreichend Flüssigkeit bei sich trägt.«

Die Reisenden zerstreuten sich. Arkeen stieg von seinem Kamel und strich ihm über die Nüstern.

»Bist du der Karawanenführer?«

Arkeen wandte sich dem Sprecher zu, einem jungen Mann Mitte zwanzig. Der Unbekannte besaß ein schiefes Gesicht sowie abstehende Ohren und ging trotz seines jugendlichen Äußeren gebückt, die Schultern nach oben gezogen, als erwarte er jeden Moment einen Angriff aus dem Hinterhalt. Auf seinem Kopf saß ein breitkrempiger, seitlich nach oben gezogener Hut.

Arkeen deutete auf das hellblaue Tuch vor seiner Brust. »Der bin ich.«

»Mein Name ist Sansuun al Schaar djin Thorim. Ich und meine beiden Brüder, Malos und Galdiron«, er deutete auf zwei Gestalten hinter ihm, die nicht viel attraktiver wirkten als er selbst, »müssen nach Schaar. Nimmst du noch Reisende auf?«

»Ja. Siebzig Taler pro Person.«

»Du meinst, sechsundsechzig.«

»Was?«

»Sechsundsechzig Taler.« Sansuuns Stimme klang ungeduldig. »Von Warnack nach Schaar verlangen die meisten Karawanenführer einen Gulden. Gulehm beschließt das erste Drittel des Weges – also hundert Taler durch drei macht …«

»Siebzig Taler. Zwei Gulden und zehn Taler zusammen. Oder ihr könnt euch eine andere Karawane suchen.«

Sansuun murrte etwas, das Arkeen nicht verstand, dann nickte er. »Meinetwegen. Ich bezahle dich morgen.«

»Wir reisen Mitte der ersten Tagstunde ab«, sagte Arkeen. »Seid pünktlich, wir werden nicht auf euch warten.«

Der Karawanenführer blickte den drei Gestalten hinterher, als sie den Marktplatz verließen. Einer der Brüder humpelte, der Arm des zweiten war verkrüppelt. Arkeen meinte sich zu erinnern, dass er wissen sollte, wer diese absonderlichen Geschwister waren.

»Wie ich sehe, gibt es Nachschub für unsere Karawane«, erklang eine tiefe Stimme und Bogoran trat neben ihn. Der Söldner hatte sie vor einer halben Stunde verlassen, um seine Laufechse in die am Rand der Stadt liegenden Stallungen zu bringen. »Man könnte sagen, es sind edle Gäste, die uns da begleiten werden.«

»Edle Gäste?«

»Gewiss. Die Söhne von Thorim, dem Scheich von Gulehm.«

»Kennst du einen von ihnen?«

»Ich bin den Brüdern zwei- oder dreimal begegnet. Sie reisen immer zusammen. Es sind Drillinge. Wie man munkelt, entstammen sie einer außerehelichen Liaison mit einer Bewohnerin aus Kröll.«

Jedes Mal, wenn Bogoran von seiner Heimatstadt sprach, trübte ein Schatten seinen Blick. Arkeen wusste, dass der Söldner in Kröll aufgewachsen war, aber kurz nach seiner Mannwerdung die Stadt des schwarzen Eisens hatte verlassen müssen. Er war ein Ausgestoßener, dem es untersagt war, jemals wieder nach Kröll zurückzukehren. Woran das lag, was Bogoran verbrochen hatte, darüber hüllte sich der Krieger in Schweigen.

»Wie viele Frauen hat der Scheich?«, fragte Arkeen. »Drei? Vier?«

»Ich weiß es nicht. Aber sein ausschweifender Lebensstil ist kein Geheimnis. In diesem Fall hatte es ein Nachspiel. Die Frau aus Kröll wurde verflucht, sie starb bei der Geburt und ihre Kinder ... Nun, du siehst ja, dass sie gewisse körperliche Mängel aufweisen. Thorim lässt jeden auspeitschen, der ihnen auch nur einen schiefen Blick zuwirft.«

»Ich erinnere mich. Der Scheich hat keine anderen Söhne.«

»Richtig. Nur Töchter. Angeblich die Wirkung eines weiteren Fluchs.«

»Vermutlich kein Zufall.«

»Vermutlich nicht. Jeder erhält das im Leben, was er verdient.«

~

Arkeen und Bogoran beschlossen, sich ein Lokal zu suchen, in dem sie ihr Mittagsmahl einnehmen konnten. Sie schwankten zwischen der *Springenden Echse*, einem Wirtshaus, in dem Arkeen vor einigen Perioden mittelmäßige Erfahrungen gesammelt hatte, und einer Gaststätte mit der wenig vertrauenerweckenden Bezeichnung *Zum Spucknapf*. Ein *Mittelmäßig* entsprach hier in der Stadt einem *Gut*, daher war die Entscheidung rasch getroffen.

»Magst du mitkommen?«, wandte sich Arkeen an Bazibb, der bislang nicht von seiner Seite gewichen war. Doch der Feuerkobold winkte ab.

»Mit deiner Erlaubnis nehm' ich mir ein paar Stunden frei«, schnarrte er. »Die Stadt ist sicher, außerdem hast du Bogoran, da brauchst du keinen Beschützer.«

»In Ordnung. Ein Leibwächter ist ohnehin überflüssig. Was Quendor geschrieben hat …«

»Papperlapapp.« Bazibbs riesige Spitzohren wackelten. »Von diesem Auftrag kannst du mich nicht entbinden, das hat mir Quendor verboten. Ich bin so lange dein Beschützer, bis mich dein Bruder zurücknimmt.«

Arkeen verzog die Lippen, blieb aber stumm. Er sah, dass ihm Bogoran einen amüsierten Blick zuwarf. Aber was sollte er tun? Es war zu spät, das Angebot seines Bruders abzulehnen. Entlassen konnte er den Kobold nicht mehr, er war bis zum Ende der Reise und seiner Rückkehr nach Warnack an ihn gebunden.

Arkeen und Bogoran näherten sich der *Springenden Echse*. Das Lokal war eines von vielen, die sich rund um den Marktplatz aneinanderreihten wie Muschelschalen am Strand. Die Gaststätte wirkte durch das kunstvoll gemalte Bildnis einer grünen Laufechse sowie aufgrund der zahlreichen, bunten Tücher an der Außenwand einladend und sympathisch.

Neben der Eingangstür hockte eine staubige Gestalt. Zuerst dachte Arkeen an einen Bettler, doch als sie nähertraten, gewahrte er den Blick des jungen Mannes, der ohne Regung ins Leere ging. Aus seinem Mundwinkel hingen Speichelfäden und zwischen seinen Beinen glitzerte eine gelbliche Pfütze. Der Unbekannte saß da, als wäre er eine Marionette, der man die Fäden durchtrennt hatte.

Wie auf ein unhörbares Kommando zogen Arkeen und Bogoran ihre Geldbeutel hervor und warfen dem Fremden einige Kreuzer in den Schoß, wo bereits andere Geldstücke lagen. Als Wüstenbewohner war es eine Selbstverständlichkeit, den Opfern der Morganafeen eine Spende zu hinterlassen. Jeder wusste um die Heimtücke dieser geflügelten Wesen.

Der junge Mann zuckte nicht mit der Wimper und würde die Münzen auch nicht einsammeln. Das übernahmen seine Angehörigen, die ihn fütterten und pflegten. Es sah danach aus, als bekäme der junge Mann nichts von seiner Umgebung mit – was anzunehmen war, auch wenn manche Gelehrte vermuteten, dass die *Verlorenen Seelen*, wie man derartige Menschen auch nannte, ihre Wahrnehmungen behielten, aber nicht mehr darauf reagieren konnten. Für Arkeen eine albtraumhafte Vorstellung.

Obwohl es noch nicht Mittag war, herrschte in der Gaststätte reger Betrieb. Reisende und Einheimische füllten den Platz um die niederen Steintische, von denen, wie in Gulehm üblich, am Boden sitzend gegessen wurde.

Auf einem Kissen, das auf einer erhöhten Plattform in einer Ecke des Raumes lag, saß ein gedrungener Mann mittleren Alters, dessen Blick selbstgefällig durch das Lokal schweifte. Neben ihm stand ein Käfig aus Schwarzeisen. Darin hockte ein leuchtendes, kaninchengroßes Wesen, das den in der Nähe sitzenden und neugierig gaffenden Besuchern derbe Verwünschungen entgegenwarf.

Arkeen erinnerte sich an die gefangene Morganafee, die er in Warnack gesehen hatte.

»Ist das derselbe Händler?«, fragte er an Bogoran gewandt.

»Ja.« Der Krieger nickte und ließ sich vor einem freien Tisch nieder. »Wie ich mitbekommen habe, verkauft er Teppiche und Felle. Vermutlich ist er per Schiff nach Gulehm gereist.«

»Er hält die Fee wie einen Singvogel.«

»Oder wie eine Klapperschlange. Ich kann mir vorstellen, dass sie ihn bei Verhandlungen mit Kunden begleitet. Ihre Anwesenheit ist sicher hilfreich, um seine Forderungen zu unterstreichen.«

»Eines Tages wird ihn das teuer zu stehen kommen. Morganafeen sind nachtragend.«

»Wahrscheinlich tötet er sie, bevor sie ihre Freiheit wiedererlangt. Für das Elfenbein zahlen manche Leute ein Vermögen.«

»Quendor hatte Essbesteck aus Elfenbein. Aber nicht lange. Es wurde ihm gestohlen.«

»Vielleicht besser so. Du kennst ja die Munkeleien, dass es gefährlich ist, mit Messern und Gabeln zu speisen, die aus den Gliedmaßen der Morganafeen hergestellt sind.«

»Ich habe damit gegessen. Wie du siehst, lebe ich noch.«

Bogoran lächelte. »Ich halte auch nicht viel von dem Gerücht. In der Regel verliert alles, was tot ist, seine Macht.«

Arkeen warf dem Händler, der dasaß, als wäre er der Scheich persönlich, einen weiteren Blick zu. »Interessant, dass ihn noch niemand mitsamt seinem Haustier aus dem Lokal geworfen hat. Vermutlich ist der junge Mann vor der Tür ein Familienangehöriger der Wirtsleute.«

»Vermutlich. Aber du weißt selbst, wie die Stadtbewohner auf Feen reagieren. Sie hassen sie, aber ihre Furcht ist noch größer. Niemand vergreift sich an jemandem, der eine Morganafee besitzt.«

»… war eine Widerschein, hundertprozentig«, drang es von einem der Nachbartische an Arkeens Ohr. Er hörte genauer hin.

»Keine Ahnung, woher Scheich Halaf die hat. Ihre langen Haare, als sie von der Laufechse gestiegen ist … Dieses bunte, fließende Schillern, wie ein Tropfen Öl in einer Pfütze, und das am Kopf einer Frau! Ich hätte sie den ganzen Tag anschauen können.«

»Hast du sie berührt?«, erklang eine zweite Stimme. »Du weißt doch, das bringt Glück.«

»Keine Chance. Sie wurde von drei Soldaten bewacht. Der Scheich hütet sie wie seinen Augapfel.«

»Nicht verwunderlich. Eine Widerschein als Konkubine? Muss ein Vermögen gekostet haben.«

»Mit Sicherheit. Schade, dass der Scheich mit seinem Gefolge gestern aufgebrochen ist.«

»Wieso? Hättest du ihm die Perlentochter abgekauft?«

»Na ja, vielleicht …«

»Haha! Du bist und bleibst ein Träumer, Valtin!«

»Was ist?« Bogoran musterte Arkeen aufmerksam. »So wie deine Augen leuchten, hast du gerade etwas Interessantes erfahren.«

Arkeen verzog einen Mundwinkel und strich sich über seine Narbe am Kinn. »Nicht wirklich. Habe in Warnack eine Widerschein gesehen, die als Konkubine angeboten wurde. Offenbar hat sie ein Scheich gekauft und ist vor Kurzem hier in Gulehm vorbeigekommen.«

»Eine Widerschein?« Die Falten auf Bogorans Stirn vertieften sich. »Ich habe noch nie gehört, dass sich eines dieser Wesen als käufliche Dirne angeboten hätte. Allein durch ihre Magie könnte sie jeden Mann …«

»Nicht alle Perlentöchter besitzen magische Fähigkeiten.«

»Aber die meisten. Wer weiß, was diese Widerschein im Sinn hat. Es sind durchtriebene Geschöpfe.«

»Nur, weil du aus eigener Erfahrung sprichst, heißt das nicht …«

Arkeen brach ab. Er hatte den Schatten gesehen, der über Bogorans Antlitz gestrichen war. Es war nicht fair, seinen Freund an die Vergangenheit zu erinnern; eine Vergangenheit, die es mit dem Söldner alles andere als gut gemeint hatte.

»Tut mir leid«, sagte Arkeen. »Ich wollte nicht …«

»Vergiss es. Du hast ja recht.« Bogoran holte tief Luft. »Ich habe Hunger. Was essen wir?«

Arkeen bestellte eine Boxenkrautsuppe sowie einen Hirsebrei mit Gemüse. Bogoran nahm einen Hühnereintopf und als Nachspeise einen Spiegelkuchen, der mit *hausgemacht* und *frisch* angepriesen wurde.

»Schmeckt nicht so gut wie deiner«, meinte der Söldner. »Und frisch ist er auch nicht.«

Arkeen dachte an Nana. Er wusste noch immer nicht, was er von ihrem Geschenk halten sollte. Weshalb hatte sie ihm den Kuchen gebacken? War es ein spontaner Einfall gewesen oder verbarg sich dahinter tatsächlich mehr, eine Zuneigung, die Arkeen nicht erwidern konnte und wollte? Seine Gedanken gefielen ihm nicht und er beeilte sich, das Gespräch in eine andere Richtung zu lenken.

»Wenn wir in Schaar sind, möchte ich sofort Richtung Höllbrögg weiterreisen.«

»Mit einer Karawane?«

»Wie es sich ergibt. Falls Echsenreiter unterwegs sind, können wir uns auch denen anschließen.«

»Du steigst auf einen Drachen?« Bogoran hörte auf zu kauen. »Trotz deiner schlechten Erfahrungen?«

»Eine Echse ist kein Drache. Und seinen Ängsten muss man sich stellen.«

»Sicher. Brich dir nur nicht den Hals dabei.«

~

Arkeen und Bogoran beendeten ihre Mahlzeit, verließen die Gaststätte und trennten sich. Der Söldner wollte nach seiner Laufechse Finmedra sehen und Arkeen hatte vor, eine Heilerin aufzusuchen, da ihn seit einigen Tagen ein schmerzender Nacken plagte. Vorerst jedoch schlenderte er am Marktplatz zwischen Einheimischen und Reisenden umher, erstand eine Melone und verspeiste sie als Nachtisch. Die Sonne brannte herab und die Hitze war hier zwischen den Ständen so intensiv wie draußen in der Wüste. Einige Läden hatten überhaupt geschlossen und würden erst am späten Nachmittag aufsperren.

Er marschierte gerade an dem verriegelten Schuppen eines Gewürzhändlers vorbei, aus dem exotische und verführerische Düfte drangen, als hinter ihm eine Stimme schnarrte: »Hab ich dich!«

Bazibb stand breitbeinig auf dem festgetretenen Wüstenboden, grinste zu ihm auf … aber sein Grinsen zerfloss zu einer Grimasse. Der Blick des Kobolds heftete sich auf Arkeens Seite und er öffnete den Mund zu einem alarmierten Aufschrei.

Der Karawanenführer wirbelte herum. Neben ihm stand ein junger, schlanker Mann mit langen, verfilzten

Haaren, der sich soeben umwandte und betont gelassen in die entgegengesetzte Richtung schritt.

Arkeen ahnte es, noch bevor seine Hand auf den Geldbeutel an seinem Gürtel fiel – der nicht mehr an seinem angestammten Platz war.

Der Fremde merkte, dass er enttarnt worden war, stieß zwei schwatzende Frauen beiseite und sprintete los. Arkeen fluchte ungehalten und hetzte hinterher. Der Mann war schnell. Arkeen war als Jugendlicher ein guter Läufer gewesen und hatte auch später die meisten Kontrahenten eingeholt. Doch der Unbekannte war noch flinker, der Abstand zwischen ihnen vergrößerte sich langsam aber stetig.

Arkeen keuchte und schnappte nach Luft, als der Unbekannte in eine schmale Gasse am Rand des Marktes einbog. Lange konnte er diese Jagd nicht mehr durchhalten. Aber er musste. In dem Beutel befanden sich sämtliche Abgaben der Reisenden. Es war dummer Leichtsinn gewesen, die Gulden nicht wie üblich in dem Geheimfach am Sattel seines Mandrakei zu verstecken.

Etwas zischte an Arkeens Kopf vorbei. Der Dieb wurde getroffen, schrie auf und fiel vornüber. Arkeen hetzte auf ihn zu, packte den Unbekannten am Oberarm und zerrte ihn hoch. In seinem Hinterteil steckte ein braun gefiederter Pfeil.

Arkeen sah sich um. Es war nicht Bazibb, der geschossen hatte. Der Feuerkobold war weit zurückgefallen, bog erst jetzt in die Gasse ein. Zwei Dutzend Schritte hinter Arkeen stand eine junge, kräftig gebaute Frau, bewaffnet mit einem kurzen, geschwungenen Reflexbogen. Sie nickte ihm zu. Es war Senashad, jene Bogenschützin aus Geolinsas Gefolgschaft, die magische Fähigkeiten besaß.

»Ich wollte nichts stehlen, ehrlich nicht!«, flehte der Mann, die Augen vor Furcht und Schmerz weit aufgerissen. »Ich sollte Euch nur einen Zettel geben.« Mit zittrigen Fingern langte der Dieb nach einem zusammengefalteten Stück Papier in seiner Hosentasche. »Aber dann habe ich den Geldbeutel gesehen und … Bitte, es tut mir leid!«

»Her mit dem Beutel«, knurrte Arkeen und riss dem Mann den Zettel und das Ledersäckchen aus der Hand. Er warf einen flüchtigen Blick hinein. Offenbar waren seine Gulden noch vollzählig.

Senashad trat an Arkeens Seite. »Ich werde den Pfeil entfernen. Er ist nicht tief eingedrungen.«

Die Augen des Mannes wurden noch größer. Panik flackerte in seinem Blick. Arkeen packte fester zu; nicht, dass der Straßenräuber auf dumme Gedanken kam.

Ein Aufschrei entrang sich der Kehle des Mannes, als Senashad den Pfeil mit einem Ruck aus seinem Gesäß zog. Die Wunde war in der Tat nicht tief und würde – Salbe und Verband vorausgesetzt – rasch verheilen. Bis dahin konnte das Sitzen allerdings recht schmerzhaft werden.

Arkeen empfand kein Mitleid, im Gegenteil. Der Taugenichts hätte sich eben vorher überlegen sollen, wen er bestahl.

»Bitte … holt nicht die Stadtwache.«

Speichel tropfte aus den Mundwinkeln des Mannes. Er verströmte einen Odem aus saurem Wein, alter, ungewaschener Kleidung und Urin; frischem Urin, um genau zu sein. Arkeen bemerkte, dass sich auf der Hose des Fremden ein nasser Fleck auszubreiten begann. Der Karawanenführer rümpfte die Nase. Eine wahrlich erbärmliche Gestalt.

»Von wem hast du den Zettel bekommen?«, fuhr er den Unbekannten an und hob seine Hand, in der er das gefaltete Stück Papier hielt.

»Ich … ich weiß es nicht«, murmelte der Taschendieb und duckte sich, als befürchte er einen Hieb. »Er trug eine Kutte und einen Gesichtsschleier. Hat mir einen Taler gegeben und einen weiteren versprochen, wenn ich den Auftrag ausführe.«

»Ist dir an dem Fremden irgendetwas aufgefallen?«

»Nein, ich … keine Ahnung. Er war irgendwie … unheimlich.«

Arkeen sah ein, dass ihm der Straßenräuber keine weiteren Auskünfte geben konnte. »Verschwinde und lass dich nie wieder blicken. Falls ich noch einmal mitbekomme, dass du jemanden bestiehlst …«

Arkeen ließ offen, was dann geschehen würde, aber auch so zeigte seine Drohung Wirkung. Das Antlitz des Diebes verlor einen Gutteil seiner verbliebenen Farbe. Der Mann stieß ein gehauchtes »Danke.« aus, dann wandte er sich um und humpelte davon.

»Du … lässt ihn laufen?«, krächzte eine Stimme hinter Arkeen. »Ich hätte ihm noch ordentlich Feuer unterm Hintern gemacht.«

Bazibb war außer Atem. Sein Ranzen saß schief und sein schmaler Brustkorb hob und senkte sich so rasch, dass er an einen übereifrig bedienten Blasebalg erinnerte.

»Nicht nötig«, entgegnete Arkeen. »Sein Allerwertester war schon bedient.«

»Was ist mit der Nachricht?« Senashad deutete auf den Zettel, den Arkeen in der Hand hielt.

Der Karawanenführer faltete ihn auseinander.

Arkeen al Warnack djin Tarekk,

dein Leben ist in Gefahr. Einer, der mit dir reist, will deinen Tod. Gib acht, wenn du Schaar erreichst.

Ein Freund

Arkeen hob die Augenbrauen und betrachtete die sorgsam mit schwarzer Tinte gezogenen Schriftzeichen. Ein Unbekannter heuerte einen Taschendieb an, damit ihm dieser einen Brief zusteckte, der vor einem ebenfalls Unbekannten unter seinen Mitreisenden warnte, welcher es – angeblich – auf sein Leben abgesehen hatte? Wenn dieser selbsternannte *Freund* die Gründe für die Gefahr beschrieben oder zumindest einen Namen genannt hätte, wäre Arkeen vielleicht in Sorge gewesen. Aber so konnte es sich nur um einen dummen Streich handeln. Eine Warnung, ohne zu schreiben wovor oder vor wem, ergab keinen Sinn. Arkeen ahnte bereits, wer hinter diesem Schreiben steckte.

»Was steht da?«, quietschte Bazibb.

Arkeen faltete das Papier zusammen und ließ es in seinem Gürtel verschwinden. »Das geht nur mich etwas an.« Er hatte nicht vor, dem Kobold von dem Inhalt der Nachricht zu erzählen. Womöglich reagierte Bazibb beunruhigt und intensivierte seine Beschützerrolle, worauf Arkeen getrost verzichten konnte.

Sein Blick streifte den der Eliteschützin. Senashads Gesichtszüge wirkten nachdenklich, so als wüsste sie, was auf dem Papier stand. Doch sie konnte den Text unmöglich entziffert haben, denn Arkeen stand mehrere Schritte entfernt. War es möglich, dass sie seine Gedanken gelesen hatte? Es wurde behauptet, dass Magierinnen dazu fähig waren, aber einfache Hexen?

Arkeen wurde mulmig zumute. Im Grunde wusste er nichts über Senashad. Er kannte gerade mal ihren Namen und einen Teil ihrer bemerkenswerten Fähigkeiten. Es war sicher keine schlechte Idee, wenn er sie besser kennenlernte. Sein erster Gedanke in diese Richtung mochte zwar wenig an seinem Unwissen ändern, aber war zumindest problemorientiert. Arkeen begann seine Schultern zu massieren.

»Senashad, du beherrscht Heilsmagie?«

»Ja, warum?«

»Mein Nacken ist seit einigen Tagen steif und schmerzt. Könntest du …?«

Ein undefinierbares Grinsen erschien auf Senashads Zügen. Sie trat an Arkeen heran und legte ihm beide Hände auf die Schultern. Der Karawanenführer spürte ein sanftes Kribbeln, das von Senashads Fingern ausging, sich auf seine Haut und die Muskeln übertrug. Es war ein angenehmes Gefühl, ähnlich dem Prickeln der heilkräftigen Drachendüsen in Rötmurg. Außerdem roch er Senashads Körperduft. Ihr Aroma war sanft und wild, bezaubernd und vielfältig, eine Mischung aus Wüstenschweiß, reifen Früchten und Vanille. Arkeen beugte sich vor, blähte seine Nasenflügel, um mehr ihres köstlichen Duftes zu erfassen.

Unvermittelt lösten sich die Hände von seinen Schultern und Senashad trat einen Schritt zurück. Sie lächelte, aber etwas an diesem Lächeln stimmte nicht.

»Deine Schmerzen sollten in den nächsten Minuten nachlassen. Wenn du morgen noch etwas spürst, können wir die Behandlung wiederholen.«

Auf jeden Fall, dachte Arkeen, aber das sagte er nicht laut. Es verwirrte ihn, wie heftig er auf Senashads Körpergeruch reagiert hatte, und das nicht nur auf emotionaler

Ebene. Die Beule an seiner Hose war fast schon schmerzhaft.

»Danke. Auch für dein Einschreiten vorhin.«

»Du hättest den Dieb nicht eingeholt.«

»Das ist richtig.« Arkeen zögerte, dann nickte er Senashad zu und wandte sich zum Gehen. »Wir sehen uns morgen.«

~

»Arkeen! Was für eine Freude, dich zu sehen!«

Ein füllige, alte Dame stapfte auf den Karawanenführer zu und drückte ihn an ihre Brust. Arkeen ertrug die kräftige, beinahe schmerzhafte Umarmung mit Würde und wartete ab, bis sich die stämmige Frau von ihm löste.

»Großmutter. Du siehst gut aus.«

»Sag, wie es ist.« Die alte Frau grinste und kicherte leise. »Ich bin noch fetter geworden.«

Arkeen musste sich eingestehen, dass sie recht hatte. Seine Großmutter war wie Quendor den Genüssen des Lebens nie abgeneigt gewesen. Inzwischen ging sie auf die Achtzig zu und war, wie böse Zungen behaupteten, mehr breit als hoch. Ihre grauen Haare trug sie kurz, das vertraute Gesicht mit dem Doppelkinn und den geröteten Wangen war von feinen Schweißperlen bedeckt. Vor ihrer beeindruckenden Oberweite hatte sie eine bunte Schürze umgebunden.

»Erst vor zwei Tagen habe ich Elijas, einen Bäcker gleich um die Ecke, dabei erwischt, wie er mich vor einem Kunden als ›Jola, die dicke Kröte.‹ bezeichnet hat. Dabei ist er selbst so beleibt, dass ihm sein Bauch bei jedem

Schritt im Weg ist. Glaub mir, den hab ich zur Mücke gemacht, dass er am liebsten im Boden versunken wäre.«

Arkeens Großmutter hieß eigentlich Jolaphina – aber es gab niemanden, der sie mit der Langform ihres Namens ansprach. Sie lebte seit ihrer Geburt in Gulehm und hatte im Gegensatz zu ihren beiden Söhnen nie den Wunsch verspürt, die Kleinstadt zu verlassen. Seit dem Tod ihres Mannes verbrachte sie ihre Zeit mit Nähen, Stricken, Backen – und dem Vermieten von Zimmern. Jola war eine resolute aber ungemein lebenstüchtige Frau, die selbst den unerfreulichsten Dingen etwas Positives abgewinnen konnte.

Arkeens Großmutter trat einen Schritt zurück und musterte ihren Enkel von oben bis unten. »Lass dich mal ansehen. Wie es scheint, überlässt du das Zunehmen weiterhin Quendor.«

»Ich schätze, er hat mehr Zeit dafür.«

»Oh, ich glaube, an der Zeit liegt es nicht. Er frisst zu viel und bewegt sich zu wenig. Ich spreche da aus Erfahrung.«

Jolas breites, einnehmendes Lächeln nahm Arkeen etwas von seiner Anspannung, die ihn jedes Mal überkam, wenn er seiner Großmutter gegenüberstand. Woran das lag, konnte er nicht sagen. Vielleicht waren es ihre einschüchternde, raumfüllende Gestalt und ihr überhaupt nicht berührungsscheues Wesen; oder es lag an den Erinnerungen, die bei ihrem Anblick stets an der Oberfläche seines Bewusstseins kratzten.

»Aber jetzt komm mal herein.« Jola zog Arkeen in Richtung Wohnstube. »Ich habe frischen Spiegelkuchen gebacken.«

»Hast du momentan viele Gäste?«

»Nein. Ein junges Ehepaar aus Bahaad, das in zwei Tagen mit dem Schiff Richtung Warnack reist, und einen Krieger aus Rongar. Dann wäre da noch ein fahrender Künstler und Geschichtenerzähler. Er nennt sich Ark al Wakaan, Herr der Worte, und ich muss sagen, diese Bezeichnung kommt nicht von ungefähr. Er hat eine Stimme, mit der ihm die Frauen sicher scharenweise zu Füßen liegen. Wenn ich nur etwas jünger wäre ...«

Jola breitete die fleischigen Arme aus, als wollte sie eine vor ihr stehende Person in ihre feste Umarmung nehmen. Der Schalk glitzerte in ihren Augen. »Auf alle Fälle stehen die meisten meiner Zimmer leer. Ist auch kein Wunder, wenn die Karawanen ausbleiben.«

Sie schwieg einen Moment und der schelmische Ausdruck verschwand von ihren Zügen. »Du weißt am besten, wie gefährlich die Karawanenrouten geworden sind. Wäre ich nicht so gutgläubig, müsste ich fortwährend in Sorge um dich sein und nur auf die Nachricht warten, dass deine Karawane überfallen worden ist.«

»Ich bin ein umsichtiger Führer, das weißt du, Großmutter.«

»Natürlich. Aber du bist auch mein Enkel. Und du verstehst, dass die ganzen schlechten Neuigkeiten Unsicherheit hervorrufen. Allein die Sache mit der Karawane bei Abronn ...«

Arkeen wurde hellhörig. »Ist sie aufgetaucht? Bei unserer Abreise aus Warnack hieß es, sie sei verschollen.«

»Ja, ist sie.« Ein Schatten legte sich auf Jolas Züge. »Man hat die Überreste der Karawane gefunden, hinter den letzten Hügeln vor der Spiegelbucht. Es wird gemunkelt, dass sie in der Nacht überfallen worden ist. Es soll

ausgesehen haben, als wären die Reisenden völlig überrascht worden.«

»In der Nacht? Aber …«

Jola hob abwehrend die Hände. »Es gibt viel Gerede,
aber in Wahrheit weiß niemand Näheres. Ich kann dir
deshalb nicht sagen, ob es am Bannkreis gelegen hat oder
die Ursache eine andere war. Gerüchte sind immer schneller als die Wahrheit.«

Arkeen sah auf das geschnitzte, halbbogenförmige
Holzgebilde, das auf einem Tisch in der Ecke des Raumes
stand und von Blumen und bunten Tüchern bedeckt war.
Jola folgte seinem Blick.

»Denkst du oft an ihn?«, fragte sie mit leiser Stimme.

»In letzter Zeit wieder häufiger. In manchen Situatio-
nen frage ich mich, wie mein Vater reagiert oder was er
getan hätte.«

»Tarekk war wie du«, behauptete Jola. »Er war umsich-
tig, konsequent und hat das getan, was er für richtig hielt.
Ich erinnere mich, dass er sich oft Rat bei Sandigor geholt
hat. Du weißt, dein Großvater hatte so eine Art Geschichten zu erzählen, da musste man einfach hinhören.« Jola
lächelte versonnen.

Arkeen rief sich Tarekks Gesicht in Erinnerung. Trotz
der vielen Jahren, die vergangen waren, fiel es ihm nicht
schwer. Leider war es nicht der Anblick, den er sich ge-
wünscht hätte. Er sah Tarekks fahle, erschlafften Züge
und seine aufgerissenen Augen, aus denen jedes Leben
gewichen war.

»Ich wünschte, ich hätte mehr Zeit mit meinem Vater
verbracht; mehr von seinem Wissen und seiner Erfahrung
aufnehmen können.«

Jola schüttelte sanft den Kopf. »Ich bin davon überzeugt, dass du alles Wichtige gelernt hast. Sieh dich doch an. Du bist einer der gefragtesten Karawanenführer der Shahakeen und, wie ich aus verlässlicher Quelle weiß, auch jemand, dem man Vertrauen entgegenbringt. Das ist in dem Beruf keine Selbstverständlichkeit.«

Arkeen schwieg. In seinem Geist manifestierten sich unangenehme Bilder; Ereignisse, die bewiesen, dass er dem Vertrauen nicht immer gerecht geworden war. Jeder Mensch beging Fehler und Karawanenführer waren da keine Ausnahme. Allerdings wogen Irrtümer und Fehleinschätzungen in der Wüste schwer. Eine unbedachte Handlung, ein Moment der Unaufmerksamkeit, und der ewige Sand mochte sich ein Leben holen.

»Wie geht es Quendor?«, fragte Jola. »Was machen seine Geschäfte?«

»Es ging ihm nie besser. Er hat einen neuen Geschäftszweig mit Seidenstoffen eröffnet und ich musste ihn vor drei Fahlen vor mehreren Scheichs in Eliebron vertreten. Er lässt jetzt Delikatessen in die Wüste liefern.«

»Hat er sich für die Tigerschnegel und die gebrannten Feldschrecken in Blätterteig entschieden?«

Arkeen zog die Augenbrauen hoch. »Sag bloß, du hast ihn darauf gebracht.«

Ein breites Lächeln flutete Jolas Gesicht. »Zugegeben, ich habe ihm diese Köstlichkeiten ein wenig schmackhaft gemacht. Apropos Leckerbissen: Was ist mit Nana? Triffst du sie noch?«

Schlagartig wurde Arkeen unwohl. Das war ein Thema, welches er lieber vermieden hätte.

»Hie und da.«

Jola musterte ihn mit einem scharfen Blick. »Habt ihr euch gestritten?«

»Nein, das ist es nicht. Wir verstehen uns gut, aber …«

Arkeens Großmutter seufzte tief. »Die alte Leier. Ihr Beruf und deine Unfähigkeit, dich an eine Person zu binden.«

Arkeen senkte den Blick. Er wusste, dass seine Großmutter mit ihrer Aussage recht hatte. Aber das änderte nun mal nichts an seinem Wesen.

»Dir ist schon bewusst, dass sie ihre Tätigkeit sofort einstellen würde, wenn du dich ihr gegenüber öffnest?«

»Und wenn ich mich gar nicht öffnen will?«

»Dann bist du ein hoffnungsloser Fall. Nicht, dass mich diese Erkenntnis überrascht. Im Gegensatz zu Quendor bist du ein verschlossener, griesgrämiger Kerl, der viel zu oft in düsteren Gedanken schwelgt, weil er nicht über seine erlittenen Verluste hinwegkommt.«

»Vergleiche mich nicht mit Quendor. Er ist …«

»… ein Stadtbewohner, richtig, aber einer, der seinen Weg gemacht hat. Bei dir bin ich mir nicht so sicher.«

Arkeen straffte die Brust. »Du hast vorhin selbst gesagt, dass ich als Karawanenführer …«

»Jaja.« Arkeens Großmutter vollzog eine wegwerfende Handbewegung. »Ich meine damit, dass du nicht glücklich bist. Oder willst du etwas anderes behaupten?«

Arkeen sah zu Boden. War er glücklich? Wenn er draußen in der Wüste auf einer Düne stand und seinen Blick über die Weite des Sandmeeres schweifen ließ, fühlte es sich so an. Aber es gab genug Momente, in denen er nicht so empfand. Insgeheim wusste er, dass ihm etwas fehlte, und dies nicht nur an dem Tod seines Vaters und der verzweifelten Suche nach Ashida lag. Aber ob die Lösung tatsächlich eine fixe Partnerschaft war?

»Du solltest mit Nana eine Familie gründen.«

Arkeen schrak hoch und begegnete Jolas Blick, die ihre Arme in die Hüften gestemmt hatte.

»Das sagst du, obwohl du sie erst einmal gesehen hast?«

»Stimmt. Aber ich habe sofort erkannt, dass sie die ideale Frau für dich wäre: schön, intelligent und nicht auf den Mund gefallen.«

»Mag sein, aber ...«

Jola hob abwehrend die Arme. »Verschone mich mit deinen Ausflüchten. Freilich ist es deine Sache. Ich wünsche dir nur, dass du rechtzeitig begreifst, woran du bei ihr bist, bevor es zu spät ist – und sie von irgend so einem Drecksack geschwängert wird.«

~

Einige Stunden später trat Arkeen aus dem Stadttor in die Wüste hinaus. Die Sonne stand tief, der Wind war nahezu eingeschlafen. Das Gespräch mit seiner Großmutter beschäftigte ihn noch immer. Es gelang ihr stets, seine Zweifel zu schüren und ihn zum Nachdenken zu bewegen. Dennoch würde sich nichts an seiner Einstellung ändern. Er war kein Mann für eine feste Beziehung und schon gar nicht geeignet, eine Familie zu gründen. Nana war eine gute Freundin und dabei würde es bleiben.

Der Karawanenführer lauschte. War das ein Schrei gewesen? Er hob seinen linken Arm. Ein kurzes *Kre-ke-keck*, ein scharfer Luftzug, und Winshoa landete auf seinem mit Leder umwickelten Unterarm.

»Meine Schöne«, flüsterte Arkeen und strich dem Sonnensperber über das Gefieder. »Hast du die Stadt von oben gesehen?«

Winshoa plusterte sich auf wie eine Eule und fing an, sich den Schnabel zu putzen. Arkeen ließ sich am Kamm einer Düne nieder und betrachtete die orange glimmende Sonnenscheibe. Sie glitt tiefer, berührte den dunstiggrauen Wüstenhorizont, wurde so rot wie der Blutmond, der als düsterer Halbkreis schräg am Himmel stand. Auch der Fahlmond war zu sehen. Fast rund, wie er war, erhellte er die einsetzende Dämmerung ganz im Westen, dort, wo Hunderte Kilometer entfernt die Ausläufer der Himmelszungen verliefen.

Der Blutmond war im Abnehmen begriffen. In zwölf Tagen würde die Periode verstrichen sein und er musste wieder zunehmen. Der Fahlmond indessen war erst gestern kreisrund am Himmel gestanden. Da eine Fahle acht Tage dauerte, würde es in zweiunddreißig Tagen den nächsten Doppelvollmond geben. Ein solches Ereignis galt in Arkeen als besonders schicksalsträchtig. Gutes wie Schlechtes manifestierte sich, Entscheidungen waren leichter zu treffen oder zeigten ihr wahres Gesicht. Arkeen hatte den Doppelvollmond noch nie gemocht.

Der Karawanenführer dachte an den Taschendieb und seine Nachricht. Er war davon überzeugt, dass die Warnung von einem jener Reisenden verfasst worden war, die er hier in Gulehm der Karawane verwiesen hatte. Vermutlich war es der rotäugige Palwin gewesen. Besorgt war Arkeen jedenfalls nicht. Es handelte sich keineswegs um die erste Warnung – oder Drohung –, die er in den letzten Jahren erhalten hatte.

Arkeens Plan war es gewesen, heute vor den Toren der Stadt in der Wüste zu übernachten. Doch Jola hatte ihn von dieser Idee abgebracht. Seine Großmutter war der Ansicht, dass sie ihren Enkel nach Strich und Faden verwöhnen musste, wenn er sie schon mal besuchen kam und dann auch noch so dürr wie die Zweige einer Wüstenakazie war, wie sie es ausdrückte. Arkeen hatte sich seinem Schicksal ergeben und bei den vorgesetzten Speisen ordentlich zugelangt. Der viele Spiegelkuchen lag noch immer schwer in seinem Magen.

Die meisten Reisenden waren froh, in einem Bett liegen zu können, auch wenn die Schlafstätten eher Felllager zu nennen waren. Da es in Gulehm nur wenige Holzmöbel gab, blieben richtige Betten die Ausnahme. Arkeen machte sich nichts aus diesem städtischen Luxus. Doch neben Jolas Angebot, das er nicht ausschlagen konnte, wollte er Quendor eine Nachricht schicken, musste morgen früh auf und das Stadttor blieb während der Nachtstunden geschlossen.

Winshoa schlug mit den Flügeln. Arkeen lauschte, vernahm das leise Knirschen von Sand. Jemand näherte sich; jemand, der ihm nicht unbekannt war. Arkeen hatte eine gute Vorstellung davon, um wen es sich handelte.

»Guten Abend, Karawanenführer.«

Arkeen wandte den Kopf. Nein, das war nicht die Stimme, die er erwartet hatte. Hinter ihm stand Kimlin, die Mümmelfrau.

»Ich habe mich noch nicht bei dir bedankt, dass du mir das Leben gerettet hast«, sagte sie.

»Das war selbstverständlich. Ich dulde keine Gewalt in meiner Karawane.«

»Trotzdem danke. Ich habe es auch schon … anders erlebt.«

Arkeen blickte in Kimlins riesige, hellblaue Augen. Er meinte eine stille Trauer dort zu lesen, glaubte aber nicht, dass ihre Wehmut nur in dem Verhalten anderer Menschen begründet war. Kimlins Schmerz reichte tiefer, war älter und umfassender. Arkeen verstand, dass die Mümmelfrau eine schwere Bürde trug. So wie Arkeen selbst.

Kimlin ließ sich neben dem Karawanenführer in den Sand sinken. »Ich weiß, dass du dich fragst, was ich hier mache. In deiner Karawane, allein, fernab meiner Heimat.«

Arkeen schwieg und starrte in die einbrechende Wüstendämmerung hinaus.

»Wie du dir denken kannst, stamme ich aus dem Mümmelhain. Ich war schon als Kind anders als die übrigen Mümmel, nicht so sorglos und bodenständig, sondern verträumt und schreckhaft. Meine Eltern hat das immer gestört und sie haben alles unternommen, um mein Wesen zu ändern. Natürlich ohne Erfolg. Stattdessen hat es meinen Widerwillen geweckt und ich habe mich zurückgezogen, bin zur Einzelgängerin geworden, was mir üble Nachrede eingebracht hat. Außerdem ist ein Mümmel nicht für das Alleinsein geschaffen. Ich bin immer einsamer geworden, war von Trauer erfüllt, wollte nicht mehr leben. Eines Tages habe ich beschlossen, in die Wüste zu marschieren und dort zu sterben.«

Kimlin verstummte. Gemeinsam sahen sie zu, wie das letzte glühende Sonnenband hinter den grau schimmernden Dünen versank. Ein Schwarm dunkler Vögel flatterte auf die Stadt zu, verschwand hinter den Mauern. In der

Ferne rief ein Wüstenfuchs. Dann noch einer. Kurz darauf ein dritter.

»Ich war zwei Tage unterwegs und tiefer in der Sandwüste, als jemals zuvor, als die Stimme aufgetaucht ist. Sie war einfach da, in meinem Kopf, hat zu mir gesprochen. Nicht bösartig, befehlend oder drängend, sondern einfühlsam und verständnisvoll. Wir haben uns lange unterhalten. Ich habe kehrtgemacht, denn ich wollte nicht mehr sterben. Die Stimme hat mich davon überzeugt, dass mein Leben einen Sinn hat, dass es, irgendwann, eine Aufgabe für mich gibt, die ich erfüllen muss. Ich habe mich in die Gemeinschaft der Mümmel eingegliedert, ohne jemals dazuzugehören. Die Stimme war lange Zeit still. Vor einiger Zeit hat sie sich wieder zu Wort gemeldet – in meinen Träumen. Sie spricht in der Nacht zu mir, dann, wenn ich schlafe. Und sie hat mir eine Botschaft überbracht, hat mir mitgeteilt, dass ich mich auf den Weg machen soll. Das habe ich getan. Seitdem bin ich auf der Suche.«

»Auf der Suche wonach?«

»Das weiß ich nicht. Klingt verrückt, ist es vielleicht auch, aber ich bin mir sicher, das Richtige zu tun. Die Stimme leitet und begleitet mich, auch wenn ich nicht weiß, was das Ziel meiner Reise ist. Aber du sollst wissen, dass ich niemandem Böses will und nie etwas tun werde, das anderen schadet.«

»Das habe ich auch nicht angenommen«, entgegnete Arkeen. Gegen seinen Willen empfand er Sympathie für das kleine, haarige Geschöpf. Vielleicht lag es an ihrer Offenheit, vielleicht daran, dass auch Kimlin von etwas angetrieben wurde. Ob es nun eine Stimme im Jetzt oder in der Vergangenheit war, so wie bei Arkeen, machte keinen Unterschied.

»Ist es wahr, dass du die Sprache aller Wesen verstehst?«, fragte Arkeen.

»Sofern sie Magie in sich tragen – ja.«

»Kannst du … kannst du auch mit Verstorbenen sprechen?«

Kimlin schüttelte den Kopf. »Das kann niemand. Ist es wegen deinem Vater?«

»Woher weißt du davon?«

»Eglan hat es mir erzählt.«

Und woher weiß es der Fandriner?, dachte Arkeen, der sich an die Nacht in der Wüste erinnerte, in der Eglan und er auf der Düne gestanden hatten. Er musste endlich herausfinden, was mit diesem Gelbländer nicht stimmte.

Aus Richtung des Stadttores waren laute Stimmen zu vernehmen. Arkeen erhob sich und kniff die Augen zusammen. »Ein Fuhrwerk. Etwas spät für einen Händler.«

Kimlin musste schärfere Augen besitzen, denn sie ergänzte: »Da liegt etwas auf der Ladefläche. Sieht aus wie ein … Tier.«

Sie setzten sich in Bewegung, die Düne hinab und auf die lehmigen Mauern der Stadt zu. Als Arkeen sah, was auf dem einachsigen, von einem Kamel gezogenen Fuhrwerk lag, beschleunigte er seine Schritte. Er achtete nicht darauf, ob die Mümmelfrau mit ihm Schritt halten konnte. Sein Blick war starr auf das groteske Etwas gerichtet, das die Ladefläche des Karrens ausfüllte.

»Nein«, sagte einer der beiden Torwächter gerade. »Auf gar keinen Fall.«

Der Mann neben dem Kamel, offenbar ein Landwirt, hob eindringlich die Hände. »Aber Scheich Thorim muss sehen, welche Kreaturen …«

»Nein«, wiederholte der Soldat und schüttelte nachdrücklich den Kopf. »Wenn du mit diesem Ding durch die Stadt ziehst, löst das eine Panik aus. Oder zumindest sehr viele Fragen, die du nicht beantworten kannst. Oder kannst du?«

Der Bauer ließ die Schultern hängen und schüttelte den Kopf.

»Ein Kadrass«, flüsterte Arkeen, der neben dem Fuhrwerk angelangt war.

Er betrachtete das Geschöpf, das, obgleich tot, noch immer ein albtraumhafter Anblick war. Viel zu viele Gliedmaßen, dünn und abstoßend, die einen schlanken, muskulösen, mit hornigen Schuppen bedeckten Körper hielten. Breite, prankenartige Fortsätze an den Beinen, geschaffen, um sich ohne einzusinken über den Sand zu bewegen. Das Wesen besaß einen flachen Schädel mit drei Paar Augen und einem zahnlosen Maul. Auf der Kopfunterseite des Kadrass klebte gelbbraune Körperflüssigkeit. Sah man von den überdurchschnittlich langen Beinen ab, handelte es sich um ein kleines Exemplar. Der Torso war kaum größer als der eines Wüstenfuchses.

Der Torwächter wandte sich Arkeen zu. »Bist du dir sicher? Das behauptet Omrun hier auch, aber ich habe noch nie einen Kadrass gesehen.«

»Ich schon«, erwiderte Arkeen und wandte sich dem Bauern zu. »Er war tot, als du ihn gefunden hast?«

»Ja.« Omrun nickte bekräftigend. »Habe das Ding nur durch Zufall entdeckt.«

»Wo?«

Der Mann deutete Richtung Süden, dorthin, wo der Fluss Sandwasser im Erdreich versickerte. »Kurz nach den

Hirsefeldern. Ist wenige Schritte neben dem Weg gelegen.«

Arkeens Gesichtszüge verhärteten sich. »Ein Späher.«

»Was?« Der Torwächter wirkte verunsichert, blickte zu seinem Kameraden auf der anderen Seite des Fuhrwerks.

»Seht euch den Körperbau an. Das ist kein Kämpfer. Ihm fehlen Zähne und Klauen. Mit den langen Beinen ist er schnell und wendig. Und er besitzt drei Augenpaare.«

Der Soldat schluckte schwer. »Dann müssen wir den Scheich informieren.«

»Sag ich doch«, maulte der Landwirt.

»Du fährst nicht in die Stadt«, ergänzte der Soldat. »Wir werden einen Boten schicken. Du wartest so lange.«

»Aber meine Frau …«

»… wird sich noch eine halbe Stunde gedulden können.«

Arkeen hatte keine Lust, auf das Eintreffen der höfischen Gesandten zu warten. Womöglich kam der Scheich höchstpersönlich, der für seinen Jähzorn berüchtigt war. Er nickte dem Soldaten zu und trat durch das weiß schimmernde Tor in die Stadt. Kimlin folgte ihm wie selbstverständlich.

»Es heißt, Kadrass haben keinen eigenen Verstand«, sagte die Mümmelfrau. »Stimmt das?«

»Ich weiß es nicht«, erwiderte Arkeen. »Ich habe nur drei, vier Mal lebende Kadrass gesehen, und das meistens kurz, einmal davon in Gefangenschaft. Das Insekt hat sich so lange gegen die Gitterstäbe geworfen, bis es gestorben ist. War ebenfalls ein Späher, so wie hier.«

»Glaubst du, eine größere Gruppe Kadrass ist in der Nähe?«

Arkeen warf Kimlin einen Blick zu. Sie wirkte weder nervös noch angespannt. »Nein. Kadrass-Späher wurden schon in der Umgebung von Bahaad und nahe Rongar beobachtet, ohne dass etwas passiert ist. Aber die Sichtungen werden immer mehr.«

»Bei uns im Mümmelhain wird erzählt, dass die Kadrass von den Göttern der Finsternis gelenkt werden. Sie stammen nicht aus Arkeen, sondern sind von den Sternen zu uns gekommen.«

»Von den Sternen?«

»Ja.« Kimlins weißblaue Augen schimmerten wie Perlen, als der Lichtstrahl einer Laterne auf sie fiel. »Sie sind vom Himmel herabgefallen, als die dunklen Götter nach ihnen gerufen haben.«

Unwillkürlich hob Arkeen den Kopf. Das Himmelszelt glühte azurblau im letzten Licht der Dämmerung. Erste Sterne waren zu erkennen, funkelten zu ihnen herab. Arkeen wusste, was die Gelehrten erzählten. Sie behaupteten, dass es sich bei den nächtlichen Diamanten um andere Sonnen handelte. Doch ihr Glühen täuschte, denn die Himmelskörper waren sehr weit entfernt; so weit, dass es unmöglich war, sie zu erreichen.

»Ich glaube das, was ich sehe«, sagte Arkeen. »Und was ich sehe ist, dass sich die Kadrass immer weiter von ihren Höhlen entfernen und aggressiver werden.«

»Vielleicht sind es nicht die Insekten, die aggressiver werden«, murmelte Kimlin, »sondern die Götter.«

~

Arkeen suchte Bogoran auf, der sich in der Nähe des Marktplatzes ein Zimmer gemietet hatte. Er berichtete ihm von dem Kadrass und von Jolas Erzählung der Karawane bei Abronn. Die beiden waren sich einig, dass sie noch umsichtiger sein mussten. Ab sofort würden in der Reisegruppe keine Lagerfeuer und nur schwache Lichtquellen erlaubt sein. Außerdem wollten sie die Nachtwache verstärken und auch Usgard in die Pflicht nehmen – sofern er sich blicken ließ.

»Hast du ihn in den letzten Stunden gesehen?«, fragte Arkeen.

Bogoran schüttelte den Kopf. »Ich weiß nicht, wo er steckt. Aber ich habe eine Vermutung, wo wir ihn finden können.«

Sie verließen die Herberge und der Söldner führte Arkeen in eine belebte Seitengasse, in der sich Lokale und einschlägige Etablissements aneinanderreihten. Über einem davon war ein Schild angebracht, das drei Würfel zeigte. Erst auf den zweiten Blick merkte man, dass der muskulöse Einheimische nicht zufällig vor der Eingangstür stand und die verblichene Schrift auf dem Schild *Spielhalle* heißen sollte.

Bogoran trat ein und Arkeen folgte ihm. Als ihnen die angespannte Stimmung und die abgestandene Luft entgegenschlugen, wollte Arkeen am liebsten wieder kehrtmachen. Doch dann erblickte er die bärtige Gestalt Usgards, der im Kreis mit anderen Personen am Boden saß und einen ledernen Becher schwenkte.

Der Druide spielte das *Dreiark*, ein Würfelspiel. Der auf den Boden gezeichnete Kreis wurde von einem Dreieck umschlossen und war in ungleich große Segmente unterteilt. Drei Würfel wurden abwechselnd von jedem Teilnehmer hineingeworfen, wobei eine wadenhohe Barriere aus Holzplatten verhinderte, dass sie aus dem Feld sprangen. Ziel des Dreiark war es, verschiedene Kombinationen aus Augenzahlen in die einzelnen Flächen zu werfen, etwas, das in erster Linie von Glück abhing.

»Hallo Usgard.«

»Oh.« Der Druide blinzelte. »Arkeen.«

»Du spielst. Das hatte ich dir verboten.«

»Du hast gemeint, wenn ich während der Reise spiele, halbierst du meinen Sold. In der Karawane habe ich mich daran gehalten.«

Arkeen gewahrte ein Schimmern in den Augen des Druiden. Er konnte nicht sagen, ob das ein Zeichen von Wut, Selbstzweifel oder schlicht die brennende Gier von Usgards Spielsucht war.

»Ich brauche dich für einen Mentalbrief«, sagte Arkeen.

»Kann das nicht bis morgen warten? Ich habe gerade eine richtige Glückssträhne und …«

»Nein. Es muss jetzt sein.«

»Verdammt.« Usgard fuhr sich durch seinen geflochtenen Bart. »Ich war mir so sicher, dass im Halbark ein Sechser kommt.«

»Usgard …«

»Ja, ja, fünf Minuten, okay?«

Aus den fünf Minuten wurde eine halbe Stunde. Usgard verlor ein Spiel nach dem anderen und wurde immer gereizter. Bei jedem Würfeldurchgang schloss er die Augen und bewegte dabei stumm die Lippen, was ihm argwöhnische Blicke des Kreiswächters einbrachte. Aber so dumm war der Druide nicht, dass er Magie angewandt hätte.

Usgard warf dem Kreiswächter einen weiteren Taler zu, gab die Würfel in den Becher und schleuderte sie mit viel mehr Kraft als nötig oder sinnvoll gewesen wäre auf die Spielfläche. Ein Raunen erhob sich aus den Kehlen der Umsitzenden, als im Viertelark ein Einser, ein Zweier und ein Dreier zu liegen kamen – der Druide hatte die schlechteste mögliche Kombination getroffen und damit alles verloren.

Arkeen nickte Bogoran zu. Der Krieger packte den Druiden am Oberarm und zog ihn hoch.

»Wir gehen«, verkündete Arkeen und wandte sich dem Ausgang zu.

Usgard sträubte sich anfangs zwar, ließ sich dann aber folgsam hinausführen – gebeugt, die Züge vor Wut und Enttäuschung verzerrt. Arkeen hatte den Verdacht, dass der Druide einen Großteil seiner Entlohnung verspielt hatte, die er für die Begleitung und magische Betreuung der Karawane erhielt. Gut, dass ihm Arkeen erst die Hälfte der Summe überreicht hatte.

»Ich will meinem Bruder eine Nachricht schicken«, sagte der Karawanenführer. »Er soll wissen, wo wir uns befinden und dass alles in Ordnung ist.«

Arkeen hatte nicht vor, Quendor über die verschiedenen Zwischenfälle oder den toten Kadrass-Späher zu informieren. Sein Bruder hätte entweder verlangt, dass sie mehr Söldner anwarben oder gleich eine Hundertschaft berittener Echsen-Krieger nach Gulehm geschickt. Auf beides konnte Arkeen getrost verzichten.

»Ja«, murmelte Usgard abwesend. »Gut.«

Der Druide führte Arkeen und Bogoran in die winzige Stube, die er sich als Nachtquartier gewählt hatte. Er nahm das Papier entgegen, auf das Arkeen die kurze Botschaft an Quendor gekritzelt hatte, entzündete eine Räuchermischung und ließ sich im Schneidersitz am Boden nieder. Usgard schloss die Augen und begann zu summen, bewegte seinen Oberkörper bedächtig vor und zurück.

»Es klappt nicht«, murmelte Usgard nach einer Weile. »Kein Druide.«

»Bist du dir sicher?«

»Ja. Ich erreiche zwei Mentalbrücken in der Wüste, die Nachricht sollte also bis Warnack durchgehen. Aber Chaspa meldet sich nicht.«

»Um diese Uhrzeit? Gewöhnlich ist er bis spät in die Nacht erreichbar.«

»Es ist so, wie ich sage.«

»Was ist mit Telamon oder Zaamar? Mein Bruder hat mehr als einen Druiden.«

»Tut mir leid, Arkeen. Ich versuche es später noch einmal. Vielleicht ein Sandsturm.«

»Vielleicht.«

Es gefiel Arkeen nicht, dass sein Bruder nicht erreichbar war. In den vergangenen zwei, drei Jahren hatte es keine einzige Situation gegeben, in der Quendor, beziehungsweise Chaspa, nicht umgehend die Botschaft entgegengenommen hätte. Einmal war Arkeens Karawane in einem tobenden Sandsturm festgesteckt. Selbst da war eine Verbindung möglich gewesen.

Arkeen schüttelte den Kopf. Usgard hatte bestimmt recht und die Ursache war harmlos. Der lange, ermüdende Tag und die unangenehmen Ereignisse der vergangenen Stunden ließen ihn Probleme sehen, wo keine waren. Er sollte Jola aufsuchen und schlafen gehen. Morgen sah die Welt mit Sicherheit ganz anders aus.

~

Anders traf es recht gut, allerdings nicht im positiven Sinn. Es fing damit an, dass Arkeen um ein Haar verschlafen hätte. Wahrscheinlich wäre er noch länger zwischen seinen wirren Traumbildern umhergeirrt, wenn nicht seine Großmutter gegen die Zimmertür geschlagen und irgendetwas von *Sturm* und *dunkel* gekrächzt hätte.

Arkeen erhob sich mit einem brummenden Schädel und schmerzenden Rücken. Die Nacht war, wie nicht anders zu erwarten, sehr unruhig gewesen. Er hatte das Zimmer bezogen und war zu Bett gegangen, nachdem er sich im Baderaum gewaschen und seine Kleider gereinigt hatte. In der Nacht war er wiederholt von seinem Lager hochgeschreckt. Einmal hatte er hinter den Vorhängen am Sims des Fensters einen Schatten entdeckt und für einen Moment geglaubt, dass ein Kadrass im Begriff war, ins Zimmer zu klettern. Aber es war nur eine harmlose Wüstenechse gewesen, die pfeilschnell das Weite gesucht hatte, als Arkeen den Vorhang beiseitezog.

Auch jetzt schob Arkeen die wallenden Gardinen auf – und erkannte seinen Irrtum. Das Dämmerlicht hatte seine innere Uhr glauben lassen, dass es Mitte der zwölften Nachtstunde war und bis zum Sonnenaufgang noch eine halbe Stunde verblieb. Tatsächlich hatte sich die Sonne bereits über das gezackte Meer staubiger Hausdächer erhoben, was man jedoch mehr erahnte als sah. Der Himmel war nicht länger blau, sondern von einer schmutzig gelben Farbe, die an verdorrtes Faserschilf erinnerte.

Jetzt verstand Arkeen auch, was Jola mit den Worten *Sturm* und *dunkel* gemeint hatte. Offenbar tobte in einiger Entfernung ein mächtiger Sandsturm, der seine himmelhohen Staubflügel bis über die Stadt gestreckt hatte. Die feinen Partikel dämmten das Tageslicht, ließen die Sonne zu einem kaum sichtbaren Schmutzfleck verkommen. Eine solch massive Verfinsterung hatte Arkeen selten erlebt. Hoffentlich zog der Sturm nicht in ihre Richtung.

Arkeen schlüpfte in seine Hose, zog die Sandalen an, griff nach seinen Taschen und eilte nach unten. Die erste Tagstunde neigte sich seinem Ende zu. Inzwischen sollte er längst am Marktplatz sein.

»Großmutter, ich muss los!«, rief er Jola zu, die in der Küche stand und Gemüse schälte.

Seine Großmutter begnügte sich mit einer flüchtigen Umarmung und drückte ihrem Enkel einen Kuss auf die Stirn. »Denk daran, was ich dir gesagt habe. Du bist ein anständiger Mensch und hast es verdient, glücklich zu sein.«

Arkeen sagte nichts dazu; besonders nicht zu dem Aspekt, dass er vieles sein mochte, aber anständig ganz bestimmt nicht. Seine Vergangenheit war Beweis genug.

Im Laufschritt eilte Arkeen zum Kamelunterstand, löste sein Mandrakei aus und befüllte die Trinkschläuche aus einem der Brunnen. Obwohl er mit fliegenden Fingern arbeitete und die Taschen nur provisorisch am Rücken seines Kamels befestigte, war die zweite Tagstunde längst angebrochen, als er den Marktplatz erreichte. Glücklicherweise waren auch andere Mitglieder der Karawane von den Auswirkungen des Sandsturms überrascht worden und kamen zu spät.

»Tut mir schrecklich leid«, keuchte Eglan, der kurze Zeit nach Arkeen eintraf. »Ich war bis spät in der Nacht in der Bibliothek und habe gearbeitet. Dieses Dämmerlicht hat das Aufstehen nicht einfacher gemacht.«

Arkeen entging nicht, dass die Augen des Fandriners gerötet waren. Er hatte den Verdacht, dass Eglan seine angebliche Arbeit mit dem einen oder anderen Becher Akazienbier unterstützt hatte.

Die neuen Mitglieder der Karawane, Sansuun und seine beiden Brüder Malos und Galdiron, waren bereits eingetroffen. Durch das fahle Tageslicht und ihre körperlichen Beeinträchtigungen wirkten die jungen Männer älter, als sie es tatsächlich waren. Sie führten sechs Kamele hinter sich her und wurden von drei gerüsteten Kriegern begleitet.

Als Arkeen Sansuun einen fragenden Blick zuwarf, entgegnete dieser: »Unsere Leibwache. Die kommt mit.«

»Das ist unnötig. Wir werden von mehr als einem Dutzend erfahrener Söldner und Elitebogenschützen aus Warnack begleitet. Es sind keine weiteren Kämpfer notwendig.«

»Wir reisen nie ohne Leibwache«, empörte sich Sansuun. »Unser Vater besteht darauf. Ich hoffe, du weißt, dass wir die Söhne von Scheich Thorim sind?«

Arkeen überging den Kommentar. Das Letzte, was er gebrauchen konnte, war eine Auseinandersetzung mit dem jähzornigen Oberhaupt von Gulehm.

»Dann haben die Krieger zu zahlen«, erwiderte Arkeen. »Wie alle anderen Reisenden auch.«

»Das ist doch …!«

»Ja oder nein?«

Sansuuns entstelltes Gesicht verdüsterte sich. Er griff nach seinem Geldbeutel, zählte zwei Gulden und zehn Taler ab und reichte sie Arkeen. »Halsabschneider«, zischte er.

Außer Thorims Söhnen schloss sich ein bärtiger Mann der Karawane an, der von seiner verschleierten Ehefrau begleitet wurde. Ebenso wollte eine Familie mit vier kleinen Kindern die Gruppe begleiten. Doch Arkeen lehnte ab.

»Wie alt ist euer jüngster Sohn? Drei?«

»Vier«, erwiderte die Mutter. »Er ist ruhig, folgsam ...«

»Nein. Keine Kinder in meiner Karawane.«

»Bitte! Wir müssen unbedingt nach ...«

»Nein«, wiederholte Arkeen. »Ich mache keine Ausnahme.«

Er verschwieg, dass es nicht nur um die Sicherheit und das Wohlbefinden des Nachwuchses in der lebensfeindlichen Wüste ging. Tatsächlich ging es überhaupt nicht darum. Der wahre Grund war der, dass Arkeen kleine Kinder nicht ausstehen konnte. Bis auf seinen Bruder Quendor wusste das niemand, nicht einmal Jola, denn der Karawanenführer verbarg diese Empfindungen tief in seinem Inneren. Arkeen konnte nicht sagen, woran es lag, aber kleine Kinder riefen in ihm ein Gefühl von Überforderung, Desinteresse und Unwillen wach. Dazu kam ein Erlebnis vor einigen Jahren, an das er lieber nicht zurückdachte. Er hatte seine Unfähigkeit, mit Kindern umzugehen, mehr als deutlich unter Beweis gestellt.

Im Gegensatz zu vielen anderen Männern wollte Arkeen auch keine eigenen Kinder. Allein der Gedanke daran erfüllte ihn mit Unbehagen. Dies war auch einer der Gründe für seine Abneigung gegenüber Jolas Vorschlag, eine Familie zu gründen. Ebenso mochte seine unzureichende Beziehungsfähigkeit mit dieser Aversion zusammenhängen. Jedenfalls konnte sich Arkeen kaum etwas weniger vorstellen, als Vater zu sein.

»Ich habe deinen Bruder doch noch erreicht«, meldete Usgard, der an diesem Morgen überraschend gepflegt und tatendurstig wirkte. »Chaspa hat die Nachricht entgegengenommen.«

»Konntest du feststellen, weshalb es nicht funktioniert hat?«

»Nein. Vielleicht war es wirklich ein Sandsturm, einer, bei dem ein Drache beteiligt war. Da gibt es manchmal Probleme.«

»Derselbe Sturm, der unseren Himmel verdunkelt hat?«

Usgards Bart schlenkerte unentschlossen nach links und rechts. »Kann sein. Von den Druiden, mit denen ich in Kontakt gestanden bin, hat aber keiner vor einem Drachen gewarnt.«

»Dann hoffen wir, dass es keiner war. Und wenn doch, dass er wieder eingeschlafen ist.«

zwischen Gulehm und Kunahn

S ie verließen die Stadt am Ende der zweiten Vormit-
tagsstunde. Die Reisenden hatten ausgiebig gespeist,
ihre Vorräte aufgefrischt, den Schmutz der ersten Etappe
abgewaschen und die Nacht auf Matratzenlagern verbracht. Damit hatte sich die allgemeine Gemütslage ver-
bessert und sie kamen rasch voran. Sogar Bazibb hatte
sich mit seinem Schicksal abgefunden, wirkte nicht länger
unwillig und mutlos. Er tappte mit erhobenem Kopf über
den Sand und war sofort zur Stelle, etwa wenn Arkeen
wissen wollte, ob es in der Nähe magische Aktivität gab.
Der Feuerkobold hatte wohl eingesehen, dass körperliche
Aktivität auch positive Seiten besaß.

Die Auswirkungen des fernen Sandsturms waren in
den ersten Stunden ihrer Reise deutlich wahrzunehmen.
Gegen Mittag verschwanden die trüben Schlieren vom
Himmel, ein lebhafter Südwind kam auf und vertrieb die
drückend schwüle Luftmasse. Arkeens Sorge, dass sich
der Sturm in ihre Richtung bewegte, war unbegründet,
wie auch die folgenden zwei Tage zeigten, an denen
nichts die Ruhe der ziehenden Karawane störte.

Am dritten Tag allerdings, wenige Minuten vor Sonnenaufgang, hallte ein schmerzerfüllter Aufschrei durch
das Lager. Arkeen, der gerade beim Frühstück saß, ließ
seinen Haferbrei fallen und eilte auf den Ort des Geschehens zu. Sein erster Gedanke war, dass erneut einer der
Reisenden Kimlin attackierte, aber es war nur Eglan, der
im Sand vor seinem Zelt hockte und sich den linken Fuß
hielt. Seine Gesichtszüge spiegelten Verwunderung und
Pein.

Arkeen benötigte nur wenige Augenblicke, um die Ursache für Eglans Schmerzen ausfindig zu machen. Der Gelehrte hatte den Fehler begangen, seine Stiefel vor dem Zelt abzustellen. Davon abgesehen, dass Stiefel in der Wüste unpraktisch waren und die Hitze stauten, boten sie gewissen Geistern einen Anreiz, ihre Scherze zu treiben. Staubwichtel hatten die Dornen von Kakteen abgebrochen und in Eglans Schuhe getan; und der Fandriner war ahnungslos und ohne seine Stiefel umzudrehen hineingeschlüpft.

Arkeen klopfte dem Gelehrten kameradschaftlich auf die Schulter. »Der Schmerz vergeht. Sei froh, dass kein Skorpion dabei war.«

Eglan verzog das Gesicht. »Ich weiß, was du damit sagen willst: Selbst schuld. Und du hast recht. Ich war gedanklich bei meinen gestrigen Überlegungen, die sich ausgerechnet um Wichtel gedreht haben. Seltsamer Zufall, oder?«

»Staubwichtel sind seltsame Wesen.«

»Habe ich dir von meiner Vermutung erzählt, dass ich glaube, dass sie männliche Morganafeen sind?«

»Hast du.«

»Natürlich könntest du fragen, wie ich darauf komme«, hob Eglan an. »Es liegt daran, dass sie körperliche Ähnlichkeiten aufweisen, wie den rundlichen Kopf und die überdimensionierten Augen. Weibliche Feen sind größer, haben Flügel und vier Beine, aber solche Unterschiede gibt es auch bei Insekten. Daneben liegt es an ihrem Verhalten, ihrem Drang, in der Nähe von Menschen zu sein. Und schlussendlich der Schimmer. Auch Staubwichtel leuchten, hast du das gewusst?«

»So?«

»Ja, untertags sieht man es nicht, aber wenn man das Glück hat, die Wesen in der Nacht zu beobachten …«

Eglan registrierte Arkeens desinteressierten Blick und unterbrach sich. »Auf jeden Fall, was ich damit sagen will: Falls meine These stimmt, könnten ihre weiblichen Artgenossen in der Nähe sein.«

»Sie stimmt nicht«, entgegnete Arkeen. »Hast du jemals Staubwichtel und Morganafeen zusammen gesehen? Ich nicht.«

»Nein, aber …«

»Außerdem trifft man viel häufiger auf Wichtel als auf Feen; was gut ist, weil sonst gebe es keine Menschen mehr.«

»Kann sein, nur …«

»Hattest du jemals unrecht, Eglan?«

Der Gelbländer lachte leise, die Maske auf seinem Gesicht erzitterte. »Durchaus, Arkeen, durchaus. Aber das Wesen der Wissenschaft ist es nicht, eine These zu verwerfen, nur weil sie merkwürdig erscheint oder unbequem ist. Sie muss widerlegt werden; oder zumindest von einer besseren, das heißt wissenschaftlich glaubwürdigeren Alternative abgelöst werden. Hast du eine, Arkeen?«

»Wie war das mit den Göttern, die auf die Dünen pinkeln?«

Diesmal lachte Eglan laut auf und fuhr sich in einer geschmeidigen Bewegung durch seine langen Haare. »Ja, wer weiß. Vielleicht muss ich für meine Dummheit irgendwann Abbitte leisten. Wenn das mit den urinierenden Göttern stimmt, sofern sich das jemals beweisen lässt, lade ich dich auf ein Bier ein.«

»Ich trinke keinen Alkohol.«

Eglan wirkte kurz irritiert, dann jedoch grinste er. »Gut, dann auf einen Tee. Ihr Wüstenbewohner seid doch ein ungewöhnliches Volk.«

Arkeen schritt zum Rand des Lagers auf eine Gruppe Wüstenakazien zu und hob im Schutz der dornigen Blätter eine kleine Grube aus. Sein voller Darm verlangte nach Aufmerksamkeit. In Gedanken war Arkeen bei Eglan. Aber nicht bei dessen Aussagen zu den Staubwichteln, sondern bei jener Bewegung, mit der sich der Fandriner durch die Haare gefahren war. Sie war geschmeidig, kraftvoll und kontrolliert gewesen, nicht unbedingt so, wie man es von einem schlichten Gelehrten erwartete. Einmal mehr wurde Arkeen bewusst, dass er viel zu wenig über den Gelbländer wusste.

»Hallöchen!«, erklang eine helle Stimme.

Arkeen fuhr zusammen. Beinahe wäre er nach hinten in seine Exkremente gefallen. Rasch zog er die Hose hoch und schnellte empor.

Wenige Schritte neben ihm schwebte etwas in der Luft. Es war ein kaninchengroßes, hell leuchtendes Wesen, das sich mit einem Paar bunt schillernder Schmetterlingsflügel auf und ab bewegte. Vier dünne, weiße Beine und zwei ebenso dünne, rosa gefärbte Ärmchen hingen von einem schlanken Körper, der wie eine obskure Mischung aus Insekt und Mensch wirkte. Der überdimensionierte Kopf besaß zwei große, dunkle Augen, ein feines Stupsnäschen und einen immerzu lächelnden, lippenlosen Mund.

Eine Morganafee, durchfuhr es Arkeens Gedanken. *Was macht die hier mitten in der Wüste?*

Gerade noch rechtzeitig kamen ihm die Worte seines Vaters in den Sinn: *Wenn du eine Morganafee siehst, wenn sie dich anspricht – halte deine Gedanken unter Kontrolle, stelle keine Fragen und formuliere niemals Hoffnungen oder Wünsche, weder verbal, noch in deinem Kopf.*

»Hallöchen!«, wiederholte die Fee und wedelte mit ihren beiden Armen. »Ich bin Lischa. Und wer bist du?«

»Usgard!«, brüllte Arkeen mit vollem Stimmaufwand, sodass noch am anderen Ende des Lagers sämtliche Reisenden aufschrecken mussten. »Eine Fee!«

»Usgard?« Die Stimme der Morganafee war hoch, aber weich und sanft, hatte eine beruhigende, einlullende Wirkung. »Ist das dein Name? Ein schöner Name. Bist du ein Wüstenmensch?«

Nicht hinhören, dachte Arkeen. *Nicht nachdenken.*

»Usgard!«, wiederholte er, noch lauter als zuvor. »Eine Fee!«

»Ich hab dich schon verstanden«, lispelte das geflügelte Wesen und seine Stimme tönte hell und lieblich an Arkeens Ohr. »Du bist Usgard und hast eine Fee gesehen. Oh, meinst du etwa mich?«

Die Morganafee riss ihre großen Augen auf und klatschte in die Hände. »Das ist schön! Ich bin nämlich eine Fee. Und ich kann Wünsche erfüllen.«

Wo, zum Kadrass, bleibt dieser … Arkeen brach ab. Er durfte nicht denken, durfte keine Fragen stellen. Diese tückischen Biester nutzten jede Gelegenheit.

»Du hast sicher einen Wunsch, Usgard, oder? So einen richtigen Herzenswunsch.«

Die Morganafee schwebte näher, breitete ihre Arme aus und wippte mit dem Kopf hin und her. Arkeen stolperte zwei Schritte zurück. Schweißperlen bildeten sich auf seiner Stirn und er ließ das leuchtende Geschöpf nicht aus den Augen.

»Ich bin mir sicher, du hast einen«, fuhr das Wesen fort. »Jeder Mensch hat einen. Und ich, Lischa, kann ihn dir …«

Eine Flammenzunge fauchte an Arkeen vorbei, auf die schwebende Morganafee zu und hüllte sie in einen rot flackernden Feuerball. Die Kreatur stieß einen schrillen, vibrierenden Laut aus, brennende Hitze waberte Arkeen entgegen. Das Wesen wirbelte im Kreis, fegte schräg in den Himmel empor wie eine verirrte Sternschnuppe. Dann ging es abwärts, immer schneller. Die Fee prallte gegen den Dünenhang, Sand stob nach allen Seiten. Ein ersticktes Japsen und die Flammen erloschen.

Hinter Arkeen wurden Rufe laut. Der Karawanenführer vernahm hastige Schritte, das Klirren von Schwertern und Säbeln. Sein Blick jedoch fiel auf die kniehohe, tiefrote Gestalt wenige Schritte hinter ihm.

Arkeen nickte Bazibb zu. Zum ersten Mal empfand er gegenüber dem Kobold tiefe Dankbarkeit. Gut möglich, dass ihm Bazibb soeben das Leben, oder zumindest seinen Verstand gerettet hatte.

»Wo is' sie?«, keuchte eine Stimme. Usgard hatte Arkeen erreicht und sah sich mit wilden Blicken um. Sein geflochtener Bart stand kreuz und quer.

»Dort drüben.« Arkeen deutete auf die Stelle, an der die Morganafee zu Boden gegangen war.

Inzwischen waren auch Bogoran, Eglan und die meisten anderen Reisenden herangekommen. Sie folgten Arkeen zum Fuß der Düne.

Die Fee hockte in einem sandigen Krater und sah erbärmlich aus. Sie leuchtete nur noch ganz schwach. Ihr Körper war an mehreren Stellen schwarz verfärbt, die weißen Beine wiesen unschöne, rote Flecken auf und an ihren zerrissenen Flügeln glommen letzte Funken.

Usgard murmelte unhörbare Worte und streute eine Prise Seelensalz über das Geschöpf. Der Schein der Fee zuckte wie eine Kerzenflamme und färbte sich lichtblau.

»Das war's«, meinte der Druide. »Sie ist gebannt.«

»Gnade«, wimmerte die Morganafee, fing an zu niesen und flatterte schwach mit ihren Schmetterlingsflügeln. »Bitte nicht mehr – *hatschi!* – wehtun.«

Entgegen seinem Willen empfand Arkeen Mitleid für das geschundene, feingliedrige Geschöpf.

Lass dich nicht täuschen, dachte er und erinnerte sich an die Verlorene Seele in Gulehm und an dessen erbärmliche Gestalt. Arkeens Züge verhärteten sich.

»Verschwinde«, sagte er mit kalter Stimme. »Ich will dich nie wieder in meiner Karawane sehen.«

»Aber ich wollte doch nur …«

»Kein Interesse. Niemand hier möchte einen Wunsch erfüllt haben.«

Die Morganafee senkte ihre großen Kulleraugen und schniefte hörbar. »Das möchte nie jemand. Dabei ist es das Einzige, was ich kann.«

»Es hat unangenehme Folgen«, erklang Eglans Stimme.

Arkeen warf dem Fandriner einen scharfen Blick zu. »Halt dich da raus.«

»Wenn du einen Wunsch gewährst, verlieren wir unseren Verstand«, fuhr Eglan ungerührt fort. »Damit hat seine Erfüllung für den Betroffenen keine Bedeutung mehr.«

»Was?« Die Fee hob ihren Kopf, wischte sich die Tränen aus dem Gesicht. »Meinst du das ernst?«

»Ja. Deshalb möchte niemand mit euch zu tun haben.«

»Oh.« Die Morganafee zögerte, blickte abwechselnd zu Eglan und Arkeen. »Das ist aber … traurig.«

»Du hast das nicht gewusst, oder?« Eglan trat näher und ging vor dem Geschöpf in die Hocke.

»Nein.« Die Fee schlug matt mit den Flügeln. »Das ist so … traurig.«

Erneut glitzerten Tränen in ihren Augen.

Arkeen war nahe daran, den Gelehrten zurückzureißen und die Fee mit einem Fußtritt hoch über die Düne zu befördern. Eglans Verhalten war dumm, anmaßend, geradezu unverschämt. Morganafeen waren bekannt dafür, dass sie Menschen manipulierten, Mitgefühl weckten und mit Tricks und Täuschungen arbeiteten.

»Jetzt weißt du es«, sagte Arkeen streng und deutete hinaus in die Wüste. »Und nun verschwinde.«

»Arkeen.« Eglan erhob sich und blickte dem Karawanenführer in die Augen. »Ich finde, wir …«

»Nein«, unterbrach ihn Arkeen schroff. Er legte die größtmögliche Autorität in seine Stimme, als er hinzufügte: »Ich weiß, was du vorschlagen willst. Meine Antwort lautet nein. Ich habe gesehen, was Morganafeen anrichten können, ob beabsichtigt oder ahnungslos, ist nicht von Belang. Ich bin der Karawanenführer. Mein Wort gilt. Die Fee verschwindet, und das auf der Stelle.«

Einen Moment war ihm, als huschte etwas über Eglans Gesicht, wölbte sich seine braunrote Maske wie eine Meereswelle – oder ein Wesen, das nur von dem Tattoo davon abgehalten wurde, nach außen zu brechen. Fast wäre Arkeen einen Schritt zurückgewichen. Aber er hielt Eglans Blick stand, bis dieser den Kopf senkte.

»Ich bin schon weg«, murmelte die Morganafee, schniefte noch einmal und erhob sich in die Luft. Taumelnd gewann sie an Höhe, flatterte über die Düne und geriet außer Sicht.

»Das war die falsche Entscheidung«, sagte Eglan mit leiser Stimme, sodass ihn nur Arkeen verstehen konnte. »Du hast die Gelegenheit verpasst, deine Schwester wiederzusehen.«

~

Noch Stunden später und ungeachtet der flimmernden Mittagshitze floss Arkeen ein kühler Schauer den Nacken hinab, wenn er an Eglans letzte Worte dachte. Er hatte dem Fandriner nie von seiner Schwester erzählt. Ebenso wenig sollte dieser wissen, was mit ihr geschehen war. Nach seiner ersten Überraschung hatte Arkeen Eglan gefragt, woher dieser von Ashida wusste. Die Erwiderung des Gelbländers hatte wieder einmal in Schweigen bestanden.

Daraufhin beschloss Arkeen, nicht mehr mit Eglan zu sprechen. Ihm war klar, dass er sich nicht lange an dieses Vorhaben halten würde. Aber zumindest versuchen musste er es, um seiner Empörung Ausdruck zu verleihen.

»Ich habe eine Rückmeldung zu deiner Nachricht an Quendor erhalten«, verkündete Usgard gegen Ende der Mittagsrast. »Ich frage mich jedes Mal, wie er das macht.«

»Was meinst du?«

»Chaspa, Quendors Druide. Er verwendet keine Mentalbrücken. Sein Geist ist so mächtig, dass er mir die Botschaft direkt von Warnack übermitteln kann. Ich weiß nur von einem anderen Druiden, Magister Salmuhn, dem Leiter der Universität in Nörd, der eine noch größere Entfernung bewerkstelligt. Diese Willenskraft grenzt an den Fähigkeiten einer Magierin.«

»Chaspa ist ein talentierter Druide, mehr nicht.«

Arkeen verschwieg, dass dies nicht der Wahrheit entsprach. Chaspa selbst hatte ihm verraten, dass es in seinem Stammbaum eine Widerschein gab; seine Großmutter, wenn sich Arkeen recht besann. Während Chaspas Eltern keine besonderen magischen Gaben besessen hatten, waren die Fähigkeiten der Widerschein bei Chaspa erwacht und hatten ihn zu einem weitaus mächtigeren Druiden werden lassen, als es gewöhnlich der Fall war. Sein Erbe bewirkte auch, dass Chaspa noch mit fünfundsiebzig so rüstig wirkte wie ein Fünfzigjähriger.

Arkeen nahm die Schriftrolle entgegen, auf die Usgard Quendors Botschaft gekritzelt hatte.

Schön, dass es dir gut geht, Bruder, stand dort in krakeligen Buchstaben. *Nana war hier und hat nach dir gefragt. Sie hat mir einiges erzählt. Zum Beispiel den Grund, weshalb sie seit zwei Perioden keine anderen Freier hatte. Der Grund bist du. Ich habe lange überlegt, ob ich es dir sagen soll, da ich mir deine Reaktion lebhaft vorstellen kann, aber du musst es erfahren: Nana ist schwanger. Von dir.*

Arkeens Knie wurden weich, er ließ sich in den Sand fallen. Seine Hände zitterten. Rasch legte er das Papier beiseite. Dies war … ungeheuerlich. Wieso hatte Nana das zugelassen? Es gab günstige und effiziente Hausmittel aus Kräutersäften oder magische Tränke, die eine Schwangerschaft verhinderten.

Freilich war Arkeen zu nichts verpflichtet. Nana war eine Konkubine und nach allgemeiner Rechtsauffassung für eventuellen Nachwuchs, der durch ihre Arbeit als Prostituierte entstand, selbst verantwortlich. Dennoch konnte er sich nicht vorstellen, dass ihre Schwangerschaft Zufall war. War es ein Versuch Nanas, ihn an sich zu binden?

Arkeen hob die Nachricht seines Bruders und las weiter.

Wahrscheinlich denkst du, sie hat es mit Absicht getan. Aber ich glaube ihren Worten, und die waren, dass sie alle Vorsichtsmaßnahmen eingehalten hat und trotzdem schwanger geworden ist. Vielleicht ist das ein Wink des Schicksals. Vielleicht bedeutet es, dass dein Leben eine Veränderung erfahren muss. Mein geliebter Bruder: Ich finde, du solltest Nana heiraten.

Arkeen las nicht weiter. Er zerknüllte die Schriftrolle, trat zu seinem Kamel und tastete nach seinem Quellfeuer. Das runde Gefäß in der Größe einer Mango bestand aus dem Glas des Scherbenspiegels und war in Höllbrögg gefertigt worden. Im Inneren flackerte ein niemals erlöschender, rötlicher Funken, ein magisch am Leben gehaltener Glutball aus dem Feuerkelch. Arkeen hielt das Quellfeuer an das Schreiben seines Bruders.

»Fa'chun djei«, flüsterte er.

Eine Flamme glühte auf, leckte am Papier empor. Der Karawanenführer sah zu, wie sich das Feuer ausbreitete und die Botschaft verbrannte. Die schwarzen Überreste trat Arkeen in den Boden und warf eine Handvoll Sand darüber. Er wollte die Nachricht auslöschen. Nichts sollte an sie erinnern.

Arkeen erhob sich und zog seine Schultern nach hinten, bis es knackte. Auf keinen Fall würde er heiraten und schon gar nicht ein Kind großziehen. Daran konnte weder das Schreiben seines Bruders noch Jolas Gerede etwas ändern. Es wäre ja noch schöner, wenn der zwanglose Sex mit einer Konkubine sein Leben umkrempeln sollte. Nana musste selbst schauen, wo sie blieb. Er konnte nichts für sie tun.

Arkeen stapfte durch das Lager, mahnte die Reisenden mit barschen Worten, dass sie in wenigen Minuten aufbrechen würden. Er war wütend. Er war wütend auf Eglan, der Geheimnisse vor ihm hatte, die Arkeens Leben betrafen. Er war wütend auf Nana, die eine Schwangerschaft zugelassen hatte. Er war ebenso wütend auf seinen Bruder, der sich hinter Nana stellte und ihn zu einer Heirat verleiten wollte. Zuletzt war er wütend auf sich selbst, weil er so viel über die Geschehnisse, über Nana und den Fandriner nachdachte und dabei seine Pflichten als Karawanenführer vernachlässigte. Und eine dieser Pflichten bestand darin, für die Sicherheit im Lager zu sorgen.

Es war ein schleifendes Geräusch, das ihn alarmierte. Wenn man in der Wüste aufwuchs, lernte man die verschiedenen Zeichen des Sandes zu deuten. Man verstand, welche Spur von welchem Tier stammte, konnte Gerüche interpretieren, lange bevor sie Stadtbewohnern überhaupt auffielen – und man wusste, welche Geräusche harmlos waren und welche Gefahr bekundeten.

Etwa dreißig Schritte vor ihm, am Rand des Lagers, hatten Sansuun und seine Brüder ihr imposantes, mit bunten Wimpeln geschmücktes Zelt errichten lassen. Das war völlig unnötig, denn während der Mittagsrast war es im Inneren unerträglich. Aber die Brüder hatten darauf bestanden. Jetzt war ihre Leibgarde dabei, das Zelt abzubauen. Von den Brüdern war nur Sansuun zu sehen, der auf ein paar Ziegenfellen im Schatten einer Zeltplane saß, einen Becher in der Hand hielt und die Augen geschlossen hatte.

Der Sand bewegte sich. Die Bewegung, die von jenem alarmierenden Schleifen begleitet wurde, war undeutlich, wirkte verschwommen. Dies lag daran, dass der dünne

Fangarm, der sich in Schlangenlinien fortbewegte, exakt die Farbe und Kontur des Sandes aufwies. Es gab keinen Zweifel, was das Ziel des Tentakels war.

»Sansuun!«, brüllte Arkeen und hetzte auf den jungen Mann zu.

Sansuun schrak hoch, sein Blick irrte umher – und blieb an dem unscheinbaren, sich windenden Fangarm hängen. Sein entstelltes Gesicht wurde noch schiefer, als er die Gefahr erkannte. Der Becher entglitt seinen Fingern, ein Schwall Flüssigkeit ergoss sich über seine Schenkel. Sansuun riss Mund und Augen auf, setzte zu einem Schrei an.

Der Boden explodierte. Der Fangarm, der tatsächlich mehr eine Zunge war, schnellte hoch. Eine Sandfontäne stob nach allen Seiten, prasselte auf Sansuun nieder, der seinen Schrei verschluckte und in ein qualvolles Husten ausbrach. Aber auch dieses Husten erstarb, als sich die Zunge der Saugschlinge um das rechte Bein des jungen Mannes wickelte.

Arkeen steigerte sein Tempo. Ihm war klar, dass er zu spät kommen würde. Noch dazu hatte er den Säbel bei seinem Lagerplatz gelassen.

»Bogoran!«, brüllte er, so laut er konnte. »Saugschlinge!«

Die drei Leibwächter hatten die Gefahr entdeckt, zogen ihre Schwerter und stürmten auf Sansuun zu. Aber das schleifende Geräusch war bereits verstummt. Stattdessen hob ein Zischen an, das in Arkeens Ohren noch weitaus bedrohlicher klang. Es war, als würde jemand tief Luft holen, bevor er sich kopfüber in die sturmgepeitschten Fluten des Meeres warf.

Die Farbe des Fangarms veränderte sich. Der Tentakel nahm eine blassrosa Färbung an und sah nun tatsächlich aus wie eine ekelhaft lange, runde und von Warzen bedeckte Zunge. Für einen Atemzug verhielt der Fangarm, dann lief ein Zittern über seine Oberfläche und der Tentakel schnellte zurück. Er raste den Boden entlang in Richtung Dünenfuß und zog den kreischenden, hilflos strampelnden Sansuun hinter sich her.

Arkeen keuchte, änderte seine Laufrichtung. Er wusste nicht, was er tun sollte, selbst wenn er den jungen Mann erreichte – was unwahrscheinlich war, denn Sansuun fegte ebenso schnell über den Wüstenboden, wie Arkeen rannte.

Ein dröhnender Laut erklang. Bogoran hatte Arkeens Ruf vernommen und in sein Drachenhorn gestoßen.

Das schlürfende Geräusch der Saugschlinge wurde lauter. Zwischen drei Kakteen am Rand der Düne regte sich etwas. Eine runde Öffnung, gelbgrüne Stützwurzeln, zwei große, schwarze Sinnesflecken oberhalb des Maules. Staub wirbelte aus den kiemenartigen Öffnungen an der Seite, so rasch zog die Saugschlinge ihre Zunge ein.

Arkeen hätte geflucht und Verwünschungen ausgestoßen, wenn er dazu die Luft gehabt hätte. So japste er bloß, stolperte und wäre beinahe gefallen. Er würde Sansuun nicht rechtzeitig erreichen. Die Leibwächter waren sogar noch weiter zurückgefallen. Auch Bogoran, der auf Finmedra heranpreschte, hatte keine Chance.

Ein Blitz fegte über den Boden und bohrte sich in den Fangarm, wenige Zentimeter unterhalb von Sansuuns Bein. Der Pfeil durchschlug den Tentakel und blieb stecken. Die Zunge verkrampfte sich, wurde aber nur wenig langsamer. Zwei weitere Pfeile gingen fehl. Sansuun kreischte wie am Spieß, verlor seinen Hut, versuchte vergeblich, sich in den weichen Untergrund zu krallen. Die

Saugschlinge hatte ihren Fangarm fast zur Gänze eingezogen. Keine zehn Meter, dann war es um den jungen Mann geschehen.

Das zischende Geräusch erstarb wie abgeschnitten. Der Fangarm erschlaffte, Sansuuns Todesfahrt kam zum Stillstand. Arkeen hielt keuchend inne, stützte sich auf seine Oberschenkel. Hatten die Pfeile von Geolinsas Kriegerinnen doch noch ihr Ziel gefunden?

Arkeens Blick fiel auf den Kopf der Saugschlinge, auf das kleine, haarige Geschöpf, das darunter kauerte. Kimlin hatte ihre Hand auf eine der dunklen Sinnesflecken der Saugschlinge gelegt. Die Augen der Mümmelfrau waren geschlossen, ihr Antlitz zuckte.

Sansuuns Leibwächter stürmten an Arkeen vorbei und auf ihren Herrn zu, der durch seine unfreiwillige Fahrt über den Wüstenboden aussah wie ein Bettler nach dem Sandsturm. Die Krieger zogen und zerrten an dem Tentakel, der sich nicht von Sansuuns Bein lösen wollte. Obwohl die Gefahr gebannt schien, setzte Thorims Sohn sein panisches Gebrüll fort. Erst als Bogoran heran war, sich von seiner Laufechse beugte und den Tentakel mit einem Schwerthieb durchtrennte, verstummte er.

Ein Zittern lief über Zunge und Körper der Saugschlinge. Der Fangarm verlor seine blassrosa Farbe, das geöffnete Maul schloss sich. Ein Wimmern war zu vernehmen, das fast menschlich klang, dann hob ein Schaben und Rascheln an und die Saugschlinge versank zur Hälfte im Wüstenboden.

Kimlin wankte, kippte rücklings in den Sand und blieb reglos liegen.

»Senashad!«, rief Arkeen und eilte an die Seite der Mümmelfrau. Kimlins große Augen standen weit offen, die Iris wirkten noch farbloser als sonst. Ihr rundliches Gesicht spiegelte totale Erschöpfung. Sie bewegte sich nicht. Arkeen konnte nicht einmal sagen, ob sie noch atmete.

Senashad trat an die Seite des Karawanenführers und ging in die Hocke. Sie legte ihre Hand auf Kimlins Stirn, murmelte unhörbare Worte.

Die Augenlider der Mümmelfrau flatterten, dann sog sie scharf die Luft ein. Mühsam richtete sich Kimlin auf, blickte in die Gesichter der Umstehenden. »Was … was ist passiert?«

»Du hast eine Saugschlinge bezwungen«, erwiderte Arkeen.

»Ach …«

»Wie ist dir das gelungen?«

Kimlin rieb sich das Gesicht. »Ich habe sie gespürt, mit ihr gesprochen, ihr gesagt, dass sie den Mann nicht fressen darf.«

»Hast du das schon mal gemacht?«

»Nein, ich war … Ich habe gehandelt, ohne nachzudenken.«

Arkeen spürte, dass sich Kimlin unwohl fühlte. Sein Gefühl sagte ihm, dass sie nicht die Wahrheit sprach. Aber weshalb sollte sie lügen?

»Du hast Sansuun das Leben gerettet«, fuhr Arkeen fort.

Die Mümmelfrau senkte den Blick. »Sie war so stark, so lebendig … Ich habe ihre Willenskraft unterschätzt.«

»Bogoran«, wandte sich Arkeen an den Söldner. »Kümmere dich um die Saugschlinge.«

Der Krieger nickte und zog eines seiner Krummschwerter.

»Warum tötet ihr sie?«, fragte Kimlin. »Sie will nur überleben, so wie wir.«

»Wenn wir es nicht tun, greift sie wieder an. Es gehört zu den Aufgaben von Karawanenführern, Saugschlingen zu eliminieren, die sich innerhalb der markierten Routen befinden.«

»Das ist grausam.«

»Vielleicht. Aber du hast selbst gesehen, wie gefährlich sie sind.«

Arkeen gab seinem Freund einen Wink. Bogoran trat an den halb im Wüstenboden versunkenen Körper der Saugschlinge heran. Ein Zucken wanderte über ihren Körper, als würde sie spüren, dass ihr Tod bevorstand. In rascher Folge stieß Bogoran sein Schwert in die schwarzen Sinnesflecken des Wesens. Ein gelbroter, zähflüssiger Saft trat aus, die Saugschlinge erzitterte ein letztes Mal, dann sank sie zusammen und lag still.

»Es heißt«, ertönte eine Stimme, »dass Saugschlingen Mischwesen aus Tier und Pflanze sind. Jetzt sehe ich, dass es stimmt.«

Es war Eglan, der gesprochen hatte. Sein Blick ruhte auf dem leblosen Körper der Kreatur. Arkeen war es, als spiegle sich in seinen Augen Trauer.

»Wir hatten Glück«, meinte Arkeen. »Die Saugschlinge war noch jung.«

»Ja.« Eglan wandte sich ab. »Das hatten wir wohl.«

~

Am fünften Tag, dem vierzehnten ihrer Reise, konnte man kurz vor Mittag und etwas abseits des Weges die verlockend im Wind schwingenden Palmen einer Oase erkennen.

»Wieso gehen wir nicht hin, rasten und füllen unsere Wasservorräte auf?«, fragte Eglan.

»Weil dort ein Scheichfrosch lebt«, erwiderte Arkeen.

Der Karawanenführer hatte seinen Vorsatz über Bord geworfen, nicht mehr mit dem Fandriner zu sprechen. Wie sollte er auch sonst erfahren, wer Eglan wirklich war und welche Ziele er verfolgte? Auch an die beständigen Fragen hatte er sich gewöhnt.

»Ein Scheichfrosch? Den hat noch niemand vertrieben oder getötet?«

»Scheichfrösche sind den Wüstenbewohnern heilig. Ein solches Wesen zu töten hieße, einen großen Frevel zu begehen. Man sollte sich ihnen nicht nähern.«

»Soviel ich weiß, sind Scheichfrösche aber nicht gefährlich.«

»Sie vertragen keine Störungen. Je größer die Menschenmenge, desto empfindlicher reagieren sie, verstecken sich, werden aggressiv oder laufen in die Wüste und sterben. Deshalb kann man zwar allein oder zu zweit in eine Oase, die von einem Scheichfrosch beherrscht wird, aber nicht in der Gruppe.«

Das Leuchten in Eglans Augen verdeutlichte Arkeen, dass er soeben einen Fehler begangen hatte.

»Es ist Mittag, wir müssen rasten«, hob der Fandriner an. »Da könnte ich doch …«

»Nein, auf keinen Fall. Schon gar nicht allein.«

»Dann begleite mich.«

»Kommt nicht in Frage.«

»Ich bezahle dich auch.«

»Vergiss es, Eglan. Du bleibst hier.«

Die Tätowierung auf dem Antlitz des Fandriners geriet in Bewegung. Sie verschob und verzerrte sich, als würde eine unsichtbare Macht mit klebrigen Fingern daran ziehen. Auch das eigentliche Gesicht des Gelbländers veränderte sich. Hier war es weniger schwer, die Bedeutung herauszulesen: Wut.

»Du kannst mich nicht wie einen Gefangenen behandeln«, fauchte Eglan. »Ich habe das Recht, zu gehen, wohin ich will.«

»Nicht, solange du Reisender in meiner Karawane bist. Ja, du kannst gehen – aber dann wirst du nachher keinen Platz mehr im Lager haben und außerhalb des Bannkreises übernachten müssen.«

»Wenn in der Oase tatsächlich ein Scheichfrosch wohnt, muss ich hin.«

»Ach ja? Wieso?«

»Weil …« Eglan verstummte, das Funkeln in seinen Augen erlosch.

Arkeen beschloss, aufs Ganze zu gehen. »Du bist kein Gelehrter, Eglan Dawodaan. Nicht nur. Du verheimlichst mir etwas und das gefällt mir nicht.«

»Bei manchen Dingen ist es besser, wenn sie nicht ausgesprochen werden.«

»Deine Geheimnisse betreffen auch mich.«

»Hör mal, Arkeen …«

»Nein, Eglan, jetzt hörst du mir zu. Ich werde nicht weiter auf dich eindringen. Wenn du nicht preisgeben willst, was vielleicht für die Sicherheit der ganzen Karawane von Bedeutung ist, gut. Aber in diesem Fall werde ich dich auch so behandeln, wie eine potenzielle Gefahr behandelt werden muss.«

Eglan senkte den Blick. Auf seinen Zügen arbeitete es. Seltsamerweise lag sein Tattoo, anders als sonst, wenn der Fandriner erregt war, völlig still.

»Ich verrate dir, was du wissen willst«, sagte Eglan. »Aber nur unter der Bedingung, dass du vorher mit mir den Scheichfrosch aufsuchst.«

Arkeens erster Impuls war, sich umzudrehen und den Fandriner mit seinem unverschämten Angebot einfach stehen zu lassen. Er konnte es nicht leiden, wenn jemand versuchte, ihn zu erpressen. Aber dann sah er ein, dass Eglans Vorschlag vielleicht die einzige Möglichkeit war, die Wahrheit über den Gelbländer zu erfahren. Außerdem war es nur ein Scheichfrosch. Heilig hin oder her, es war nicht verboten, ihn zu beobachten.

»Einverstanden«, erwiderte Arkeen. »Aber wir nähern uns dem Scheichfrosch nicht weiter als zwanzig Schritte. Und du hältst dich an meine Anweisungen, sobald wir die Oase erreichen. Ist das klar?«

»Gut.« Eglan strich seine Haare zurück. »Das heißt, wir brechen auf?«

»Sobald das Lager gesichert ist. In einer Viertelstunde erreichen wir unseren Rastplatz.«

»Ihr wollt zum Scheichfrosch?«, knarrte eine Stimme.

Hinter Arkeen stand Bazibb, der den Kopf zur Seite geneigt hatte und mit verschränkten Armen zu ihm aufsah. War es möglich, dass er ihr Gespräch belauscht hatte? Arkeen hatte den Feuerkobold noch nicht gefragt, was er von Eglan hielt. Als magisches Geschöpf spürte er womöglich, was in dem Fandriner vorging und wie sein tatsächliches Wesen beschaffen war.

»Ja. Aber du musst nicht mit. Scheichfrösche sind nicht gefährlich.«

Bazibb nickte stumm. Augenscheinlich nahm er seine Beschützerrolle nicht mehr so ernst, wie noch vor einigen Tagen – was Arkeen nur recht war.

Der Karawanenführer rief Bogoran herbei und berichtete ihm von seinem Vorhaben. Der Söldner stellte wie üblich keine Fragen nach dem Warum, sondern verschränkte bloß seine acht Finger, als Zeichen, dass er verstanden hatte. Während Arkeens Abwesenheit übernahm der Krieger die Verantwortung für die Karawane. Bogoran hatte diese Aufgabe noch immer gut erfüllt.

Die Karawane hielt in einem Ausläufer der Oase, einer tiefen Senke, in der es neben violett schimmernden Wüstenakazien und einigen windschiefen Dattelpalmen auch zwei funktionstüchtige Ziehbrunnen gab.

Arkeen und Eglan ritten den Dünenhang empor. Der Karawanenführer spürte, dass ihnen die Blicke der Reisenden folgten. Zweifellos würde ihr kleiner Ausflug für Gesprächsstoff sorgen.

Es war keine besonders große Oase, die sie kurz darauf erreichten. Die Vegetation war dennoch üppig: Palmen, Bananenstauden, Nanabrot-Bäume, meterlange Wedeln von Wüstenfarnen und die allgegenwärtigen Akazien. Das Bemerkenswerteste war der kreisrunde Teich in der Mitte, der wohl dreißig Schritte im Durchmesser maß.

Schon als sie am Rand der Wüsteninsel hielten, konnten sie den Scheichfrosch sehen. Wie meistens um die Mittagszeit, hockte er auf einem erhöhten Punkt am Rand des Tümpels, den Kopf erhoben, die Brust herausgereckt und glupschte in die Runde.

Scheichfrösche waren kein hübscher Anblick. Sie hatten vier stämmige Gliedmaßen, kleine, schwarze Augen und ein dicklippiges Maul, das über die gesamte Kopfbreite verlief. Grundsätzlich ähnelten sie normalen Amphibien, wie es sie an den Flussufern und am Perlensee bei Bahaad gab. Die Unterschiede bestanden in ihrer Größe, ihrer Haut – und in dem Schwanz am Hinterleib, der in einer Quaste endete. Ein Scheichfrosch reichte einem Erwachsenen bis zur Hüfte. Seine Haut war ledrig, schmutzig gelbgrün und hing ihm seitlich herab, als trage er einen Umhang oder einen Mantel um die Schultern. Seine schlabbrige Haut und die Gewohnheit des Frosches, mit stolz erhobenem Kopf von erhöhten Plätzen Ausschau zu halten, hatten ihm den Namen *Scheichfrosch* eingebracht.

Sie saßen ab und banden ihre Kamele an eine Dattelpalme. Arkeen vernahm einen leisen Schrei und blickte in den Himmel empor. Er konnte Winshoa zwar nicht ausmachen, wusste aber, dass sie hoch über ihnen kreiste. In diesem Fall konnte er nicht auf ihre Unterstützung zählen. Wie alle Geschöpfe der Wüste, mieden auch Sonnensperber die Nähe zu Scheichfröschen, als würden die Wesen einen stinkenden Odem verströmen.

Arkeen deutete Eglan leise zu sein und keine raschen Bewegungen zu machen. Der Fandriner nickte. Seine Gesichtszüge waren angespannt, er hatte den Blick starr auf die Gestalt des Scheichfrosches gerichtet. Arkeen gefielen Eglans Augen nicht. Etwas spiegelte sich darin. War es Erregung? Furcht? Womöglich Gier?

Der Karawanenführer schritt voraus und Eglan folgte ihm. Arkeen schlug einen Bogen, sodass sie sich dem Scheichfrosch von der Seite näherten. Sie hielten neben einem Dickicht aus Wüstenfarnen, etwa zehn Schritte von der glitzernden Wasserfläche des Tümpels entfernt. Der Scheichfrosch lugte nur einmal kurz in ihre Richtung und beäugte dann wieder die andere Seite der Oase.

Eglans Atemzüge waren tief und gingen rascher als zuvor. Auch das gefiel Arkeen nicht. Sie hatten sich körperlich überhaupt nicht angestrengt.

Eglan zog ein kleines, längliches Objekt aus einer Tasche an seinem Gürtel. Er ignorierte Arkeens halb fragenden, halb beunruhigten Blick und setzte den Gegenstand an die Lippen. Der Karawanenführer ahnte, worum es sich handelte, noch bevor Eglan der Flöte den ersten Ton entlockte. Es war ein hohes, vibrierendes Jaulen, das in den Zähnen schmerzte. Arkeen wollte den Fandriner anfahren und ihn zurechtweisen, als er registrierte, dass der Scheichfrosch den Kopf herumgerissen hatte. Sein Schwanz stand senkrecht nach oben und er starrte sie aus hervorquellenden Augen an, als wären sie zwei fette, duftende Appetithäppchen.

Scheichfrösche galten als Allesfresser, wobei sie sich vorwiegend von Algen, Früchten und Zuckergras ernährten. Nur selten fraßen sie Insekten, Aas oder machten Jagd auf kleine Tiere. Es herrschte die Meinung vor, dass Scheichfrösche nichts attackierten, das größer als ein Wüstenkaninchen war.

Doch jetzt war sich Arkeen nicht mehr sicher, ob die Geschöpfe wirklich harmlos waren. Der Scheichfrosch drehte sich in ihre Richtung, blinzelte bedächtig und klappte sein Maul lautlos auf und zu.

Arkeen wandte sich um und schlug Eglan die Flöte aus der Hand, die dieser noch immer an die Lippen gepresst hatte. Der Gelbländer öffnete empört den Mund – doch seine Stimme versagte, als er einen Punkt hinter Arkeen fixierte.

Es machte *Klatsch*.

Arkeen fuhr zusammen. Seine Hand legte sich auf den Griff seines Schwertes. Er wandte sich um, geduckt, die Muskeln angespannt.

Fünf Schritte hinter ihnen hockte der Scheichfrosch, die dattelgroßen Augen weit aufgerissen, das Maul leicht geöffnet. Er besaß schneeweiße Zähne. Das war gleichzeitig irritierend und verstörend. Obgleich Arkeen noch nie einem Scheichfrosch näher gewesen war als jetzt, hätte er die auffälligen Zähne registrieren müssen. Vor allem ein Gebiss, das dem eines Menschen ähnelte.

»*Küssmisch*«, sagte der Frosch.

Die Stimme klang annähernd menschlich, wurde aber von einem Zischen und Fauchen begleitet, das die Laute in ein schrilles Jammern verwandelte.

Der Frosch spitzte die breiten Lippen. Es sah unheimlich, grotesk, aber auch irgendwie komisch aus, wie das hüfthohe Geschöpf dasaß und den Kopf vorreckte. Der Scheichfrosch setzte sich in Bewegung, kroch mit ungelenken Bewegungen näher und riss dabei seine Augen noch weiter auf.

»Er spricht«, murmelte Eglan und trat seinerseits einen Schritt auf den Scheichfrosch zu. »Ich wusste es.«

»Eglan«, flüsterte Arkeen. »Tu es nicht.«

Der Fandriner streckte die rechte Hand aus. Seine Finger näherten sich dem Kussmund des Frosches. Dieser öffnete seinen Rachen. Hinter den blendend weißen Zähnen bewegte sich eine rosafarbene Zunge hin und her.

»*Küssmisch*«, wiederholte das Wesen.

Am Gaumen des Frosches funkelte etwas. Zunächst undeutlich, gewann das Glitzern rasch an Stärke. Es handelte sich um ein dunkelrotes Glimmen in Form einer Perle, das den Blick gefangen hielt.

Arkeens unangenehme Empfindungen verschwanden. Er verspürte Erhabenheit, fühlte sich stark und unbesiegbar. Gleichzeitig erfasste ihn eine diffuse Benommenheit, ein Gefühl, ähnlich dem ersten und einzigen Mal, als er betrunken gewesen war. Arkeen wollte dieses Leuchten nicht aus den Augen lassen, wollte ihm nahe sein. Jäh war es sein größter, sehnlichster Wunsch, die Perle anzustarren, sie zu bewundern, nichts mehr zu tun, außer reglos dazustehen und …

Der Scheichfrosch biss zu. Arkeen vernahm das Knirschen und Eglans Aufschrei. Die Finger des Fandriners waren zwischen den Zähnen der Kreatur verschwunden. Doch Eglan unternahm keine Anstalten, seine Hand zurückzuziehen, im Gegenteil. Als der Scheichfrosch sein Maul einen Spalt öffnete, ließ sich der Fandriner nach vorn fallen und versenkte den kompletten Unterarm im Rachen des Wesens.

Ein Zittern lief über den Körper des Scheichfrosches. Seine Augen quollen aus ihren Höhlen, ein Geräusch ertönte, das wie ein Stöhnen klang. Er riss sein Maul auf und Eglan zog die Hand zurück. Blut tropfte von seiner Faust. Der Gelbländer stolperte, fiel zu Boden. Seine Gesichtszüge waren verzerrt, die Tätowierung auf seinem Antlitz zuckte, als hätte sie Schmerzen.

Der Scheichfrosch gurgelte, schüttelte den Kopf. Seine blutverschmierten Lippen formten rote Blasen. Er spannte die muskulösen Beine, hechtete auf Eglan zu. Arkeen zog sein Schwert, aber der Schwanz des Wesens schnellte zur Seite, fegte ihm die Waffe aus der Hand und stieß ihn so heftig vor die Brust, dass er das Gleichgewicht verlor und auf dem Hosenboden landete. Der Scheichfrosch erreichte Eglan, welcher hastig rückwärts robbte. Das Ungetüm öffnete sein Maul. Menschliche, viel zu große Zähne blitzten auf. Eglan streckte die Arme abwehrend empor. An seiner rechten, blutüberströmten Hand fehlte ein Finger.

Ein hoher Schrei erklang. Zunächst dachte Arkeen, dass es Eglan war, der schrie. Doch dann teilte sich der nahe Pulk aus Wüstenfarnen und eine kaninchengroße, hell leuchtende Gestalt brach zwischen den meterlangen Blättern hervor.

Arkeen war viel zu überrascht und durch Eglans Schicksal auch zu abgelenkt, um reagieren zu können. Die Morganafee brauste wenige Zentimeter an seinem Kopf vorbei. Arkeen nahm einen eigentümlichen Geruch wahr, der an Zimt und Honig erinnerte. Die Fee schwirrte auf den Scheichfrosch zu. Die Augen des gelbbraunen Ungetüms verloren ihre Schwärze – und wurden schlagartig milchig weiß. Obwohl es unmöglich schien, klappte das Maul der Kreatur noch weiter auf. Die Morganafee stieß einen weiteren Schrei aus, der aber mehr überrascht als angriffslustig klang, und prallte seitlich gegen den Kopf des Scheichfrosches.

Ein Ball sengender Helligkeit entfachte. Arkeen schloss geblendet die Augen. Noch hinter seinen Lidern blitzten helle Funken, als hätte er direkt in die Mittagssonne geblickt.

Nach zwei Atemzügen verblasste das grelle Licht und Arkeen öffnete die Augen. Der Scheichfrosch war spurlos verschwunden. Die Morganafee torkelte durch die Luft und knallte gegen den Stamm einer Dattelpalme. Mit einem hell klingenden Laut ging sie zu Boden und versank zwischen den Wedeln der Wüstenfarne.

Arkeen eilte auf Eglan zu, der sich am Boden wand und die rechte Hand hielt. Seine Tätowierung zuckte, aber kein

Laut des Schmerzes kam über seine Lippen. Eglans kleiner Finger war verschwunden. Der Ringfinger pendelte haltlos herab, wurde nur von dem Rest einer Sehne daran gehindert, zu Boden zu fallen. Die übrigen Extremitäten an Eglans Hand sahen kaum besser aus. Sämtliche Knochen mussten gebrochen sein.

Ein winselndes Geräusch ließ Arkeen herumfahren. Der Scheichfrosch hatte sich doch nicht in Luft aufgelöst. Er sprang mit panisch quietschenden Lauten davon. Nur, dass er nicht mehr einen Meter groß war, sondern höchstens die Breite einer Faust maß.

Eglan drückte seine verletzte Hand an die Brust und stemmte sich mit der anderen in eine sitzende Position. Ein kaum hörbares Stöhnen entrang sich seinen Lippen.

»Bist du wahnsinnig?!«, fuhr Arkeen den Gelbländer an. »Wir wollten den Scheichfrosch *beobachten* und nicht anlocken!«

Eglan murmelte Unverständliches und stierte auf seine verstümmelte Hand. Arkeens Mitgefühl hielt sich in Grenzen. Der Fandriner verdiente keine Anteilnahme. Wer so dumm und unvorsichtig war, hatte in der Wüste nichts zu suchen.

»Was war das?«, murmelte Eglan. »Ein helles Licht und dann …«

»Eine Fee. Sie hat den Scheichfrosch verjagt.«

»Hä? Wieso …?«

»Woher soll ich das wissen? Aber sie kann zurückkommen, also weg hier.«

Arkeen packte Eglan am Oberarm und half ihm in die Senkrechte. Gemeinsam wankten sie auf ihre Kamele zu, die Gras kauten und ihnen unbeeindruckte Blicke zuwarfen. Arkeen kramte ein Leinentuch aus der Satteltasche und legte Eglan einen notdürftigen Verband an. Der Fandriner sprach kein Wort, schrie und wimmerte nicht. Kein Zucken in seinem Gesicht verriet, dass er Schmerzen empfand. Während Arkeen die Bandage fixierte, hatte er die absurde Empfindung, angestarrt zu werden; und zwar nicht von Eglan selbst, sondern von seiner Maske. Arkeen meinte zu spüren, wie die Tätowierung jede seiner Bewegungen mit Adleraugen verfolgte. Es war ein unangenehmes Gefühl, wie kühler Dampf, der über Brust und Nacken strich. Arkeen war froh, als der Verband fertig war und er einen Schritt zurücktreten konnte.

»Hallo, ich bin Lischa«, erklang eine glockenhelle Stimme. »Möchte jemand einen Wunsch erfüllt haben?«

Hinter ihnen schwebte die Morganafee. Ihr lippenloser Mund lächelte, die kleinen, rosafarbenen Hände hatte sie vor der Brust gefaltet. In Arkeen keimte der Verdacht, dass es sich um dieselbe Fee handelte, die ihn vor ein paar Tagen im Lager angesprochen hatte.

»Ich kann euch einen Wunsch erfüllen«, fuhr die Morganafee fort. »So einen richtigen Herzenswunsch. Weil, jeder Mensch hat einen. Und ich besitze die Macht … Aber eigentlich darf ich das nicht.«

Ihre großen Kulleraugen blickten betrübt und sie verschränkte die winzigen Ärmchen. »Man hat mir gesagt, dass ihr verrückt werdet. Und die Wunscherfüllung gar nicht glücklich macht.«

»Du bist Lischa?«, entfuhr es Arkeen.

»Oh, du kennst mich?« Die Morganafee hob den Kopf und strahlte über das ganze Gesicht. »Hab ich dir schon mal einen Wunsch …?«

Sie hielt inne und musterte Arkeens Antlitz. Ein Schatten huschte über ihre Züge.

»Ich weiß, wer du bist«, sagte sie. »Du hast mir wehgetan und mich fortgeschickt.«

Arkeen betrachtete die Morganafee genauer. Lischas Flug war nicht ruhig und beherrscht. Ihre Schwingen schlugen unregelmäßig, sie taumelte von links nach rechts. Arkeen sah, dass die Schmetterlingsflügel an den Rändern schwarz verfärbt waren und Löcher aufwiesen, dort, wo sie Bekanntschaft mit dem Feuer gemacht hatten.

»Es war Bazibb, der dich verletzt hat.«

»Wer?«

»Unwichtig. Wieso hast du uns geholfen?«

Im Gegensatz zu ihrer ersten Begegnung war Arkeen nicht beunruhigt. Auch hatte er keine Angst davor, einen Wunsch zu formulieren. Eine innere Stimme sagte ihm, dass ihnen die Fee – zumindest im Moment – nichts tun würde.

»Du meinst mit dem Küssmisch?«

»Küssmisch?«

»Ich glaube, ihr sagt Scheichfrosch zu ihm.«

»Ach so, ja.«

»Ich mag die Quäker nicht. Außerdem helfen wir Feen, wo wir können. Wusstest du das nicht?«

»Ich habe eher den Eindruck, ihr wollt uns Menschen um den Verstand bringen.«

»Das stimmt nicht! Also zumindest, was mich angeht. Ich konnte ja nicht ahnen ...« Lischa brach ab und in ihren Augen glitzerten Tränen. »Das ist sooo traurig ...«

»Schon gut.« Arkeen versuchte ein Lächeln. »Du hast mir noch keinen Lebenstraum erfüllt, also bin ich dir nicht böse.«

»Ach so?«, begann Lischa hoffnungsvoll. »Möchtest du vielleicht einen Wunsch ...?«

»Nein.«

»Aber vielleicht dein Freund?« Sie warf Eglan einen treuherzigen Blick zu.

»Nein, auch der nicht.«

»Wenn ich mir seine Hand so ansehe …«

Eglan öffnete den Mund, aber Arkeen kam ihm zuvor. »Das wird wieder. Ganz ohne Wunsch. Wir müssen jetzt gehen. Leb wohl, Lischa.«

Arkeen packte Eglan unter den Achseln und half ihm auf den Rücken seines Kamels. Als er sich umwandte, war die Morganafee verschwunden. Arkeen wusste nicht, ob er erleichtert oder enttäuscht sein sollte. Fast hatte er gehofft, dass Lischa nicht so schnell aufgeben und anbieten würde, sie zu begleiten. Er konnte sich noch gut an Eglans Worte erinnern: *Du hast die Gelegenheit verpasst, deine Schwester wiederzusehen.*

Aber wahrscheinlich war das nur eine von Eglans Lügen gewesen. Die einzige Möglichkeit, von einer Morganafee Hilfe zu erhalten, jedenfalls in dieser Sache, war über die Erfüllung eines Wunsches. Doch welch gravierende Folgen diese Tat auf die geistige Gesundheit hatte, war kein Geheimnis. Es brachte nichts, wenn er sich wünschte, dass Ashida gesund und munter neben ihm erschien. Selbst wenn die Morganafee mächtig genug war, seine Schwester herbeizuzaubern, war es ihm nicht mehr möglich, sich darüber zu freuen oder sie überhaupt wahrzunehmen. Wie die Verlorene Seele in Gulehm würde er in seiner eigenen Pisse hocken und gedankenlos ins Leere starren.

Arkeen schwang sich auf sein Mandrakei und musterte Eglan kritisch. Der Fandriner schwankte, seine Augen waren trüb. Wenn sie noch länger warteten, konnte es passieren, dass er ohne Vorwarnung vom Kamel fiel. Arkeen hatte nicht die geringste Lust, Eglan hinter sich auf den Sattel zu schnallen.

»Durchhalten«, sagte er. »Senashad ist Heilerin. Sie kann deine Finger retten.«

~

»Tut mir leid.« Die Bogenschützin nahm ihre Hand von Eglans zertrümmerten Fingern. »Deine Knochen konnte ich richten, aber die zwei abgetrennten Finger … Du kannst froh sein, wenn du die übrigen behältst.«

Eglans Blick war glasig und Arkeen hatte den Verdacht, dass er nicht alles so mitbekam, wie er sollte.

»Tu … was du kannst«, stieß er hervor.

Eglan lag auf einem Bett aus Fellen und Laken. Sein Atem ging schwer, immer wieder fielen ihm die Augen zu. Arkeen war von der Willensstärke des Gelehrten beeindruckt. Kein Laut des Schmerzes war über seine Lippen gekommen, nicht während des Rittes und auch nicht, als sie das Lager erreicht und die Mitglieder der Karawane einen Kreis um sie gebildet hatten. Arkeen und Bogoran hatten Eglan in ein freies Zelt getragen. Geolinsa und Senashad waren zu ihnen gestoßen und hatten die rechte Hand des Fandriners untersucht. Wie nicht anders zu erwarten, musste der Gelbländer ab sofort mit drei Fingern auskommen.

»Du hast noch eine halbe Stunde, um Eglan zu versorgen«, wandte sich Arkeen an Senashad, »dann brechen wir auf.«

»Er kann nicht reiten«, stellte die Kriegerin fest. »Nicht mit seiner Hand und nicht in seinem Zustand.«

»Dann muss er …«

»Er kann auch nicht marschieren, Arkeen.« Senashad warf ihm einen sanften Blick zu. »Das siehst du doch.«

Der Ausdruck in ihren Augen irritierte Arkeen. Zuneigung und Vertrauen standen darin, die tiefer gingen, als es bei schlichten Reisegefährten üblich war. Mit einem Mal empfand Arkeen Verlegenheit. Er verschränkte die Arme vor der Brust und reckte den Kopf, bevor er betreten den Blick senken und seine Sandalenspitzen anstarren konnte.

»Was schlägst du vor?«, fragte er, bemüht, seine Stimme autoritär klingen zu lassen.

»Wir sollten erst morgen weiterreisen.«

»Dann verlieren wir einen halben Tag.«

»Wenn wir nicht warten, kann es sein, dass Eglan nicht überlebt.«

»Es sind nur zwei Finger! Das ist doch nicht …«

»In seinem Fall schon. Ich kann es mir auch nicht erklären, aber … sein Lebensfunken droht zu erlöschen.«

Arkeen betrachtete Eglans Gestalt. Seine Stirn war schweißbedeckt, die Augenlider flatterten und er warf sich unruhig von einer Seite auf die andere. Das war seltsam, denn für Wundfieber war es zu früh.

»Senashad hat recht«, meinte Geolinsa. »Ich habe noch nie erlebt, dass sich der Zustand eines Verletzten trotz ihrer Fürsorge verschlechtert hat. Vielleicht war der Biss des Scheichfrosches toxisch, auch wenn es keine Anzeichen einer Vergiftung gibt.«

»Nun gut.« Arkeen sah zu Bogoran, der seinen Blick schweigend erwiderte. Auch der Krieger hatte zwei Finger verloren. Damals, als die Blutmondnacht Echsenreiter ausgespuckt hatte und Tarekk gestorben war.

»Wir bleiben und reisen morgen früh weiter«, sagte Arkeen. »Wenn es Eglan bis dahin nicht besser geht, binden wir ihn auf ein Kamel.«

Mit diesen Worten trat Arkeen aus dem Zelt. Er atmete tief durch, als die klare, nicht von Schweißgeruch geschwängerte Luft in seine Nase drang. Tatsächlich war es weniger die heiße Brise, die ihn erleichterte, als der Abstand zu Senashad. Er hatte erneut körperlich auf sie reagiert, mit einer Intensität, die ihm unheimlich war. Sein Glied drückte so heftig gegen die Innenseite der Leinenhose, dass nicht nur Senashad die Wölbung aufgefallen sein musste.

Rufe drangen an Arkeens Ohr und er hielt inne.

»Fee!«, rief jemand. »Eine Fee!«

Arkeen eilte auf den Sprecher zu – Malos, einen von Sansuuns Brüdern, der mit seinem entstellten Arm auf eine kleine, leuchtende Gestalt am Rand der Oase deutete. Lischa hockte auf der Mauer, die einen der beiden Ziehbrunnen umgab, und beobachtete die herbeiströmenden Reisenden, die im Respektabstand einen Halbkreis um sie bildeten. Als die Fee Arkeen in der Menge entdeckte, winkte sie ihm zu.

Usgard erschien neben dem Karawanenführer. Der Druide schnaufte wie eine liebestolle Laufechse und hielt einen Beutel mit Seelensalz in der Hand. In seinem Bart hingen schon wieder – oder noch immer? – die Reste einer Mahlzeit. Als der Druide auf die Morganafee zutreten wollte, hielt ihn Arkeen zurück.

»Moment, ich rede mit ihr.«

»Aber sie …«

»Ich weiß. Das ist die Fee, die Eglan vor dem Scheichfrosch gerettet hat.«

Arkeen bemerkte Bazibb in der Menge. Der Feuerkobold warf ihm einen aufmerksamen Blick zu, um seine dünnen Finger tanzten Flammen. Arkeen schüttelte den Kopf. Er war sich sicher, dass diese Maßnahme nicht notwendig sein würde.

Arkeen löste sich aus dem Pulk leise tuschelnder Menschen und trat auf die Morganafee zu.

»Hallo Lischa. Was tust du hier?«

»Ich habe nachgedacht«, erwiderte das Wesen, schnippte einen kleinen Stein in den Brunnen und klappte seine Schmetterlingsflügel auf und zu. »Dein Freund hat mir ja verraten, was meine Wünsche anrichten. Das hat mich sehr traurig gemacht.«

»Das hast du bereits gesagt.«

»Ja, nur … Ich weiß nicht, was ich sonst machen soll. Wünsche erfüllen, das ist doch unsere Lebensaufgabe. Aber als ich euch in der Oase mit dem Küssmisch gesehen habe … da hab ich mir gedacht, ich könnte doch einfach so helfen.«

Lischa strahlte über das ganze Gesicht, als wäre ihre Idee ein Geniestreich.

»Du willst uns also helfen?«, vergewisserte sich Arkeen. »Wobei?«

»Oh, ich weiß nicht. Gib mir eine Aufgabe. Zum Beispiel kann ich fliegen.«

Lischa wedelte eifrig mit ihren Schmetterlingsflügeln und erhob sich in die Luft. Dabei verlor sie das Gleichgewicht und hätte beinahe eine Bruchlandung hingelegt. Ihre verletzten Schwingen machten ihr nach wie vor zu schaffen.

In Arkeen regte sich das schlechte Gewissen. Die Morganafee hatte ihm mit besten Absichten einen Wunsch erfüllen wollen und zum Dank dafür hatte Bazibb sie in einen Feuerball verwandelt. Vielleicht sollte er ihr eine Chance geben. Und, wer konnte schon wissen, womöglich gab es doch einen Weg, etwas über das Schicksal seiner Schwester zu erfahren.

»Du beherrscht Magie«, meinte Arkeen. »Kannst du sie einsetzen, auch ohne einen Wunsch zu erfüllen?«

»Ja doch.« Lischa nickte eifrig. »Guck mal.«

Sie rieb ihre Hände aneinander und pustete hinein. Weiß funkelnder Glitzerstaub hob sich von ihren Handflächen und landete am Wüstenboden. Augenblicke später sprossen grüne Halme aus dem staubtrockenen Untergrund, bildeten Knospen aus, die aufsprangen und bunte Blüten formten.

»Hast du auch praktische Fertigkeiten?«

»Wie meinst du das?«

»Kannst du heilen? Oder kämpfen? Spürst du magische Aktivität? Kannst du versteckte Gefahren aufspüren, zum Beispiel Saugschlingen oder Gnome?«

»Nein.« Lischa schüttelte betrübt den Kopf. »Das kann ich alles nicht. Aber … ich könnte euch doch begleiten, dann fällt uns bestimmt etwas ein, ja?« Ihre kindlichen Augen lugten zu Arkeen empor.

Der Karawanenführer glaubte nicht, dass von der Morganafee Gefahr ausging. Aber er hatte auch nicht auf die Mahnungen seines Vaters vergessen, auf die angebliche Heimtücke, mit der die Feen ihre menschlichen Opfer in Sicherheit wogen und sie mit einschmeichelnden Worten dazu verleiteten, Wünsche auszusprechen. Doch sein Instinkt sagte Arkeen, dass sich Lischa früher oder später nützlich machen würde. Das hatte sie bereits in der Oase tatkräftig bewiesen.

»Gut, du kannst mit uns reisen«, sagte Arkeen. »Aber nur unter der Voraussetzung, dass du dich mit einem Bann belegen lässt.«

»Einem Bann? Ach so, du meinst diesen Kitzelstaub.«

»Ist das ein Problem?«

»Hm. Er juckt halt ziemlich. Aber meinetwegen.«

Arkeen winkte Usgard heran. Der Druide beäugte die Morganafee mit einem argwöhnischen Blick, aber Lischa beachtete ihn nicht. Stattdessen legte sie die Stirn in Falten und wandte sich an Arkeen.

»Du, ich glaube, ich habe eine … Ach ja, wie heißt du überhaupt?«

»Arkeen.«

Usgard streute etwas Seelensalz über die Morganafee. Ihr hellweißes Leuchten verlor an Glanz und wandelte sich in ein dezentes Himmelblau.

»Oh, ein Wüstensohn. Das ist schön. Ich hab mal einen Arkeen getroffen und ihm einen Wunsch erfüllt, aber leider ist er …«

»Lischa!«

»'tschuldigung. Also, was ich sagen wollte …«

Die Fee unterbrach sich und fing an zu niesen. Ihre Anfälle wurden immer heftiger, bis sie seitlich von der Brunnenmauer kippte und in den Sand plumpste.

»Erledigt«, meinte Usgard und warf Lischa ein schadenfrohes Grinsen zu. »Selbst wenn sie einen Wunsch erfüllen will, wird es ihr nicht gelingen.«

»Wie lange hält der Bann?«

»Mindestens zwölf Stunden. Vielleicht auch einen ganzen Tag.«

»Gut, dann erneuere ihn rechtzeitig. Ich verlasse mich auf dich.«

Usgard nickte und Arkeen wandte sich den Reisenden zu.

»Die Morganafee stellt keine Gefahr mehr da. Wir werden hier bei den Brunnen rasten und reisen morgen früh weiter.«

»Morgen früh?«, empörte sich Sansuun. »Es ist wegen diesem Gelbländer, stimmt's? Wenn der nicht so leichtsinnig gewesen wäre und …«

»Das ist richtig«, unterbrach ihn Arkeen. »Aber es ist nun mal geschehen. Eglan ringt mit dem Tod und braucht Ruhe. Wer es eilig hat, darf gern allein aufbrechen.«

»Wir haben dich nicht dafür bezahlt, tatenlos im Sand zu hocken!«

»Ihr habt mich dafür bezahlt, heil nach Schaar zu kommen.« Arkeen fixierte Sansuuns Blick, bis dieser zu Boden sah. »Alle haben das getan. Ich werde dafür sorgen, dass auch alle an unserem Ziel ankommen. Und zwar lebend.«

~

Es wurde Abend, die zwölfte Tagstunde verstrich und die Sonne ging unter. Die Reisenden hatten sich mit dem unfreiwilligen Aufenthalt abgefunden und ihre Nachtlager errichtet. Sie saßen in Gruppen zusammen, plauderten, aßen geschlagenes Boxenkraut oder widmeten sich im dumpfen Licht aufgestellter Quellfeuer dem Glücksspiel.

Eglans Zustand blieb unverändert. Arkeen befürchtete, dass der Fandriner auch morgen nicht reiten konnte. Dennoch würden sie auf keinen Fall einen weiteren Tag ausharren. Dies lag nicht etwa daran, dass Arkeen Sansuun und seine Brüder fürchtete. Vielmehr erinnerte er sich an den Kadrass-Späher bei Gulehm und an den vergangenen Sandsturm, auch auf das aggressive Verhalten der Reisenden gegenüber der Mümmelfrau hatte er nicht vergessen. Daneben gingen ihre Vorräte irgendwann zur Neige. Das Wasser der beiden Brunnen war sauber, aber ohne Nahrungsmittel mussten die ersten Mitglieder der Karawane bald Zeichen von Erschöpfung zeigen. Und körperliche Schwäche war keine gute Voraussetzung, um in der Wüste voranzukommen.

Sofern Eglans Zustand keine Besserung erfuhr, wollte Arkeen anordnen, dass die Soldaten ein Traggestell für den Gelbländer bauten. Darin konnte er liegen und von einem seiner Kamele über den Sand gezogen werden.

Arkeen marschierte auf die Dattelpalme zu, neben der er sein Mandrakei zurückgelassen hatte. Er war so in Gedanken versunken, dass er die Person erst registrierte, als sie nur noch wenige Schritte voneinander trennten. Es war Senashad, die ihm entgegenkam. Sie lächelte und Arkeen erwiderte es. Sowohl die Bogenschützin als auch der Karawanenführer wurden langsamer, je näher sie sich kamen. Arkeens Herzschlag beschleunigte sich; und pumpte Blut dorthin, wo es nichts zu suchen hatte. Er bemühte sich, seine Hose zurechtzurücken, ohne dass es auffällig wirkte.

Senashads Lächeln wurde breiter. Noch drei Schritte, noch zwei, dann waren sie auf gleicher Höhe. Arkeen öffnete den Mund, um etwas zu sagen, die Hexe ebenso – doch letztendlich nickten sie einander bloß zu und gingen weiter. Um ein Haar hätte Arkeen kehrtgemacht, nach Senashads Arm gegriffen, ihre Wangen berührt, seine Lippen an ihren duftenden Nacken gedrückt …

Arkeen fuhr sich unbeholfen über das Gesicht, als könne er mit dieser Bewegung seine Empfindungen beiseitewischen. Natürlich gelang ihm das nicht, aber auf diese Weise verpasste er die Gelegenheit, das zu tun, was ihm gerade in den Sinn gekommen war. Seine Erektion ließ nach, Unbehagen stieg in ihm auf. Konnte es sein, dass ihn die Hexe verzaubert hatte? Normalerweise reagierte er nicht mit einer solchen Heftigkeit auf eine Frau, egal wie attraktiv und begehrenswert sie war. Senashad und er sollten Abstand halten, definitiv.

Arkeen trat zu seinem Kamel, tätschelte ihm den Hals. Das Tier warf ihm einen Blick zu. Für einen Moment empfand Arkeen tiefe Verbundenheit. Seit acht Jahren ritt er auf seinem Mandrakei-Kalb und noch nie hatte es ihn im Stich gelassen. Gut möglich, dass es spürte, wenn Arkeen von unguten Gedanken geplagt wurde.

Der Karawanenführer entschied, dass sein Reittier gekämmt werden musste. Er fuhr mit der Bürste durch die kurzen Zotten des Mandrakei und summte dabei eine getragene Melodie. Arkeen war so in seine Tätigkeit vertieft, dass ihm erst nach einigen Atemzügen auffiel, dass es sich nicht um irgendein Lied handelte. Es war jenes, das ihm seine Mutter als Kind immer vorgesungen hatte, wenn er krank war oder nicht schlafen konnte.

Hör, mein Kindlein, mach die Augen zu,
lausche, träume, komm mit mir zur Ruh.
Die Wüste sagt dir gute Nacht,
hat ihren größten Schatz gebracht,
den Sternenhimmel still und klar,
das Mondlicht strahlend wunderbar.
Hör, mein Kindlein, mach die Augen zu,

lausche, träume, komm mit mir zur Ruh.
Der Wüstengott sagt gute Nacht,
hat seinen größten Schatz gebracht,
die Glut der Wüste heiß und wahr,
Magie für jetzt und immerdar.
Hör, mein Kindlein, mach die Augen zu,
lausche, träume, komm mit mir zur Ruh.

Arkeen vernahm leise Schritte hinter sich. Kimlin trat neben ihn, musterte das Kamel und strich über sein Fell.

»Du hast ein schönes Tier«, meinte sie. »Kräftig und gut ausgebildet. Ich habe mitbekommen, dass es vor einigen Tagen die Echsenkarawane gewittert hat, noch bevor sie einer der Krieger bemerkt hat.«

»Was willst du?« Arkeen hatte keine Lust auf Konversation und auch nicht, freundlich zu sein.

Die Mümmelfrau seufzte. Ihre lichtblauen Augen wanderten über Arkeens Gesicht, nachdenklich und gleichzeitig scheu. Mit leiser Stimme fuhr sie fort: »Ich glaube, es ist keine gute Idee, wenn uns die Fee begleitet.«

»Warum nicht?«

»Diesen Wesen ist nicht zu trauen.« Kimlin verwendete die gleichen Worte, wie sie einst Arkeens Vater ausgesprochen hatte. »Sie sind tückisch und Meister der Verstellung. Morganafeen haben den Drang, unsere intimsten Wünsche auszuspionieren. Ihr Handeln, ihre gesamte Existenz, ist darauf ausgerichtet, anderen Geschöpfen zu schaden.«

»Du willst also sagen …«

»Ja. Wir sollten sie wegschicken.«

»Ich habe nicht den Eindruck, als will uns Lischa Böses. Sie hat Eglan und mich vor dem Scheichfrosch gerettet.«

»Vielleicht aus Kalkül. Sie wusste, dass sie dadurch die Möglichkeit erhält, näher an die Reisenden der Karawane zu gelangen.«

»Selbst wenn das ihr Plan war – sie ist gebannt und kann uns nichts anhaben. Solange das so bleibt, sehe ich keinen Grund, Lischa zu verstoßen.«

»Sie ist eine Morganafee. Sie findet einen Weg, uns zu schaden.«

Arkeen musterte die Züge der Mümmelfrau. Zum ersten Mal, seitdem er sie kennengelernt hatte, erkannte er Verärgerung in ihrem Blick. Er hatte einmal vernommen, dass sich Feen und Mümmel gegenseitig verabscheuten. Die haarigen Wesen mussten zwar nicht um ihren Verstand fürchten, so wie es bei Menschen der Fall war, doch hatten sie eine persönliche Abneigung gegen Morganafeen entwickelt. Wie es den Anschein hatte, entsprach dies der Wahrheit.

»Auch bei dir habe ich an das Gute geglaubt«, sagte Arkeen. »Ich habe nicht auf Palwins Worte gehört, auf seine Anschuldigungen und Vorurteile. Du solltest Lischa eine Chance geben.«

Kimlin senkte den Kopf. »Ja, vielleicht hast du recht. Ich werde es versuchen.«

Sie wünschten sich eine gute Nacht und trennten sich. Arkeen beendete die Fellpflege seines Mandrakei, erledigte seinen Toilettengang und schlenderte ins Lager zurück. Von der Düne schallten die letzten Töne des Abendgesangs herab. Diesmal vernahm Arkeen sowohl männliche als auch weibliche Stimmen. Ob Senashad auch dort oben im warmen Nachtwind stand, den Kopf stolz erhoben, die blitzenden Augen in die Ferne gerichtet?

Arkeen verbannte die Eingebung aus seinem Bewusstsein. Es war keine gute Idee, sich mit der Hexe auseinanderzusetzen, und es wäre ein Fehler, wenn er sich auf die Kriegerin einließ, selbst wenn sie nur an zwanglosem Sex interessiert war. Seine Probleme mit Nana sollten ihm eine Lehre sein. Arkeens Erschrecken saß noch zu tief, als dass er ignorieren konnte, welch nachhaltige Folgen der Beischlaf mit einer Frau haben konnte.

Arkeen hatte sich dazu entschlossen, heute im Zelt zu übernachten. Die Weite des Sternenhimmels mochte seine Melancholie wecken und verdrängte Erinnerungen an die Oberfläche holen. Da der morgige Tag anstrengend werden konnte, brauchte er ausreichend Schlaf und einen klaren Kopf. Bogoran würde das Zelt nicht mit ihm teilen. Der Krieger hatte gemeinsam mit Geolinsa und zwei Söldnern die erste Wache übernommen und wollte nachher bei Finmedra die restliche Nacht verbringen.

Arkeen schlug den Stoff am Eingang des Zeltes beiseite und kroch ins Innere. Er gähnte, zog sich aus und rückte die Felle und Tücher am Boden zurecht.

In diesem Moment registrierte er eine Bewegung aus den Augenwinkeln und wandte sich um.

Im Zelteingang stand Senashad.

Sie beobachtete ihn, mit einem Blick, der Arkeen eine Gänsehaut über den Rücken jagte. Es lag eine stille Trauer darin, die Arkeen nicht verstand, aber auch ein Ausdruck von Zuneigung, ja, ein Verlangen, das ihn traf wie ein Fausthieb.

Er sog scharf die Luft ein. Senashad duckte sich unter das Zeltdach und trat auf ihn zu. Als sie nur noch einen Schritt entfernt war, hielt sie inne und zog sich mit einem Ruck ihr Hemd über den Kopf. Darunter trug sie nichts. In derselben Bewegung glitt ihre Hose zu Boden und sie stand nackt vor ihm.

Arkeen schluckte. Sie war wunderschön. Ihre kleinen, runden Brüste schmiegten sich an ihren weiblichen Körper, dunkelrot erigierte Knospen reckten sich ihm entgegen. Senashad hatte zwei deutlich sichtbare Narben, die ihre Schönheit aber nur unterstrichen. Die Haut an der Schulter ihres linken Oberarms war verhornt, wies eine rötliche Färbung auf, und rechts unterhalb ihres Bauchnabels fand sich eine alte Stichverletzung, ein heller Strich auf ihrer gebräunten Haut.

Sie war perfekt.

»Ich will dich«, flüsterte Senashad, beugte sich zu Arkeen hinab und liebkoste sein Gesicht. Ihre Lippen fanden sich. Sie schmeckte genauso, wie Arkeen erwartet hatte, sanft und wild zugleich, nach Wüste, Mango und Vanille. Ihre Finger strichen über seine verbrannte Haut am Unterarm, betasteten sein verstümmeltes Ohr. Ihre Berührungen waren Arkeen nicht unangenehm, selbst an diesen beiden Narben nicht, die sich tief in seine Seele gebrannt hatten. Niemand durfte ihn hier anfassen. Niemand, bis auf Nana. So war es bis vor wenigen Sekunden gewesen.

Ein letztes Mal regten sich Vernunft und Gewissen. Arkeen packte die Kriegerin an der Hüfte und wollte sie von sich wegdrücken.

»Senashad, ich …«

»Pst«, flüsterte sie und legte ihm den Finger auf den Mund. »Was immer du sagen willst, heb es dir für morgen auf. Heute Nacht gehörst du mir.«

~

Ein Kitzeln in der Nase weckte ihn. Arkeen zwinkerte, registrierte den ersten Schimmer der Morgendämmerung. Er fühlte sich entspannt, zufrieden und ausgeglichen. Das war beileibe kein alltäglicher Zustand.

Arkeens Gedanken nahmen träge Fahrt auf. *Was ist gestern Abend geschehen? Ich bin ins Zelt gekrochen, habe mich hingelegt … oder etwa nicht?*

Schlaftrunken wandte er den Kopf. Neben ihm ruhte das Gesicht einer wunderschönen Frau. Senashads Augen waren geschlossen, ihre Atemzüge gingen ruhig und gleichmäßig. Sie war nackt, schmiegte sich an ihn.

Was zum Kadrass …?

Da fiel es ihm wieder ein. Er hatte kapituliert. Verstand und Moral waren über Bord gegangen. Sie hatten sich am Boden gewälzt. Sein Glied hart wie Stahl, schmerzhaft pochend, ein Verlangen, das seine Sicht vernebelte. Er hatte Senashad gepackt, war in sie eingedrungen. Lustschreie an seinem Ohr, die Urgewalt, mit der er seinen Samen in ihre Mitte ergoss. Dann hatte sie ihn geritten, wie es noch nie eine Frau getan hatte. Er war ein zweites Mal gekommen, zusammen mit ihr.

Doch sie hatten nicht nur Sex miteinander gehabt, sondern waren auch gemeinsam eingeschlafen. Bislang hatte es in Arkeens Leben nur eine Frau gegeben, bei der ihm das gelungen war: Nana.

Unwohlsein kroch in Arkeen empor. Er dachte an Jolas Kommentare, an Quendors Brief und Nanas Schicksal. Was, wenn es ihm mit Senashad ebenso erging? Wenn es eine zweite Frau gab, die von ihm ein Kind erwartete? Und diesmal war es keine Konkubine, sondern eine geachtete Eliteschützin aus Warnack. Bei ihr konnte er sich nicht aus der Verantwortung stehlen. Davon abgesehen war sie eine Hexe.

Arkeens Unwohlsein wurde stärker, Übelkeit stieg in ihm auf. Er versuchte von Senashad abzurücken, ohne sie zu wecken. Ihre Augenlider flatterten, sie streckte sich und schob einen Arm seine Brust empor, bis ihre Finger sein Kinn berührten.

Ein warmes, befreites Lächeln ließ ihre Züge erstrahlen. Senashad öffnete die Augen, drückte sich an ihn.

Als Arkeen ihrem Blick begegnete, verschwanden seine unguten Empfindungen. Auch seine düsteren Gedanken lösten sich auf wie ein Klumpen Asche im klaren Wasser. Stattdessen erwuchs in Arkeen ein Gefühl, dass man – vielleicht – mit Glückseligkeit beschreiben konnte.

Sie hat mich verhext, durchzuckte es sein Bewusstsein. Gleichzeitig war da eine andere Stimme, die behauptete: *Quatsch, du bist verliebt.* Arkeen konnte beim besten Willen nicht sagen, welche Alternative ihn mehr schockierte.

»Geht es dir gut?«, murmelte Senashad und hob den Kopf. »Du wirkst verschreckt.«

Mit einem Mal war Arkeen die Situation furchtbar peinlich. Am liebsten hätte er sich in einen Floh verwandelt und wäre im Sandboden versunken.

»Nein, ich … also …«

Senashad grinste. »Du glaubst doch nicht etwa, ich habe dich verhext?«

Arkeen spürte, wie er rot anlief; so rot, dass seine Wangen glühten.

Senashad lachte leise. »Von dir hätte ich das nicht erwartet, Arkeen.«

»Das … es tut mir leid«, stammelte er. »Ich war … ich bin nur überwältigt.«

»Das ist schön.« Senashad erhob sich auf die Knie, griff nach Arkeens verbrannter Hand und hauchte einen Kuss darauf. »Dann lass uns sehen, was danach kommt.«

Sie zog sich an, lächelte ihm ein letztes Mal zu und verließ das Zelt.

Arkeen sank auf sein Lager zurück. Es war absurd. Weshalb fühlte er sich wie ein kleines Kind, das von seiner Mutter bei etwas Verbotenem ertappt worden war? Gewöhnlich geriet er nicht aus der Fassung, stammelte nicht herum und lief schon gar nicht so rot an, als würde der Blutmond seine Züge erhellen.

Arkeen kratzte sich am Kinn, durchwühlte seine Haare, rieb seine Augen. Erst jetzt merkte er, dass ihm kalt war. Oder lag diese Empfindung an Senashads fehlender Nähe? Jola hätte mit Sicherheit ihre liebe Freude an ihm. Arkeen konnte beinahe ihr glucksendes Lachen hören, mit dem ihn seine Großmutter stets bedachte, wenn er verwirrt war oder nicht wusste, wie ihm geschah.

Er musste etwas tun. Ganz egal was.

Arkeen richtete sich auf, zog sich an und trat vor das Zelt. Senashad war nirgends zu sehen; was vermutlich gut war. Er war sich keineswegs sicher, ob er die Bogenschützin nicht gepackt, geküsst und zurück ins Zelt gezogen hätte.

Die ersten rötlichen Sonnenstrahlen trafen die Dünen der Wüste, tauchten die Shahakeen in ein surreales Licht. Am silberblauen Himmel zog ein Schwarm Singvögel vorbei, die zirpten und trällerten und in Richtung der Oase verschwanden, in welcher der Scheichfrosch hauste.

In diesem Augenblick wusste Arkeen, was er zu erledigen hatte. Er schritt kräftig aus und auf das Zelt zu, in dem Eglan untergebracht war. Kurz bevor er eintrat, wurde er wieder langsamer. Was, wenn er hier Senashad begegnete?

Reiß dich zusammen, dachte Arkeen. *Sie hat nur die Nacht mit dir verbracht. Außerdem ist sie eine Hexe. Sie weiß, wie man eine Schwangerschaft verhindert.*

Entschlossen fegte er die Zeltplane beiseite und trat ein. Senashad war nicht hier, wohl aber Geolinsa. Sie kniete neben Eglans Lager und hielt ihm einen Becher mit dampfendem, scharf riechendem Tee an die Lippen. Der Fandriner hatte seinen Oberkörper aufgerichtet, stützte sich mit der gesunden Hand am Boden ab. Sein Blick wanderte zu Arkeen empor. Es war unverkennbar, dass Eglans Genesung Fortschritte gemacht hatte. Seine Augen waren klar, sein Körper nicht mehr von Schweiß bedeckt.

»Wie ich sehe, geht es dir besser«, bemerkte Arkeen und trat näher.

»Nur dank der Pflege und Fürsorge, die ich erhalten habe.«

Eglan hob seinen Arm. Die verletzte Hand war professionell mit weißem Leinstoff umwickelt. Der Geruch von Wildkräutern und die markanten Ausdünstungen der Steinwurz schlugen Arkeen entgegen. Die Kriegerinnen verstanden sich auf die Heilkunst, daran hegte er keinen Zweifel. Vermutlich war Eglans Erholung in erster Linie Senashad zu verdanken. Doch die Fähigkeiten der Hexe besaßen Grenzen. Selbst mit Verband war zu erkennen, dass die Hand des Fandriners nur noch drei Finger aufwies.

»Eglan ist halb so kräftig, wie er tut«, meinte Geolinsa. »Er sollte sich schonen. Der Rücken eines Kamels ist nichts für ihn.«

Arkeen ignorierte den Einwand und wandte sich direkt an Eglan. »Fühlst du dich imstande, zu reiten?«

»Ja, das schaffe ich.«

»Gut. Ich erspare mir eine Zurechtweisung wegen gestern, deine Hand ist Strafe genug. Aber du bist mir eine Erklärung schuldig.«

»Das kann ich dir nur unter vier Augen sagen.«

Arkeen warf Geolinsa einen auffordernden Blick zu. Die androgynen Gesichtszüge der Kriegerin blieben unbewegt. Sie stellte den Becher neben Eglans Lager ab, erhob sich und trat aus dem Zelt.

Arkeen verschränkte die Arme vor der Brust. »Ich höre.«

»Vielleicht hast du dich schon mal gefragt, weshalb mein Gesicht diese Tätowierung aufweist.« Eglan deutete auf sein Antlitz, die braunrote, symmetrische Zeichnung, die seine Haut überzog und seine Züge auf unheimliche Weise verwandelte.

Ach nein, dachte Arkeen. *Ist mir noch nie aufgefallen.* Aber er schwieg.

»Wenn ich dir verrate, weshalb ich ein zweites Gesicht trage, beantworten sich damit wohl einige deiner Fragen.«

Eglan legte eine Pause ein, als erwarte er eine bestimmte Reaktion. Arkeen tat ihm nicht den Gefallen, blickte schweigend und reglos auf ihn herab.

»Das Tattoo ist kein Tattoo«, fuhr Eglan fort. »Nicht nur. Mit seiner Hilfe kann ich meine Empfindungen kontrollieren und sensorischen Fertigkeiten verbessern. Außerdem ermöglicht es mir den Zugriff auf eine umfassende Datenbank aus Wissen. Wir nennen das zweite Antlitz Larve. Die Gesichtszeichnung habe ich nach meiner Meisterprüfung erhalten. Ich bin ein Mitglied der Dunaaz.«

Arkeen regte sich noch immer nicht. Aber seine Gedanken surrten wie ein Bienenschwarm.

Dunaaz ... natürlich! Mit einem Mal ergab es Sinn, weshalb sich die Gestalt des Fandriners von den übrigen Bewohnern der Gelblande unterschied. Es leuchtete ein, dass Eglan eine solche Körperbeherrschung besaß, derart viel über Arkeen wusste und jenes ausgeprägte Interesse an Trollen, Staubwichteln und Scheichfröschen hegte.

»Der Orden der Glutwächter«, stellte Arkeen fest. »Eine geheime Organisation in Fandrin, deren Arme bis weit in die Wüstenlande reichen. Du bist nicht nur Gelehrter. Du bist ein Krieger und Abtrünniger.«

»Abtrünnig trifft es nicht ganz«, entgegnete Eglan. »Ich bevorzuge das Wort Geächteter.«

»Besteht da ein Unterschied?«

»Wer abtrünnig ist, hat sich von einer Sache, beispielsweise einer hoheitlichen Institution, abgewandt und arbeitet dagegen. Das tun wir nicht. Wir haben unseren Horizont erweitert und werden dafür geächtet.«

»Soviel ich gehört habe, liegt die Missbilligung mehr an euren Methoden.«

»Welche sollen das sein?«

»Folter und Mord.«

»Nein.« Eglan schüttelte nachdrücklich den Kopf. »Das ist eine Lüge. Wir können kämpfen, das ist Teil unserer Ausbildung, aber wir nutzen unsere Fertigkeiten nicht dazu, Gewalt auszuüben.«

»Da ist mir anderes zu Ohren gekommen.«

Eglan seufzte leise. »Wenn du dich von der Allgemeinheit unterscheidest, wird hinter deinem Rücken geredet. Unwahrheiten werden verbreitet, Vorurteile geschürt. Daraus entsteht Angst und aus Angst wachsen Misstrauen,

Abneigung oder gar Hass. Zumindest ist das bei Menschen so.«

»Das mag sein«, erwiderte Arkeen. »Ich gebe zu, mein Wissen über euch Dunaaz beschränkt sich auf Gerüchte und Erzählungen. Also stimmt es nicht, dass ihr die Ordnung in der Welt umstoßen wollt? Dass ihr vor nichts zurückschreckt, um eure Ziele zu erreichen? Dass ihr die Kadrass befehligen könnt?«

»Nein«, betonte Eglan. »Nichts davon ist wahr. Wir betrachten uns mehr als Hüter und Beschützer der Menschheit. Einigen ist das sehr wohl bewusst.«

»Wovor wollt ihr uns schützen?«

»Vielleicht vor den Göttern.«

Eine Erinnerung jagte durch Arkeens Geist. Hatte Eglan nicht erwähnt, den Turm der Götter aufsuchen zu wollen? Auch die Trolle hatte er dazu befragt. Was wollte der Fandriner beim legendären Dreihorn, das wie eine Fata Morgana inmitten der Glaswüste ruhte und noch von keinem Sterblichen erreicht worden war? Arkeen fielen die Worte Kimlins ein: *Vielleicht sind es nicht die Kadrass, die aggressiver werden, sondern die Götter.*

»Vor den Göttern?« Arkeens Stimme ließ weiter keine Regung erkennen. »Seit wann stellen die Weltenschöpfer eine Gefahr dar?«

»Seit die Kadrass mit ihrer Suche begonnen haben. Die Insekten sind Mittel zum Zweck, Werkzeuge, die von jemandem genutzt werden, um seine Ziele zu erreichen.«

»Ich nehme an, diese Ziele sind nicht so ehrbar wie eure?«

Eglan reagierte nicht auf die Spitze und fuhr fort: »Das, wonach es den Kadrass verlangt, suchen auch wir. Wir müssen es vor ihnen finden, koste es, was es wolle. Die Seele der Wüste darf nicht in ihre Hände fallen.«

»Die Wüstenseele ist nur eine Legende.«

»Vielleicht. Aber dahinter verbirgt sich etwas, das real ist.«

»Was soll das sein?«

»Wissen wir nicht. Deshalb bin ich hier.«

»Du reist also durch die Shahakeen, ohne eine Ahnung von deinem Ziel zu haben?«

»Nein. Ich muss zum Dreihorn.«

»Der Turm der Götter bringt nur Leid und Tod. Was lässt dich glauben, dort Antworten zu finden?«

»Genug.«

Eglan hustete und berührte mit der verbundenen Hand seine Stirn. »Ich kann dir nicht mehr über mich und unsere Pläne erzählen. Genau genommen habe ich dir schon jetzt mehr verraten, als ich dürfte.«

Arkeen musterte Eglans Gestalt, seinen trainierten Oberkörper, die verstümmelte Hand und das unheimliche Tattoo auf seinem Gesicht. Er konnte nicht sagen, ob ihm der Fandriner nach seinem Geständnis sympathischer geworden war oder nicht. In jedem Fall empfand Arkeen nicht weniger Misstrauen als zuvor.

»Du bist der erste Dunaaz, den ich treffe«, sagte er. »Kaum jemand weiß mehr über euch zu berichten, als ein paar unheimliche Geschichten. Kaum jemand hat einen von euch tatsächlich gesehen.«

»Das liegt daran, dass wir nicht viele sind«, erwiderte Eglan. »Nur wenige besitzen den Grad eines Meisters. Gewöhnlich agieren wir auch nicht in der Öffentlichkeit. Aber die derzeitige Situation zwingt uns dazu, offensiver vorzugehen.«

»Nun gut.« Arkeen nickte. »Ich nehme deine Erklärung an und akzeptiere, dass du mir nicht mehr verraten kannst. Aber ich brauche von dir die Versicherung, dass du weder mir, noch einem anderen Mitglied der Karawane etwas Schlechtes willst.«

Eglan lächelte. »Du hältst mich ohnehin für einen Lügner. Was soll dir meine Aussage bringen?«

Als Arkeen schwieg und keine Reaktion erkennen ließ, fuhr der Fandriner fort: »Gut. Du hast mein Wort. Ich werde keinem hier ein Haar krümmen. Aber ich bitte dich, niemandem von unserem Gespräch zu erzählen. Vorurteile können unschöne Folgen haben.«

»Ich weiß. Trotzdem muss Bogoran davon erfahren. Er ist für die Sicherheit im Lager zuständig. Ihm kann ich die Wahrheit nicht vorenthalten.«

Eglan nickte stumm.

Arkeen fiel noch etwas ein, das er den Fandriner fragen musste. »Woher hast du vom Tod meines Vaters gewusst? Und vom Schicksal meiner Schwester?«

»Wie gesagt: Wir Meister können mithilfe unserer Larve Informationen abrufen wie aus einem aufgeschlagenen Buch.«

Arkeens Nasenflügel bebten. War das nicht die Gelegenheit, noch mehr Antworten zu erhalten? Er beschloss, die alles entscheidende Frage zu stellen.

»Dann sag mir, Eglan Dawodaan, Meister der Dunaaz: Ist meine Schwester Ashida noch am Leben?«

»Ich weiß es nicht.«

»Aber …«

»Das Wissen, auf das wir zugreifen können, ist beschränkt. Es beinhaltet ausschließlich Vergangenes. Meist liegen die Informationen lang zurück, nur selten können wir einen Blick auf die Gegenwart werfen. Sonst hätte ich dich während der Reise nicht andauernd mit Fragen bedrängt.«

»Als Lischa das erste Mal im Lager aufgetaucht ist und ich sie fortschicken musste, da hast du behauptet, dass ich die Gelegenheit verpasst habe, meine Schwester wiederzusehen. Was meintest du damit?«

Es vergingen einige Sekunden, bis Eglan antwortete. »In der Ausbildung wurde uns gelehrt, dass Morganafeen zwei Seiten besitzen. Die eine ist unberechenbar, scharfsinnig und verschlossen, die andere interessiert, einfältig und mitteilsam. Angeblich haben Feen den klarsten Blick auf die Gegenwart, sehen Dinge, von denen die meisten Geschöpfe keine Ahnung haben. Die Schwierigkeit ist nur, ihnen dieses Wissen zu entlocken, ohne in eine Wunschfalle zu tappen.«

»Lischa ist gebannt«, sagte Arkeen und nickte bedächtig. »Das heißt, im Moment stellt sie keine Gefahr dar.«

»So ist es. Vielleicht kann sie dir sagen, ob deine Schwester noch lebt.«

Arkeen spürte, dass ihn Eglans Aussage gleichermaßen freute wie verunsicherte. Was, wenn Lischa behauptete, dass Ashida tot war? Das wäre schlimmer, als wenn ihm ein Troll die Faust in den Magen rammen würde. Was aber, wenn es seiner Schwester gut ging und ihm die Fee verraten mochte, wo er sie finden konnte?

Neue Hoffnung wallte in Arkeen empor. Er musste es riskieren und Lischa befragen. Außerdem konnte es ja sein, dass sich die Fee irrte. Im schlimmsten Fall hatte er nachher Gewissheit über Ashidas Tod. Seine Unsicherheit, Zweifel und die Reue durften nicht länger in ihm schwelen und ihn innerlich auffressen. Die Qual musste ein Ende haben, ein für alle Mal.

Als Eglan nicht mehr das Wort ergriff, wandte sich Arkeen um und schritt auf den Zeltausgang zu.

»Eine Frage habe ich noch«, sagte der Karawanenführer und hielt inne. »Die Trolle wussten, wer du bist. Warum haben sie sich geweigert, dir zu helfen, wenn ihr Dunaaz nur beschützen wollt?«

Hinter Arkeen raschelte es, aber er wandte sich nicht um. Als Eglans Stimme erklang, war es dem Karawanenführer, als dringe sie aus weiter Ferne an sein Ohr.

»Ich habe gesagt, dass wir die Beschützer der Menschheit sind. Das ist die Wahrheit. Nur sind Trolle keine Menschen.«

~

Eine halbe Stunde später waren alle Zelte abgebaut und die Karawane abmarschbereit. Arkeen sah keinen Grund, weshalb sie auf Eglan besondere Rücksicht nehmen sollten. Der Fandriner hockte auf einem seiner Mandrakei, nicht so selbstgefällig und lässig wie sonst, aber er saß und hielt die Zügel des Kamels fest umklammert. Senashad hatte zuvor nach Eglans Hand gesehen, was in Arkeen ein absurdes Gefühl von Eifersucht weckte. Er konnte beim besten Willen nicht sagen, weshalb er derart heftig reagierte. Einmal mehr regten sich Zweifel in ihm, ob in der vergangenen Nacht nicht mehr geschehen war, als er wusste.

Arkeen stieg auf sein Kamel und gab den Befehl zum Aufbruch. *Konzentriere dich auf deine Aufgabe*, dachte er. *Diese Hexe ist nur eine von vielen, unbedeutenden Frauen in deinem Leben. Lass nicht zu, dass sie deine Gedanken beherrscht.*

Sie verließen die Oase, marschierten die Dünenkämme entlang Richtung Norden. Es war windstill und so blieb es auch, bis die Sonne ihren Zenit überschritten hatte. Die Hitze wurde unerträglich, weshalb Arkeen früher als gewöhnlich rasten ließ. Eglan, der sich wacker gehalten und keine Schwäche gezeigt hatte, stieg von seinem Kamel, legte sich unter eine Wüstenakazie und schlief auf der Stelle ein. Geolinsa, die nach dem Fandriner sah, verkündete, dass sein Zustand unverändert war. Immerhin ging es ihm also nicht schlechter.

Während der Ruhepause bemühte sich Arkeen, Senashad aus dem Weg zu gehen. Das war nicht sonderlich schwer. Die Bogenschützin spürte, dass Arkeen innerlich aufgewühlt war. Sie lächelte ihm zwar stets zu, wenn sie ihn erblickte, hielt im Übrigen jedoch Abstand. Arkeen war hin- und hergerissen. Sein Verlangen nahm in Senashads Nähe zu, im gleichen Maße regte sich aber auch sein schlechtes Gewissen. Die Hexe schien dieses Problem nicht zu haben, denn sie verhielt sich wie sonst. Arkeen fiel auf, dass sie oft mit anderen Männern schäkerte. Obwohl er wusste, wie lächerlich das war, verspürte er jedes Mal einen Stich in der Brust. Er besaß kein Recht, ihr Verhalten zu missbilligen. Sie hatten eine intensive, lustvolle Nacht verbracht. Das war alles.

Lischa gliederte sich überraschend schnell in die Gemeinschaft ein. Schon nach wenigen Stunden wurde die Morganafee von den Reisenden nicht mehr mit argwöhnischen Blicken bedacht, wenn sie zwischen den Kamelen umherflatterte, vor sich hin summte oder am Dünenhang eine Bruchlandung baute. Arkeen, der Lischa im Auge behielt, konnte nichts Verdächtiges feststellen, das Kimlins Skepsis gerechtfertigt hätte. Während der Mittagsrast unterhielt Lischa die Reisenden mit harmlosen Späßen und magischen Tricks. Sie wehrte sich weder gegen Usgards erneute Bannlegung, noch unternahm sie Anstalten, jemandem die Erfüllung eines Wunsches aufzudrängen. Es war, als hätte sie eine neue Lebensaufgabe gefunden, die darin bestand, als Spaßvogel die Gemeinschaft bei Laune zu halten.

Am Ende der Mittagsrast gelang es Arkeen, Lischa unter vier Augen zu sprechen.

»Ist es wahr, dass du Dinge sehen kannst, die andere nicht sehen?«

Die Morganafee zwinkerte mit ihren großen Kulleraugen.

»Du meinst … Unsichtbares?« Ihre Stimme lag irgendwo zwischen einem Flüstern und heiseren Raunen.

»So ungefähr. Vor Jahren wurde meine Schwester entführt und ich weiß nicht, ob sie noch am Leben ist.«

»Ach, du meinst Ashida?«

Woher kennt Lischa ihren Namen?, durchfuhr es Arkeen, aber er nickte bloß.

Die Morganafee legte ihre zarten, rosafarbenen Händen unter das Kinn und lächelte dem Karawanenführer zu. »Och, die lebt. Um deine Schwester brauchst du dir keine Sorgen zu machen.«

Arkeen spürte, wie sein Herz pochte. Wirre Gedankenfetzen wirbelten durch seinen Geist und seine Brust fühlte sich an, als müsse sie jeden Augenblick zerspringen.

Sie lebt … Ashida lebt! Erhitztes Blut toste durch Arkeens Körper, ließ ihn unversehens einen Schweißausbruch erleben. In seinen Ohren hörte er das Meer rauschen, als stünde er am Ufer des Schwarzen Ozeans. Der Duft von Zimt und Honig drang in seine Nase.

»Weißt du …« Arkeen unterbrach sich, biss sich auf die Unterlippe und begann erneut: »Weißt du, wo ich meine Schwester finden kann?«

»Nein.« Lischa lächelte unschuldig. »Aber du solltest Ashida auch nicht suchen. Sie will deinen Tod.«

~

Am späten Nachmittag kam kräftiger Wind auf, der den Sand in Wellen über die Dünenkämme fegte, das Marschieren erschwerte und auch die Kamele langsamer werden ließ. Staubfahnen hoben sich vom Boden und drangen durch die angefeuchteten Tücher vor Mund und Nase. Arkeen beschloss, ihre heutige Etappe früher zu beenden, und sah sich nach einer geeigneten Lagerstätte um. Er fand sie in einem Ring poröser Sandsteingebilde, zwischen denen Akazien und Fingersträucher dem Wüten der Shahakeen trotzten. Einen Brunnen suchte man dort zwar vergeblich, aber Arkeen hatte auch nicht mit einer Wasserstelle gerechnet. Heute und vermutlich auch morgen mussten sie mit ihren Vorräten auskommen.

Sobald das Lager für die Nacht gesichert war, winkte Arkeen Bogoran zu sich und berichtete ihm von Eglans Geständnis. Der Söldner war wenig überrascht.

»Ich hätte selbst darauf kommen müssen«, meinte er. »Die Tätowierung, die seltsamen Gebaren, seine auffällige Körperbeherrschung. Hätte ich etwas nachgedacht … Was soll ich sagen, ich werde alt.« Ein Schmunzeln wanderte über seine Lippen.

»Meinst du, seinen Worten ist zu trauen?«, fragte Arkeen. »Ich habe noch nie gehört, dass die Dunaaz Beschützer der Menschen sein sollen. Alle Erzählungen und Legenden besagen das Gegenteil.«

»Es heißt, die Dunaaz sind Meister der Lügengespinste. Andererseits weißt du so gut wie ich, welchen Wahrheitsgehalt die meisten Gerüchte haben, besonders jene, die schon über viele Münder gewandert sind. Ich habe dir doch erzählt, dass ich vor Jahren einen ähnlich Tätowierten kennengelernt habe. Wer weiß, vielleicht hat es sich ebenfalls um einen Dunaaz gehandelt. Der Fandriner war immer hilfsbereit und freundlich. Mir war er sympathisch, und du weißt, ich bilde mir auf meine Menschenkenntnis etwas ein.«

»Was sagt deine Menschenkenntnis zu Eglan?«

»Nichts. Das ist ja das Merkwürdige. Mir kommt es vor, als stehe der Gelbländer genau an jenem Punkt, an dem Wohlwollen und Abneigung zusammentreffen. Aber nicht nur hin und wieder, so wie bei anderen Menschen, sondern andauernd.«

»Kurz gesagt: Es ist besser, wenn wir ihm nicht trauen.«

»Ich werde mit Geolinsa sprechen. Sie war früher an geheimen Operationen der Stadtbrigade beteiligt. Die Einsätze haben sie auch nach Fandrin geführt. Gut möglich, dass sie verlässlichere Informationen zu den Dunaaz besitzt.«

Arkeen erzählte Bogoran von seinem Gespräch mit Lischa und ihrer Aussage, wonach Ashida am Leben war.

»Glaubst du ihr?«, fragte der Söldner.

»Wieso sollte sie lügen?«

»Sie ist eine Morganafee.«

»Ich spüre, dass Ashida noch da ist. Irgendwo.« Arkeen betastete die Brandwunde an seinem Unterarm. »Lischa hat mir nicht sagen können, wo ich Ashida finde. Sie behauptet, dass die Dinge, die sie sieht, Empfindungen gleichen, aber keine räumliche Lokalisierung zulassen. Sie spürt die Lebensfunken, die Schatten der Seelen, die uns begleiten, kann sie betrachten und weiß damit, mit welchen Personen wir verbunden sind.«

»Klingt abstrakt«, meinte Bogoran und schaufelte sich ein paar Blutnüsse in den Mund.

Arkeen war unsicher, ob er seinem Freund von Lischas zweiter Aussage berichten sollte. Wenn er das tat, würde Bogoran nach dem Warum fragen: *Weshalb sollte dich deine Schwester töten wollen?* Arkeen wusste den Grund. Aber die Wahrheit konnte er dem Krieger nicht verraten. Niemand durfte davon erfahren.

Der Ruf eines Wüstenfuchses schallte über die Dünen; zu nah und zu rau, um aus der Kehle eines Tieres zu stammen. Arkeen hob den Kopf und lauschte. Der Schrei wiederholte sich, ein zweites Bellen erklang. Bogoran und Arkeen sprangen auf, eilten aus dem Zelt und liefen die Düne empor. Der Ruf eines Wächters bedeutete potenzielle Gefahr, zwei Rufe hingegen eine akute Bedrohung.

Bogoran war schneller. Trotz seines fortgeschrittenen Alters waren seine Sprünge wie die eines Kaninchens. Leicht und geschmeidig schnellte er die Düne empor, ließ Arkeen hinter sich zurück. Der Karawanenführer fragte sich, wie es Bogoran gelang, so kräftig und agil zu bleiben. Ob es an den Blutnüssen lag, die er täglich zu sich nahm?

Die Krieger auf der Düne hatten sich in den Sand fallen lassen, spähten in die Wüste hinaus. Feiner, vom Wind getragener Staub wirbelte über den Kamm, als sich

Arkeen auf alle viere niederließ. Mit zusammengekniffenen Augen robbte er neben die Söldner. Der Karawanenführer glaubte Flügelschläge zu vernehmen, musterte den dämmrigen Himmel und die hohen, zerfransten Wolken am Firmament. Sie war da, er konnte sie nicht sehen, aber fühlte ihre Anwesenheit – Winshoa wachte über ihn.

Neben sich vernahm er Bogorans Stimme. »Thangir, du holst zwei Fadenzupfer. Sag Geolinsa, womit wir es zu tun haben. Vahlfa und Lasim sollen am Osthang emporsteigen, falls auch dort Kadrass auftauchen.«

»Kadrass?« Arkeen warf seinem Freund einen Blick zu.

»Sieh selbst.« Bogoran deutete in die Wüste hinaus.

Zwei Dünenhänge weiter bewegte sich etwas. Im schwachen Licht der Dämmerung war zunächst nur ein unstetes Wogen auszumachen. Dann jedoch gewahrte Arkeen unförmige Körper, getragen von zahlreichen langen und dünnen Gliedmaßen. Es waren nicht viele Kadrass, vielleicht sechs oder sieben.

Ein schabendes Geräusch ließ Arkeen herumfahren. Für einen Moment war er der Überzeugung, dass ihnen die Kadrass einen Hinterhalt gelegt hatten. Aber es war nur Bazibb, der herbeigeeilt kam. Als er den Dünenkamm erreichte, sprangen Flammen aus seinen Händen, umhüllten seine knochigen Finger.

»Weg mit dem Feuer«, befahl Arkeen. »Das leuchtet im Dunkeln wie eine Fackel.«

»Kadrass sind doch fast blind«, verteidigte sich Bazibb und zog eine Schnute. Aber er gehorchte, ließ die Flammen verschwinden und verschränkte die Arme.

»Wo ist Usgard?«, entfuhr es Arkeen. Der Druide hätte längst auf die Warnrufe reagieren und zu ihnen stoßen müssen.

»Vorhin hat er den Bannkreis gezogen«, meinte einer der Soldaten. »Nicht weit von der Stelle, an der sich die Kadrass befinden. Keine Ahnung, wohin er verschwunden ist.«

Arkeen kniff die Augen zusammen und musterte die windgepeitschten Dünenhänge. Eine menschliche Gestalt war nirgends zu sehen. Leider zeigte sich auch kein grünlicher Schimmer rund um das Lager, was bedeutete, dass Usgard den Bannkreis nicht vollendet hatte. Bei Annäherung der Kadrass hätte er zu glühen begonnen und wäre ein kaum zu durchbrechender Schutzschild gewesen.

»Der Bann ist nicht fertig«, sprach Bogoran aus, was sie alle bereits erkannt hatten.

Arkeen spürte die Unruhe, die einige der Krieger erfasste. Es war besser, wenn sie nicht zu viel über den fehlenden Bannkreis nachdachten.

»Anzeichen für Sandläufer?«, fragte er ruhig.

»Nein.« Bogoran schirmte sein Gesicht gegen den Flugsand ab. »Die Insekten stehen dicht beisammen und bewegen sich langsam voran. Das heißt, es dürfte sich nur um diese Gruppe handeln. Sie wirken nicht aggressiv, halten ihre Klauen und Fühler gesenkt. Vermutlich haben sie uns nicht entdeckt.«

»Bei diesem Sturm und dem vielen Staub wird es auch so bleiben«, ergänzte der Söldner, der bereits zuvor gesprochen hatte und der bis auf Bogoran am gleichmütigsten wirkte. Arkeen glaubte sich zu erinnern, dass der Name des langhaarigen Mannes Obunis war.

»Wieso?«, fragte ein anderer.

»Die Sinne der Kadrass sind geschwächt. Ich habe das zweimal erlebt. Das erste Mal bei so Bedingungen wie heute. Wir waren unvorsichtig, sind praktisch über die

Insekten gestolpert. Sie haben uns attackiert, aber ihre Angriffe waren verhalten und zögerlich. Dann haben wir erkannt, dass ihre Koordination beeinträchtigt ist. Sie haben uns nicht richtig wahrnehmen können, sind einfach in unsere Schwerter gelaufen. Die Kadrass waren wie eine Herde Schafe, denen das Leittier abhandengekommen ist.«

Arkeen betrachtete die Gruppe Insekten, die sich durch das Sandfegen kämpfte. »Was ist das zweite Mal geschehen?«

»Ein Sandsturm ist aufgezogen. Das war bei einem Scharmützel vor den Toren Abronns. Die Kadrass haben komplett die Orientierung verloren, sind reglos dagestanden und haben sich ohne Gegenwehr erschlagen lassen. Ich habe Brüllschrecken gesehen, die vom Himmel gefallen sind, Pfeilwanzen, die sich gegenseitig durchbohrt haben, Sandläufer, die auf dem Rücken gelegen sind und hilflos mit den Beinen gezappelt haben.«

»Deshalb greifen Kadrass nur an, wenn der Wind schwach ist«, ergänzte Bogoran. »Zumindest hier in der Shahakeen.«

»Moment.« Einer der Soldaten kniff die Augen zusammen. »Ich glaube, sie werden langsamer.«

Der Tross aus Chitinleibern kam zum Stillstand. Zwei der Kadrass scherten aus der Gruppe aus und bewegten sich mit kleinen, bedächtigen Schritten in ihre Richtung. Die Insekten staksten von links nach rechts, als wären sie auf der Suche nach etwas. Sie überschritten den Dünenkamm. Jetzt befanden sie sich auf Augenhöhe mit Arkeen und den Soldaten, nur getrennt durch eine letzte Senke. Unschlüssig verhielten die Kadrass, reckten ihre Schädel empor, als wollten sie Witterung aufnehmen. Eines der

Wesen besaß lange Fühler mit knotigen Enden, die im Wind wippten wie Fahnenstangen.

Leise Schritte näherten sich. Hinter Arkeen ließen sich Geolinsa und zwei weitere Eliteschützen in den Sand fallen. Ein Hauch von Enttäuschung erfasste Arkeen. Senashad war nicht unter ihnen.

Geolinsa trug ihren Bogen in der Hand. Auf der Sehne lag ein Pfeil aus dunklem Akazienholz mit auffallend schmaler Befiederung. Das schwere Material und die gestutzten Federn sollten verhindern, dass das Geschoß vom Wind vertragen wurde.

»Soll ich schießen?«, fragte sie an Bogoran gewandt.

»Auf die Entfernung?«, murmelte Arkeen.

Die Kadrass waren mehr als fünfzig Meter entfernt. Zudem fauchte der Sand über die Dünen und auch die fortgeschrittene Dämmerung erschwerte die Sicht. Arkeens Meinung nach war ein sicherer Schuss trotz der speziell angefertigten Sturmpfeile ein Ding der Unmöglichkeit.

Geolinsa lächelte. Ihre Gesichtszüge wirkten das erste Mal wie die einer Frau.

»Mein Pfeil geht nicht fehl. Drei Sekunden, und beide Kadrass sind ausgeschaltet.«

»Nein.« Bogoran regte sich nicht. Seine Stimme war kaum mehr als ein Raunen im Wind. »Ich glaube nicht, dass ... Ah, sie kehren um.«

Die Kadrass marschierten über die Düne zurück und schlossen sich den übrigen Insekten an. Der Trupp zog weiter und verlor sich nach wenigen Minuten zwischen Sanddünen und wirbelnden Staubwolken.

»Schade«, quäkte Bazibb und seine Spitzohren flatterten. »Hätte gut Lust gehabt, den Insekten die Ärsche zu brutzeln.«

»Wir werden die Wachen verdoppeln«, knurrte Bogoran und erhob sich.

»Seht!« Obunis deutete auf die Stelle an der Düne, wo vor Kurzem die beiden Kadrass gestanden hatten. Eine Gestalt war dort erschienen und klopfte sich den Staub von der Kutte – Usgard. Geduckt eilte er auf sie zu, stapfte die Düne empor und ließ sich neben ihnen in den Sand plumpsen.

»Uff«, japste der Druide. »Das war knapp. Ich habe sie erst bemerkt, als sie schon fast heran waren. Zum Weglaufen war es zu spät, also habe ich einen Blendzauber gewirkt. Hat offensichtlich funktioniert.«

»Offensichtlich«, brummte Arkeen und richtete sich auf. »In Zukunft wirst du bei der Bannlegung von einem Krieger begleitet. Es wäre tragisch, wenn du von Insekten zerfleischt wirst.«

»Danke.«

»Tragisch für uns. Und jetzt mach den Bannkreis fertig.«

Kunahn

*D*ie nächsten Tage verliefen ereignislos. Weder Kadrass, noch andere feindlich gesonnene Wesen ließen sich blicken. Dank Senashads Magie verheilten Eglans Wunden rasch. Dem Fandriner ging es bald besser, auch wenn ihn Arkeen mehrmals dabei ertappte, wie er mit einem verlorenen Gesichtsausdruck auf seine verstümmelte Hand starrte. Dennoch durfte er sich glücklich schätzen. Da er nur den kleinen Finger sowie die ersten beiden Glieder seines Ringfingers eingebüßt hatte, würde er mit etwas Übung sogar ein Schwert führen können. Bogoran war hierfür der beste Beweis, hatte er doch vor siebzehn Jahren ebenfalls die beiden kleinen Finger seiner linken Hand verloren.

Arkeen konzentrierte sich auf seine Tätigkeit als Leiter der Reisegruppe. Er kontrollierte die Lagerplätze besonders gewissenhaft, besprach täglich mit Bogoran die Herausforderungen des Tages, wirkte beim Abendgesang mit, unterstützte die Nachtwache und überprüfte Usgards tadellos gewebten Bannkreis um das Lager.

Einen Tag später als geplant, am achtzehnten ihrer Reise, erreichten sie die Oase Kunahn.

In der Shahakeen, besonders nach Osten zu, gab es zahlreiche Wüsteninseln und fruchtbare Stellen, an denen neben schattenspendender Vegetation auch Wasser zu finden war. Aber keine dieser Oasen glich Kunahn.

Da war zunächst ihre Ausdehnung. Im Gegensatz zu den meisten anderen Wüsteninseln maß sie nicht nur wenige Dutzend Schritte im Durchmesser, sondern war so groß wie eine Stadt. In vielen Oasen drang das Wasser auch nicht bis an die Oberfläche, sondern war bestenfalls über einen Brunnen zu erreichen. Kunahn hingegen besaß drei größere Seen, in denen es sogar Fische gab. Daneben war die Vegetation atemberaubend. Es gab Dattelpalmen, Nanabrot-Bäume, wilde Feuermelonen, Zuckergras, Bananenstauden, Trollbeeren, Feigen- und Mangobäume, Hirsefelder, Faserschilf-Dickichte, Wüstenfarne, Boxenkraut-Haine, Blutnusssträucher, Zitrusfrüchte und andere Pflanzen, von denen Arkeen nicht einmal den Namen kannte. Außerdem war Kunahn das ganze Jahr über ein Meer aus Blüten. Sie säumten die Wasserflächen, wuchsen an schattigen Plätzen, schufen verschlungene Wege und romantisch versteckte Stellen im Gebüsch. Zuletzt gab es in Kunahn mehr bunte Singvögel, als an jedem anderen Ort in der Shahakeen. Die Luft war erfüllt vom Gezwitscher und Tirilieren der Gefiederten. Sogar in der Nacht herrschte eine Geräuschkulisse, die einem das Gefühl gab, in einem paradiesischen Garten zu schlafen.

Ein solches Gefühl empfand auch Arkeen, wenn er sich in der Oase aufhielt. Es war ein Ort elysischen Friedens, erfüllt von Leichtigkeit und Lebensfreude, in der alle Probleme, Schicksalsschläge und düsteren Gedanken verblassten und bedeutungslos wurden.

Aber es gab einen Grund, weshalb nicht sämtliche Arkeaner nach Kunahn drängten, um dort im Überfluss zu leben. Die Idylle besaß einen Schönheitsfehler, genau genommen sogar zwei. Sie waren auch die Ursache dafür, dass die Oase keine ständigen Bewohner hatte.

Der erste Makel bestand darin, dass die Ausdünstungen der überall anzutreffenden dunkelblauen Blütenpflanzen, von den Wüstenbewohnern *Traumblumen* genannt, eine berauschende Wirkung entfalteten. Innerhalb weniger Tage führte der intensive Duft zu einem verträumt-gleichgültigen Verhalten und in weiterer Folge zum geistigen Verfall. Der zweite Grund war das Wesen, das im größten der Seen hauste und in der Stunde nach Mitternacht durch Kunahn streifte, um zu jagen.

Sie ritten an den ersten Ausläufern der Oase vorbei, einer Gruppe Nanabrot-Bäume. Arkeen fragte sich, ob es Zufall war, dass Nana so hieß. Die hellen Früchte der mehrstämmigen Gehölze sahen ein wenig aus wie Teigfladen, schmeckten herb und süßlich, waren aber auch sauer und ein wenig scharf. Gewissermaßen vereinten sie sämtliche Geschmacksempfindungen in einer Frucht. Arkeen mochte Nanabrot, nur leider konnte man es schlecht lagern, da es rasch verdarb.

Ausrufe des Entzückens drangen an Arkeens Ohr. Offenbar waren einige der Reisenden noch nie in Kunahn gewesen. Arkeen beschloss, dass eine kurze Einweisung notwendig war, ließ die Karawane anhalten und einen Halbkreis um ihn bilden.

»Wir verbringen den heutigen Nachmittag in der Oase«, sagte er. »Wer noch nie in Kunahn war: Ihr könnt euch frei bewegen, es gibt weder Saugschlingen noch Gnome, nur vereinzelt harmlose Krustenskorpione, und an den Seen auch keine Scheichfrösche.«

Bei seinen letzten Worten war Arkeen in Versuchung, sie direkt an Eglan zu richten, verzichtete aber darauf. Es brachte nichts, den Fandriner vor den übrigen Reisenden zu demütigen.

»Allerdings gibt es drei Regeln, an die ihr euch halten müsst. Erstens: Riecht nicht an den dunkelblauen Blumen. Sie verwirren eure Sinne. Zweitens: Wir treffen uns spätestens am Ende der zwölften Tagstunde wieder hier und übernachten in der Gruppe. Drittens: Wenn ihr in der Nacht ein Flüstern oder Singen vernehmt, ignoriert es. Sofern ihr den Morgen erleben wollt, verlasst auf keinen Fall den Bannkreis.«

~

Arkeen nutzte die folgenden Stunden für verschiedene Dinge: Zunächst genoss er ein ausgiebiges Bad in einem der Seen, wusch seine staubige Kleidung und rasierte seinen Dreitagesbart. Danach gönnte er sich zusammen mit Bogoran ein reichhaltiges Festmahl. Sie aßen Getreidebrei, mehrere von Winshoa gefangene und gegrillte Singvögel sowie Sandfinken-Omeletts mit rotem Pfeffer. Dazu sammelten und verzehrten sie die Früchte und Samen der Oase, darunter Bananen, Feuermelonen, Blutnüsse und Nanabrot. Schlussendlich nahm Arkeen seinen Schwarzlehmgriffel zur Hand und verfasste einen belanglosen Brief an Quendor, in dem er sämtliche Zwischenfälle der vergangenen Tage verschwieg. Er reichte das Schreiben an Usgard weiter, der versprach, die mentale Botschaft noch vor Sonnenuntergang zu übermitteln.

Arkeen war gerade dabei sein Kamel zu bürsten, als Lischa herangeschwebt kam.

»Du, Arkeen?« Die Morganafee flatterte unschlüssig auf der Stelle und wiegte ihren großen Kopf. »Müssen wir die Nacht hier verbringen?«

»Wo denn sonst?« Dem Karawanenführer fiel auf, dass Lischas Flügel zum Großteil verheilt und die Löcher zusammengewachsen waren. Nur an einer Stelle zeigte sich der Rest einer Brandwunde.

»Ein bisschen weiter draußen, irgendwo zwischen den Dünen.«

»Das ist zu gefährlich. Im Umland gibt es viele Saugschlingen, vor allem aber Gnome. Siehst du dort drüben am Hang die schwarzen Punkte? Das sind wahrscheinlich welche.«

»Das macht doch nichts. Wir haben Usgard.«

Arkeen betrachtete das treuherzige Gesicht der Morganafee. Es verwunderte ihn, wie dieses naive und unwissende Geschöpf so lange in der Wüste hatte überleben können.

»Usgard ist nicht allmächtig. Wüstengnome sind tückische Wesen. Ich habe erlebt, wie sie vermeintlich sichere Bannkreise überschritten haben, weil der Druide nicht sorgsam genug war. Sind die Gnome erst mal im Lager, endet das nicht gut.«

»Ich meine nur, weil …« Lischa riss die großen Augen auf, ihr Stupsnäschen kräuselte sich. »Das Ding in dem See, das … macht mir Angst.«

Ein mildes Lächeln erschien auf Arkeens Zügen. »Mach dir keine Sorgen. Vor diesem Wesen können wir uns sehr gut schützen. Bleib über Nacht im Lager, dann kann dir nichts geschehen.«

»Na gut, wenn du meinst.«

Lischa machte kehrt und flatterte davon. Noch während Arkeen überlegte, woher die Morganafee das Geschöpf im See kannte und weshalb es ihr Angst einjagte, trat Usgard heran.

»Ich habe bereits eine Rückmeldung von Chaspa erhalten«, sagte der Druide und reichte Arkeen ein Blatt Papier, das seinem Aussehen nach mindestens dreimal zerknüllt, wieder glattgestrichen und dazwischen in Schlammwasser getunkt worden war.

Liebster Bruder, las Arkeen. *Es freut mich, dass alles nach Plan läuft und ihr gut vorankommt. Ich habe nicht viel Neues zu berichten, nur eine Kleinigkeit: Bis auf Weiteres habe ich Nana bei mir aufgenommen. Damit meine ich, bis du zurück bist. Dann werden wir die Angelegenheit besprechen und eine Lösung finden. Quendor*

Arkeen ließ die Nachricht seines Bruders sinken und verzog das Gesicht. Es war typisch für Quendor, dass er den hilfsbereiten Wohltäter spielen musste. Arkeen hätte sich schon um Nana gekümmert, sobald er nach Warnack zurückgekehrt wäre. Allerdings auf seine Weise.

Arkeen erinnerte sich an das Kind, das Nana erwartete. Er dachte an seinen übereifrigen Bruder mit seinen philanthropischen Neigungen, an Jolas Grinsen, an Senashad und die Nacht, die sie zusammen verbracht hatten. Zuletzt dachte er an Ashida.

»Bazibb!«, rief er und wartete ungeduldig, bis der Feuerkobold herangetrippelt kam.

»Was gibt's?«

Arkeen zerknüllte Quendors Schreiben und warf es auf den grasbedeckten Wüstenboden. »Verbrenne das.«

~

»Wo ist Kimlin? Hat jemand die Mümmelfrau gesehen?«

Die erste Nachtstunde war zur Hälfte verstrichen und alle Teilnehmer der Karawane hatten sich bei den Nanabrot-Bäumen eingefunden. Alle, bis auf Kimlin.

»Vor drei Stunden ist sie am Ufer des großen Sees spaziert«, sagte Eglan.

»Seitdem hat sie niemand zu Gesicht bekommen?«

Die übrigen Reisenden schüttelten den Kopf.

»Dann müssen wir sie suchen«, stellte Arkeen fest.

Erregtes Murmeln wurde laut. Vor allem eine Stimme war bemüht, sich Gehör zu verschaffen.

»Ist das notwendig?«, keifte Sansuun. »Sie ist ein Mümmel, die kann schon auf sich aufpassen.«

»Nicht hier«, widersprach Arkeen. »Nicht um Mitternacht.«

»Na und? Glaubst du, ich bringe mich für einen Mümmel in Gefahr?«

Zustimmendes Raunen aus dem Publikum. Arkeen betrachtete Sansuuns schiefe Gesichtszüge. Viel mehr als Abscheu war da nicht zu erkennen.

»Sie hat dir das Leben gerettet.«

»Du meinst die Saugschlinge? Das war ein glücklicher Zufall.«

Sansuuns Abneigung gegenüber der Mümmelfrau musste tief verwurzelt sein. Womöglich lag dies an seinem Vater. Scheich Thorim war nicht nur jähzornig, sondern auch dafür bekannt, Toleranz gegenüber Andersartigen als Fremdwort zu betrachten.

»Ich werde gehen«, sagte Arkeen. »Bazibb, du kommst mit, dein Feuer kann hilfreich sein. Usgard – auch du wirst mich begleiten.«

Der Druide war über diesen Befehl wenig erfreut. Arkeen sah ihm an der Nasenspitze an, dass er viel lieber im Lager geblieben und mit den Reisenden eine Runde Dreiark gespielt hätte, so wie an den letzten Abenden. Arkeen war damit einverstanden gewesen, nachdem Usgard hoch und heilig versprochen hatte, dass sie nicht um Geld spielen würden.

»Ich komme auch mit«, erklang eine Stimme.

»Nein, Eglan«, erwiderte Arkeen und warf dem Fandriner einen scharfen Blick zu.

»Aber ich …«

»Nein«, wiederholte Arkeen. »Keine Widerrede. Muss ich dich daran erinnern, was bei deinem letzten Ausflug passiert ist?«

Eglan senkte den Kopf und schwieg.

»Ich werde dich begleiten.«

Es war Senashad, die gesprochen hatte. Sie lächelte, begegnete Arkeens Blick. Der Karawanenführer spürte, wie sich zwischen seinen Beinen etwas zu regen begann.

»Du bleibst hier«, erwiderte Arkeen. Ein Schwall Hitze brach aus seinem Inneren, stieg ihm in den Kopf. Seine Wangen mussten in wenigen Augenblicken wie Wachs zerfließen, sein Schädel einem roten Ball aus Flammen weichen.

»Nein, ich komme mit.« Senashad hob das Kinn, ihre Augen funkelten. »Erstens habe ich schon oft mit Kimlin gesprochen. Ich weiß, wie sie denkt. Zweitens besitze ich heilende Fähigkeiten. Und drittens bin ich eine Frau.«

Genau das ist das Problem, schoss es Arkeen durch den Kopf.

»Das stimmt«, hob Geolinsa an. »Falls eure Suche länger dauert: Eine Frau hat von dem Wesen im See nichts zu befürchten. Senashad kann euch schützen.«

Arkeen wollte zwischen seine Beine greifen, sein hartes, pochendes Glied zurechtrücken. Er wollte seinen Kopf in den See tunken, das lodernde Feuer ersticken. Er wollte Senashad an seine Brust ziehen, ihr die Kleider vom Leib reißen und …

»Meinetwegen«, stieß er hervor. »Wir brechen auf, sobald Usgard mit der Bannlegung fertig ist.«

Arkeen wandte sich ab und marschierte zum Rand des Lagers; derart überhastet, dass es nach einer Flucht aussehen musste. Er lehnte sich gegen einen Nanabrot-Baum und starrte ins Leere.

Was, zum Kadrass, hatte Senashad mit ihm gemacht? Er konnte nicht glauben, dass seine irrationalen Gedanken und die heftigen körperlichen Reaktionen allein an seiner sexuellen Begierde lagen.

Arkeen blickte zu den hellen Früchten über seinem Kopf empor. Er war immer der Ansicht gewesen, dass er immun gegen die Verführungskünste der Frauen war. Selbst bei Nana war es ihm nie so ergangen, wie jetzt mit Senashad. Sie *musste* etwas mit ihm angestellt haben. Vielleicht ein Liebestrank? Die Hexe hatte selbst behauptet, Kräutersäfte herstellen zu können.

»Arkeen?«

Bogoran näherte sich bedächtig aber aufmerksam, ließ den Karawanenführer nicht aus den Augen. »Kann ich etwas für dich tun?«

Arkeen schüttelte den Kopf. »Es geht schon wieder. Ich wollte nur kurz allein sein.«

»Senashad ist eine gute Frau.«

Arkeen seufzte tief. Natürlich, Bogoran war nicht blind. Und dumm schon gar nicht. Außerdem besaß er eine hervorragende Menschenkenntnis.

»Meinst du? Es ist nur … in ihrer Nähe fühle ich mich gleichzeitig hilflos, euphorisch, beschämt und durcheinander.«

»So ist das, wenn man verliebt ist.«

Arkeen schloss die Augen. Verliebtheit? War dies das ganze Geheimnis? Ihm fiel eine Redewendung ein: *Wer unfähig ist zu lieben, ist ebenso unfähig glücklich zu sein.*

War er zufriedener, jetzt, mit diesem neuen, ungewohnten Gefühl in der Brust? Traf es zu, dass er seine Empfindungen nicht akzeptieren wollte? Vielleicht deshalb, weil sie ein Zeichen von Schwäche waren. Weil in der Wüste Empfindsamkeit keinen Platz hatte. Weil die damit einhergehenden emotionalen Schwächen wie Unentschlossenheit und Ohnmacht der Grund waren, weshalb sein Vater gestorben war.

»Wir brechen auf«, sagte Arkeen. »Sollte Kimlin in unserer Abwesenheit ins Lager zurückkehren, schickt einen brennenden Pfeil in den Himmel.«

Bogorans Augenbrauen wanderten zusammen. Er ahnte, dass Arkeen nur halb so ruhig war, wie er tat.

»Was ist, wenn ihr bis Mitternacht nicht zurück seid?«

»Wir werden zurück sein. Andernfalls sind wir tot.«

~

Arkeen rieb sich die Augen, hielt einen Moment inne und blickte zu den Sternen empor. Eine milde, feuchte Brise ließ die Blätter der Bäume erzittern. Unsichtbare Vögel sangen und tirilierten in den Wipfeln. Hoch und bellend drangen die Laute der Wüstenfüchse von den Dünen herab. Der Duft des Blütenmeeres zu ihren Füßen schwängerte die Luft, auf der Zunge lag der Geschmack von reifen Früchten, Akazienhonig und feuchter Erde.

Seit mehr als vier Stunden durchkämmten sie die Oase, bislang ohne Erfolg. Inzwischen war auch die sechste Nachtstunde zur Hälfte verstrichen. Wenn sie Kimlin in den nächsten Minuten nicht fanden, mussten sie umkehren. Niemand hielt sich zwischen Mitternacht und dem Beginn der achten Stunde in Kunahn auf, zumindest nicht ohne mächtigen Schutzzauber.

»Wir müssen ins Lager zurück«, betonte Usgard, der bereits vor geraumer Zeit darauf plädiert hatte, den Rückweg anzutreten.

»Moment.« Senashad deutete auf einen Ausläufer des Sees vor ihnen. »Dort vorne. Ich glaube, ich sehe sie.«

Ein dichter Boxenkraut-Hain mit kurzstämmigen, breit gefächerten Palmen bot einen schmalen Durchgang zum Ufer des Sees. Dazwischen lag ein Meer dunkelblauer Blüten. Die Mümmelfrau hockte mit gesenktem Kopf in der Wiese und summte leise vor sich hin.

»Kimlin?«

Keine Reaktion.

Arkeen ging in die Hocke, sah in Kimlins große Augen. Sie waren glasig, aber erfüllt von naiver Glückseligkeit, zeigten einen Ausdruck einfältiger Freude. Kein Verstehen lag in ihrem Blick. Wo auch immer sich die Mümmelfrau gerade befand, es war nicht im Hier und Jetzt.

»Die Traumblumen«, murmelte Arkeen. »Sie muss daran gerochen haben.«

»Soll ich das Grünzeug verbrennen?«, knarzte Bazibb.

Arkeen schüttelte den Kopf. »Das bringt nichts. Sie ist bereits zu tief versunken.«

»Vielleicht kann ich etwas tun«, meinte Senashad und legte ihre Hand auf Kimlins Stirn. Die Hexe schloss die Augen, ihre Lippen formten unhörbare Worte.

Ein Zittern lief über Kimlins Gestalt. Sie wäre vornüber gekippt, hätten Senashad und Arkeen nicht zugegriffen und sie aufgefangen.

»Was … was ist los?« Die Mümmelfrau stierte in die Runde.

»Kimlin?« Arkeen ergriff den haarigen Oberarm der Frau und suchte ihren Blick. »Erkennst du mich?«

»Arkeen«, murmelte sie. »Senashad. Usgard. Und Bazibb.«

»Na bitte«, frohlockte der Feuerkobold und klatschte in die Hände. »Jetzt wird alles gut.«

Der Gesang der Nachtvögel verebbte. Es geschah rasch, innerhalb weniger Augenblicke, und hinterließ eine Stille, in der jeder Atemzug einem Schnaufen glich. Das war ein schlechtes Omen. Es musste unmittelbar vor Mitternacht sein.

»Ich spüre etwas«, raunte Usgard, die Augen zur Hälfte geschlossen. Sein geflochtener Bart erzitterte. »Sie ist erwacht.«

Wortlos halfen Arkeen und Senashad der Mümmelfrau in die Senkrechte. Sie schwankte, wurde aber mit jeder Sekunde sicherer.

»Es tut mir leid«, flüsterte Kimlin und biss sich auf die Unterlippe. »Ich hätte niemals …«

»Nicht jetzt«, unterbrach sie Arkeen. »Wir müssen ins Lager zurück.«

Im Laufschritt eilten sie durch die Oase. Nach wenigen Atemzügen fing Usgard an zu keuchen. Speichel sammelte sich in seinen Mundwinkeln und tropfte zu Boden. Arkeen konnte nicht sagen, ob dies an seiner körperlichen Verausgabung lag oder schlimmere Gründe hatte.

»Schneller«, presste Usgard hervor.

Dann hörten sie es. Anfangs war das Geräusch leise, kaum mehr als ein Windhauch. Ein Flüstern wie raschelnde Blätter, ein Murmeln wie ein stiller Bachlauf. Es war eine menschliche Stimme, und doch wieder nicht. Ein Gesang ohne verständliche Worte. Ein unheimliches Raunen, das die Haare zu Berge stehen ließ, den Pulsschlag beschleunigte und den Verstand aus den Gehirnwindungen presste.

»Sie ist … hinter uns«, stieß Usgard hervor. »Kommt näher.«

Der Lagerplatz kam in Sicht. Gleichzeitig wurde der Gesang lauter. Arkeen wandte den Kopf – und bereute es im gleichen Moment. Sie wurden verfolgt. Eine milchig weiße, annähernd menschliche Gestalt hatte sich an ihre Fersen geheftet und holte immer weiter auf. Ob sie Füße besaß, konnte man nicht sagen. Das Wesen berührte weder die Grashalme noch Sandkörner unter sich, glitt schwerelos darüber hinweg.

Arkeens Gedanken wurden träge, seine Körpersinne versagten. Aus dem Lauf des Karawanenführers wurde ein Taumeln. Arkeen sah, dass es den anderen ebenso erging. Die verstörende Wirkung des Gesangs intensivierte sich, je näher ihnen das unheimliche Geschöpf kam.

Bazibb erreichte den Bannkreis zuerst. Die Barriere aus Seelensalz, die das Lager umgab, verfärbte sich für einen Moment violett, dann hatte sie der Feuerkobold überschritten. Usgard folgte, der Bann zeigte einen bläulichen Schimmer. Als Arkeen, Senashad und Kimlin über den magischen Schutzkreis stolperten, stoben Funken auf. Blaue, schwarze sowie rote Schlieren wanderten über den Boden. Etwas daran kam Arkeen seltsam vor, aber die betörenden Laute der Kreatur wirbelten seine rationalen Gedanken davon wie über Dünenkronen gefegter Sand.

Sobald Arkeen den Bannkreis überschritten hatte, wurde es besser. Die rauschartigen Empfindungen verblassten, seine Sinne klärten sich. Er sah, dass sich das Lager in einen Bienenschwarm verwandelt hatte. Menschen hasteten umher, wichen vom Bannkreis zurück, riefen durcheinander und drängten sich in Gruppen zusammen.

Der Gesang der Kreatur verebbte. Die weiße, substanzlos erscheinende Gestalt hatte den Bannkreis erreicht, stand davor, das gesichtslose Haupt zur Seite geneigt, als würde sie darüber sinnen, ob sie die Barriere überschreiten sollte.

»Usgard!«, rief Arkeen. »Hält der Bann?«

»Natürlich.« Der Druide lallte, und das lag sicher nicht an dem Genuss von zu viel Akazienbier.

»Eine Banshee«, flüsterte Eglan. »Ein Geschöpf, weder tot noch lebendig. Es heißt, die Todesfee singt mit der Stimme der Götter. Deshalb sind ihre Klänge so unwiderstehlich.«

Die Banshee wich zurück. Ihr Gesang brauste erneut empor, eine silbenlose Stimme, die durch Mark und Bein ging. Allerdings war die betörende Wirkung im Inneren des Bannkreises kaum zu spüren.

Arkeen blickte zu den Sternen auf. Die siebte Nachtstunde war gerade erst angebrochen. Falls die Banshee keine anderen Opfer witterte, würde sie die restliche Zeit bis zum Ende der siebten Stunde vor dem Bannkreis verharren. Arkeen war unsicher, ob nicht einer der Reisenden in Panik geraten und aus dem Lager flüchten würde – was einem Todesurteil gleichkam.

Der Gesang der Banshee verebbte abermals. Diesmal war es kein allmähliches Abklingen, sondern ein jähes, krächzendes Verstummen, das Arkeen die Zähne zusammenbeißen ließ.

Die Banshee riss den Kopf empor. Ein weibliches, annähernd menschliches Gesicht manifestierte sich in den weißen Wogen.

»Eine Fee!«, brüllte die Untote mit einer Stimme, die aus Messerklingen geformt war. »Ihr habt eine Fee zu mir gebracht!«

Arkeens Blick fiel auf die kaninchengroße, in der Luft schwebende Gestalt, ein paar Schritte hinter ihm. Lischa wirkte völlig entgeistert. Ihre Schmetterlingsflügel schlugen nicht. Sie klebte in der Luft wie ein festgepinntes Insekt. Ihre aufgerissenen Augen waren auf die Banshee gerichtet. Bodenloses Entsetzen lag in ihrem Blick.

Die Banshee brüllte vor Wut, ihre Gesichtszüge verformten sich – und der Bannkreis erglühte. Die geschlossene Linie aus Sandkörnern und Seelensalz färbte sich rot, blutrot. Dann hob sich die oberste Sandschicht vom Boden, der Ring zuckte und verbog sich wie ein gefangener Wurm.

Arkeen verstand nicht, was vor sich ging, weshalb die Todesfee den Bannkreis kontrollieren konnte. Aber er begriff, dass ihnen die Barriere aus Seelensalz keinen Schutz mehr bieten würde und sie der Banshee auf Gedeih und Verderb ausgeliefert waren.

»Usgard!«, brüllte Arkeen, aber die Augen des Druiden waren glasig, er regte sich nicht.

Der Karawanenführer sah es kommen und reagierte trotzdem zu spät. Galdiron, einer von Sansuuns Brüdern, war der Erste, der die Beherrschung verlor. Er stieß einen gurgelnden Schrei aus, fasste sich mit beiden Händen an den Kopf und stürmte auf die Banshee zu. Arkeen wollte zupacken, als Galdiron an ihm vorbeistolperte, aber er war nicht schnell genug. Kurzentschlossen wandte er sich um und nahm die Verfolgung auf.

Galdiron kreischte noch lauter. Sein verkümmertes Bein schien kaum den Boden zu berühren, der Abstand zwischen ihm und Arkeen vergrößerte sich. Die Banshee breitete in einer einladenden Geste die Arme aus. Der Flüchtende erreichte die weiße Gestalt – und brach mitten hindurch. Die Todesfee besaß nicht mehr Substanz als eine Nebelschliere. Aber im Gegensatz zu einer solch harmlosen Wolke aus Wassertropfen war ihre Umarmung tödlich.

Galdirons Geschrei verstummte. Er taumelte noch zwei Schritte weiter, dann klappte er zusammen wie ein Sack Mehl. Es gab keinen Zweifel, dass Sansuuns Bruder tot war. Niemand überlebte den Kontakt mit einer Banshee. Arkeen konnte nichts mehr für ihn tun.

Er wurde nicht langsamer.

Arkeen hätte anhalten und zurückweichen sollen, aber seine Beine gehorchten ihm nicht. Zügig schritt er auf die Banshee zu.

Noch fünf Meter.

Noch drei.

Er vernahm einen Aufschrei hinter sich – Senashad? Eine tiefe Stimme, einen warnenden Ruf – Bogoran? Einen krächzenden, gequälten Laut – Bazibb?

Ein eisiger Hauch schlug ihm entgegen. Die Kälte drang in seinen Körper, lähmte seinen Geist.

Noch zwei Schritte.

Noch einer.

Etwas traf Arkeen an der Brust. Es war wie eine Hand, eine warme Hand, die ihn zurückstieß. Arkeen stolperte, fiel auf den Hosenboden. Die Kälte und das Gefühl von Benommenheit verschwanden.

»Du bist ein Gezeichneter«, sagte die Banshee.

Wieder hatte sie ein Gesicht. Augen so weiß wie Seelensalz, die auf Arkeen herabblickten, pupillenlos und erfüllt von etwas, das tiefer blickte, als jedes Menschenauge. Ihre Stimme war ein sanfter, melodischer Singsang. Es war die Sprachmelodie einer Frau; einer Frau, die unermessliches Leid erfahren hatte. Nichts war mehr von dem überirdischen Zwang zu spüren, den ihr Gesang ausgelöst hatte.

»Gezeichnet, gezeichnet …« Die Stimme der Todesfee brach. Arkeen fühlte eine Trauer, die nicht seine eigene war. Wäre die Banshee menschlich gewesen, hätten Tränen in ihren Augen gestanden.

»So nahe sind sie schon? Mein Liebster, kannst du mich hören? Erwache, erwache … Die Zeit ist nicht mehr fern. Fordere zurück, was uns gehört. Sie dürfen es nicht bekommen. Niemals. Nie und nimmer.«

Die Gestalt der Banshee verblasste. Ein letztes Flüstern, fast wie ein Seufzen, dann war sie verschwunden.

Es währte zehn Sekunden, dann fingen die Vögel in Kunahn wieder an zu singen.

~

»Es ist so, wie ich sage«, zeterte Sansuun, dessen entstelltes Gesicht noch verzerrter war als sonst. »Die Mümmelfrau ist an allem schuld! Galdiron ist tot und sie hat es zu verantworten.«

Ein, zwei Reisende ließen ein zustimmendes Gemurmel vernehmen. Die meisten waren aber noch zu sehr mit der

Aufarbeitung der Ereignisse beschäftigt, standen in Grüppchen beisammen, tuschelten und warfen ängstliche Blicke in die Finsternis jenseits des Lagers.

Arkeen hatte damit gerechnet, dass Sansuun und sein Bruder Malos aufgewühlt und verzweifelt sein würden. Davon war nicht viel zu bemerken. Malos hatte einen grimmigen Gesichtsausdruck aufgesetzt und fuhr mit seiner verkümmerten Hand fortwährend über den Griff des Säbels an seiner Seite. Sansuuns Trauer war, sofern sie überhaupt existiert hatte, in Hass umgeschlagen und richtete sich gegen die Mümmelfrau.

»Kimlin kann nichts dafür«, entgegnete Arkeen. »Die Banshee hat den Bannkreis zerstört. Das hätte ihr nicht gelingen dürfen.«

Der Karawanenführer suchte den Blick des Druiden. Usgard hockte zusammengesunken in der Wiese und zupfte an seinem geflochtenen Bart. Hie und da linste er zu Arkeen oder Sansuun empor, ohne sich an der Diskussion zu beteiligen.

»Du hast den Bann nicht sorgfältig gewebt«, wandte sich Arkeen direkt an den Druiden. Er war sich bewusst, dass er damit eine gefährliche Anschuldigung aussprach, aber Arkeen war es leid, dass ihnen Usgard mit Schweigen begegnete.

»Nein.« Die Stimme des Druiden war leise aber fest. »Der Bann war ohne Fehler. Die Todesfee hat ihre Macht offenbart.«

»Was soll das heißen?«

»Ich habe davon gehört. Dass Banshees Schutzzauber durchbrechen können. Aber ich hielt es für einen Mythos.«

»Ich bin nicht zum ersten Mal in Kunahn«, erwiderte Arkeen. »Die Banshee ist sicher schon vier- oder fünfmal vor unserem Lager gestanden und hat den Bannkreis nicht überwinden können.«

»Sie war aufgebracht. Wegen der Fee.«

Alle Blicke wandten sich Lischa zu. Seit dem Verschwinden der Banshee hockte die Morganafee unter einem Nanabrot-Baum, weinte und jammerte. Arkeen hatte versucht, mit ihr zu sprechen und sie gefragt, weshalb die Todesfee derart aggressiv auf ihre Anwesenheit reagiert hatte. Lischas Antwort war ein hilfloses Schulterzucken gewesen.

»Das alles wäre nicht passiert, wenn sich Kimlin an deinen Befehl gehalten hätte«, begehrte Sansuun auf. »Sie hat an den Traumblumen gerochen und das ganze Unglück ausgelöst. Diese Mümmelfrau muss in Gewahrsam genommen werden. Wenn sie sich selbst in Gefahr begibt, bekümmert das niemanden, aber wenn du, Arkeen, dir einbildest, sie retten zu müssen ...«

»Es reicht«, sagte Arkeen schroff. »Ich habe es schon mal gesagt: Ich dulde keine üble Nachrede. Jeder hier in der Karawane ist gleichwertig.«

»Von wegen! Es ist längst erwiesen, dass Mümmel ...«

»Still jetzt! Reiß dich zusammen, sonst bleibst du hier und kannst morgen Nacht selbst mit der Banshee plaudern.«

Sansuuns Leibwächter wurden unruhig. Sie warfen ihrem Herrn wachsame Blicke zu. Einer von ihnen legte sogar die Hand auf seinen Schwertknauf.

In solchen Momenten wünschte sich Arkeen, seine Menschenkenntnis wäre ebenso gut wie die von Bogoran. Noch nie hatte sich sein Freund in einem der Soldaten getäuscht, die sie als Begleitschutz für die Karawane engagierten. Im Gegensatz dazu hatte Arkeen ein Händchen dafür, genau jene Leute auszuwählen, die während der Reise Probleme bereiteten.

»Du hast versprochen, dass wir alle lebend in Schaar ankommen«, klagte Sansuun. »Dieses Versprechen hast du nicht gehalten.«

»Ich konnte deinem Bruder nicht helfen«, entgegnete Arkeen. »Er ist in Panik geraten und in sein Verderben gerannt. Wieso hast du nicht versucht, ihn zurückzuhalten?«

Sansuun knirschte mit den Zähnen. »Es kam zu plötzlich. Niemand hat damit gerechnet, dass die Todesfee den Bannkreis zerstört.«

»Ihr könnt mich dafür bestrafen«, erklang eine hohe Stimme.

Lischa schwebte heran, hatte ihre Tränen getrocknet und zog eine Grimasse. »Wenn ich mir nicht eingebildet hätte, mit euch zu kommen, hätte die Kreischerin nie …«

»Dich trifft keine Schuld«, unterbrach sie Arkeen. »Du wusstest nicht, dass sie so heftig reagieren würde.«

»Unwissen impliziert keine Schuldfreiheit. Nicht zwangsläufig.«

Eglan stand lässig und mit verschränkten Armen ein paar Schritte abseits der Menge. Auf seinen Zügen lag etwas, das ein verschmitztes Lächeln sein mochte. Er betrachtete die Morganafee aus halb geschlossenen Lidern.

»Bist du schon einmal einer Banshee begegnet?«, fragte er.

»Nein.« Lischa senkte den Kopf. »Noch nie.«

»Aber du hast von der Todesfee gehört?«

»Ja.« Ein unterdrücktes Schniefen. »Menschen haben mir davon erzählt. Und eine meiner Schwestern hat gesagt, dass die Kreischerin böse ist. Sie hasst uns.«

»Weißt du, wieso das so ist?«

»Nein, keine Ahnung.«

Eglan rieb sich das Nasenbein. »Ist es nicht merkwürdig, dass wir euch beide als *Feen* bezeichnen?«

»Du meinst: Morganafee und Todesfee?«, warf Arkeen ein.

»Korrekt. Spannender Zufall, dass sich die beiden nicht ausstehen können.«

»Hey«, protestierte Lischa. »Mir ist die olle Kreischerin schnurzpiepegal. Keine Ahnung, was sie …«

»Schon gut«, beruhigte Arkeen. »Vielleicht sind andere Banshees verträglicher.«

Lischa blinzelte verwirrt. »Aber es gibt doch nur eine Todesfee.«

»Was? In ganz Arkeen?«

»Jep.« Die Morganafee lugte zu Eglan hinüber. »Hat er mir gesagt.«

Der Fandriner nickte bedächtig und ignorierte Arkeens stechenden Blick.

»Blödsinn«, entfuhr es einem der Umstehenden. »An der Gischt gibt es auch Banshees.«

»Hast du sie gesehen?«, fragte Eglan.

»Nein, aber davon gehört. Aus vertraulicher Quelle.«

»Ich hab eine gesehen«, erklang Bazibbs knarzende Stimme. »Im Flammenwald.«

Eglan wandte sich dem Kobold zu. »Wie hat die Banshee ausgesehen? So wie die Untote hier in Kunahn?«

»Ziemlich. Schauen die nicht alle gleich aus?«

»Stimmt. Weil es nur eine gibt.«

Der Mann, der vorhin gesprochen hatte, wollte etwas erwidern, aber Eglan kam ihm zuvor. »Ich behaupte nicht, dass die Banshee an mehreren Orten zugleich sein kann. Aber ich glaube, dass sie die Macht besitzt, ohne Zeitverlust ihre Position zu wechseln. In jeder Tages- und Nachtstunde befindet sie sich an einem anderen Ort in Arkeen. Deshalb sind wir davon überzeugt, dass es mehrere Todesfeen gibt.«

»Nein, Eglan, das kann nicht sein«, entgegnete Arkeen. »Die Banshee hat uns verfolgt. Würde sie die Fähigkeit besitzen, von der du sprichst, hätte sie uns den Weg abgeschnitten.«

»Vielleicht …«

»Schluss damit.« Arkeen hob die Hand. »Wir haben einen Toten zu bestatten und müssen den Bann erneuern. Die Todesfee kehrt nicht zurück. Aber es gibt genug andere Gefahren in der Wüste.«

~

Sansuun und Malos befahlen ihren drei Leibwächtern, eine sandige Grube auszuheben, in der sie Galdiron bestatteten. Arkeen wollte helfen, aber Sansuun zischte ihm eine Unfreundlichkeit zu und verbat ihm, Hand anzulegen.

Insgeheim war der Karawanenführer froh darüber. Vor allem war er erleichtert, dass Sansuun nicht darauf bestand, seinen verstorbenen Bruder bis nach Schaar zu transportieren. Gewöhnlich wurden Stadtbewohner auf Friedhöfen begraben. Die vermögenden und einflussreichen unter ihnen erhielten aufwendige Gedächtnissteine, ornamentierte, mehrstufige Pyramiden oder sogar eigene Mausoleen. Sansuun wusste, dass dies nicht möglich war.

Sie hatten keine Mittel, den Leichnam zu konservieren. Nach spätestens drei Tagen würde er bestialisch zu stinken beginnen und damit Wüstenfüchse, Narbengeier und vielleicht auch Gnome anlocken. Davon abgesehen konnte der Atem des Todes krank machen.

Als der Leichnam ohne viel Anteilnahme in der Erde verschwunden und die Grube geschlossen war, brannte Bazibb einen Torstein aus dem Wüstensand. Sie ritzten den Namen des Toten in das künstliche Sandsteingebilde und Usgard streute ein paar Körner Seelensalz darüber. Sobald sich ein Vorbeikommender näherte, würde der Schriftzug blau zu glühen beginnen und damit den Namen des Verstorbenen offenbaren. Das war das Einzige, was sie tun konnten.

Die Stimmung unter den Reisenden war bedrückt. Kaum jemand sprach mehr als unbedingt notwendig. Arkeen half bei der Sicherung des Lagers, sprach den Teilnehmern der Karawane Mut zu und stellte eine Wache zum Schutz für Kimlin ab. Die Feindseligkeit einiger Reisender gegenüber der Mümmelfrau hatte zugenommen. Am meisten Groll hegte Sansuun gegen sie, und das, obgleich ihm Kimlin das Leben gerettet hatte. Arkeen konnte sich nicht vorstellen, dass diese Abscheu an dem Verhalten der Mümmelfrau lag oder andere rationale Gründe hatte. Möglicherweise schenkte Sansuun den Gerüchten Glauben, wonach Mümmel für die jüngsten Angriffe der Kadrass verantwortlich waren.

Die neunte Nachtstunde brach an und Arkeen wollte sich erschöpft auf sein Lager sinken lassen, um wenigstens ein paar Stunden Schlaf zu bekommen, als Eglan an ihn herantrat.

»Kann ich dich kurz sprechen?«

Arkeens erster Impuls war mit *Nein* zu antworten. Stattdessen erwiderte er: »Meinetwegen. Worum geht es?«

»Bist du das erste Mal mit einer Banshee zusammengetroffen?«

Arkeen kniff die Augen zusammen. Die Frage war mit Sicherheit weder zufällig noch unverfänglich. Der Karawanenführer war inzwischen davon überzeugt, dass viele von Eglans Aussagen und Handlungen einem anderen Zweck dienten, als es auf den ersten Blick den Anschein hatte.

»Nein«, entgegnete Arkeen. »Das habe ich schon vorhin erzählt. Ein paar Mal ist sie ums Lager geschlichen, als ich mit einer Karawane in Kunahn Rast gemacht habe.«

Eine Bewegung huschte über Eglans Maske wie das flüchtige Lächeln eines Spiegelbilds im Wasser.

»Ich habe gehört, was sie zu dir gesagt hat. Ist es bereits vorgekommen, dass sie dich mit ›Gezeichneter‹ angesprochen hat?«

»Nein. Aber ich war der Banshee auch noch nie so nahe.«

»Weißt du, was sie mit ihrer Aussage gemeint haben könnte?«

»Nein.«

»Interessant.« Eglan wandte sich ab. »Interessant.«

»Was soll das heißen?!« Wut loderte in Arkeen empor. Seine Stimme klang herrischer, als er es beabsichtigt hatte. Eglan und seine Geheimnisse, verdammt!

»Das ist doch offensichtlich«, erwiderte der Fandriner und zwinkerte Arkeen zu. »Ich bin kein Gelehrter, du bist kein Karawanenführer. Nur Schattenflüsterer können Einfluss auf Untote nehmen.«

*Arkeen stand am Fuß einer Düne. Kräftiger Wind fegte Sand-
körner über den Boden, verwischte den Horizont. Vor ihm erhoben sich Dutzende Meter hohe, spiegelnde Flächen, Gebilde aus
Glas, die kreuz und quer standen und in denen sich der Wind
zu einer schaurigen Melodie brach.*

*Arkeen vernahm ein Schluchzen. Ein paar Schritte entfernt
kauerte eine Gestalt. Es war Tarekk, sein Vater. Vor ihm lag ein
Mensch im Sand, eine Frau – Minhara, Arkeens Mutter. Auf
ihrem Gesicht klebte Blut, ihre Gliedmaßen waren verdreht und
gebrochen. Sie atmete nicht.*

*»Nein«, schluchzte Tarekk, vergrub sein Gesicht in den
Händen. »Was habe ich getan?«*

*Das Bild löste sich auf. Arkeen sah sich selbst. Er kniete am
Rand eines ausgedorrten Wadis. Überall wuchsen Sandrosen
aus dem Untergrund, verzweigte, kristalline Gebilde, die
schimmerten und glänzten. Vor ihm standen zwei bogenförmige
Torsteine. Jemand hatte die Namen seiner Eltern eingraviert.*

*Arkeen weinte. Tränen rannen seine Wangen hinab. Neben
ihm lag eine reglose Gestalt. Es war Ashida, seine Schwester.
Ihre Augen waren geschlossen, ihr Antlitz fahl wie der Tod.*

*Aus den Gräbern erhoben sich Schatten. Ein Heulen erklang,
ein Wispern und Rauschen, als die Schatten zu Figuren gerannen. Sie formten Gliedmaßen und Gesichter, wurden zu Menschen. Arkeen sah sich seinen Eltern gegenüber.*

*»Sohn«, flüsterten sie. »Höre die Stimme der Götter. Sie ru-
fen dich.«*

*Die Landschaft, seine Eltern und alle Geräusche verblassten.
Arkeen kam es vor, als würde er fallen, tief und immer tiefer.
Hitze drang auf ihn ein. Gleichzeitig fühlte er eine innere Kälte,
die ihn erschaudern ließ. Er sah ein rotes Glimmen, das rasch*

größer wurde und zu einer glühenden Sonne anwuchs. Schwarze Augen erschienen in der Helligkeit, blickten ihn an. Die Sonne bildete Fangarme aus lodernden Flammen, welche nach seiner Gestalt griffen. Die Hitze wurde unerträglich, die Kälte ebenso.

Arkeen wollte schreien, doch er konnte es nicht. Er wollte fliehen, doch sein Körper reagierte nicht. Er wollte sterben, doch niemand gab ihm Erlösung.

Arkeen blickte in das Feuer, fühlte die Finsternis darin. Das Rot pulsierte wie ein Herz, das Herz der Götter. Was er sah und in sich selbst spürte, war entsetzlicher als alles zuvor. Unermessliche Qualen, Tod und Vernichtung, das Erlöschen jeglicher Barmherzigkeit, das Ende allen Seins.

Arkeen starb. Sein Herz versagte, seine Brust tat einen letzten, verzweifelten Atemzug. Arkeen konnte spüren, wie sein Blut stockte und gefror. Seine Haut, sein Fleisch verbrannten. Flammen schlugen aus seinen Haaren, verzehrten sein Gesicht.

Arkeen wurde zu Feuer.

Feuer und Eis.

zwischen Kunahn und Schaar

Arkeen war froh, als die Oase hinter ihnen in der dunstigen Morgenluft verschwand. Er hatte kaum drei
Stunden geschlafen, was nicht zuletzt Folge des verstö-
renden Nachtmahrs gewesen war.

Niemals zuvor hatte er einen solchen Albtraum durchleben müssen. Trotz seiner Unwirklichkeit war er realistisch gewesen, zu realistisch, um sein Innerstes nicht zu
erschüttern. Arkeen hoffte inständig, dass diese Vision tatsächlich nur ein Traum gewesen war. Er wollte sich nicht
ausmalen, was es bedeutete, wenn Eglan mit seiner Vermutung richtig lag oder er der Banshee zu nahe gekommen war.

Der Albtraum war vermutlich auch der Grund dafür,
dass ihn nach dem Verlassen von Kunahn stundenlang
die Erinnerungen der letzten Tage quälten. Wieder und
wieder zogen sie an ihm vorbei, nagten an ihm wie Mäuse
in einem Getreidespeicher.

Ihre Reise durch die Wüste war bislang alles andere als
ruhig verlaufen. Arkeen konnte sich nicht erinnern, dass
während einer einzigen Tour jemals mehr geschehen oder
eine vergleichbare Häufung an Zwischenfällen aufgetre-
ten war.

Noch vor Beginn der Reise hatten ihn Bogorans Neuigkeiten zum möglichen Verbleib Ashidas in Aufruhr versetzt. Danach der Brief von Fürstin Shinlaya, die Begegnung mit den Trollen, Eglans seltsames Verhalten und der
Angriff auf Kimlin. Nicht zu vergessen auf die gesplitter-
ten Totenköpfe, den Sandsturm und die Gestalt auf der
Düne, die seitdem nicht wieder aufgetaucht war; der Dieb

in Gulehm und die Warnung, die er bei sich getragen hatte; Jolas eindringliche Worte; die Nachricht Quendors und Nanas Schwangerschaft; die Saugschlinge, der Scheichfrosch, die Morganafee, Eglans Geständnis – und die Nacht mit Senashad.

Bei dem Gedanken an die junge Hexe wurde Arkeen von Wehmut erfasst. Bevor er nach der Bogenschützin Ausschau halten konnte, drangen neue Erinnerungen in seinen Geist: Das Auftauchen der Kadrass, das Erreichen von Kunahn und Kimlins spurloses Verschwinden. Zuletzt die Begegnung mit der Banshee – und das Gespräch mit Eglan.

Selbstverständlich wusste Arkeen, was ein Schattenflüsterer war. Den Gerüchten nach handelte es sich um gewöhnliche Menschen, die durch eine Nahtoderfahrung mit einem Fuß im Reich der Toten verblieben. Sie durchlebten fortwährend höllische Qualen, empfanden keine Freude mehr an irdischen Genüssen, magerten ab, wurden zu lebenden Skeletten ohne Aussicht auf Heilung – und starben innerhalb weniger Monate an Entkräftung; sofern sie nicht vorher den Freitod wählten.

Arkeen wollte nicht daran denken, was es bedeuten mochte, mit diesem Fluch beladen zu sein. Aber er wusste, dass er kein Schattenflüsterer sein konnte. Weder hatte er Erinnerungen an eine Nahtoderfahrung, noch besaß er jene Kräfte, die den Verfluchten nachgesagt wurden. Er war bereits früher mit untoten Geschöpfen zusammengetroffen, etwa mit Ghulen in der Bradakeen oder mit den Geistern der Felsengräber, und nie hatte sich etwas gezeigt, das auf die Fähigkeiten eines Schattenflüsterers hingedeutet hätte. Die Untoten waren ihm nicht gefolgt, er hatte ihre Stimmen nicht vernommen und sie auch nicht auf irgendeine Weise beeinflussen können.

Nein, dachte Arkeen entschieden. *Eglan muss sich irren. Das tut er oft.*

Arkeen rieb sich über das Gesicht und versuchte, seine Zweifel beiseitezuwischen. Zum Henker noch mal! Er war Karawanenführer und musste eine Gruppe von dreißig Personen durch die Wüste geleiten. Da durfte er sich nicht von Albträumen und den Fantasien eines durchtriebenen Dunaaz aus der Ruhe bringen lassen.

Entgegen seiner Erwartung, und wie um ihm zu zeigen, dass es keinen Grund gab, beunruhigt zu sein, geschah in den folgenden sieben Tagen nichts Ungewöhnliches. Das Einzige, womit er sich herumschlagen musste, waren seine Gefühle Senashad gegenüber. Je mehr Tage verstrichen, je länger sie sich in distanzierter Höflichkeit begegneten, desto stärker wurde sein Wunsch, ihr nahe zu sein. Er hätte gern gewusst, was in der Hexe vorging, doch Senashad verbarg ihre Empfindungen sorgfältig und schenkte ihm nicht mehr als ein unverbindliches Lächeln.

Die letzte Nacht in der Wüste, es war der fünfundzwanzigste Tag ihrer Reise, brachte einen der wenigen Abende, an denen Arkeen die Gesellschaft anderer Menschen dem Alleinsein vorzog. Ein unbestimmtes Bedürfnis hatte ihn dazu bewogen, sich mit Bogoran, Eglan und Kimlin zusammenzusetzen. Einige Zeit später ließen sich auch Bazibb, Geolinsa und Senashad im Kreis nieder. Arkeen vermied es, in Richtung der Hexe zu blicken. Aber er spürte, dass sie ihn immer wieder ansah.

Angesichts der Nähe zu Schaar und den vergangenen, ereignislosen Tagen, hatten sie es gewagt, ein Feuer zu entfachen. Arkeen hielt einen Respektabstand zu den

Flammen, aber war froh über die Wärme, welche sie verbreiteten. Das erste Mal seit Beginn ihrer Reise erreichte sie kühle Bergluft aus den näher gerückten Himmelszungen, deren Ausläufer als grauschwarze Schemen im nächtlichen Dunst zu erahnen waren.

»Feuer ist wunderschön«, sagte Eglan und rieb sich die Hände.

»Das Schönste auf der Welt«, knarzte Bazibb.

»Es gibt erfreulichere Dinge«, entgegnete Arkeen und blickte auf seinen verbrannten Unterarm.

»Papperlapapp.« Der Kobold wackelte energisch mit seinen Spitzohren. »Das war ein dummer Zufall. Feuer muss man einfach lieben.«

»Genauso wie Wasser.«

»Das ist etwas anderes.«

»Wir alle brauchen Flüssigkeit zum Überleben. Feuer ist unnötig.«

»Das stimmt nicht.« Bazibbs Spitzohren neigten sich vornüber. »Die Flammen sind ein Teil von mir.«

»Auch du musst trinken.«

»Ja, aber nur wenig. Ich komme lange ohne Wasser aus. Wenn mein Feuer erlischt, sterbe ich. Ich brauche beides. Nur sind mir die Flammen lieber. Wasser ist so kalt und nass und …«

»Abhärtung«, sagte Eglan.

»Wie meinst du?« Bazibb legte argwöhnisch den Kopf schief.

»Man gewöhnt sich an alles. Du solltest Bäder im kalten Wasser nehmen.«

Bis auf Bogoran mussten alle lachen, als sie den Gesichtsausdruck des Feuerkobolds und seine vor Entsetzen waagrecht abstehenden Ohren sahen. Selbst Arkeen schmunzelte. Sein Blick fiel auf Senashad. Die Hexe lächelte ihm zu.

Es war kein gewöhnliches Lächeln, nicht das unverbindliche Schmunzeln unter Bekannten. Ebenso wenig handelte es sich um ein vertrautes Grinsen zwischen Freunden. Vielmehr wirkte Senashads Lächeln herausfordernd, anzüglich, in der Tat eindeutig lasziv.

Sie fuhr sich mit der Zunge über die Oberlippe.

Fast wäre Arkeen aufgesprungen und hätte das Weite gesucht. Er tat es nicht, obwohl seine Empfindungen auf- und niederschwappten wie sturmgepeitschte Wogen auf hoher See. Wäre er aus seiner sitzenden Position emporgeschnellt, hätten wohl alle auf seine Hose gestarrt. Einmal mehr pochte sein erigiertes Glied mit schmerzhafter Härte gegen den Stoff.

Glücklicherweise wurde Arkeen davor bewahrt, etwas wirklich Dummes zu tun, denn in diesem Moment trat Usgard zu ihnen heran.

»Der Bannkreis ist fertig«, sagte der Druide. »Keine Auffälligkeiten. Darf ich mich setzen?«

»Nein.« Die Antwort kam von Eglan.

»Dann eben nicht.«

Als sich Usgard umwandte und davonschritt, rief ihn Eglan zurück. Er grinste und deutete neben sich. »Ihr Druiden könnt mit Späßen wirklich nichts anfangen.«

»Auf Nörd gibt es nicht viel zu lachen.« Usgard nahm an Eglans Seite Platz und zwirbelte seinen Bart. »Starke Gefühle sind bei der Ausübung von Magie hinderlich. Ausgelassenheit ist eine der gefährlichsten Emotionen. Abgesehen von Liebe natürlich.«

»Was ist mit Wut?«

Der Druide zuckte die Schultern. »Liebe zerstreut, Wut konzentriert. Hass wäre sogar förderlich, wenn es nur um die Kanalisation von Energie ginge. Aber bekanntlich hat Wut einige Nachteile.«

»Hast du deine magischen Fertigkeiten auf Nörd erworben?«

»Ja. Die meisten Druiden in Arkeen werden an der Universität der Insel ausgebildet. Die einzige Alternative ist der fünfjährige Dienst unter einem Meister. Aber ich kenne nur wenige Kollegen, die Zeit und Muße haben, andere zu unterrichten. Abgesehen davon braucht es hierfür eine eigene Meisterprüfung.«

»Was ist mit Magierinnen? Werden die auch auf Nörd ausgebildet?«

»Nein. Wie die Zauberinnen lernen, ihre Kräfte zu kontrollieren, kann ich dir nicht sagen. Bei uns werden nur Menschen unterrichtet.«

»Sind Widerschein keine Menschen?«

»Sie sind anders«, kam von Geolinsa. »Selbst Normalsterbliche spüren die Magie, die sie umgibt. Oft hat man den Eindruck, dass sie in ihrer eigenen Welt leben. Sie wirken nicht, als würden sie sich für die Belange von uns Menschen interessieren. Und dann sind da noch ihre Haare, schimmernd wie Perlmutt.«

Arkeen wusste, dass die weiblichen Bewohner des Scherbenspiegels auch *Perlentöchter* genannt wurden, als Anspielung auf ihre auffällig gefärbten Haare. Er dachte an die Widerschein, die er in Warnack gesehen und von der er später in Gulehm gehört hatte. Inzwischen musste die Echsenkarawane längst in Schaar angekommen sein. Wahrscheinlich vergnügte sich der Scheich bereits auf goldverzierten Kissen mit seiner neuen Errungenschaft.

»Ob Menschen oder keine Menschen«, fuhr Usgard fort, »jedenfalls ist die Magie der Widerschein mächtiger, als die von uns Druiden.«

Eglan rieb sich das bartlose Kinn. »Umso mehr wäre es spannend zu erfahren, wie und an welchem Ort sie ausgebildet werden.«

»Ich weiß es nicht. Ich glaube, das weiß niemand. Außer Gerüchten gibt es nicht viel.«

»Sie lernen voneinander«, brummte Bogoran. »So habe ich es gehört. Eine Magierin nimmt zwei Schülerinnen auf. Nie mehr, nie weniger.«

Es war ungewöhnlich, dass der Söldner in einer größeren Runde das Wort ergriff. Noch dazu hatte ihn Arkeen selten über Zauberinnen sprechen hören. Hierfür gab es einen einfachen Grund: Vor langer Zeit war Bogoran einer Magierin verfallen. Danach hatte es in seinem Leben keine Frau mehr gegeben.

»Interessant.« Eglan wandte sich Bogoran zu. »Wer behauptet das?«

»Ich bin viel herumgekommen. Da erhält man Einblicke, die andere nicht haben.«

Ein Zucken wanderte über Eglans Maske.

Inzwischen glaubte Arkeen zu wissen, dass die Bewegungen der Tätowierung – oder der Larve, wie Eglan sie nannte – mehr waren, als zufällige Reaktionen auf Antworten und Geschehnisse. Die Maske war auch nicht die stumme Verbindung zu einem Quell schier unerschöpflichen Wissens. Jedes Mal, wenn Arkeen das Tattoo betrachtete, hatte er die Empfindung, dass sich darunter nicht nur Eglans Gesicht verbarg, sondern auch andere, fremde Augen funkelten; Augen, die nicht menschlich waren.

Eglan wandte sich wieder Usgard zu. »Wie ist es auf Nörd? Wie läuft eure Ausbildung ab?«

»Tut mir leid, darüber darf ich nicht sprechen.«

»Verständlich.« Eglan nickte. »Auch uns Gelehrten ist es verboten, gewisse Dinge zu offenbaren.«

Scheinheiliger Lügner, dachte Arkeen bei sich.

»Worüber ich erzählen kann«, ergänzte Usgard, »ist der Sonnenaufgang.«

»Der Sonnenaufgang?«

»Ja. Wisst ihr, wie Nörd noch genannt wird?«

»Die Insel der Stille«, sagte Arkeen.

»Auch. Aber still ist sie nur, wenn Besucher das Eiland betreten – ein Resultat unseres Geheimhaltungskodex. Wir nennen Nörd die gleißende Insel.«

»Davon habe ich gehört«, sagte Senashad. »Sie soll strahlen wie ein Juwel.«

»Das tut sie. Besonders bei Sonnenaufgang.«

Usgard blickte gedankenverloren in die lodernden Flammen. »Wenn sich die Sonne zwischen Ischtar und Shatar aus dem Meer erhebt, der große Nördvogel schreit und die Spiegelbucht ihrem Namen alle Ehre macht, dann fühlt man sich wie in einem Traum. Alles glitzert und blinkt, die Klippen, das Meer, die Rinde der Silberbirken, selbst die Gebäude der Universität. Man verspürt Trunkenheit, Sehnsucht und Trauer zugleich. Vielleicht liegen diese Empfindungen auch daran, dass die Insel von magischen Energiebahnen durchdrungen und gesättigt ist. Nicht alle Emotionen auf Nörd stellen die eigenen Gefühle dar, nicht alle sind für bare Münze zu nehmen. Wenn man unkonzentriert ist, kann man sich leicht darin verlieren. Manch einer der Novizen hat auf diesem Weg seinen Verstand verloren.«

Für einige Sekunden herrschte Schweigen. Arkeen hatte den Druiden noch nie so sprechen gehört, melancholisch, aber auch von Begeisterung erfüllt. Anscheinend war Usgards Zeit auf der Insel von intensiven Erfahrungen geprägt gewesen. Es klang, als wäre die Ausbildungsstätte der Druiden ein tränenreich lachendes Paradies.

»Jetzt weiß ich, dass ich Nörd besuchen muss«, sagte Eglan.

»Ich glaube nicht, dass dir das gelingt«, entgegnete Arkeen.

»Wieso?«

»Weil du zum Dreihorn willst. Wenn du die Glaswüste erst mal betreten hast, kehrst du nicht zurück.«

»Du möchtest zum Turm der Götter?« Geolinsa saß aufrecht, ihre edlen Züge waren auf Eglan gerichtet. »Warum?«

»Weil mich das Dreihorn fasziniert. Ich möchte erfahren, worum es sich handelt, welche Wesen dort gelebt haben – und ob es überhaupt existiert.«

»Es existiert.«

»Woher weißt du das?«

»Ich habe es gesehen.«

Eglan kniff die Augen zusammen. »In der Glaswüste?«

»Nein.« Geolinsas Blick schweifte in die Ferne. »Vor der letzten Schlacht gegen die Kadrass. Die, die wir verloren haben.«

»Der Feldzug vor fünfzehn Jahren?«, hakte Arkeen nach.

»Ja. Der Versuch von Harm und Abronn, die Bedrohung durch die Insekten ein für alle Mal aus der Welt zu schaffen.«

»Die Niederlage war katastrophal.« Usgard nickte bedächtig. »Ich habe davon gehört.«

»Man kann die Veränderung nicht aufhalten«, knarrte Bazibb.

»Welche Veränderung?«

»Die Welt ist im Umbruch. Wir magischen Wesen wissen das längst, nur ihr Menschen seid zu doof, das zu kapieren.«

»Veränderung muss nicht gut sein.«

»Das hab ich nicht gesagt.« Die Stimme des Feuerkobolds klang gereizt. »Aber sie lässt sich nicht aufhalten.«

Kimlin meldete sich zu Wort. »Ich höre von vielen Wesen, dass ein Wandel stattfindet. Es heißt, die Magie wird weniger. Jemand stiehlt sie aus der Welt.«

»Magie kann man nicht stehlen«, behauptete Usgard. »Man hat sie oder eben nicht.«

Senashad blinzelte Arkeen zu. Dem Karawanenführer lief es heiß und kalt den Rücken hinab. Sein Herzschlag beschleunigte sich und sein Penis reagierte sofort, als würde er bereits von Senashads weichen Lippen umschlossen. Arkeen hatte das Gefühl, als wäre er ein Werkzeug der Hexe und konnte nichts unternehmen, um sich aus ihren Klauen zu befreien. Andererseits musste er zugeben, dass sich ihre Klauen wie verführerisch streichende Samtpfoten anfühlten. Arkeen glaubte nicht, dass er sich von ihnen lösen wollte.

»Wie war das mit dem Dreihorn«, erklang Eglans Stimme. »Haben alle Krieger den Turm der Götter sehen können?«

»Ja«, erwiderte Geolinsa. »Das Dreihorn ist ohne Vorwarnung erschienen. Es war himmelhoch und zum Greifen nah, hat sich neben unserer Armee aus der Steinwüste erhoben. Ich kann nicht sagen, ob die Illusion dazu geführt hat, dass wir verloren haben, aber sie war unheimlich und bedrückend. Außerdem war ein Brausen zu vernehmen, wie ein gigantischer Wasserfall.«

»Der Turm der Götter ist wieder verschwunden?«

»Er ist verblasst wie eine Fata Morgana, hat sich aufgelöst, Augenblicke bevor die Kadrass angegriffen haben.«

»Interessant.«

Entrüstung kroch in Arkeen empor. Er war es leid, dass der Gelbländer derart viel Wissen in sich aufsog, aber gleichzeitig so wenig von sich selbst preisgab. Inzwischen wusste Arkeen ja, dass Eglan eine Menge verbarg.

»Was schließt du daraus?« Arkeen warf dem Fandriner einen herausfordernden Blick zu. »Du fragst das nicht aus Neugier.«

»Nein.« Eglan schüttelte den Kopf und lächelte. »Ich will zum Turm der Götter, schon vergessen? Da muss ich alles wissen, was von Bedeutung sein könnte.«

Lügner, dachte Arkeen und verschränkte die Arme. *Das kauf ich dir nicht ab, Glutwächter!*

»Ich habe das Dreihorn auch gesehen«, erklang Senashads Stimme. Beinahe schüchtern sah sie in die Runde, ganz anders als die Blicke, die sie zuvor Arkeen zugeworfen hatte.

»Mein Erlebnis ist drei Perioden her. Es war am Ende einer Zeremonie mit anderen Hexen. Wir haben in einem Ritualraum in Warnack gearbeitet, als plötzlich eine Wand durchscheinend geworden ist. Dahinter und über dem Zentrum der Stadt hat sich der Turm der Götter erhoben, ein finsteres, dreizackiges Monument.«

»Haben die anderen Hexen diese Illusion auch gesehen?«, fragte Eglan.

»Nein, nur ich.«

»Interessant.«

Arkeen war nahe daran, Eglan über den Mund zu fahren und von ihm Aufklärung zu verlangen. Mit Sicherheit kam seine Fragerei nicht von ungefähr. Ebenso sicher hing die Neugierde des Gelbländers nicht nur mit seinem geplanten Besuch des Dreihorns zusammen. Wenn Arkeen Eglan aus der Reserve locken wollte, hätte er die wahre Identität des Fandriners preisgeben müssen. Dummerweise hatte ihm Eglan das Versprechen abgerungen, niemandem davon zu erzählen.

»Das Dreihorn erscheint immer öfter«, ertönte Bogorans tiefer Bariton. »Bei der Anwendung starker Magie und vor Angriffen der Kadrass.«

»Woher weißt du das?« Arkeen war verwundert. Sein Freund hatte ihm nie davon erzählt. Gewöhnlich teilten sie alle Informationen, die für die Karawane wichtig sein konnten.

»Ich weiß es einfach«, erwiderte Bogoran und erhob sich. »Gute Nacht.«

~

Arkeen blieb nur wenige Minuten länger, dann verabschiedete er sich ebenfalls und verließ die Feuerstelle. Länger hätte er Senashads Blick nicht mehr ertragen, die wiederholt und garantiert nicht zufällig zu ihm herüberblickte. Er sollte sich schlafen legen. Morgen konnte er hoffentlich wieder klar denken.

Arkeen trat in das Zelt, das Bogoran und er angesichts der nächtlichen Kühle aufgestellt hatten. Der Söldner war nicht da. Arkeen überlegte, ihn suchen zu gehen, entschied sich aber dagegen. Er hatte das Gefühl, als wollte sein Freund allein sein. Niemand verstand das besser als Arkeen und so bettete er sich auf sein Lager und schloss die Augen.

Wenige Herzschläge später erklang ein Rascheln am Zelteingang. Arkeen ignorierte es so lange, bis ihm ein eigentümlicher Geruch in die Nase stieg. Es war nicht Bogorans herber, männlicher Wüstenschweiß, sondern ein feiner, fast vanilleartiger Duft.

Arkeen fuhr hoch. Senashad stand im Zelteingang. Sie war nackt.

Arkeen hätte gern etwas Geistreiches gesagt oder zumindest einen Ausdruck freudiger Überraschung auf sein Gesicht gezaubert, doch er hockte bloß da und starrte die Hexe an, als hätte sie sich in eine Todesfee verwandelt.

Senashad bedeckte ihre Brüste und zog die Augenbrauen hoch. »Du siehst nicht so aus, als würdest du dich freuen.«

»Äh …« Arkeen biss sich auf die Unterlippe und senkte den Blick. »Doch. Ich freue mich.«

»So?«

Arkeen atmete tief durch und sah zu der Bogenschützin auf. Wie sie dastand, nackt, die Brüste zur Hälfte verdeckt, die Lippen zusammengepresst und ein Bein linkisch zur Seite gedreht, musste er grinsen. Seine Reaktion war wirklich absurd. Er wollte Senashad, er sehnte sich nach ihrer Nähe. Weshalb konnte er das nicht klar ausdrücken und ihr diese peinliche Situation ersparen?

»Machst du dich über mich lustig?« Senashads Augenbrauen wanderten gefährlich zusammen.

»Nein, auf keinen Fall.«

Arkeen erhob sich und trat auf die Hexe zu. Er nahm ihre Hände, löste sie von ihren Brüsten. Senashads Blick war unverwandt auf sein Gesicht gerichtet. Ein Zittern lief über Arkeens Körper, als sie einen Schritt auf ihn zu trat. Sein Glied musste jeden Moment explodieren.

Ihre Züge entspannten sich. Arkeen wollte etwas sagen, aber sie kam ihm zuvor.

»Heb dir deine Ausreden für später auf.«

»Aber …«

»Es ist gut.« Senashad legte ihm den Zeigefinger auf die Lippen, drückte mit der anderen Hand gegen seine Brust und lenkte ihn auf das Lager zu.

»Aber Bogoran …«, versuchte es Arkeen erneut.

»Der kommt nicht«, sagte die Hexe und lächelte. »Dafür habe ich gesorgt.«

»Ich weiß nicht, ob …«

»Ich bin unfruchtbar.«

»Was?«

»Die Narbe an meinem Bauch.« Senashad ergriff Arkeens Hand und legte sie auf den hellen Strich unterhalb ihres Bauchnabels. »Eine Magierin hat mir gesagt, dass ich keine Kinder bekommen kann.«

Arkeen wusste nicht, wie er auf diese Nachricht reagieren sollte. Es war wohl kaum angebracht, sich zu freuen. Dennoch tat er es.

Senashad lächelte schwach. »Denk nicht so viel. Es ist der Moment, der zählt.«

Sie nahm seinen Kopf in beide Hände und küsste ihn auf die Lippen. Senashad schmeckte nach Wüste, so intensiv, dass Arkeen ein Seufzen entwich. Wie im Rausch spürte er, dass sie seine Hose löste und ihn rücklings auf das Lager stieß. Ein letztes Mal brandete in Arkeen der

Gedanke auf, was zum Kadrass mit ihm los war, dann drang er in ihre warme, feuchte Mitte ein und sein Verstand setzte aus.

~

Als Arkeen am nächsten Morgen erwachte, war Senashad bereits verschwunden. Dies weckte umgehend Zweifel und Unsicherheit. Weshalb war sie nicht bis zum Ende der letzten Nachtstunde geblieben, so wie letztes Mal? Hatte er etwas falsch gemacht? Wollte sie ihm damit verdeutlichen, dass er für sie nicht mehr war als Mittel zum Zweck?

Gerade der letzte Gedanke verstärkte Arkeens Befangenheit. In seinem Inneren war eine Stimme, die mehr von Senashad wollte; mehr, als die unverbindlichen, nächtlichen Treffen, das Ausleben sexueller Gelüste. Es war wohl das Beste, sie sahen sich kein weiteres Mal. In Kürze endete ihre Reise und Senashad und er mussten getrennte Wege gehen. Sehr wahrscheinlich würden sie sich nie mehr begegnen.

Arkeen trat aus dem Zelt, befüllte seine Trinkschläuche an dem Ziehbrunnen in der Mitte des Lagers und widmete sich seiner morgendlichen Rasur. Er atmete die trockene Wüstenluft, betrachtete die still daliegenden Hügel aus Sand. Dies hob seine Stimmung und er spürte, wie ihn Zuversicht durchströmte. Nur noch ein Tagesmarsch trennte sie von Schaar. Wenn es keine Verzögerungen mehr gab, würden sie die Stadt am späten Nachmittag erreichen.

Bogoran trat auf ihn zu. »Gut geschlafen?«

Seine Miene war unergründlich wie immer. Arkeen konnte unmöglich sagen, ob die Bemerkung ironisch klingen sollte oder gar anzüglich gemeint war.

»Ja. Hast du bei Finmedra übernachtet?«

»Frierend und in Decken gehüllt.« Der Söldner nickte. »Ich hätte es niemals gewagt, den Wunsch deiner Hexe auszuschlagen.«

»*Meiner* Hexe?«

»Ist sie es nicht?«

Arkeen schwieg. Was ihn am meisten verunsicherte, war die Empfindung, dass ein Teil von ihm genau das wollte. Bis auf Nana hatte es kaum eine Frau in seinem Leben gegeben, mit der er mehr als zweimal Sex gehabt hatte, keine Frau, mit der er sich vorstellen konnte, öfter das Bett zu teilen oder gar neben ihr zu erwachen.

Arkeen brach ab. Im Grunde brauchte er sich keine Gedanken zu machen, denn morgen war in jedem Fall alles vorbei. Wie er von Geolinsa erfahren hatte, würden sie und die anderen Eliteschützen bereits morgen früh nach Bahaad weiterreisen, während Arkeen mit Bogoran Richtung Westen wollte, um die Spur seiner entführten Schwester aufzunehmen. Es war unsinnig, die verschiedenen Alternativen im Kopf durchzuspielen oder zu hoffen, dass sich doch eine Gelegenheit ergab, Senashads Leidenschaft ein weiteres Mal zu erleben.

Arkeen blickte in den graublauen Wüstenhimmel empor und betrachtete die einsame Wolkenschliere, welche die Form eines Schwertes aufwies. Ihm war eingefallen, dass er Winshoa seit dem gestrigen Vormittag nicht mehr gesehen hatte. Es war ungewöhnlich, dass sie so lange fort blieb.

Arkeen entdeckte den Sonnensperber über den östlichen Dünen. Pfeilschnell kam Winshoa auf ihn zugeschossen und begann ihn zu umkreisen. Diesmal hatte ihr Körper nicht die Farbe des Hintergrunds angenommen. Außerdem waren ihre Schreie anders als sonst. Arkeen hatte genug Zeit mit seiner geflügelten Gefährtin verbracht, um zu wissen, was ihr Verhalten und ihre Rufe bedeuteten: Winshoa hatte etwas entdeckt.

»Sie landet nicht«, murmelte Arkeen und verfolgte den Flug des Sonnensperbers. »Ich glaube, sie will, dass ich ihr folge.«

Auch Bogoran war Winshoas Verhalten nicht entgangen. »Die Reisenden brauchen noch eine halbe Stunde. Soll ich dich begleiten?«

»Nein.« Arkeen trat auf sein Kamel zu und schwang sich auf seinen Rücken. »Was immer es ist, es stellt keine Gefahr dar und weit entfernt kann es auch nicht sein. Sie fliegt kleine Kreise.«

»Beeindruckend. Für mich ist das nur ein fliegender Falke.«

Arkeen ergriff die Zügel seines Kamels und wollte sich in Bewegung setzen, als eine Stimme erklang: »Moment.«

Bazibb kam herangetrippelt und baute sich vor dem Mandrakei auf. »Wohin des Weges, Arkeen?«

»Ich folge Winshoa ein Stück in die Wüste. Sie hat …«

»Allein oder wie?«

»Ja, aber es ist ungefäh…«

»Papperlapapp.« Bazibbs Spitzohren reckten sich himmelwärts wie gespannte Segeltücher. Er schulterte seinen Rucksack und blickte herausfordernd zu Arkeen auf. »Ich weiß noch genau, dass du das beim Scheichfrosch auch gesagt hast. Ich komme mit.«

»Meinetwegen.«

Arkeen nickte Bogoran zu und ritt den windgeformten Sandhügel empor, über dem Winshoa schwebte.

Der Weg war tatsächlich nicht weit. Das Ziel des Sonnensperbers lag vielleicht fünfhundert Meter entfernt. Es handelte sich um eine Senke, die von mächtigen Dünenkämmen umrahmt wurde. Arkeen näherte sich der Vertiefung über einen Einschnitt zwischen den Sandbergen. Es kam ihm seltsam vor, dass die Dünen so hoch und steil aufragten und noch nicht zusammengebrochen waren. Dazu war es an diesem Ort spürbar wärmer als im Lager. Theoretisch hätte sich in der Senke die Kaltluft der Nacht sammeln sollen.

Arkeens Mandrakei schnaubte, als sie eine weitere Sprungschicht durchquerten. Die Wärme wandelte sich in Hitze. Es fühlte sich an, wie wenn der Morgen schlagartig dem Sonnenhöchststand gewichen wäre. Die Luft schien zu kochen, waberte und verzerrte die Umgebung. Dazu kam ein Gefühl, als würden unsichtbare Krallenhände sanft aber rasend schnell über jeden Zentimeter nackter Haut tanzen. Arkeen spürte, wie der Schweiß aus seinen Poren drang. Er löste das hellblaue Tuch, das er sich aufgrund der morgendlichen Kühle um den Hals geschlungen hatte, und legte es als Schärpe schräg über Schulter und Oberkörper.

»Magie«, murmelte Bazibb, der mit eiligen Schritten neben dem Kamel hertrippelte. »Hier hat Magie gewirkt.«

Sie bogen um den Ausläufer der letzten Düne. Das Hitzeflimmern der Wüste zog sich zurück, wie eine am Sandstrand abfließende Meereswelle, und enthüllte ein Mosaik heller und dunkler Punkte, die in der Senke verstreut lagen. Arkeens Finger verkrampften sich um die Zügel seines Mandrakei, als er die Wahrheit begriff.

Es war ein Schlachtfeld.

Zwischen den Überresten von Zelten lagen zerrissene Menschen- und Echsenkörper im Sand. Gedärme und Kleidungsstücke waren überall verstreut, abgestorbene und entlaubte Wüstenakazien reckten sich wie verkrampfte Riesenhände in den Himmel. Arkeen sah zerbrochene Schwerter, lose Gliedmaßen – und direkt vor ihm ruhte ein menschlicher Schädel im Sand. Das Antlitz wurde durch blutverklebten Sand verdeckt, aber auch so erfasste Arkeen, dass irgendetwas den Kopf in der Mitte gespalten hatte. Der Schädel sah so aus wie jene, die sie zwischen Warnack und Gulehm gefunden hatten. Nur dass dieser hier deutlich jünger war. Das Massaker konnte nicht länger als zwei oder drei Tage zurückliegen. Die Verwesung hatte erst eingesetzt, der Gestank war gerade noch erträglich.

»Feuer, Glut und Flamme«, flüsterte Bazibb und seine Spitzohren vibrierten. »Wäre ich doch nur in Warnack geblieben.«

Kadrass, dachte Arkeen und hielt sein Kamel an. Er wusste es, noch bevor sein Blick die toten Insektenkörper erfasste, die in der Mulde verstreut lagen. Unwillkürlich wanderte sein Blick zu den umliegenden Dünenkämmen empor. Aber die Kadrass, die für dieses Blutbad verantwortlich waren, mussten lange fort sein. Außerdem hätte ihn Winshoa nicht in die Nähe lebender Kadrass geführt und zweifellos gewarnt, wenn die Angreifer zurückkehren sollten.

Arkeen begriff, was ihn an der Szenerie störte. Es gab keine Aasfresser. Inzwischen hätten sich längst Narbengeier und Wüstenfüchse an den sterblichen Überresten einfinden sollen. Aber bis auf Schwärme summender Fliegen war nichts Lebendiges zu sehen.

Dafür sah Arkeen etwas anderes. Mitten unter den zerfetzten Toten und ausgeweideten Reitechsen lag etwas strahlend Weißes, so rein und unbefleckt, dass es fast obszön wirkte.

Arkeen riss an den Zügeln. Erst beim dritten Versuch setzte sich das Kamel in Bewegung. Der Karawanenführer ritt an zerrissenen, flatternden Zeltwänden vorbei und auf den weißen Schemen zu, der sich schon bald als menschlicher Körper herausstellte. Die Gestalt war offensichtlich nicht von den Angreifern in Stücke gerissen worden.

Dann erblickte Arkeen die bunt schimmernden Haare und es fiel ihm wie Schuppen von den Augen.

Es war eine Widerschein. Die Frau lag auf der Seite, trug ein schlichtes, schneeweißes Kleid, aber weder Sandalen noch eine Kopfbedeckung. Die Beine hatte sie an den Körper gezogen, die Arme schützend vor das Gesicht geschlagen. An ihrem Hinterkopf klebte eingetrocknetes Blut. Sie regte sich nicht.

Arkeen ergriff einen Trinkschlauch und sprang vom Kamel. Er hörte Bazibb fluchen, eilte auf die Frau zu. Als er sie auf den Rücken drehte und die Narbe an ihrem Kinn entdeckte, wusste er Bescheid: Es handelte sich um jene Widerschein, die er als Tänzerin in Warnack gesehen hatte.

Die Frau stöhnte. Ihre Augenlider flatterten, dann flogen sie auf, enthüllten dunkle, fast schwarze Augen. Ein trüber Schleier lag über ihren Pupillen, ihr Blick ging ins Leere.

Arkeen hielt der Widerschein den Trinkschlauch an die aufgesprungenen Lippen. Gierig sog sie das rettende Nass ein, hustete, würgte und trank erneut. Nach einigen Sekunden hielt sie inne, sank mit einem Seufzen zurück und schloss für einen Moment die Augen.

Als sich ihre Lider abermals hoben, funkelten und brannten ihre Augen wie Feuer. Dem Karawanenführer war es, als würde ihn etwas berühren, eine unsichtbare Hand, die ihn betastete, tiefer griff, in die entlegensten Abgründe seiner Seele vordrang.

»Du bist da«, flüsterte sie und ein glückseliges Lächeln erschien auf ihren Zügen. »Arkeen.«

~

Der Karawanenführer hockte im Sand und betrachtete die Widerschein, die den zwei Liter fassenden Wasserbeutel zur Gänze geleert hatte. Sie musste kurz vor dem Verdursten gewesen sein. Es glich einem Wunder, dass sie die Kadrass verschont hatten. Es *war* ein Wunder, dass sie so lange überlebt hatte.

Die Widerschein war jung, Anfang zwanzig, vielleicht darunter. Wie die meisten Bewohner des Scherbenspiegels war sie schlank, geradezu dünn, und groß gewachsen. Die Narbe an ihrem Kinn war s-förmig. Sie wies verblüffende Ähnlichkeiten mit Arkeens Wundmal auf, befand sich an derselben Stelle, leuchtete wie ein weißer Kreidestrich. Um den Hals trug das Mädchen eine silberne Kette mit einem gläsernen Anhänger, einer kleinen, verkorkten Phiole. Darin leuchtete eine blutrote Flüssigkeit. Neben den perlmuttfarbenen Haaren besaß die junge Frau geschwungene, volle Lippen. Das war untypisch für Widerschein, die als schmallippig galten, was angeblich daran lag, dass sie niemals lachten.

Letzteres konnte auf die junge Frau nicht zutreffen. Soeben warf sie Arkeen ein dankbares Lächeln zu und legte den Trinkschlauch beiseite. Es war verblüffend, wie schnell sie sich von ihrem Martyrium erholte, wie rasch sie wieder zu Kräften kam.

Arkeen erinnerte sich, was die Widerschein vorhin gesagt, mit welchen Worten sie ihn angesprochen hatte. Mit seinem Namen.

»Woher kennst du mich?«, fragte Arkeen.

Die junge Frau betastete das eingetrocknete Blut an ihrem Hinterkopf. »Ich kenne dich nicht. Nur deinen Namen. Sobald mir jemand nahe ist, weiß ich, wie er heißt.«

Arkeen war ein wenig enttäuscht. Es wäre aber auch hoffnungslos romantisch gewesen, wenn sie in ihrem Hitzedelirium von ihrem Retter geträumt hätte. Es war Zufall, dass er sie gefunden hatte, mehr nicht.

»Wie heißt du?«

»Mahishaa.«

»Du kommst aus Warnack?«

Die Widerschein blickte auf und legte den Kopf schief.

»Du warst in der Stadt«, sagte sie. Ihre Stimme klang sanft und melodisch, erinnerte Arkeen an die rollende Sprache der Schattenländer. »Du hast mir beim Tanzen zugesehen.«

Bevor Arkeen seine Verwunderung ablegen konnte, ergriff Bazibb das Wort.

»Wir müssen zurück«, schnarrte er und umklammerte die Träger seines Ranzens. »Sonst glaubt Bogoran noch, wir sind in Schwierigkeiten.«

Mahishaa lächelte. »Bazibb, der Feuerkobold. Es ist mir eine Ehre, Djin Farkun, Herr des Feuers.«

Arkeen hätte schwören können, dass Bazibb rot anlief – was freilich unmöglich war, denn die Haut des Kobolds war bereits so rot, dass jede weitere Zunahme der Farbintensität unweigerlich ins Violett gekippt wäre; was genau in diesem Moment geschah.

»Hm, danke«, brummte Bazibb. Seine Spitzohren ringelten sich gegen seinen Hinterkopf, er senkte den Blick und starrte auf seine riesigen Füße.

Arkeen erlebte zum ersten Mal, dass der Feuerkobold in Verlegenheit geriet. Aber er konnte Bazibbs Reaktion nachvollziehen. Die Widerschein hatte etwas an sich, das einem das Gefühl gab, vor Scham im Boden versinken zu müssen.

»Du hast schöne Augen.«

Mahishaa erhob sich, trat auf Arkeen zu und berührte wie selbstverständlich sein Gesicht.

Ihre Finger fühlten sich an wie Seide. Oder wie die samtige Schale einer Mango. Ein Kribbeln erfasste Arkeens Wangen, wanderte seinen Hals und Nacken hinab und verhielt im Bereich seines Herzens. Erst da fiel ihm auf, dass er nicht mehr atmete. Er hatte schlicht darauf vergessen.

»Ein Grün wie funkelnde Smaragde«, fuhr die Widerschein fort und tastete über seine Lippen.

»Meine Mutter«, stieß Arkeen hervor. »Es sind ihre Augen.«

Mahishaa zog die Hand zurück. Arkeen konnte gerade noch verhindern, dass er ein erleichtertes Seufzen ausstieß. Die Berührung der Widerschein war sinnlich, intensiv und prickelnd, aber mindestens ebenso unheimlich und verstörend. Ob es an der Magie lag, die den Perlentöchtern zu eigen war?

»Du hattest Glück, dass ich vorbeigekommen bin«, sagte Arkeen. Er merkte, dass seine Stimme belegt klang. »Mein Sonnensperber muss dich entdeckt haben.«

»Du reist mit einer Ashukhan?

Die Widerschein benutzte Worte der alten Sprache. Arkeen war, wie die meisten Arkeaner, dieser Redeweise nicht mächtig, auch wenn er einige der Begriffe verstand. *Ashukhan* setzte sich zusammen aus *Anshu*, was Falke oder Sperber bedeutete, und *Akhan*, der Bezeichnung für den Tag oder die Sonne.

»Ich habe Winshoa vor Wüstengnomen gerettet«, erwiderte Arkeen. »Sie ist bei mir geblieben.«

Er richtete die Lederbandage über seiner alten Brandwunde und streckte den Arm aus. Wenige Herzschläge vergingen, dann erklang ein spitzes *Kre-ke-keck!* und Winshoa landete. Sie bedachte die Widerschein mit schmalen Falkenaugen. Dann schlug sie mit den Flügeln und erhob sich wieder in die Luft.

»Wunderschön«, murmelte Mahishaa und blickte dem Greifvogel hinterher. »Ich kenne niemanden, der von einer Ashukhan begleitet wird.«

Arkeen blinzelte in Richtung aufgehender Sonne. Die halbe Stunde, von der Bogoran gesprochen hatte, war verstrichen. Sie sollten sich auf den Rückweg ins Lager machen, bevor sein Freund Soldaten ausschickte, um ihn und Bazibb zu suchen. Davor aber musste er der Widerschein noch eine Frage stellen.

»Was ist hier geschehen?«

Über Mahishaas Züge wanderte Zwielicht, ihr Lächeln erlosch. Sie blickte sich um, scheu, furchtsam, als hätte sie die Katastrophe bisher ausgeblendet und würde erst jetzt das Schlachtfeld bemerken, die Toten ringsum, die verstümmelten Menschen und ausgeweideten Echsen.

»Kadrass«, flüsterte sie mit einer Stimme, die zwischen Furcht und Trauer schwankte. Ihr Blick flackerte. »Sie waren überall.«

»Du bist mit einem Scheich gereist, als ihr überfallen worden seid?«

»Ja, mit Scheich Halaf, dem Oberhaupt von Marsam.« Mahishaas Antlitz zeigte kein Bedauern, als sie auf einen grotesk verdrehten Körper deutete. »Er liegt dort drüben. Oder das, was von ihm übrig ist.«

»Wir müssen nachsehen, ob noch jemand überlebt hat.«

»Nein.« Mahishaas Erwiderung kam ohne Zögern. »Alle anderen sind tot.«

»Woher weißt du das?«

»Ich spüre es. Genauso, wie ich die Namen von Fremden kenne, fühle ich auch, wenn mich höheres Leben umgibt. Die letzten zwei Tage gab es hier nur Fäulnis und Tod.«

»Mit Ausnahme von dir.«

Mahishaas dunkle Augen wanderten über Arkeens Gesicht. Sie schien etwas zu suchen, einen Hinweis, wie diese Aussage gemeint war. Arkeen wusste es selbst nicht genau. Womöglich wollte er damit seine Verwunderung ausdrücken, dass sie überlebt hatte. Denn ein Wunder war es, zweifellos.

»Du hast recht«, erwiderte sie. »Seit die Kadrass verschwunden sind, habe ich mich mehrmals gefragt, weshalb ich noch lebe und wieso mich der Tod verschmäht hat. Vielleicht …«

Mahishaa hielt inne und hob den Kopf. Arkeen folgte ihrem Blick.

Auf der Düne stand eine Gestalt. Obwohl sie weit entfernt war, mindestens einhundert Schritte, wusste er sofort, um wen es sich handelte. Es war dieselbe Person, die während des Sandsturms vor einigen Tagen in der Wüste gestanden und sie beobachtet hatte. Erneut war sie mit der Kluft eines Beduinen bekleidet, trug etwas am Kopf, das ein Kranz sein mochte, blickte in ihre Richtung – und Arkeen konnte beim besten Willen nicht sagen, ob das Wesen menschlich war.

Dann war es, als würde eine Wolke aufziehen und einen Schatten auf die Gestalt werfen. Sie verlor an Kontrast, wurde durchscheinend und verschwand.

»Magie«, krächzte Bazibb. »Das ist Magie. Von der schlimmen Sorte.«

Trotz der Hitze im Talkessel standen Arkeen die Haare zu Berge.

»Wir brechen auf«, sagte er und deutete Mahishaa, auf sein Mandrakei zu steigen.

Die Widerschein tat wie ihr geheißen. Arkeen ergriff die Zügel des Kamels und sie setzten sich in Bewegung.

Nach dreißig Schritten tauchten zwei Gestalten in dem Einschnitt zwischen den Dünen auf und eilten auf sie zu. Aber es waren keine Soldaten aus Bogorans Truppe. Es handelte sich um das Ehepaar, das sich in Gulehm der Karawane angeschlossen hatte.

»Arkeen«, sagte der Mann, dessen Namen dem Karawanenführer entfallen war. »Alles in Ordnung?«

Arkeen hielt das Kamel an. Ihm gefiel der Gesichtsausdruck des Reisenden nicht. Noch weniger die Augen seiner Frau, die zwischen dem Tuch vor ihren Zügen her-

vorblitzten. Hatte er die Reisende jemals ohne Gesichtsschleier gesehen? In manchen Gegenden war es üblich,
dass sich die Frauen verhüllten, aber nicht die ganze Zeit
über und schon gar nicht in Gulehm. Wenn er die Statur
der Frau genauer betrachtete, musste er sich eingestehen,
dass sie nicht unbedingt …

»Jetzt!«, brüllte der Mann.

Die Frau riss den Arm empor. Etwas löste sich aus ihrer
Hand, raste auf Bazibb zu. Bevor Arkeen reagieren konnte, kippte der Feuerkobold stocksteif nach hinten, plumpste in den Sand und blieb reglos liegen.

Dem Karawanenführer blieb keine Zeit, dem Geschehen einen Sinn abzugewinnen. Der Mann sprang auf ihn
zu, holte aus und schlug mit der Faust nach seinem Gesicht. Arkeen konnte sich gerade noch wegducken, stolperte zwei Schritte zurück und nestelte nach dem Schwert
an seiner Seite. Bevor er es ziehen konnte, stürzte sich der
Mann auf ihn und warf ihn zu Boden. Arkeen wehrte sich
aus Leibeskräften, aber der Angreifer war stärker und ge-
wandter als er. Schläge prasselten auf ihn nieder, seine
Gegenwehr erlahmte. Arkeens Sichtkreis verschwamm, er
drohte das Bewusstsein zu verlieren. Da wurde er grob
auf den Bauch gedreht, Sand drang ihm in Mund und Nase.

Arkeen vernahm einen Schrei. Es war ein schriller, lang
gezogener Laut – Winshoa.

Arkeen wollte sich hochdrücken, aber der Mann stieß
ihm in den Rücken und verdrehte seinen linken Arm, bis
es knackte. Ein scharfer Schmerz fuhr durch Arkeens
Schulter. Die hellblaue Schärpe um seinen Oberkörper löste sich, als er versuchte, einen Blick in den Himmel zu er-
haschen.

Winshoa, von der kaum die Umrisse zu erkennen waren, schoss aus der graublauen Wüstenluft zu ihnen herab. Ihre Klauen waren vorgereckt, zielten auf das Gesicht des Angreifers.

In diesem Moment vibrierte die Atmosphäre, als würde heißer Dampf aufsteigen. Winshoa wurde von einer unsichtbaren Kraft getroffen und zurückgestoßen. Ihre Flügel erstarrten in der Luft, dann stürzte sie zu Boden.

Die verschleierte Frau hatte ihr Tuch vom Gesicht gerissen. Doch die Frau war keine Frau. Bartstoppeln bedeckten das kantige Gesicht und die Züge waren eindeutig männlich.

Der Fremde packte Mahishaas Arm und zerrte sie vom Kamel. Die Widerschein setzte sich zur Wehr, aber auch sie konnte nichts gegen den Angreifer unternehmen. Der Mann stieß sie in den Sand und baute sich drohend vor ihr auf.

Arkeens Mandrakei schnaubte, tänzelte mit den Vorderläufen und wich ein paar Schritte zurück. In diesem Moment bereute es Arkeen, dass er sich nie eine Laufechse zugelegt hatte. Bogorans Finmedra würde nicht tatenlos herumstehen und dem Ereignis mit Gleichgültigkeit begegnen. Sie hätte für ihn gekämpft, die Angreifer zerfetzt, ihm das Leben gerettet.

Arkeen registrierte eine Bewegung aus den Augenwinkeln. Jemand marschierte vom Rand der Senke in ihre Richtung. Es waren zwei Personen. Die eine kannte er nicht. Da sie eine Kutte trug, nahm er an, dass es sich um einen Druiden handelte.

Die andere Gestalt war Palwin – jener Reisende, den Arkeen nach seiner Attacke auf Kimlin der Karawane verwiesen hatte.

Palwin trat näher, ging vor Arkeen in die Hocke. Ein schmales Grinsen lag auf seinen Zügen, das ihm gemeinsam mit der hellen Hautfarbe und den rot geäderten, schwarz umrahmten Augen einen dämonischen Ausdruck verlieh.

»Arkeen.« Das Grinsen wurde breiter. »So sehen wir uns wieder.«

In der Hand trug Palwin etwas, das der Karawanenführer als Fernrohr identifizierte. Arkeen begriff allmählich, was vor sich ging. Bogoran war mit seiner Vermutung wieder einmal richtig gelegen. Arkeen hatte sich einen Feind gemacht, einen, der überaus nachtragend war.

»Es ist nicht leicht, deiner habhaft zu werden«, fuhr Palwin fort. »Hat lang gedauert, bis du die Karawane allein verlassen hast. Nun ja, fast allein.«

Palwin blickte zu Bazibb und Winshoa, die reglos und ohne Zeichen von Leben im Sand lagen.

»Bist du uns ... die ganze Zeit gefolgt?«, presste Arkeen hervor.

»Ja, und glaub mir, das war kein Honiglecken. Ich wollte dich schon früher schnappen, zum Beispiel in der Oase mit dem Scheichfrosch, aber in den unpassendsten Momenten gab es Schwierigkeiten. Einmal hat uns ein Wirbelsturm erfasst, ein andermal sind wir in Treibsand geraten und dann hätten uns beinahe Kadrass erwischt. Vielleicht waren's die gleichen Insekten, die hier so schön aufgeräumt haben.«

Palwin warf einen selbstgefälligen Blick in Runde. »Schade, dass ihre Raffinesse zu wünschen übrig lässt. Ich hätte ein paar der Köpfe auf Stangen gespießt und die Augäpfel herausgekratzt. Die schmecken frisch ebenso gut wie in einer Boxenkrautsuppe.«

Arkeen hatte den unguten Verdacht, dass Palwins Worte nicht als Scherz gemeint waren. Der Blick des Karawanenführers wanderte immer wieder zum Ausgang des Talkessels, in der Hoffnung, dass dort Bogoran auf seiner Laufechse erschien. Inzwischen musste er sich längst auf die Suche nach ihnen begeben haben.

»Wie auch immer«, sagte Palwin. »Ich bin nicht hier, um mit dir ein Schwätzchen zu halten. Du kennst meinen richtigen Namen noch nicht. Palwin, so heiße ich nur, wenn ich unerkannt reisen will. Unter normalen Umständen nenne ich mich Djin Fendran.«

Arkeen war es, als würde ihm jemand eine Ohrfeige verpassen. Wie hatte er nur so blind sein können? Palwins blutunterlaufene Augen, die schwarzen Schatten unter seinen Lidern und die helle Haut waren Merkmale, die nicht oft zusammentrafen. Wie gemunkelt wurde, waren sie auch die Kennzeichen einer in ganz Arkeen gefürchteten Person: Djin Fendran; ein Name, den man nicht laut aussprach und der selbst in den finstersten Spelunken nur geflüstert wurde. Sofern Palwin die Wahrheit sprach, und Arkeen sah keinen Grund, daran zu zweifeln, war der Rotäugige ein Gewaltverbrecher, ein Auftragsmörder und Schlächter, ein blutrünstiger Menschenfresser und sadistischer Vergewaltiger.

»Sohn der Finsternis«, murmelte Arkeen. »Ich habe von dir gehört.«

»Hoffentlich nur Schlechtes.« Palwin feixte. »Falls du auf Rettung durch deinen betagten Freund hoffst: Meine Leute haben Bogoran in die falsche Richtung geschickt. Der reitet gerade den Banditen hinterher, die dich entführt haben.«

Palwin hob die Lippen und ließ gelbe Zähne erkennen. »Trotzdem, wir wollen das Schicksal nicht herausfordern. Bevor ich deinen Schwanz abschneide, dich von deinem Blut kosten lasse und dir die Augen aussteche, werden wir uns ein wenig mit deiner Begleitung amüsieren.«

Die Wegelagerer packten Mahishaa, rissen ihr das weiße Kleid vom Leib und warfen sie zu Boden. Die Widerschein schrie, wand sich im Griff der Banditen. Arkeen krümmte den Rücken, bemühte sich, seinen Gegner abschütteln. Doch Palwins Handlanger drückte ihn bloß tiefer in den Sand, sodass feine Körner in seine Nase rieselten und er husten musste. Verschwommen bekam er mit, wie Palwin sein Glied entblößte und auf die Widerschein zutrat. Arkeen fühlte den heißen, stinkenden Atem seines Peinigers im Nacken. Der Griff des Mannes lockerte sich, eine Hand wanderte zwischen Arkeens Beine und packte seine Hoden.

Der Karawanenführer wollte schreien, aber da war zu viel Sand: in seinem Mund, seiner Nase, seinen Lungen. Der Angreifer drückte zu und Arkeen stöhnte auf. Schmerzen loderten empor, er warf den Kopf zur Seite, spürte, wie sich sein Nacken verkrampfte – als etwas Kühles seine Wange berührte.

Arkeen stierte auf das kleine Objekt, das vor ihm im Wüstensand lag. Es war die Phiole, die Mahishaa um den Hals getragen hatte. Arkeen wusste nicht, weshalb er es tat. Er folgte einer Eingebung, die wie ein greller Gewitterblitz vor seinem inneren Auge aufleuchtete. Arkeens Züge verzerrten sich, als er die Muskeln anspannte und seinen rechten Arm aus der Umklammerung riss. Er tastete nach der Phiole, zog mit zwei Fingern den Korken aus dem Glasgefäß. Aus dem winzigen Behälter tropfte rote Flüssigkeit in den Sand.

Der Mann über ihm grunzte überrascht, packte Arkeens Handgelenk. Der Karawanenführer stieß ein ersticktes Keuchen aus, als ihm der Riese den freien Arm auf den Rücken drehte. Noch im Nebel des Schmerzes gefangen, registrierte er das Messer, das der Raubmörder zwischen seine Beine gleiten ließ.

Der Sand erwachte zum Leben.

Einen Herzschlag lang war Arkeen davon überzeugt, den Verstand zu verlieren. Der Boden vor ihm schlug Wellen, stülpte sich zu Blasen aus. Ein Geräusch drang an sein Ohr, erinnerte an fließenden Sand. Menschliche Finger formten sich aus dem Wüstenboden, gefolgt von zwei Armen, grob gestaltet wie eine unfertige Skulptur. Ein ovaler Kopf wuchs empor, dann ein schlanker, sandfarbener Torso …

Arkeens Peiniger sog scharf die Luft ein. Er ließ sein Opfer los, sprang auf und stolperte rückwärts. Bevor sich Arkeen aufrappeln konnte, wandte sich das Sandwesen um, mit seinem Körper weiterhin im Boden verankert, raste an ihm vorbei und auf den Banditen zu. Der Mann fauchte überrascht, tastete nach seinem Schwert.

Ein Arm des Sandkriegers verformte sich. Innerhalb eines Atemzugs wurde er länger, spitz und flach. Als der Krieger seinen Säbel zog, stieß das Wesen zu. Sein Arm, der jetzt wie ein spitz zulaufendes Schwert aussah, drang mühelos in die Brust des Mannes. Der Bandit riss die Augen auf, seine Gesichtszüge erschlafften. Ein paar Tropfen Blut quollen zwischen seinen Lippen hervor, dann kippte er vornüber und lag still.

Das Sandwesen wandte sich um. Sein Schwertarm brach aus dem beinlosen Torso, zerfiel zu Staub. Drei Sekunden später war dem Geschöpf ein neuer Arm gewachsen, spitz und scharf wie der vorherige.

Die Kreatur glitt auf die anderen Banditen zu. Sie bildete keine Beine oder zusätzlichen Extremitäten aus. Das Wesen sah aus wie ein mannhoher Turm aus Sand, der sich getragen vom Untergrund vorwärts schob, unaufhaltsam wie eine Gerölllawine.

Palwin kniete über Mahishaa, stöhnte und stieß mit brutaler Wucht zu. Er hatte nichts von den Geschehnissen mitbekommen. Die Widerschein wimmerte, konnte sich aber nicht wehren, da ihre Arme von dem zweiten Vergewaltiger festgehalten wurden. Dieser hockte vor ihrem Kopf und trieb ihr sein erigiertes Glied in den Mund. Der dritte Meuchelmörder, der wie ein Druide gekleidet war, stand etwas abseits, hatte sich in den Schritt gefasst und keuchte vor Verlangen. Er war der Erste, der die Gefahr erkannte.

»Achtung!«, kreischte er. »Ein, ein …!«

Er kam nicht dazu, seine Überraschung zu überwinden. Das Sandwesen holte aus und hieb ihm mit einem sauberen Schlag den Kopf vom Rumpf. Palwin sprang auf und wirbelte herum. Lüsternheit, Wut und Verblüffung tanzten über seine Züge. Er reagierte unfassbar schnell. Mit einem Mal lag ein Schwert in seiner Hand. Palwin trat vor und stieß zu.

Der Körper des Wesens war nicht so hart, wie Arkeen vermutet hatte. Das Schwert durchbohrte seinen Leib mühelos, als würde es sich bloß um den Sand in einem Staubteufel handeln. Das Geschöpf gab keinen Laut von sich, bewegte sich einen Schritt zur Seite. Das Schwert wanderte aus seinem Körper, glitt seitlich heraus und riss dabei einige Sandkörner mit. Es wirkte nicht, als würde die Verletzung das Wesen bekümmern.

Palwin brüllte, holte erneut aus – aber bevor er zuschlagen konnte, rammte ihm die Kreatur das eigene Sandschwert in die Brust. Palwins blutunterlaufene Augen wurden groß. Sie wanderten in Arkeens Richtung. Weder Furcht noch Schmerz, nur bodenlose Verwunderung lag darin. Schaum blubberte aus Palwins Mund. Dann sackte der Raubmörder zusammen, noch immer von dem Schwert des Sandkriegers aufgespießt.

Der letzte Bandit, der Mahishaas Arme festgehalten hatte, war herumgewirbelt und stürmte davon. Das Sandwesen setzte ihm hinterher, mit einer Geschwindigkeit, die dem Tempo von Warnacks Laufechsen ebenbürtig war. Die Kreatur holte den Flüchtenden ein, noch ehe dieser zehn Schritte getan hatte. Der sandige Schwertarm vollführte einen Halbkreis und der Torso des Mannes klatschte in zwei Hälften geteilt zu Boden.

Das Geschöpf wandte sich um. In einer wiegenden Bewegung näherte es sich Arkeen. Der Karawanenführer hockte einfach nur da und rührte sich nicht. Er starrte das Wesen an, unfähig, einen klaren Gedanken zu fassen. Arkeen sah, wie der beinlose Torso vor ihm aufragte, wie die Kreatur ihren Schwertarm hob, ausholte …

»Maktu… kaan«, flüsterte eine Stimme.

Das Wesen verharrte, wandte sich der Widerschein zu. Mahishaa lag zusammengekauert im Sand. Ihr Blick flackerte.

»Maktukaan«, wiederholte sie.

Das Sandwesen richtete sich zu seiner vollen Größe auf, blieb einen Moment regungslos – und brach auseinander.

Sand prasselte zu Boden, formte einen unscheinbaren Kegel. Eine letzte Welle lief über den Untergrund, dann war das Geschöpf verschwunden, als hätte es nie existiert.

Arkeens Erstaunen wurde von seinen Schmerzen eingeholt. Er keuchte, als sich sein verdrehter Arm und seine malträtierten Hoden zu Wort meldeten. Dennoch erhob er sich, taumelte auf Mahishaa zu und ging vor ihr in die Hocke. Ihr Blick war unstet, er sah die Schmerzen, die sie hatte erdulden müssen. Die Widerschein blutete an der Schläfe und zwischen ihren Beinen. Ihre ausgedörrten Lippen waren aufgeplatzt.

Arkeen griff nach einem heil gebliebenen Teil ihres weißen Kleides und reichte es Mahishaa. Danach erhob er sich, schritt das Schlachtfeld ab und kehrte mit einem Hemd und einer Hose zurück, die das Wüten der Kadrass überstanden hatten.

Mahishaa hockte im Sand, die Beine an die Brust gezogen. Sie nickte dankbar, als ihr Arkeen die Kleider anbot. Der Karawanenführer trat an sein Kamel heran, legte ihm beruhigend die Hand auf die Nüstern und langte nach einem Wasserbeutel, den er an Mahishaa weiterreichte. Die Widerschein trank, würgte, spukte aus und musste husten. Sie schüttete sich Wasser ins Gesicht, reinigte ihre Mitte und zog sich an. Dies alles geschah schweigend und ohne einen anderen Laut, als dem leisen Knistern des Sandes, der von der morgendlichen Brise über den Boden getrieben wurde.

Als sie fertig war, ergriff Arkeen das Wort. »Was war das, dieses Wesen aus Sand?«

»Shakataan«, erwiderte Mahishaa und legte die silberne Kette mit der Glasphiole um, in der letzte Tropfen der roten Flüssigkeit glitzerten. »Ein Sandwächter. Sie sind der

Grund, wieso man uns nicht längst aus dem Scherben-spiegel vertrieben hat. Waffen können gegen sie nichts ausrichten. Die Menschen fürchten sie.«

Zu Recht, dachte Arkeen. *Mehr als zu Recht.* Hätte Mahishaa nicht eingegriffen, hätte ihn das Wesen ebenso mühelos getötet wie die Banditen zuvor.

Arkeen näherte sich den reglosen Körpern von Bazibb und Winshoa. Beide wirkten, als wären sie mitten in der Bewegung erstarrt. Er spürte keinen Puls, keine sonstigen Anzeichen für Leben. Trauer erfasste ihn, aber er kämpfte sie nieder.

Nicht jetzt, dachte er. *Nicht hier.*

Ein lauter Ruf drang an sein Ohr. Am Eingang der Senke war die Gestalt einer Reitechse erschienen. Auf ihrem Rücken saß Bogoran. Finmedra preschte heran, der Sand stob nach allen Seiten.

»Arkeen, bist du verletzt?« In Bogorans Stimme schwang Sorge mit.

»Nein, es geht mir gut.«

»Tut mir leid, dass ich so spät komme. Ich hätte wissen müssen, dass ich auf der falschen Fährte bin. Die Spuren waren nicht frisch.«

Am Taleingang tauchten weitere Personen auf, Söldner der Karawane, die sich mit gezogenen Schwertern und Rundschildern am Arm näherten. Bogorans Blick wanderte über das Schlachtfeld und die zerfetzten Körper, dann zu Mahishaa. Er wirkte nicht überrascht. Einen Moment lang zeigte sich Unmut auf seinen Zügen.

Arkeen klopfte sich den Sand von der Kleidung und schilderte seinem Freund in knappen Worten, was sich zugetragen hatte.

»Djin Fendran.« Ein Schatten huschte über Bogorans Gesicht, als ihm Arkeen von der wahren Identität Palwins berichtete. »Wo ist er jetzt?«

Arkeen deutete auf die Stelle, an der das Sandwesen den Raubmörder durchbohrt hatte. Bogoran trat näher. Etwas lag auf seinen Zügen, eine stille Trauer vermischt mit Wut und Verbitterung, die Arkeen so nicht an seinem Freund kannte.

Bogoran ballte die Hände zu Fäusten. »Der Sohn der Finsternis wird niemanden mehr töten. Ich hoffe, er ist ins Dunkel gefallen und brennt dort bis zum Ende der Zeit.«

»Brennen ist keine Strafe«, krächzte eine Stimme. »Wasser. Wasser ist schlimm.«

Eine kniehohe, tiefrote Gestalt hatte sich aus dem Wüstensand erhoben.

»Bazibb.« Arkeen war ehrlich erfreut. »Du lebst.«

»Freilich lebe ich.« Der Feuerkobold pulte sich Sandkörner aus den Spitzohren, schüttelte seinen Rucksack und stieß schnaubend die Luft aus. »Es braucht schon mehr als einen ollen Körperbann, um mich kaltzumachen.«

Ein hoher, gebrochener Schrei ließ Arkeen aufhorchen. Spitze Schwingen wirbelten den Sand auf, ein Falkenschnabel blitzte in der Sonne. Erleichterung erfasste Arkeen, als sich Winshoa den Staub aus dem Gefieder schüttelte, ihre Flügel spreizte und sich vom Boden abstieß.

»Wir sollten uns nicht länger hier aufhalten«, sagte Bogoran. »Dieser Ort ist ein Ort des Todes.«

Arkeen ließ seinen Blick durch den Talkessel schweifen, über die abgestorbenen Wüstenakazien, die zerrissenen Zeltplanen, verstümmelten Leichen und zerfetzten Echsenkörper. Ihm war klar, dass sie die Toten nicht bestatten konnten. Es waren zu viele, sie hatten nicht ausreichend Zeit und der Angriff von Palwin und seinen Handlangern hatte gezeigt, dass die Todesstätte nicht sicher war. Zudem war es hier in der Senke noch immer heißer, als es um diese Tageszeit sein sollte. Das beklemmende Gefühl unsichtbarer, tastender Finger war nach wie vor präsent, versetzte den Geist in ständige Alarmbereitschaft.

Arkeen half Mahishaa auf sein Kamel und ergriff die Zügel. Er sah Palwins Fernrohr im Sand liegen, bückte sich und hob es auf. Ein solches Instrument konnte ihm mit Sicherheit von Nutzen sein.

Eskortiert von Bogoran und drei seiner Krieger, begaben sie sich auf den Rückweg. Winshoa ließ ihrem Unmut über die heimtückische Attacke freien Lauf, brauste am Himmel auf und ab, stieß abgehackte Schreie aus und beruhigte sich erst, als Arkeen sie herbeirief und ihr mit sanften Worten über die gesträubten Kopffedern strich.

Als sie das Lager erreichten, strömten die Reisenden herbei, tuschelten hinter vorgehaltenen Händen und warfen ihnen Fragen zu. Alle Augen ruhten auf Mahishaa, die wie eine Fürstenprinzessin auf dem Mandrakei hockte und nicht erkennen ließ, welches Grauen sie hatte durchleben müssen.

Kurzerhand beschlagnahmte Arkeen das Zelt von Sansuun und seinem Bruder, welches noch nicht abgebaut und überdies das größte im Lager war. Sie postierten zwei Söldner vor dem Eingang, damit sie ungestört Kriegsrat halten konnten. Neben Arkeen, Mahishaa und Bogoran, nahmen auch Geolinsa, Usgard und Bazibb an der Besprechung teil. Eglan, der sich ihnen wie selbstverständlich anschließen wollte, wurde von Arkeen zurückgewiesen. Seltsamerweise widersetzte sich der Fandriner nicht, nickte bloß und ließ sich neben dem Ziehbrunnen in der Mitte des Lagers nieder.

»Ich bin mit einem Seelenfänger nach Warnack gekommen und wurde von Scheich Halaf ausgezahlt«, erzählte Mahishaa.

Arkeen hätte sie gern unterbrochen und gefragt, weshalb sie sich als Konkubine verdingte. Noch nie hatte er von einer Widerschein gehört, die sich in die Position einer käuflichen Dirne begab. Er konnte sich kaum vorstellen, dass ein solch zartes, zerbrechlich wirkendes Geschöpf freiwillig diesen Weg beschritt. Aber Arkeen wollte sie nicht bedrängen und schwieg.

»Wir waren eine große Karawane mit mehr als dreißig Laufechsen. Neben dem Scheich, seinem Gefolge und der berittenen Leibgarde haben uns auch zwei Gesandte aus Warnack begleitet. Die Reise ist ohne Probleme verlaufen. In Gulehm haben wir einen dreitägigen Zwischenstopp eingelegt. Scheich Halaf und Scheich Thorim sind alte Freunde, so wurde mir gesagt. Wir sind weiter Richtung Norden, haben uns zwei Tage in Kunahn aufgehalten.«

»Zwei Tage?« Bogoran runzelte die Stirn.

»Ja, aber wir waren über Nacht nicht in der Oase, sondern außerhalb. Unsere Karawane wurde von zwei Druiden begleitet. Sie haben regelmäßig Botschaften ausgeschickt, neue empfangen und jede Nacht einen doppelten Bannkreis um das Lager gezogen.«

Jetzt war es an Usgard, die Stirn zu runzeln. Arkeen konnte seine Reaktion verstehen. Einen einzigen Bann zu schaffen, war bereits aufwendig. Zwei Bannkreise waren deutlich schwieriger und es benötigte wenigstens zwei Druiden oder eine Magierin dazu. Dies lag daran, dass sich die magischen Linien gegenseitig überlagerten und es zu unberechenbaren Interferenzen kommen konnte. Andererseits bot ein doppelter Bannkreis auch einen besseren Schutz. Angeblich konnte er nicht gebrochen werden, selbst von einer Magierin nicht. Umso mehr war es verwunderlich, wie die Kadrass die Echsenreiter derart problemlos überwältigen konnten. Auf dem Schlachtfeld waren nur wenige tote Kadrass gelegen.

»Wie ist es passiert?« Bogorans Stimme ließ keine Verunsicherung erkennen. »Wie haben die Insekten den Bannkreis überwunden?«

»Es waren fliegende Kadrass«, flüsterte Mahishaa. »Mitten in der Nacht.«

»Brüllschrecken?« Bogoran schüttelte den Kopf. »Die sind nur untertags eine Gefahr.«

»Sie sind geflogen«, betonte die Widerschein. »Aber sie waren still. Nur ein leises Rauschen und Knistern, wie Seidendrachen im Wind, sonst nichts.«

»Brüllschrecken brüllen, sobald sie sich in die Luft erheben. Ihre Flügel sorgen dafür. Ich habe noch nie gehört, dass sie still sind. Oder in der Nacht angreifen.«

Arkeen vernahm den Unmut in Bogorans Stimme. Er war sich nicht sicher, ob dies allein an Mahishaas Aussage lag oder ob nicht persönliche Gründe mitschwangen. Der Krieger war durch sein Schicksal noch nie gut auf Widerschein zu sprechen gewesen.

»Es war so«, entgegnete Mahishaa. »Sie sind über uns gekommen, noch ehe jemand wusste, was geschieht.«

Usgard wiegte seinen mächtigen Vollbart. »Wenn es wirklich Brüllschrecken waren, kann der Bann nicht funktionieren. Er wird aus Seelensalz erschaffen, das die dazwischen liegenden Sandkörner verknüpft und damit für die Stärke des Bannkreises verantwortlich ist. Seelensalz aber ist die Essenz der Lodrakeen, der Salzwüste. Hier werden zwei Elemente gebündelt: Erde und Wasser. Wesen der Luft können nur schwer erfasst oder aufgehalten werden. Das trifft auch auf Morganafeen zu.«

Diese Erklärung beunruhigte Arkeen. Bisher hatte es nur selten nächtliche Angriffe von Kadrass und schon gar nicht von Brüllschrecken gegeben. Falls die Insekten nun anders vorgingen und ihre geflügelten Vertreter die Dunkelheit nicht länger scheuten, mochte das für alle Karawanen von entscheidender Bedeutung sein. Mit einem Mal existierte ein gefährlicher Schwachpunkt in der nächtlichen Sicherung des Lagers, der nicht so einfach zu flicken war.

»Viele waren tot, noch bevor sie ihr Schwert ziehen konnten«, fuhr Mahishaa fort. »Die Echsen sind keine Hilfe gewesen. Die Kadrass haben sie am Hinterkopf attackiert.«

»Ihr mentales Zentrum«, murmelte Bogoran. »Wir Echsenreiter nennen es Geheiß. Woher wussten die Insekten davon?«

»Du meinst«, vergewisserte sich Arkeen, »die Brüllschrecken haben die Echsen gezielt dort angegriffen, wo sie am verwundbarsten sind?«

Mahishaa nickte. Arkeen und Bogoran warfen sich einen Blick zu. Beide wussten, was der andere dachte. Es war nicht allein der gezielte, mörderische Überfall. Zu erfahren, dass die Kadrass strategisch und mit einem Wissen vorgingen, dass sie nicht besitzen sollten, war beunruhigend.

»Dann sind Kadrass von den Dünen herabgelaufen und ins Lager gestürmt«, sagte Mahishaa und zog ihre Beine an die Brust. »Es müssen Dutzende gewesen sein. Ich glaube, sie haben nur darauf gewartet, dass die Druiden tot sind und sie die Bannkreise überschreiten können.«

»Sie haben gewartet?« Arkeens Unruhe verstärkte sich.

»Das ist noch nicht alles. Der Angriff wurde von Magie unterstützt. Magie, wie ich sie nie zuvor verspürt habe – urtümlich, roh, brennend wie Feuer und Eis.«

»Ein Scherbenmagier.« Geolinsas Züge verdunkelten sich.

Arkeen wandte sich der weißhaarigen Bogenschützin zu. »Wie kommst du darauf?«

»Ich habe es damals auch gefühlt«, erwiderte sie. »Bei der Schlacht westlich des eisigen Dorns. Es waren nicht nur die Kadrass, die uns angegriffen haben. Alle haben die Magie gespürt, selbst die unbedarftesten Krieger. Es war ein Gefühl, als reibe Sand auf der Haut; Sand, der aus Glasscherben besteht.«

Ein Scherbenmagier? Hier in der Shahakeen? Arkeen spürte, wie es in seinem Magen zu rumoren begann. Sie mussten umgehend handeln. Dieses Wissen durfte nicht auf ihre Karawane beschränkt bleiben.

Er wandte sich Usgard zu. »Kannst du einen offenen Mentalbrief ausschicken? Die Stadtregierungen müssen erfahren, was geschehen ist.«

»Natürlich. Ich mache es sofort.«

Der Druide eilte aus dem Zelt. Arkeen wandte sich Mahishaa zu und stellte die Frage, die ihm schon länger auf der Zunge brannte.

»Wie hast du überlebt?«

Die Widerschein senkte den Blick, starrte ins Leere. »Meine Echse war eine der ersten, die attackiert worden ist. Ich bin vor ihr gestanden, war gerade dabei, sie zu füttern. Die Brüllschrecke hat sich in den Hinterkopf meines

Reittiers verbissen. Das hat die Echse in Raserei versetzt. Ihr Schwanz hat mich zur Seite gefegt. Ich bin zwischen Zeltplanen und Körben mit Kleidung gelandet. Als die Kadrass die Dünen hinabgestürmt sind, habe ich mich unter den Tüchern versteckt. Irgendwann bekam ich einen Schlag auf den Kopf und muss das Bewusstsein verloren haben. Ich bin erst am nächsten Morgen erwacht. Die Kadrass waren verschwunden, aber ich hatte grauenhafte Kopfschmerzen, mir war übel und ich konnte nicht aufrecht stehen. Immer wieder hat mich die Ohnmacht eingeholt. Trotzdem hatte ich wohl alle Wüstengötter auf meiner Seite, sonst wäre ich längst tot gewesen, als du gekommen bist.«

Arkeen nickte. Er ignorierte seine stillen Bedenken; dass Mahishaas weißes Kleid nahezu unbefleckt gewesen war; dass niemand ohne Wasser und Schutz vor der Sonne mehr als zwei Tage in der Wüste überleben konnte; dass sich die Götter nicht um das Schicksal Einzelner scherten.

Arkeen wandte sich Bogoran zu. »Wir brechen auf. Keine Rast, bis wir Schaar erreichen.«

Der Söldner verschränkte seine acht Finger, als Zeichen, dass er einverstanden war. »Ich werde meine Krieger anweisen, besonders aufmerksam zu sein.«

»Bazibb«, richtete Arkeen seine Stimme an den Feuerkobold. »Ich möchte, dass du auf magische Aktivität achtest. Solltest du etwas spüren, und sei es ganz schwach, gib sofort Bescheid.«

»Geht klar.« Bazibb ließ ein paar Flammen zwischen seinen Fingern tanzen. »Aber versprich dir nicht zu viel davon. Auf größere Entfernungen funktioniert das nicht.«

Sie erhoben sich und traten aus dem Zelt. Arkeen betrachtete Mahishaa von der Seite. Die Widerschein wirkte gefasst. Sie ließ nicht erkennen, was sie durchgemacht hatte, dass sie vor weniger als einer Stunde vergewaltigt worden war. Insgeheim bewunderte der Karawanenführer ihre Stärke, die Geschmeidigkeit ihrer Bewegungen, den stillen Zauber, den ihr Wesen ausstrahlte.

Arkeen fragte sich, ob die Geschichte, die Mahishaa erzählt hatte, der Wahrheit entsprach. Er ahnte, dass ihr Überleben weder mit Glück noch mit den Göttern zusammenhing. Mahishaa war eine Widerschein und Widerschein waren keine Menschen. Was immer im Tal geschehen sein mochte, weder der von seinen Leibwächtern beschützte Scheich, noch einer seiner zweifellos hervorragend ausgebildeten Krieger hatten überlebt. Nur eine schwache, hilfsbedürftige, junge Frau war mit dem Leben davongekommen – und das nahezu unversehrt.

Arkeen fröstelte, obwohl die aufstrebende Sonne das Dünenland in glühende Feuerwaben verwandelte.

Nur sie, dachte er. *Niemand sonst.*

~

Sie legten doch eine Mittagsrast ein, wenn auch nur kurz. Zwei der Soldaten, die im Tal des Todes gewesen waren, hatte schlagartig Schwindel und Übelkeit erfasst. Senashad nahm sich der beiden an und legte ihnen die Hände auf. Die Behandlung wirkte umgehend und sie konnten nach wenigen Minuten weiterreisen.

Arkeen stellte fest, dass Senashad der Widerschein missbilligende Blicke zuwarf. Er konnte sich des Gefühls nicht erwehren, dass die Hexe, ebenso wie Bogoran, über

Mahishaas Anwesenheit nicht erfreut war. Arkeen überlegte, Senashad auf ihren Unmut anzusprechen, tat es aber nicht. Er hatte die Empfindung, dass es unklug war, wenn er sich allein mit ihr unterhielt. Vielleicht war es am besten, wenn sie überhaupt kein Gespräch mehr führten und mit einem unverbindlichen Kopfnicken auseinandergingen.

Arkeen schlug ein scharfes Tempo an, das die Reisenden ohne zu murren aufnahmen. Sie alle hofften, Schaar noch heute zu erreichen. Inzwischen hatte sich herumgesprochen, was Arkeen hinter den Dünen entdeckt hatte und dass es nicht nur eine unorganisierte Horde Kadrass gewesen war, welche die Echsenkarawane vernichtet hatte. Gerüchte über den Scherbenmagier machten die Runde, legten sich wie Schatten auf die Reisenden, ließen sie unruhig und ängstlich werden.

Die einzige Person, deren Laune von den Ereignissen und düsteren Vorzeichen nicht beeinträchtigt schien, war Lischa.

»Du, Arkeen«, flötete die Fee, als sie wieder einmal am Kamel des Karawanenführers vorbeiflatterte. »Wenn wir in Schaar sind, kann ich dann mit dir kommen?«

»Die Menschen sind nicht gut auf deinesgleichen zu sprechen«, erwiderte Arkeen. »Man wird dich nicht in die Stadt lassen.«

»Auch nicht, wenn ich verspreche, keine Wünsche zu erfüllen?«

»Auch dann nicht.«

»Vielleicht, wenn ich mich mit Kitzelstaub bestreuen lasse?«

»Ich glaube nicht, dass der Einsatz von Seelensalz die Menschen überzeugt. Eher werden sie dich in einen Käfig stecken.«

Oder gleich töten und deine Elfenbeine verkaufen. Aber diese Vermutung behielt Arkeen für sich.

»Ein Käfig aus diesem grausigen, dunklen Metall?«

»Wenn du Schwarzeisen meinst, dann ja. Es schirmt eure Fähigkeiten ab.«

»Der Käfig macht schreckliche Kopfschmerzen! Mich hat so ein doofer Mensch in Eliebron hineingelockt und fünf Perioden lang durch Arkeen geschleppt. Das war ein richtig garstiger Typ. Nicht mal Zeit für ein Pläuschchen hatte der. Manchmal sind tagelang Felle über den Gitterstäben gelegen. Da war es so dunkel wie am tiefsten Punkt des Spalts.«

Arkeen kam ein Gedanke. »Ist deine Gefangennahme länger her?«

»Nö, vielleicht zwei Fahlen. Ich bin dem Kerl am Ufer des Sandwassers entwischt. Da ist er gerade von Gulehm aufgebrochen.«

»Dann habe ich dich in der Stadt gesehen. Und davor in Warnack.«

»Warst du einer von den bösen Menschen, die mich mit glühenden Stäben und Messern gepiesackt haben?«

»Nein.« Arkeen schüttelte nachdrücklich den Kopf. »So etwas tue ich nicht. Aber ich habe mir gleich gedacht, dass dich der Händler nicht lange halten kann. Hast du ihm nach deiner Flucht einen Wunsch erfüllt?«

»Einen Wunsch?« Lischa riss empört die Augen auf. »Diesem Knilch? Mit einem Fußtritt hab ich ihn in den Fluss befördert. Ich hätte ihn ja noch ordentlich untergetaucht, aber er hatte einen Druiden dabei und der wollte mir an meine Elfenbeine. Also bin ich auf und davon.«

»Wohin?«

»Richtung Norden. Ich wollte zum Flammenwald. Dort wohnen ein paar meiner Geschwister. Dann hab ich eure Karawane entdeckt und mir gedacht, vielleicht kann ich jemandem eine Freude machen und ihm einen Wunsch erfüllen.«

Lischa ließ den Kopf hängen. »Aber mich hat nur der garstige Bazibb verbrannt. Und als mir Eglan gesagt hat, was ich mit meiner Magie anrichte, da hab ich … Das ist sooo traurig …«

Die Morganafee schniefte und wischte sich eine Träne von der Wange.

»Willst du jetzt nicht mehr zu deinen Geschwistern?«, fragte Arkeen.

»Nein. Die reden immer nur übers Wünsche erfüllen. Alles bei denen dreht sich darum. Ich habe keine Lust mehr darauf. Bei euch Menschen gefällt es mir besser. Hier ist alles so ungewohnt und aufregend … Ich frag mich echt, wieso ich nicht früher darauf gekommen bin, mit Menschen zu reisen.«

Vermutlich, weil dir das nicht gut bekommen wäre, dachte Arkeen. *Und ihnen auch nicht.* Laut sagte er: »Wir werden sehen, was die Wachposten in Schaar sagen. Vielleicht lässt man dich auch ohne Käfig in die Stadt.«

Lischa schlug vor Begeisterung Purzelbäume in der Luft, bis sie gegen das Hinterteil von Arkeens Mandrakei stieß. Das Kamel schnaubte, wedelte mit seinem kurzen Schwanz. Lischa wurde von der quastenförmigen Spitze an der Brust getroffen. Sie stieß ein pfeifendes Geräusch aus, segelte zur Seite und versank kopfüber in der Düne.

Arkeens Mandrakei schnaubte erneut. Diesmal klang es fast ein wenig schadenfroh.

~

Eine Stunde später rief Arkeen Usgard zu sich. Der Druide berichtete, dass er eine Rückmeldung aus Schaar erhalten hatte. Die mentale Botschaft zum Überfall und dem Auftauchen des Scherbenmagiers war mit Skepsis kommentiert worden. Die Stadtregierung wollte Beweise des Angriffs sehen, hatte sich aber bereit erklärt, eine Abteilung Echsenreiter in die Wüste zu schicken, um den Ort des Geschehens zu untersuchen.

Sie werden uns bald glauben müssen, dachte Arkeen. *Spätestens, wenn sie das Schlachtfeld gesehen und Mahishaa angehört haben.*

Arkeen wusste, dass die Stadtregierung von Schaar unter der autoritären Leitung von Fürst Narabb stand. Das ehemalige Oberhaupt der Stadtwache hatte sich vor einigen Jahren durch einen Militärstreich an die Spitze der Regierung gesetzt. Trotz Protesten aus anderen Städten hatte es niemand gewagt, den neuen Herrscher direkt anzugreifen. Fürst Narabb war weder für seine Intelligenz, noch sein diplomatisches Geschick oder für vorausschauendes Handeln bekannt. Überdies galt er als notorisch paranoid und sah in jedem Regierungsmitglied einen potenziellen Gegner, der ihm die Macht streitig machen wollte. Ihn von einer Sache zu überzeugen, war kein leichtes Unterfangen. Aber in diesem Fall würde auch er einsehen, dass man auf die neue Entwicklung reagieren musste.

»Die Banditen, die uns zwischen den Dünen angegriffen haben, waren keine Magier«, wandte sich Arkeen an den Druiden. »Trotzdem hat einer von ihnen Magie angewandt und damit Bazibb und Winshoa außer Gefecht gesetzt. Wie ist das möglich?«

»Ein Feuerkobold ist sehr robust, was magischen Einfluss anbelangt«, erwiderte Usgard. »Genauso wie Sonnensperber. Was immer es war, das die beiden getroffen hat, es muss hohe Magie gewesen sein, zu der weder ich noch andere Druiden fähig sind. Vielleicht war es ein elementarer Körperbann. Aber nur Magierinnen sind zu so etwas imstande.«

»Es könnte ein versiegelter Spruch gewesen sein«, mutmaßte Geolinsa, die neben ihnen ritt. »Wie es heißt, können Zauberinnen ihre Fähigkeiten in Gegenstände bannen, beispielsweise Amulette. Vielleicht haben die Angreifer einen solchen Talisman eingesetzt.«

»Habt ihr die Toten auf Artefakte untersucht?«, fragte Usgard.

»Nein. Daran hat niemand gedacht.«

»Wahrscheinlich gut so.«

»Weshalb?«

»Magische Artefakte können gefährlich sein. Ich kenne Kollegen, die sich durch eine Berührung im wahrsten Sinn des Wortes das Hirn aus dem Schädel gebrannt haben.«

Mit einem Mal musste Arkeen an den Scheichfrosch in der Oase denken. Sein Blick streifte Eglan, der still und in sich versunken hinter ihnen ritt. Seit dem Verlust seiner beiden Finger war der Fandriner nicht mehr derselbe. Er war stiller geworden, wirkte abwesend, verträumt und melancholisch.

Das alles hätte Arkeen nicht gestört, wäre da nicht eine weitere neue Verhaltensweise gewesen: Eglan sprach mit sich selbst. Meistens unhörbar, manchmal, wenn Arkeen aufmerksam lauschte, konnte er unverständliche Silben, Laute oder Wortfetzen wahrnehmen. Eglans Lippen bewegten sich, besonders dann, wenn er sich unbeobachtet fühlte.

Falls Eglan den Verstand verlor oder bereits verloren hatte, bekümmerte das Arkeen nicht besonders. Aber was, wenn der Fandriner nicht mit sich selbst sprach? Wenn in Wahrheit eine zweite Person dahintersteckte?

Arkeens Blick wanderte über Eglans braunrote, symmetrische Tätowierung. Für eine Sekunde war es ihm, als würde sich die Larve verzerren, die Form verändern, ein zweites Gesicht bilden; ein Gesicht, auf dessen Zügen ein hämisches Grinsen stand.

~

Die neunte Tagstunde brach an und sie überquerten soeben eine ansteigende Reihe mächtiger Sandhügel, als einer der vorausspähenden Soldaten einen freudigen Ruf ausstieß. Die Reisenden beschleunigten ihre Schritte und drängten auf den Dünenkamm, von dem der Söldner Ausschau hielt.

Vor ihnen öffnete sich ein weites, flach eingeschnittenes Tal. Richtung Westen verlief es im sandigen Hügelmosaik der Shahakeen, im Osten gewann es an Höhe und grenzte an die Hänge der Himmelszungen, die ungewohnt klar aus der dunstigen Wüstenluft emporstachen. Ein glitzernder Flusslauf wand sich von den Ausläufern der Berge talwärts, floss in zahlreichen Windungen durch den Boden der Senke. Direkt vor ihnen, weniger als drei Wegstunden entfernt, erhoben sich die schlanken Türme von Schaar.

Ein erleichtertes Aufatmen wanderte durch die Gruppe der Reisenden. Arkeen fühlte nicht anders. Die jüngsten Ereignisse und seine damit verbundene Anspannung hatten seine Ruhe und Gelassenheit untergraben. In den vergangenen Stunden hatte er sich mehr als einmal dabei ertappt, wie er den umliegenden Dünen angespannte Blicke zugeworfen und Bewegungen wahrgenommen hatte, wo keine waren.

Arkeen wandte sich den Reisenden zu. »Noch sind wir nicht in der Stadt. Bleibt zusammen, niemand verlässt den Pfad. Wir haben keine Mittagsrast eingelegt, also schont eure Kräfte.«

Arkeen trat an sein Mandrakei heran, ergriff die Zügel des Kamels.

»Moment«, erklang eine krächzende Stimme. »Ich spüre etwas.« Bazibbs Spitzohren wippten auf und nieder. »Könnte Magie sein. Dort drüben.«

Arkeens Blick fiel auf eine Ansammlung verkrüppelter Wüstenakazien vielleicht fünfzig Schritte entfernt, an denen er bereits bei früheren Durchquerungen der Shahakeen vorbeigezogen war. Aus der Entfernung war nichts Auffälliges zu erkennen.

»Ist doch egal, was es ist«, meldete sich Sansuun zu Wort und trieb sein Kamel neben den Karawanenführer. »Wir müssen sehen, dass wir weiterkommen.«

Arkeen ignorierte den Stadtbewohner und nickte Bogoran zu, der zwei Krieger anwies, die Wüstenakazien in Augenschein zu nehmen. Die Söldner erreichten die Baumgruppe und winkten. Offenbar drohte keine Gefahr. Arkeen ließ die Zügel seines Kamels los und schritt auf die Akazien zu.

»Arkeen, was soll das?«, rief Sansuun hinter ihm her. »Wenn wir uns nicht sputen, kommen wir in die Dunkelheit. Wir haben dich nicht dafür bezahlt, dass uns in der Nacht die Kadrass zerfleischen.«

Abermals blieb Arkeen eine Erwiderung schuldig. Seit den Ereignissen in Kunahn war ihm Thorims Sohn noch unsympathischer geworden. Er hielt den jungen Mann für überheblich, engstirnig und kaum weniger aufbrausend als seinen Vater. Das Beste war es, seine Wortmeldungen zu ignorieren. In wenigen Stunden würden Sansuun und sein Bruder Malos die Karawane verlassen. Mit etwas Glück sah er die beiden niemals wieder.

Arkeen erreichte die Baumgruppe. Die beiden Krieger deuteten auf einen Sandhügel zwischen den Stämmen, der eine kleine Gestalt umschloss. Es waren die sterblichen Überreste einer Morganafee. Einen Atemzug lang glaubte Arkeen, dass es sich um Lischa handelte. Aber der Kopf dieses Wesens war größer, die Schmetterlingsflügel anders gefärbt. Zudem hatte Arkeen die Morganafee noch vor wenigen Minuten zwischen den Reisenden umherflattern gesehen.

»Ihre Beine sind fort«, meinte einer der Krieger. »Die Elfenbeine.«

Der Karawanenführer erkannte, dass die tote Morganafee verstümmelt war. Die unteren vier Gliedmaßen, jene, die strahlend weiß schimmerten, waren verschwunden. Die beiden rosa gefärbten Arme hatten die Täter zurückgelassen. Nur das Elfenbein brachte einen hohen Erlös und lohnte den durchaus riskanten Angriff auf eine Morganafee.

»Sie hat sich zur Wehr gesetzt«, schnarrte Bazibb, der Arkeen gefolgt war. »Mit Magie.«

Er deutete auf den Stamm einer Wüstenakazie. Zwischen den schwarzen, zentimeterlangen Dornen, welche die Rinde bedeckten, klebte altes, vertrocknetes Blut. Auf der Borke eines weiteren Baumes zeichnete sich das entstellte Antlitz eines Mannes ab. Wie mit einem Brandeisen hatte sich das Abbild in den Stamm gesengt. Arkeen suchte den Boden auf menschliche Überreste ab, ohne aber fündig zu werden.

Ein Ruf drang an sein Ohr. Als sich Arkeen der Reisegruppe zuwandte, gewahrte er fünf Kamelreiter, die sich aus der Menge lösten und im raschen Trab die Düne hinabeilten. Arkeen sprintete los und hastete zur Karawane zurück.

»Sansuun und sein Bruder!«, rief ihm Bogoran schon aus der Entfernung zu. »Sie reiten mit ihrer Leibgarde Richtung Schaar.«

Dumm, dachte Arkeen. *Einfach nur dumm*. Aber wenn sich Sansuun und seine Gefährten in Gefahr bringen wollten, konnte er sie nicht daran hindern. Sie hatten ihren Anteil beglichen und waren Arkeen nichts mehr schuldig. Im Grunde war er sogar froh, dass Sansuun die Karawane verließ. Ein paar Stunden weniger, in denen er den jungen Mann ertragen musste.

»Wo ist Lischa?«, erklang Eglans Stimme. »Hat sie jemand gesehen?«

Arkeen ahnte sofort, was geschehen war. Er packte das Fernrohr, das er dem toten Palwin abgenommen hatte, und richtete es auf die davoneilenden Reiter. Einer von ihnen hielt etwas in Händen; ein halbrundes, kniehohes Objekt, das von einer Decke umhüllt wurde – vermutlich ein Käfig.

Ein hohes, vibrierendes Geräusch drang auf Arkeen ein. Der Laut kam aus Richtung der Fliehenden. Der Karawanenführer wusste, worum es sich handelte: Es war ein Schrei, aber nicht der eines Menschen.

»Sie haben Lischa gefangen genommen«, sagte er an Geolinsa gewandt. »Der letzte Reiter hält einen Käfig in der Hand. Kannst du ihn aufhalten?«

»Das Kamel?« Die Eliteschützin legte einen Pfeil auf die Sehne ihres Bogens.

Arkeen war bewusst, dass die Tiere nichts dafür konnten, wenn ihre Herren ein Unrecht begingen. Aus arkeanischer Sicht durfte man mit Feen tun und lassen, was man wollte. So gesehen war Lischas Raub keine Straftat, ebenso wenig wie das Verlassen der Karawane. Arkeen hatte kein Recht, Sansuun aufzuhalten. Falls er ihn oder Malos, die Söhne von Scheich Thorim, verletzte oder gar tötete, würde ihn das teuer zu stehen kommen. Allerdings hatte ihm Lischa das Leben gerettet – oder zumindest ihr eigenes Leben riskiert, als sie den Angriff des Scheichfrosches abgewehrt hatte.

»Ja, das Kamel«, bestätigte Arkeen.

Geolinsa spannte ihren Bogen, ließ die Sehne vorschnellen. Ein dunkler Blitz fegte über die Dünen. Obgleich die Flüchtenden mit Sicherheit mehr als hundert Meter entfernt waren, ging der Pfeil nicht fehl. Das Reittier des Mannes, der den Käfig in Händen hielt, wurde getroffen, stolperte und fiel. Eine Sandfontäne stob in den Himmel.

Wieder ein Schrei. Dieser jedoch stammte nicht von den Reitern vor ihnen.

Arkeens Kopf flog in den Nacken. Über ihm schwebte Winshoa. Der Sonnensperber vollzog rasante Sturz- und

Steigmanöver, drehte sich um die eigene Achse und stieß dabei abgehackte Schreie aus.

»Was hat sie?« Arkeen spürte, wie Unruhe in ihm aufstieg. »So habe ich sie noch nie erlebt.«

Bogorans Stirn war in solch tiefe Falten gelegt, dass es aussah, als wäre sie von dunkelroten Striemen bedeckt. »Das gefällt mir nicht. Vielleicht ...«

»Achtung!«, kreischte Bazibb. »Ich spüre Magie, starke Magie! Sie ist direkt ...«

Er war da. Schlagartig, ohne Geräusch und ohne Vorwarnung. Neben ihnen erhob sich der Turm der Götter.

Hunderte Meter ragte er aus dem Wüstensand empor, ein grauschwarzer, metallen schimmernder Koloss, glatt wie ein Spiegel und gekrönt von drei Spitzen, die wie die Hörner eines monströsen Ungeheuers das Firmament in Fetzen rissen. Düstere Wolkenschlieren wirbelten um die Erscheinung, ballten sich zusammen und zerfransten erneut. Ein scharfer Geruch drang auf sie ein, erinnerte an Schmiedefeuer, heiße Asche und brodelndes Metall. Ein Brausen und Zischen erklang, tief und drohend, setzte die Luft in Schwingung und ließ ihre Körper erzittern.

»Bei den Göttern«, murmelte Bogoran. »Es ist wahr.«

~

Arkeen konnte nicht sagen, wie lange er so dastand, mit offenem Mund, die Augen weit aufgerissen. Es mochten nur wenige Sekunden sein, aber ihm kam es vor, als würden Stunden verstreichen. Arkeen starrte auf die Erscheinung, war unfähig, klar zu denken, konnte nur staunen, das Unfassbare mit Blicken betasten, das seinen Verstand außer Gefecht setzte.

Es gab ihn tatsächlich. Den Turm der Götter. Das Dreihorn.

»Feuer, Glut und Flamme«, fiepte Bazibb und seine Spitzohren ringelten sich wie Echsenschwänze. »Wäre ich doch nur in Warnack geblieben.«

Es war die Stimme des Kobolds, die Arkeen aus seiner Erstarrung riss. Er wusste, was das Auftauchen des Dreihorns bedeutete, wusste, dass sie in tödlicher Gefahr schwebten.

Arkeens Blick begegnete dem Bogorans. Der Söldner verstand, riss das Drachenhorn vom Rücken seiner Laufechse und stieß hinein. Ein tiefer, dröhnender Laut hallte über die Dünen.

»Kadrass!«

Einer der Söldner deutete in die Wüste. Im gleichen Moment verblasste das Bildnis des Dreihorns. Es waberte und verzog sich, als würde es von kochender Wüstenluft umspült, verlor an Substanz und Klarheit. Augenblicke später war der Turm der Götter verschwunden.

»Brüllschrecken!«, schrie ein weiterer Soldat.

Arkeen gewahrte dunkle, sich rasch nähernde Punkte am Himmel, die pfeilschnell aus dem Osten heranjagten. Es waren viele. Verdammt viele.

»Zu den Akazien!«, rief Arkeen, drückte Eglan die Zügel seines Mandrakei in die Hand und deutete auf die Baumgruppe, unter der die tote Morganafee lag.

Die Reisenden stürmten zu Fuß oder auf ihren Kamelen los, sammelten sich um das Gehölz. Niemand schrie oder geriet in Panik. Es schien beinahe so, als wären sie alle durch die seit Stunden empfundene Furcht derart abgestumpft, dass sie jetzt, im Angesicht der Gefahr, völlig ruhig blieben.

»Usgard!«, brüllte Arkeen.

Der Druide schälte sich aus der Menschenmenge, riss einen Beutel Seelensalz vom Rücken seines Kamels und begann in fieberhafter Eile einen Bannkreis um die Gruppe zu ziehen. Doch war es fraglich, ob er den Zauber rechtzeitig beenden konnte. Darüber hinaus hatte Usgard selbst gesagt, dass sich Brüllschrecken auf diese Weise nicht aufhalten ließen.

Bogoran erteilte mit barschen Worten Befehle, stellte einige Krieger dazu ab, in der Nähe der Reisegruppe zu bleiben, und postierte die anderen auf der Düne, um den Angriff von den Mitgliedern der Karawane fernzuhalten. Jeder Bogenschützin wurde ein Söldner als persönlicher Leibwächter zugeteilt, da die Frauen nur eine dünne Lederpanzerung und keinen Schild trugen. Bazibb, der unablässig vor sich hinmurmelte, vergrub seinen Rucksack im Sand, reckte die Hühnerbrust und ließ Flammen um seine Finger tanzen. Die Bogenschützinnen warfen sich Pfeilköcher über die Schultern, kontrollierten die Befiederung und beobachteten die heranbrausenden Brüllschrecken.

Arkeen war von der Disziplin der jungen Frauen beeindruckt. Von Geolinsa hatte er nichts anderes erwartet, aber auch die anderen wirkten völlig ruhig, zeigten weder Hektik noch Angst. Dies traf ebenso auf Senashad zu. Die Hexe schenkte ihm einen Blick.

Arkeens Herz tat einen Sprung. In Senashads Augen glomm Entschlossenheit, aber auch etwas anderes, das Arkeen an den Blick seiner Mutter erinnerte, als ihn damals die Moorkatze angefallen und zu Boden gestoßen hatte. Es war ein Blick, der erfüllt war von Liebe, einer

Liebe, die bereit war, alles zu geben – selbst das eigene Leben.

Senashad trat auf ihn zu und küsste ihn. Arkeen erwiderte ihren Kuss, heftig und ungestüm, umschlang ihren Körper und drückte sie an sich. Eine Empfindung brodelte in ihm empor, gleichzeitig Trauer und Euphorie, ein Gefühl, als würde er mit einem Auge den Tod sehen, mit dem anderen das Paradies.

»Ich liebe dich«, flüsterte Senashad.

Arkeen umfasste ihre geröteten Wangen, drückte sein Gesicht an ihren Nacken. Er sollte etwas sagen. Er *musste* etwas sagen. Kein Ton kam über seine Lippen.

»Arkeen!«

Es war Bogorans Stimme. Der Karawanenführer löste sich von Senashad, ohne den Blick von ihr abzulassen. Aus den Augenwinkeln erkannte er Schatten; Schatten, die über die Dünen jagten.

Konzentriere dich, schoss es durch seinen Geist. *Konzentriere dich auf deine Aufgabe!*

Arkeen riss sich los. Er trat neben Bogoran, erfasste die Lage.

Mindestens ein Dutzend Brüllschrecken rasten durch die brennende Wüstenluft auf sie zu. Die geflügelten Geschöpfe waren mannsgroß, mit hornartigen Schuppen bedeckt, besaßen Klauenfüße und einen tödlichen Stachel am Hinterleib. Ihr Brüllen, hervorgerufen durch die übereinanderschlagenden Flügel, war laut und durchdringend, weckte ein Gefühl von Ohnmacht und vernebelte die Gedanken.

Über den Kamm der gegenüberliegenden Düne stürmten weitere Insekten. Einige der Kadrass staksten auf Spinnenbeinen durch den Sand, andere besaßen nur vier, dafür muskulöse und mit Dornen besetzte Gliedmaßen. Überall blitzten Klauen auf, messerscharfe Zähne funkelten in den Mäulern und schwarz glänzende Augen leuchteten aus den unförmigen, chitinösen Schädeln, die weder Emotionen erkennen ließen, noch ein Antlitz besaßen. Es waren zwanzig Exemplare, vielleicht mehr.

Geolinsa, Senashad und die beiden anderen Eliteschützinnen spannten ihre Bögen. Vier dunkle Blitze fegten in den Himmel, überwanden die Entfernung innerhalb eines Herzschlags, fanden ihr Ziel. Drei der fliegenden Brüllschrecken gerieten ins Taumeln, dann eine vierte. Sie verloren an Höhe, prallten in den Sand und überschlugen sich. Die übrigen Fluginsekten wichen auseinander, näherten sich in Schlangenlinien.

Sie weichen den Pfeilen aus, drang es in Arkeens Bewusstsein. Aber seit wann waren Kadrass zu solch komplexen Gedanken fähig?

Vier weitere Geschosse zischten auf die Brüllschrecken zu. Diesmal fand nur eines sein Ziel. Arkeen zog sein Schwert, als die ersten Kadrass den Fuß der Düne erreichten. Bogoran rief den Kriegern einen Befehl zu und jagte auf Finmedra den sandigen Hang hinab. Die Echse packte ein Insekt mit ihren Vorderpranken, riss ihm zwei Beine ab und stampfte das zappelnde Geschöpf in den Boden. Bogorans Schwerter wirbelten umher. Sie trafen den dreieckigen Schädel eines weiteren Kadrass. Gelbbrauner Körpersaft spritzte, das Wesen erzitterte, dann brach es zusammen.

Die übrigen Kadrass wichen zurück, nur um sogleich gemeinsam Bogoran und seine Laufechse zu attackieren. Ein Insekt riss mit ihrer Klaue Finmedras Flanke auf, was die Echse mit einem wütenden Fauchen kommentierte.

Ein zweiter Kadrass sprang auf den Rücken des Reptils und tastete nach Bogoran. Der Krieger konnte dem Angriff zwar ausweichen und das Insekt mit einem Schwerstreich zu Fall bringen, geriet aber zunehmend in Bedrängnis. Vor allem näherten sich von der gegenüberliegenden Düne weitere Kadrass.

Bogoran kippte seitlich vom Rücken seiner Laufechse. Arkeen stieß einen keuchenden Laut aus – aber sein Erschrecken war unbegründet. Der Söldner stürzte nicht, sondern hing für einen Moment waagrecht in der Luft, nur gehalten von dem Sattel auf Finmedras Rücken, der seine Bewegung mitvollzogen hatte. Mit beiden Händen schwang Bogoran seine Schwerter. Ein weiterer Kadrass fiel unter den Schwarzklingen. Drei Sekunden später saß der Krieger wieder kerzengerade, riss Finmedra herum und jagte mit ihr den Dünenhang empor.

»Rückzug!«, brüllte er und beugte sich tief über den Hals seiner Laufechse.

Arkeen verstand. Wenn die Kadrass nicht wie gewöhnlich stumpfsinnig vorwärtsdrängten, sondern geschlossen agierten und taktisches Geschick bewiesen, war es unmöglich, sie im freien Feld aufzuhalten.

Ein rasch lauter werdendes Brüllen, und Arkeen ließ sich zu Boden fallen. Dicht über ihm fegten die Greifarme einer Brüllschrecke vorbei. Im selben Augenblick verwandelte sich das Insekt in einen Feuerball, geriet ins Trudeln und verschwand außer Sicht.

Bazibbs Augen glühten, lodernde Flammen tanzten um seine Hände. Obwohl der Feuerkobold einige Schritte entfernt stand, konnte Arkeen die Hitze spüren, die Bazibb ausstrahlte. Der Kobold wandte sich um, schleuderte einen weiteren Feuerball, der einen der laufenden Kadrass einhüllte. Ein Geräusch erklang, wie ein unmenschlicher Schrei, dann kippte das brennende Insekt vornüber. Es knirschte und knackte, als der Chitinpanzer der Kreatur durch die Hitze barst und feine Splitter umherflogen.

Jäh tauchte eine weitere Brüllschrecke auf. Sie packte einen der Krieger, riss ihn in die Luft. Der Mann schrie, verlor sein Schwert und den Rundschild, aber sein Kreischen erstarb, als ihn der Kadrass mit dem Stachel an seinem Hinterleib durchbohrte.

Die Brüllschrecke ließ ihr Opfer fallen, als ein weiterer Schrei erklang, hoch und durchdringend. Winshoa fegte heran, landete auf dem Rücken des Insekts. Mit Schnabel und Krallen hieb sie zu, die Brüllschrecke taumelte. Der Kadrass drehte sich um die eigene Achse, flog im Zickzack dahin. Winshoa stieß sich vom hornigen Leib ab, glitt zwischen den Klauen hindurch. Sie attackierte den Kopf des Ungetüms, stach nach seinen Augen. Das Brüllen des Kadrass erstarb, als seine Flügel aus dem Takt gerieten. Das Wesen taumelte, verlor an Höhe und überschlug sich in einer Sandfontäne.

Arkeen rappelte sich auf, stürmte mit den Kriegern auf die Reisenden zu, die sich furchtsam um die Wüstenakazien drängten. Neben ihm lief Senashad. Ohne innezuhalten wandte sie sich um und schoss einen Pfeil ab. Das Geschoss grub sich in die Brust der heranjagenden Brüllschrecke. Das Wesen zischte, surrte zur Seite und prallte gegen die Düne.

Arkeen gewahrte eine Regung im Sand, kaum zwanzig Schritte entfernt. Sie hatte Ähnlichkeiten mit einem gigantischen Maulwurf, der sich knapp unter der Erdoberfläche vorwärts grub – und das so rasch wie ein laufender Mensch.

Ein Sandläufer, begriff Arkeen. Er riss den Mund auf, um eine Warnung zu brüllen, aber da brach der Kadrass bereits aus dem Wüstenboden. Sand spritzte nach allen Seiten. Arkeen sah schemenhaft den Kopf des Ungetüms, ein spitz zulaufendes Gebilde aus Augen, Mandibeln und Panzerplatten. Im gleichen Moment platzte der Schädel auf wie eine reife Feige. Es zischte, als der Sandläufer seine Kiemdornen abschoss; rotbraune, tödliche Nadeln, die auf Arkeen zufegten.

Der Karawanenführer wollte sich zu Boden werfen, aber seine Reaktion kam zu spät. Ihn durchzuckte der Gedanke, weshalb er nicht an den Rundschild gedacht hatte, der an der Seite seines Mandrakei hing. Arkeens überstrapazierte Sinne gaukelten ihm vor, dass die Dornen langsamer wurden, als sie die letzten Meter vor seinem Körper zurücklegten, sich seiner Brust näherten …

Es war keine Sinnestäuschung. Die Pfeile wurden tatsächlich abgebremst. Wenige Zentimeter vor seiner Haut verhielten sie vollends. Arkeen vergaß zu atmen. Er stierte auf die stromlinienförmigen Nadeln, die wie festgefroren in der Luft hingen.

Fallt runter, dachte er – und genau das geschah. Die Kiemdornen erzitterten, lösten sich aus ihrer Erstarrung und purzelten harmlos zu Boden. Arkeen stieß pfeifend die Luft aus. Erst jetzt registrierte er die Gestalt schräg hinter sich.

Senashad wankte. Mit einer Hand hielt sie ihren Bogen umklammert, die andere war auf Arkeen gerichtet.

Eine Erinnerung fegte durch seinen Geist. Ihre erste Begegnung in Warnack und Senashads Worte: *Ich kann geringe stoffliche Veränderungen wirken.* Wie es aussah, hatte sie maßlos untertrieben.

Arkeen blieb keine Zeit, diese Erkenntnis zu verdauen. Der Sandläufer stieß einen Laut aus, der mit viel Fantasie als empörtes Schnauben durchging. Er brach zur Gänze aus dem Wüstenboden, enthüllte einen schlanken, wurmhaften Körper und zwei Paar schaufelartige Klauen.

»Sandläufer!«, brüllte Arkeen mit vollem Stimmaufwand und packte seinen Säbel mit beiden Händen.

Der Kadrass fauchte, hob den grotesken Oberkörper. Abermals öffnete sich sein gelbbrauner Rachen.

Ein Pfeil zischte heran und bohrte sich seitlich in den Rumpf der Kreatur. Der Sandläufer stieß ein Kreischen aus, schüttelte sich vor Schmerzen.

Es war nicht Senashad, die geschossen hatte. Geolinsa stand hoch aufgerichtet, das Kinn vorgereckt wie das heroische Bildnis eines Eliteschützen. Ihre kurzen, weißen Haare glühten, schienen von innen heraus zu leuchten. Geolinsas makelloses Gesicht schimmerte wie Perlmutt.

Der Sandläufer torkelte von einer Seite zur anderen, aber er war nicht außer Gefecht gesetzt. Sein dornenbesetztes Maul flog auf und er feuerte eine Ladung Pfeile in Geolinsas Richtung. Eine Sekunde später ging der Kadrass in Flammen auf. Bazibb hielt beide Handflächen ausgestreckt und schleuderte drei, vier Feuerbälle auf das kreischende und zuckende Insekt. Das Maul des Wesens klappte auf und zu wie ein Fisch auf dem Trockenen. Dann kippte es zur Seite und regte sich nicht mehr.

Arkeen sah zu Geolinsa. Die Bogenschützin lächelte, warf Senashad einen Blick zu; einen Blick, in dem tiefe Verbundenheit und Zuneigung standen. Auch Arkeen wandte sich der Hexe zu. Senashad war in die Knie gegangen, mit der Faust stützte sie sich am Boden ab. Arkeen ignorierte seine Bedenken und den Tumult um sich herum, packte die junge Frau am Oberarm und wollte sie hochziehen.

»Lass mich!«, fauchte sie und riss den Arm zurück.

Senashads Blick ließ Arkeen zurückweichen. Er gewahrte blaue, zuckende Flammen, bodenlosen Schmerz und eine Trauer, die sich in sein Herz brannte wie Eis. Was geschah mit ihr? Der Ausdruck in Senashads Augen, die Magie, zu der sie fähig war, das alles konnte nicht menschlich sein. Aber wenn Senashad kein Mensch war, was war sie dann?

Arkeen vernahm einen alarmierten Ausruf, riss sein Schwert empor und wirbelte herum. Aber die Warnung galt nicht ihm. Zwei Kadrass hatten sich von den Übrigen abgesetzt. Sie waren an den Soldaten vorbeigestürmt, welche die Reisenden bewachen sollten, rannten mit aufgerissenen Mäulern auf die Menschenmenge zu.

Usgard, der den Bannkreis nicht einmal zur Hälfte vollendet hatte, warf das Seelensalz beiseite, griff nach dem Saum seiner Kutte und hastete auf sein Kamel zu. Die zusammengepferchten Reisenden stolperten übereinander, bemühten sich vergeblich, mehr Raum zwischen sich und die Angreifer zu bringen.

Eine Gestalt schnellte aus dem Pulk an Menschen und jagte auf die Insekten zu.

Es war Eglan. Der Fandriner trug etwas, das wie ein Schuppenpanzer aussah. Dazu schwang er ein Schwert aus Dunkelstahl. Es war kurz und nicht gebogen, doch der Gelbländer führte es mit einer Geschicklichkeit, die ihm Arkeen niemals zugetraut hätte. Eglan tänzelte zwischen den beiden Kadrass hindurch, die vergeblich versuchten, ihn mit ihren Mäulern und Klauen zu greifen. Er duckte sich unter einem Krallenhieb, sprang zur Seite, vollführte eine irrwitzige Drehbewegung in der Luft. Sein Schwert wirbelte umher, verwandelte sich in einen schwarzen Schatten; und hieb ein Bein des Insekts ab. Der zweite Kadrass schlug zu, traf Eglan am Rücken – doch seine Klaue glitt wirkungslos am Panzer des Gelbländers ab. Eglan stieß sich vom Boden ab, hechtete über den ersten Kadrass und rammte ihm die Waffe in den Oberkörper. Das Wesen sackte wie vom Blitz getroffen zusammen. Der zweite Kadrass zögerte. Bevor er erneut zum Angriff übergehen konnte, wurde er bereits von Eglan attackiert und einen Atemzug später niedergestreckt.

Arkeen hatte noch nie jemanden so kämpfen gesehen. Nicht einmal Bogoran. Der Fandriner hatte ihn schon wieder belogen. Er war nicht nur ein guter Fechter, er war ein Meister des Schwertkampfes.

Arkeen wandte sich um. Bazibb wurde von drei Brüllschrecken bedrängt, die auf ihn niederstießen und seinen Feuerbällen auswichen. Bogoran attackierte gemeinsam mit Finmedra den größten Sandläufer, den Arkeen jemals gesehen hatte. Zwei weitere Söldner lieferten sich ein Scharmützel mit einem spinnenartigen Kadrass und einer verwundeten Brüllschrecke. Im Sand daneben lag ein dritter Krieger. Sein fehlender Kopf ließ keinen Zweifel daran, dass sein Schicksal besiegelt war.

Auf dem Kamm der Düne tauchten fünf, sechs und zuletzt ein Dutzend Kadrass auf und hetzten in ihre Richtung. Arkeen stellte sich schützend vor Senashad, hob sein Schwert. Dreißig Schritte entfernt sah er die blutüberströmte und reglose Gestalt einer Bogenschützin.

Es waren zu viele, zu viele Kadrass. Er und Bogoran hatten die Gefahr unterschätzt. Selbst mit doppelt so vielen Kriegern wäre es nicht leicht gewesen, der Horde an

Insekten zu widerstehen. Sie waren hoffnungslos unterlegen. Die Kadrass würden sie töten und ihre Körper ebenso zurichten, wie sie es bei den Mitgliedern von Mahishaas Karawane getan hatten.

Arkeen vernahm das Klicken der Beißwerkzeuge, das schabende Geräusch, mit dem sich die Insekten durch den Wüstensand bewegten. Noch fünfzig Schritte, dann waren sie heran. Noch vierzig Schritte, dann würde er zum letzten Mal sein Schwert heben. Noch dreißig Schritte, dann durfte er seine Eltern wiedersehen.

Ein Laut erklang, tief und dröhnend. Zunächst dachte Arkeen, dass Bogoran erneut in sein Horn gestoßen hatte, aber das stimmte nicht. Der Laut war anders. Es war ein Drachenhorn – aber nicht das von Bogoran.

Der Angriff der Kadrass geriet ins Stocken. Die Insekten hoben ihre Fühler, tasteten die Umgebung nach der Ursache für das Geräusch ab.

Hinter der nördlichen Düne stieg Sand auf. Ein Trommeln erklang, wie unzählige mächtige Füße, ein Donnern, wie ein fernes Gewitter.

Echsenreiter!

Zehn, fünfzehn, zuletzt zwanzig geschuppte Kreaturen hetzten über den Kamm und jagten in ihre Richtung. Die Echsenreiter preschten mitten unter die angreifenden Kadrass. Säbel wurden geschwungen, Bögen sirrten. Die Mäuler und Klauen der Halbdrachen wüteten unter den Insekten.

Die Kadrass ergriffen die Flucht; auch dies eine Verhaltensweise, die nicht ihrer Natur entsprach. Sie machten kehrt, jagten über die Dünen davon. Die wenigen Brüllschrecken, die überlebt hatten, surrten in den Himmel empor und entschwanden nach Osten, in jene Richtung, aus der sie gekommen waren.

Der Staub legte sich, das Geschrei und Gebrüll verstummte. Offenbar war keiner der Reisenden verletzt oder getötet worden. Die Gruppe drängte sich zusammen, auch Usgard und Eglan waren unter ihnen. Bogoran erschien neben Arkeen. Er war von Finmedra abgestiegen, die ein Bein hinter sich herzog und mehrere Stichverletzungen aufwies. Auch auf Bogorans Lederrüstung zeigten sich neue Schrammen und über seinen rechten Bizeps zog sich eine heftig blutende Fleischwunde. Bazibb stand breitbeinig vor einer zuckenden, schwarz verkohlten Brüllschrecke. Noch immer sprangen Funken zwischen seinen Fingern hin und her.

Arkeens Blick fiel auf Geolinsa, die sich seit dem Angriff des Sandläufers nicht von der Stelle bewegt hatte. Die weißhaarige Frau war auf die Knie gesunken, stützte sich auf ihrem Bogen ab. Ihre androgynen Gesichtszüge lagen still und reglos wie das Wasser der Spiegelbucht. Die Augen der Bogenschützin standen weit offen. Sie blinzelte nicht, starrte in die Ferne. In ihrer Brust steckten die Kiemdornen des Sandläufers.

Geolinsa war tot.

~

Arkeen hockte im Sand und lauschte dem Gesang der Kriegerinnen. Neben Geolinsa war eine weitere Bogenschützin von den Kadrass getötet worden. Die beiden überlebenden Frauen, darunter auch Senashad, standen beisammen und blickten auf die Leichname ihrer Kameradinnen. Sie sangen eine alte Volksweise der Beduinen.

Leise und betrübt klangen ihre Stimmen in der wie erstarrt daliegenden Wüstenluft.

Aus Sand und Staub sind wir geboren, und wandern auf der Zeit. Das Leben hält uns wach, behütet, der Tod hält Wache, steht bereit.

Die Sonne scheint der Füße Pfad, der Blick schweift in die Ferne. Wenn wir singen, lachen, tanzen, so tanzen über uns die Sterne.

Die Augen schließen, die Augen sehen, der Tod nimmt unsere Hand. Am Ende gehen wir verloren, was von uns bleibt, ist Staub und Sand.

Bogoran trat neben Arkeen. Eine Weile stand er bloß da, verschränkte die muskulösen Arme und betrachtete die singenden Frauen. Sein Blick wanderte über Geolinsas toten Körper. Trauer schimmerte in seinen Augen, aber sein Gesicht zeigte keine Regung. Bogorans Oberarm war notdürftig verbunden, er trug weder Kopfbedeckung noch Lederrüstung. Seine kurzen, grauen Haare wirkten farbloser als sonst.

»Die Reiter, die uns gerettet haben, waren auf dem Weg zu den Überresten der Karawane von Scheich Halaf«, sagte er. »Wir hatten Glück, dass sie in der Nähe waren.«

»Wie geht es Thangir?«, fragte Arkeen.

»Er ist tot.«

Der Karawanenführer schwieg. Abgesehen von den beiden Bogenschützinnen waren drei Söldner ums Leben gekommen; oder mittlerweile vier, denn die Wunden eines weiteren Kriegers hatten sich als tödlich herausgestellt.

Ein Mann mittleren Alters trat auf sie zu. Er war klein gewachsen, aber breitschultrig, trug sein Kopftuch zu einem mächtigen Turban gewickelt. Der sandfarbene Umhang über seiner Lederrüstung verdeutlichte seinen Status als Krieger von Schaar.

»Das ist Damasill al Marsam djin Horobis«, erklärte Bogoran. »Er ist Anführer der Echsenreiter.«

»Danke für eure Hilfe.« Arkeen erhob sich, überkreuzte die Arme vor der Brust und deutete eine Verbeugung an. »Ohne euch wären wir verloren gewesen.«

»Wir waren selbst überrascht«, erwiderte Damasill. »Niemals zuvor ist ein so großer Schwarm der Stadt nahe gekommen.«

»Vielleicht waren es jene Kadrass, die vor drei Tagen die Echsenkarawane vernichtet haben.«

Damasills Augen wurden schmal. »Habt ihr einen Scherbenmagier gesehen?«

»Es war keiner dabei«, schaltete sich Bazibb ein, der seit dem Angriff der Insekten nicht von Arkeens Seite gewichen war. Über seinem Rücken hing sein Ranzen, als hätte er ihn niemals abgelegt. »Also jetzt bei dem Überfall. Die Magie ist verblasst, sobald sich das Dreihorn aufgelöst hat. Im Tal des Todes war es anders. Dort haben noch bei unserem Eintreffen die Energien gewirkt, die der Scherbenmagier entfesselt hat.«

Arkeen rief sich die Hitze in der Senke in Erinnerung, das beklemmende Gefühl, das der Ort ausgestrahlt hatte – und die Gestalt auf der Düne. Unwillkürlich wanderte sein Blick zu den sandigen Kämmen empor.

»Mein Druide hat mir berichtet, dass ihr der Nachricht, die wir ausgeschickt haben, keinen Glauben schenkt«, sagte Arkeen. »Aber wenn ihr das Schlachtfeld und die Toten gesehen habt, dann …«

»Ich glaube dir«, unterbrach ihn Damasill. »Das habe ich, schon bevor mir die Widerschein aufgefallen ist.« Er blickte zur Seite, dorthin, wo Mahishaa mit Kimlin zusammenstand, die sich mit leisen Stimmen unterhielten.

»Ich war es, der Fürst Narabb davon überzeugt hat, eine Abteilung Berittener zu senden«, fuhr Damasill fort. »Und das nicht nur, weil ich Scheich Halaf kenne und in Marsam geboren bin. Ich finde, der Fürst ist zu nachlässig, was die Bedrohung durch die Kadrass anbelangt. Vor allem wenn es stimmt, dass Brüllschrecken in der Nacht angreifen und Scherbenmagier ihr Unwesen treiben. Als wir euch zu Hilfe gekommen sind, waren da vier Kamele mit fünf Reitern. Haben die zu euch gehört?«

»Ja. Was ist mit ihnen?«

»Sie waren sehr in Eile. Einer von ihnen, so ein Mann mit einem schiefen Gesicht, trug einen Käfig aus Schwarzeisen. Hat ausgesehen, als wäre eine Morganafee darin gefangen.«

Arkeen registrierte Damasills fragenden Blick. Der Krieger wirkte aufgeschlossen. Unter Umständen konnte es von Vorteil sein, wenn er Bescheid wusste, besonders, wenn sie es mit dem Misstrauen der Stadtbewohner zu tun bekamen.

»Die Morganafee hat mir und einem der Reisenden das Leben gerettet.«

Damasill zog die Augenbrauen hoch. »Das Leben gerettet?«

»So ist es. Ein Scheichfrosch hat uns attackiert und die Fee ist eingeschritten. Danach haben wir sie mit einem

Bann belegt und sie hat die Karawane mehr als eine Fahle lang begleitet.«

»Ohne jemandem einen Wunsch zu erfüllen?«

»Sie hat es nicht einmal versucht.«

Damasill schüttelte verwundert den Kopf. »Zuerst die Überfälle der Kadrass, dann der Scherbenmagier und jetzt das. Man müsste schon blind und taub zugleich sein, um nicht zu erkennen, dass gravierende Veränderungen stattfinden.«

»Wo sind die Reiter abgeblieben?«, fragte Arkeen.

»Falls sie die Kadrass nicht erwischt haben, müssten sie in Kürze in Schaar sein.«

Arkeen blickte zu Bogoran. Der Söldner nickte. Entweder waren Sansuun und Malos den Kadrass entronnen – dann würden sie die beiden Männer in Schaar zur Rede stellen – oder eben nicht. In letzterem Fall hoffte Arkeen, dass Lischa den Angriff überlebt hatte. Er hätte niemals gedacht, dass ihm das Leben einer Morganafee wichtiger sein könnte, als das eines Menschen.

»Sofern die Reiter die Morganafee verkaufen wollen«, ergänzte Damasill, »werden sie sich an den Händler Tzasula wenden. Er hat ein Monopol auf den Vertrieb und Verkauf von Elfenbein. Wir müssen jetzt weiter. Fürst Narabb will Beweise, dass der tödliche Überfall stattgefunden hat. Wenn ihr in Schaar eintrefft, wird er mit euch sprechen wollen.«

»Habt ihr einen Druiden dabei?«, fragte Arkeen.

»Sogar zwei. Man kann nie wissen.«

»Als wir zu der Stelle gelangt sind, an der die Echsenkarawane überfallen worden ist, war da eine Gestalt auf der Düne. Sie ist nur dagestanden und hat sich dann aufgelöst. Womöglich war es ein Trugbild, aber Bazibb hat starke Magie an ihr festgestellt. Ich glaube nicht, dass es sich bloß um eine Illusion gehandelt hat.«

»War es ein Mensch?«

»Kann ich schwer sagen. Vermutlich nicht.«

Damasill nickte. »Danke für die Warnung. Fünf meiner Reiter werden euch bis zur Stadt Geleitschutz geben. Lebt wohl.«

Schaar

rei Stunden später, als sich die erste Nachtstunde ihrem Ende zuneigte und der Rest blauvioletten Tageslichts über dem westlichen Horizont verglomm, ritten sie die letzte Düne hinab und näherten sich den Steinmauern von Schaar.

Arkeen hatte es sich verboten, an die heutigen Ereignisse in der Wüste zu denken. Er blendete alles aus, richtete seine Aufmerksamkeit auf das Hier und Jetzt. Zu gegebener Zeit würde er über alles nachdenken, sich die Geschehnisse vor Augen führen und seine Urteile fällen. Aber nicht heute. Nicht, bevor seine Pflichten als Karawanenführer abgeschlossen waren.

Arkeen presste die Lippen aufeinander. Manchmal, so wie jetzt, wünschte er sich, aus seiner Haut zu fahren und gleich einem sorglosen Windhauch über die Wüstenlande zu streifen. Dann sehnte er sich danach, den gefahrvollen und unsteten Beruf des Karawanenführers aufzugeben und zusammen mit einer Frau in einer Oase oder einem kleinen Dorf zu leben; einer Frau wie Nana, die ihm ein ruhiges und sicheres Leben garantieren konnte, nicht so wie Senashad, die ihn verzaubert hatte.

Arkeen schüttelte verdrossen den Kopf, verbannte auch diese Gedanken und betrachtete die grau schimmernde, zehn Meter hohe Mauer und das schmucklose Tor, das sich vor ihnen erhob.

Schaar war eine mittelgroße Stadt mit rund fünfzigtausend Einwohnern und damit deutlich kleiner als Warnack. Man hatte sie um das Glaswasser erbaut, den aus den Himmelszungen herabströmenden Flusslauf, der sich in weiten Mäandern durch das flach eingeschnittene Tal zog. Bemerkenswert waren die zahlreichen schlanken Türme, die das Stadtbild prägten und die mit verschiedenfarbigen Dächern und Fassaden ausgestattet waren. Jede Farbe lieferte einen Hinweis auf die Bewohner. Die Stadtwache war in den roten Türmen zu finden, die Gilde der Händler in den gelben und die Zunft der Handwerker in den grünen. Daneben gab es zwei blaue Zitadellen, die von Druiden und ihren Schülern bewohnt wurden. Der einzige komplett weiß schimmernde Turm, gleichsam das Anwesen, zu dem kein Außenstehender Zutritt hatte, war der Turm der Magierin.

Die Karawane erreichte das Stadttor. Der Angriff der Kadrass und das Einschreiten der Echsenreiter waren nicht unbemerkt geblieben. Das Portal stand weit offen, zahlreiche Laternen waren entzündet worden und neben den Wachleuten hatten sich Dutzende Schaulustige am Stadttor eingefunden. Ihre Gesichter wirkten blass und eingefallen, hervorgerufen durch das annähernde Rund des Fahlmonds, der sich hinter der Karawane über die Dünenkämme schob und sein milchiges Licht auf die Szenerie warf.

Arkeen strich über Winshoas Gefieder, die vor ihm auf dem Rücken des Kamels hockte. Sie war zu ihm zurückgekehrt, als die letzte Brüllschrecke am Horizont verschwunden war.

»Flieg, meine Schöne«, flüsterte er. »In der Stadt ist kein Platz für einen Falken wie dich.«

Winshoa flatterte mit den Flügelspitzen, legte den Kopf schief und warf Arkeen einen aufmerksamen Blick zu. Nicht zum ersten Mal hatte der Karawanenführer den Eindruck, als ob der Sonnensperber jedes seiner Worte verstand.

»In zwei oder drei Tagen reisen wir weiter«, fuhr Arkeen fort. »Bogoran und ich werden nach Westen reiten, Richtung Höllbrögg. Ich hoffe, dass ich dort meine Schwester finde.«

Winshoa gab ein Gurren von sich, öffnete den Schnabel. Ihre tropfenförmige Zunge schnellte zu den Nasenlöchern empor. Sie stieß sich vom Rücken des Kamels ab, fegte wenige Zentimeter über dem Wüstenboden dahin und verschwand in der Nacht. Arkeen wusste, dass sie allein zurechtkam und ihn finden würde, sobald er von Schaar aufbrach.

Vier gerüstete Krieger traten der Karawane entgegen. Arkeen stieg von seinem Mandrakei und wandte sich den Soldaten zu.

»Mein Name ist Arkeen al …«

»Wir wissen, wer du bist«, unterbrach ihn einer der Krieger. »Du bist der Karawanenführer, der sich mit Mümmeln und Feen abgibt und Banshees gegen Reisende aufhetzt.«

Arkeens Gesichtszüge verhärteten sich. Sansuun und sein Bruder Malos mussten überlebt haben und hatten ihren Vorsprung dazu genutzt, ihn vor der Stadtwache anzuschwärzen. Wenn er diese hinterlistigen Krüppel in die Finger bekam, würde er beiden ein blaues Auge verpassen, selbst wenn er dadurch den Zorn von Scheich Thorim auf sich zog.

Arkeen fasste an die blaue Schärpe vor seiner Brust. »Werde ich eines Verbrechens beschuldigt?«

»Das nicht.« Der Krieger spuckte in den Sand. »Fürst Narabb erwartet deinen Bericht. Eure Nachricht des Überfalls hat einigen Staub aufgewirbelt. Und er will mit der Widerschein sprechen.« Der Blick des Soldaten richtete sich auf Mahishaa, die hinter Arkeen getreten war. Ein begehrliches Leuchten erschien in seinen Augen.

»Wir werden dem Fürsten morgen unsere Aufwartung machen«, erwiderte Arkeen. »Die Reise war lang, voller Strapazen, und der Angriff der Kadrass hat …«

»Narabb möchte die Perlentochter sofort sehen. Du kannst morgen kommen, du bist nicht wichtig.« Der Soldat griente.

Wut kroch in Arkeen empor, doch er beherrschte sich. »Mahishaa ist Mitglied dieser Karawane. Sie steht unter meinem Schutz und wird nicht …«

»Sie kommt mit uns.« Der Soldat legte die Hand auf den Griff seines Schwertes. »Befehl des Fürsten. Wenn uns jemand daran hindern will, sind wir befugt, Gewalt anzuwenden.«

Arkeen war empört und bestürzt. Was war nur los mit den Stadtbewohnern der Wüstenlande? So viel Aggression und Missgunst wie in den vergangenen Fahlen, hatte er noch nie erlebt. Arkeen war nahe daran, seine eigene Waffe zu ziehen.

»Es ist in Ordnung«, sagte Mahishaa und legte ihre Hand auf Arkeens verbrannten Unterarm. »Ich werde ihnen folgen und mit dem Fürsten sprechen.«

Arkeen spürte ein Kribbeln, das sich dort auszubreiten begann, wo ihn die Widerschein berührte. Elektrisierende Wärme erfasste seinen Körper, brachte etwas in ihm zum Schwingen. Dennoch hätte Arkeen seinen Arm am liebsten zurückgezogen. Es war ein fremdartiges, verstörendes Gefühl.

Mahishaa warf Arkeen ein trauriges Lächeln zu, löste ihre Hand von seiner Brandwunde und trat auf die Krieger zu. Zwei von ihnen, darunter auch der Sprecher, nahmen sie zwischen sich und führten sie davon – nicht ohne dem Karawanenführer hämische Blicke zuzuwerfen.

Arkeen blickte ihnen nach, bis sie hinter einer Häuserecke verschwanden. Seine Muskeln waren angespannt, sein Kieferknochen mahlte. Hätte er das Risiko eingehen und die Krieger aufhalten sollen? Die gierigen Blicke der Soldaten waren ihm nicht entgangen. Er hoffte, dass ihr Gehorsam gegenüber dem Fürsten größer war als ihre Fleischeslust.

»Netter Empfang hier in Schaar«, bemerkte Bogoran, der gelassen auf einigen Blutnüssen kaute. »Da fühlt man sich gleich willkommen und zur Steinigung geführt.«

~

Sie gelangten zum Karawanentreffpunkt im Herzen von Schaar. Der weitläufige Platz wurde von zahlreichen brennenden Laternen erhellt. Es gab zwei Trinkwasserbrunnen, Läden und Verkaufsstände, die größtenteils geschlossen waren, sowie mächtigen Dattelpalmen, deren wedelförmige Blätter sich hoch in den sternenübersäten Nachthimmel erstreckten.

Am südlichen Rand der Piazza plätscherten die Fluten des Glaswassers. Hier hatte man auf einer Breite von hundert Schritten Gehölze gepflanzt; einen Wald, wie die Bewohner von Schaar stolz behaupteten. Als Kind hätte Arkeen das Gestrüpp auch so bezeichnet, aber dann hatte er zwei Jahre in Bahaad verbracht. Südlich der Stadt lag der Perlensee, das größte Stillgewässer in Arkeen. Dahinter der Schnurrwald, ein Gehölz mit bis zu zehn Meter hohen, pilzförmigen Kiefern, bevölkert von Borstenaffen, grünen Laufechsen, einer Unmenge wilder Kaninchen und anderem Getier. Inzwischen wusste Arkeen, dass auch diese Landschaft nur die blasse Imitation eines Waldes war. Als er das erste Mal über die Spiegelbrücke in die Schattenlande gelangt war, wurde er eines Besseren belehrt. Ein Wald so dicht, dass abseits der Wege kein Fortkommen war, meterdicke Bäume, verzweigt und derart hoch, dass sie am Himmel zu kratzen schienen. Am liebsten hätte Arkeen am Absatz kehrtgemacht und wäre zurück in die grenzenlose Weite der Sandwüste geflohen.

Arkeen lenkte sein Kamel an die Registrierstelle für Karawanen heran. Trotz der späten Stunde saß ein gelangweilt wirkender Mann hinter einem Holztisch und kritzelte auf einer Papierrolle herum. Als er Arkeen erblickte, sprang er auf. Seine Augen leuchteten und der Karawanenführer brauchte sich gar nicht erst vorzustellen. Die Ereignisse vor den Toren der Stadt hatten sich rascher herumgesprochen, als der neueste Klatsch aus den Fürstenhäusern.

Arkeen reichte dem Mann die Liste der Reisenden, die mit ihm die Stadt betreten hatten. Er ignorierte die wie beiläufig eingeworfenen Fragen des Beamten, die rein gar nichts mit der Reisegruppe zu tun hatten, und bestätigte seine Angaben mit einer Unterschrift. Arkeen war davon überzeugt, dass früher oder später irgendein findiger Stadtherrscher auf die Idee kommen würde, für die Einreise eine Gebühr zu verlangen. Wahrscheinlich hätte man eine solche Maßnahme mit der prekären Sicherheitslage begründet, was angesichts der jüngsten Ereignisse nicht so weit hergeholt war.

Die Reisenden sammelten sich um Arkeen. Der Karawanenführer nickte denjenigen zu, die er nicht besser kennengelernt hatte, verabschiedete sich von anderen etwas herzlicher und nahm dankend das eine oder andere Trinkgeld entgegen. Bogoran war nicht in der Nähe, da er Finmedra in die Stallungen führte. Die übrigen Söldner waren bereits am Stadttor von Arkeen ausgezahlt und entlassen worden.

Die Reisenden zerstreuten sich. Zurück blieben Eglan, Bazibb, Kimlin, Usgard – und Senashad, die sich ihrer Gefährtin nicht angeschlossen hatte. Arkeen ignorierte die Bogenschützin und wandte sich Eglan zu.

»Was wirst du jetzt tun?«

»Das, was ich mir vorgenommen habe. Zum Turm der Götter reisen. Du hast wirklich kein Interesse, mich in die Glaswüste zu führen?«

»Nein.«

»Schade. Aber ich akzeptiere deine Entscheidung.«

Arkeen warf Eglan einen milde amüsierten Blick zu. Was sollte der Fandriner auch sonst tun?

»Wenn du in einer Kneipe nachfragst, findest du sicher einen Verrückten, der dich in den Tod begleitet.«

Eglan lächelte. »Noch bin ich am Leben.«

»Nicht mehr lange, wenn du deinen Plan in die Tat umsetzt. Immerhin muss ich mich nicht mehr mit deinen Lügen herumschlagen.«

Eglans Maske geriet in Bewegung. »Welche Lügen?«

»Du hast mir verschwiegen, dass du ein Meister des Schwertkampfes bist.«

»Du meinst wegen den Kadrass?« Eglan zuckte die Schultern. »Ich hatte wohl Glück.«

Arkeen überlegte, inwieweit diese Aussage ironisch gemeint sein könnte. Dann aber akzeptierte er sie als das, was sie war: eine Lüge.

»Nebenbei bemerkt«, fuhr Eglan fort, »hat mein Eingreifen dazu geführt, dass keiner der Reisenden Schaden genommen hat. Du solltest mir dankbar sein.«

Arkeen nickte. »Weil deine Tat völlig uneigennützig war.«

»So weit möchte ich jetzt nicht gehen, aber …«

»Leb wohl, Eglan. Ich hoffe, wir sehen uns nie mehr wieder.«

Auf dem Antlitz des Gelbländers spiegelte sich Ernüchterung. »Schade. Aber wer weiß, welche Pfade die Götter für uns vorgesehen haben.«

Seit wann glaubt ein Gelehrter an Gottheiten? Arkeen betrachtete das Mienenspiel des Fandriners, seine langen Haare und die undurchsichtige Tätowierung auf seinen Zügen. Waren es zwei oder vier Augen gewesen, die ihn in den vergangenen Fahlen beobachtet hatten? Arkeen spürte ein Ziehen hinter seiner Stirn, wie beginnende Kopfschmerzen. Ein Teil von ihm war erleichtert, als sich Eglan umwandte, die Zügel seiner Kamele ergriff und den Platz verließ.

»Ich muss los«, erklang Usgards Stimme. »Gibst du mir den Rest meiner Bezahlung?«

Wortlos kramte Arkeen in einem seiner Geldbeutel und zählte dem Druiden die vereinbarte Summe ab. Ihm entging nicht die Enttäuschung auf Usgards Zügen. Der Druide hatte mit einem Bakschisch gerechnet, so wie es andere Karawanenführer gaben.

Usgard zwirbelte seinen Bart. »Es freut mich, dass du meine Bemühungen und Dienste wertschätzt.«

»Du bist geflohen, als sich die Kadrass den Reisenden genähert haben.«

»Ich bin Druide, kein Magier«, entgegnete Usgard. »Was erwartest du von mir? Ich kann nur passive Magie wirken. Hätte ich auf die Kadrass zustürmen und mich abschlachten lassen sollen?«

Keine schlechte Idee, dachte Arkeen. *Das hätte sie aufgehalten.*

»Mehr Initiative schadet nicht. Genauso wenig wie Selbstbeherrschung. Vielleicht beim nächsten Mal.«

Für einen Wimpernschlag war Arkeen der Überzeugung, dass in Usgards Augen Mordlust aufblitzte. Aber da musste er sich täuschen. Der Druide war ein spielsüchtiger Feigling. Er wäre selbst dann winselnd davongestürmt, wenn ein verhasster Feind wehrlos vor ihm am Boden gelegen hätte.

Usgard verneigte sich steif, wandte sich um und verschwand mit seinem Kamel in einer Seitengasse.

Als Nächstes war Kimlin an der Reihe.

»Ich danke dir«, sagte sie. »Ohne dich wäre ich niemals nach Schaar gelangt.«

»Pass auf dich auf«, erwiderte Arkeen. »Auch hier in der Stadt sind die Menschen euch Mümmeln nicht wohlgesonnen. Wohin wirst du dich wenden?«

»Ich weiß es nicht. Die Stimme hat mir noch nicht verraten, was ich tun soll.«

Arkeen hob seine rechte Hand. Kimlin tat es ihm gleich, ihre Handflächen trafen aufeinander – eine große, schwielige, braungebrannte Männerhand und die zierliche, am Handrücken dicht behaarte Pfote einer Mümmelfrau. Kimlins große, weißblaue Augen leuchteten, auf ihrem Gesicht zeigte sich ein Lächeln. Sie war sich bewusst, dass diese Geste, die gewöhnlich nur zwischen Menschen ungleichen Geschlechts ausgetauscht wurde, nicht selbstverständlich war.

Arkeen musste zugeben, dass er Kimlin mochte. Im Gegensatz zu vielen Stadtbewohnern hielt er weder etwas von den düsteren Gerüchten über Mümmel, noch störte er sich an Kimlins Nacktheit, welche durch die üppige Körperbehaarung ohnehin kaum auffiel. Sie waren sich ähnlich, auf eine schwer zu fassende Weise, wurden von ihren nächtlichen Träumen geprägt und angetrieben, ohne zu wissen, was das Ziel ihrer Reise war.

»Lass dich nicht täuschen«, sagte Kimlin. »Magie bedeutet weder Verführung noch Betrug. Entscheidend ist die Person, die dahintersteht. Schöne Worte können lügen, gute Taten unrichtig sein, Empfindungen den falschen Eindruck hinterlassen. Wenn du erfahren willst, was wahr ist, musst du das hören, was stumm bleibt, das sehen, was du nicht sehen kannst, das begreifen, was dein Herz dir sagt.«

Arkeen war verwirrt. Kimlins tiefgründige Aussage kam unerwartet, passte nicht zu dem Bild, das er von der unbedarft wirkenden Mümmelfrau gewonnen hatte. Während er noch überlegte, wie ihre Bemerkung gemeint sein könnte, trat Kimlin beiseite und nickte Senashad zu.

Unwillkürlich presste Arkeen die Lippen aufeinander. So war das also. Senashad und die Mümmelfrau hatten sich abgesprochen. Und wenn schon. Wie Kimlin gesagt hatte, er würde sich nicht täuschen lassen.

Die Bogenschützin näherte sich hoch aufgerichtet und ohne Regung im Gesicht. Nur der feste Griff, mit dem sie ihren Bogen umfasste, verriet ihre Anspannung.

Senashad hatte gelogen. Arkeen wusste es, sah es in ihrem Blick. Er sah ebenso, dass sie realisierte, dass er die Wahrheit kannte. Die Bogenschützin hatte etwas zuwege gebracht, das weder Hexen noch Druiden vermochten. Sie hatte die Pfeile eines Sandläufers aufgehalten. Niemand, zumindest kein Mensch, konnte fliegende Geschosse stoppen.

Senashad war keine Hexe. Sie war eine Magierin.

Arkeens Gedanken schwirrten durcheinander, das Ziehen hinter seiner Stirn verwandelte sich in ein Pochen. Es gab nicht viele ausgebildete Zauberer in Arkeen, vielleicht drei Dutzend, wie gemunkelt wurde. So gut wie alle waren Frauen und davon ein Großteil Widerschein. Wie es hieß, zeigten Zauberinnen keine Emotionen, sprachen wenig, waren die meiste Zeit in sich gekehrt. Manche behaupteten, dass Magierinnen unfähig waren zu lieben und keine echte Zuneigung empfinden konnten. Es handelte sich um androgyne Geschöpfe, die alle irdischen Gelüste abgelegt hatten – aber gerade deshalb auf beiderlei Geschlecht eine enorme Anziehungskraft ausübten. Hinter vorgehaltener Hand wurde behauptet, dass Magierinnen nur den Blick auf einen Mann richten mussten und er war ihnen für immer verfallen.

Arkeen kam die Begegnung mit der Banshee in den Sinn. Als er neben Senashad über den Bannkreis ins Lager gestolpert war, hatte die magische Linie rote Schlieren gezeigt. Rot färbte sich der Bann aber nur, wenn sich eine Widerschein oder Magierin näherte.

Arkeen begriff, weshalb ihm die Nächte mit Senashad die Sinne geraubt hatten, warum er so viel an sie dachte. Die Bogenschützin war mit Sicherheit keine ausgebildete Magierin, allein ihr Verlangen und ihre Leidenschaft sprachen dagegen, aber zweifellos besaß sie einige ihrer Fähigkeiten. Ob bewusst oder unbewusst, sie hatte ihn manipuliert und zu ihrem Werkzeug gemacht. Ein Werkzeug der Lust.

Klar, er konnte schwerlich behaupten, dass er die gemeinsame Zeit nicht genossen hatte. Aber allein seine übermäßigen körperlichen Reaktionen hätten ihm zu denken geben sollen. Wie viel seines Verlangens beruhte auf seinen eigenen Empfindungen, wie viel hatte Senashad mit ihrer Magie dazu beigetragen?

Arkeen erkannte Trauer in Senashads Blick, sah das Glitzern in ihren Augen. Zugleich war da ein bitterer Zug um ihre Lippen, als wäre es nicht das erste Mal, dass sie sich in einer solchen Situation wiederfand. Tat er Senashad womöglich unrecht? Hatte sie weniger Einfluss genommen, als er dachte? Vielleicht …

Arkeen senkte den Blick, presste die Lippen aufeinander. Er durfte sich nicht blenden lassen. Nicht schon wieder.

Mit den Fingern massierte er seine pochenden Schläfen. Arkeens Gedanken wollten abschweifen, aber er verbat sich, ihnen zu folgen. Er durfte nicht daran denken. An Senashad. An die Nächte mit ihr. An das, was sie mit ihm angestellt hatte; oder angestellt haben mochte. Sie hatte ihn verraten. Sie hatte ihn dazu gebracht, seinem eigenen Grundsatz untreu zu werden und etwas für sie zu empfinden. Mehr noch – sich in sie zu verlieben.

»Arkeen«, flüsterte sie. »Es tut mir leid.«

Der Karawanenführer schwieg, starrte zu Boden. Konnte er ihr vergeben? Einfach so?

»Ich wollte es nicht, das musst du mir glauben. Die Magie ist ein Teil von mir, sie war es schon immer. Aber ich konnte es dir nicht sagen, weil … Nur du sollst wissen, dass Geolinsa …«

»Es reicht.«

Arkeen spürte Wut, die in ihm emporkroch wie eine giftige Schlange. Er wollte ihre Ausflüchte und Beteuerungen nicht hören. Sie hatte ihn genauso belogen, wie es Eglan getan hatte, ihn ebenso benutzt, auch wenn er, zugegeben, selbst Gefallen daran empfunden hatte.

»Alles in Ordnung?«, erklang eine Stimme.

Bogoran war von den Stallungen zurückgekehrt. Er stellte sich neben Arkeen, warf Senashad einen wachsamen Blick zu. Arkeen hatte ihm von Senashads Tat bei dem Angriff des Sandläufers erzählt. Bogoran wusste, dass Arkeen der Bogenschützin sein Leben verdankte. Doch jetzt war nicht der richtige Zeitpunkt, darüber zu sprechen. Nicht hier. Nicht heute. Und schon gar nicht, wenn Senashad in der Nähe war.

»Wir reden später«, erwiderte Arkeen.

Er wandte sich um, sperrte seine Empfindungen und seine Liebe zu Senashad in eine stählerne Truhe, vergrub sie im ewigen Sand und warf den Schlüssel fort.

Ich werde mich nicht täuschen lassen. Nie mehr.

»Leb wohl«, sagte Arkeen, ohne Senashad einen Blick oder gar ein Lächeln zu schenken. Vielleicht konnte er sie vergessen. Vielleicht gelang es ihm, ihre duftenden Haare aus seinen Erinnerungen zu löschen, ihre sinnlichen Gesichtszüge in das unmenschliche Antlitz eines Kadrass zu verwandeln. Zumindest versuchen musste er es.

Arkeen schritt auf sein Kamel zu, straffte die Schultern. Bazibb trippelte neben ihm her, hielt die Träger seines Rucksacks umklammert und blickte wiederholt zu ihm auf.

»Weißt du«, schnarrte er, »das ist der Grund, wieso ich mich nie mit Frauen abgebe. Bei uns Feuerkobolden ist das noch viel komplizierter. Man muss ein olles und aufwendiges Ritual durchführen und sich gegen ein Dutzend Mitbewerber behaupten. Da spielen dann so überschätzte Dinge wie Flammenlänge und Fingerfertigkeit eine Rolle. Selbst wenn man ausgewählt wird, hat man nur eine Nacht, um …«

»Schon klar«, unterbrach ihn Arkeen. Seine Kopfschmerzen wurden immer schlimmer. Inzwischen meinte er ein Summen und Brausen zu vernehmen, das wie ein wütender Bienenschwarm durch seine Gehirnwindungen fegte. Er benötigte dringend etwas Ruhe und Erholung. Aber davor musste er noch etwas erledigen.

Arkeen wandte sich Bogoran zu. »Ich nehme an, du hast dich um ein Quartier für die Nacht gekümmert? Ich werde mein Kamel in einem Stall unterbringen, bevor wir uns …«

»Hast du dich bei ihr bedankt?« Bogorans Blick war ernst.

»Was meinst du?«

»Der Angriff des Sandläufers – Senashad hat dir das Leben gerettet.«

Sogleich flammten Schuldgefühle in Arkeen empor und er musste sich zusammenreißen, um nicht stehenzubleiben und sich nach der Bogenschützin umzusehen.

»Ja, ich hab mich bedankt«, log Arkeen und blickte stur geradeaus. Er brauchte nicht in die hart geschnittenen Gesichtszüge des Söldners zu blicken, um seinen zweifelnden Blick wahrzunehmen.

Arkeen erreichte sein Mandrakei und begann ziellos in den Taschen herumzuwühlen. Er brauchte irgendetwas, um seine Kopfschmerzen unter Kontrolle zu bekommen; und seine Gedanken, die ihm wiederholt zu entgleiten drohten. Vielleicht half es schon, wenn er einen heißen Birkenminztee mit Honig trank und etwas Essbares zwischen die Zähne bekam.

»Wie sieht unser weiterer Plan aus?«, fragte Bogoran nach einer Weile.

Arkeen wandte sich um. Sein Blick streifte den Platz hinter ihnen. Kimlin, Senashad und ihr Kamel waren nirgends zu sehen.

Arkeen seufzte tief. Er hob den Kopf, sah zu den Sternen auf, die am Himmel funkelten und blitzten, unbeeindruckt gegenüber all den Tragödien, die sich in ihrem Licht abspielten. Arkeen wünschte sich, auch er könnte seine Empfindungen von sich fernhalten, sie abprallen lassen wie einen Sonnenstrahl an einer spiegelnden Platte aus Scherbenglas.

Arkeen senkte den Blick – und erstarrte. Eine Armlänge vor ihm stand eine gebeugte Gestalt; eine Gestalt, die vor wenigen Atemzügen noch nicht existiert hatte. Sie war mit einer wie Perlmutt schimmernden Kutte bekleidet, trug etwas am Kopf, das ein Kranz sein mochte, blickte in seine Richtung ...

Das Wesen besaß kein Gesicht; oder doch, aber die Züge verschwammen und verwischten, als wären sie in steter Wandlung begriffen. Das einzig Beständige waren die Augen: Pupillenlos und weiß wie Seelensalz, erfüllt von einer Macht, die tiefer schürfte, als jedes Menschenauge.

Arkeen war zu keiner Regung imstande. Die Schmerzen in seinem Schädel potenzierten sich, Schwindel und Übelkeit schwappten empor. Rufe drangen auf ihn ein, fremdartig und verzerrt. Wie aus weiter Ferne vernahm er Bogorans Worte: »Arkeen? Alles in Ordnung?«

Die Gestalt streckte den Arm aus, berührte Arkeen an der Stirn. Mit einem Mal war da eine Stimme in seinem Kopf, scharf wie eine Messerklinge.

Nimm dich in Acht vor deinen Träumen. Die Götter wollen dich zu ihrem Werkzeug machen. Vergiss niemals, wer du wirklich bist – ein Mensch.

Schatten umwölkten Arkeens Bewusstsein, er schwankte und sein Gesichtskreis verschwamm. Das anschwellende Brausen wurde nur noch von der Stimme in seinem Kopf übertönt.

Du hast meine Warnung ignoriert. Der Tod steht neben dir und ich kann dich nicht beschützen. Du musst überleben, denn du gehörst mir. Jetzt und für immerdar.

Die Gestalt zog ihre Hand zurück – und der Nachthimmel brach über Arkeen zusammen. Noch bevor der Karawanenführer am Boden aufschlug, umfing ihn Dunkelheit.

Glaswüste, Dreihorn

D er Turm der Götter ragte aus der Glaswüste auf wie ein gigantischer, dreizackiger Dorn. Hitzeschwaden waberten um seine schwarze Außenhaut, vergängliche Wolkengebilde tanzen um seine Spitzen. Ein unablässiges Zischen und Brausen erfüllte die Atmosphäre. Der Geruch von glühendem Stahl hing in der Luft und vermischte sich mit der Ausdünstung ölhaltiger Dämpfe, die wie der Atem eines Drachen um die Basis des nachtfarbenen Monuments wogten.

Nirgends zeigten sich Anzeichen von Leben.

Doch tief im Inneren des finsteren Kolosses, verborgen von sämtlichen Blicken, regte sich etwas. Gestalten, schwarz wie die Nacht, zu groß und zu viele Gliedmaßen, um menschlich zu sein. Ihre weißen Augen ruhten auf einem glühenden Ball aus Feuer, der schwerelos inmitten des Raumes schwebte.

»Es ist Zeit«, flüsterte eine sanfte, melodische Stimme, die geradewegs aus den Wänden zu dringen schien. »Erwache, mein Liebster. Sie sind nicht mehr fern. Wir müssen zurückfordern, was uns gehört.«

Ein dumpfes Dröhnen erklang, ein Geräusch, wie das Schnarchen eines schlafenden Riesen.

»Es ist Zeit«, wiederholte die Stimme, ruhig, aber unerbittlich. »Erwache, mein Liebster, erwache.«

Das Dröhnen wandelte sich in etwas, das ein Seufzen sein mochte, dann geriet der Feuerball in Bewegung. Er wogte nach links und rechts, pulsierte wie ein monströses, fleischloses Herz. Die lodernde Kugel dehnte sich aus, schwoll auf die Größe eines Weinfasses an, sandte ellipsenförmige Flammenzungen durch den Raum. Der schwarz glänzende Boden unterhalb der Erscheinung färbte sich rot.

»ICH …«

Der Klang einer mächtigen Stimme ließ die Wände erzittern, verlor sich und erstarb. Ein Zischen schwoll an, als sich im Untergrund eine kreisrunde Öffnung auftat. Das Loch wurde beständig größer, die blutroten Ränder schmolzen und tropften wie flüssiges Wachs.

Dann war es, als würde ein unermessliches Wesen den Mund öffnen und tief Atem holen. Ein glühend heißer Luftzug fauchte durch den Raum.

»ICH … BIN … ARK.«

ENDE
des ersten Buches

NACHWORT

Die Wüste hat mich schon lange fasziniert. Während meines ersten Besuches in Ägypten im Jahr 2014 entstand die Idee für mein Wüstenepos DIE HERREN DER WÜSTE. Ich erschuf Charaktere, einen Handlungsbogen, Höhepunkte und dramatische Wendungen – und nicht zuletzt eine detailreiche, fantasievolle Welt, die unserer so sehr ähnelt und doch ganz anders ist. Wer bereits neugierig ist, wie es weitergeht: Der zweite Teil von DIE HERREN DER WÜSTE erscheint voraussichtlich Anfang 2020.

Ich hoffe, Sie wurden gut unterhalten. Wenn ja – schreiben Sie mir. Oder verfassen Sie eine Rezension auf den Online-Seiten von Amazon, Thalia, Weltbild oder bei einer der Leserplattformen im Internet. Ich freue mich über jede Form des Feedbacks!

Mein Dank gilt wie immer meinen TestleserInnen, diesmal Sandra und Wendelin, die mir geholfen haben, meinem Werk den letzten Schliff zu geben.

Zum Abschluss eine Bitte – nein, eine Aufforderung an euch alle: Wenn ihr das wahre Glück im Leben erfahren wollt, dann lebt eure Träume!

MORTIMER M. MÜLLER

Das **fiese** Glück

ROMAN

Walter ist Pessimist – und das aus gutem Grund. In seinem Leben läuft alles schief. Er hat kein Glück mit den Frauen, seine Familie will nichts von ihm wissen und in der Arbeit muss er einen albtraumhaften Chef ertragen. Zudem kämpft er mit chronischen Erkrankungen, hat hohe Schulden und wird von seinen Mitmenschen nur zu gern als Sündenbock dargestellt. Kurz: Walter ist zu Recht Pessimist.

Doch eines Tages ändert sich alles. Walter mutiert vom Pechvogel zum Glückspilz, wird von positiven Ereignissen überhäuft. Als er auch noch seiner Traumfrau begegnet, schwebt Walter auf Wolke sieben – aber das fiese Glück hat ganz eigene Pläne …

DAS FIESE GLÜCK ist ein humorvoller Unterhaltungsroman für alle, die das Wundern noch nicht verlernt haben.

Das fiese Glück
(Unterhaltungsroman)

Books on Demand | 2018
ISBN: 9783748168539

Was verbindet eine kaltblütige Halbelfe, einen selbstverliebten Stadtmagier und einen schiffstollen Klabauter? Klarerweise nichts – könnte man meinen. Zumindest nicht bis zu jenem schicksalhaften Tag, an dem ausgerechnet ein dämonisch verseuchtes Schiff im Hafen der Stadt einläuft. Als Kinder spurlos verschwinden und grässlicher Gestank die Bevölkerung in Schrecken versetzt, wird klar: An Bord des Schiffes geht es nicht mit reifen Dingen zu!

FAULE LADUNG ist ein humorvoller Fantasyroman, der mit satirischer Zunge eine ziemlich faule Geschichte erzählt.

\# **Inklusive der vollreifen Wahrheit, was davor geschah!**

Faule Ladung

(Fantasy-Satire)

Books on Demand | 2018
ISBN: 9783748165620

An drei Dingen
ist nicht zu rütteln.
Erstens: Sohlenpeins Schuhe sind
sehr geschwätzig.
Zweitens: Gartenzwerge schmecken hervorragend als Gulasch.
Drittens: Klabauter sind immer
blau.

Professor Adalbert Heimlich ist ein Meister seines Faches.
Seine Erkenntnisse zu Sinn und Unsinn sind ein wesentli-
cher Bestandteil der wissenschaftlichen Lehre. Als jedoch
ein Gossentroll verschwindet, und mit ihm die Farben ei-
ner Straße in Hamburg, steht auch der Sinngelehrte vor
einem Rätsel. Gemeinsam mit Universalpräfekt Georg
Zimperlich, seinem Assistenten Zumpfal und Doktor Tina
Morgen (die bis zum Abend schläft, aber sicher kein
Vampir ist) macht er sich auf die Suche nach dem fiesen
Farbendieb.

Inklusive exklusivem Rezept für ein Gartenzwerggulasch!

PROFESSOR HEIMLICH und die Farbenleere
(Fantasy-Krimi-Satire)

Verlag ohneohren | 2016
ISBN: 9783903006805

»Mein Name ist Raphael. Ich bin äußerlich menschlich, tatsächlich aber ein Vampir. Ein Erzvampir, um die Dinge beim Namen zu nennen. Sie denken, die Menschen sind die Krone der Schöpfung? Falsch gedacht! Wir Erzvampire lenken das Schicksal der Welt, wurden bereits vor Jahrtausenden als Hüter des Gleichgewichts ernannt – und das aus gutem Grund. Manche Unsterbliche kennen nur die Sprache der Gewalt. Andere treibt die Gier nach Macht in den Wahnsinn. Einige schrecken auch nicht davor zurück, Weltkriege zu entfesseln. Und vom drohenden Zeitenwandel will ich gar nicht erst anfangen. Ich sehe schon, so wird das nichts. Also alles der Reihe nach.«

Persönlich und pointiert erzählt RAPHAEL von epischen Feindschaften, skurrilen Begebenheiten, sinnlichen Momenten und räumt mit allen Vorurteilen gegenüber Blutsaugern auf. Denn in Wahrheit sind Erzvampire vor allem eins: die Beschützer der Menschheit …

RAPHAEL – Der Zeitenwandel

(Urban Fantasy, humorvoller Vampirroman)

Books on Demand | 2015
ISBN: 9783739218571

Markus hat kein leichtes Leben. Seine Exfreundin tyrannisiert ihn, sein bester Freund will ihn mit einer Klassenkameradin verkuppeln und sein Bruder lässt keine Gelegenheit aus, ihn zu demütigen. Dennoch könnte Markus ein gewöhnlicher 17-Jähriger sein, wenn da nicht sein wiederkehrender Traum wäre. Darin schlüpft er in die Rolle eines Soldaten und durchlebt mit ihm eine episch-fantastische Schlacht. Beim Erwachen weist er dieselben Verletzungen auf wie der Krieger.

Als der Schulbus mit einem unbekannten Wesen kollidiert, ein Brand die Schultoiletten verwüstet und eine geheimnisvolle Sekte auftaucht, wird Markus klar, dass seine nächtlichen Visionen weit mehr sind, als bloße Träume. Gemeinsam mit seinen Freunden bleibt ihm nichts anderes übrig, als sich seinem Schicksal zu stellen – denn inzwischen steht nicht nur sein Leben auf dem Spiel, sondern die Existenz einer ganzen Welt …

DER RISS – Träume

(All Age Urban Fantasyroman)

Books on Demand I 2015
ISBN: 9783738617375

KABINE 14 (Thriller)
nominiert für den
Friedrich-Glauser-Preis 2014
Sparte Debütroman

erschienen 2013

ISBN: 9783850933070

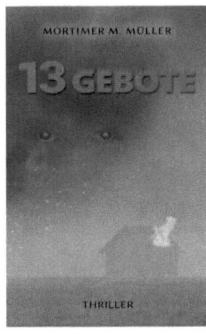

13 GEBOTE (Thriller)
kann als Einzelwerk oder
Nachfolgethriller zu KABINE 14
gelesen werden

erschienen 2015

ISBN: 9783734756085

EINÖDE 12 – Endzeit / Neubeginn (Thriller)
nach KABINE 14 und 13 GEBOTE
das fulminante Finale der Zahlenthriller-Reihe

erschienen 2017

ISBN (Endzeit): 9783744834582
ISBN (Neubeginn): 9783746032207